谭绍堂　陈思营/著

新 华 出 版 社

图书在版编目（CIP）数据

瓷画慈 / 谭绍堂, 陈思营著. –– 北京：新华出版
社, 2017.6
ISBN 978-7-5166-3297-0

Ⅰ. ①瓷… Ⅱ. ①谭… ②陈… Ⅲ. ①随笔—作品集
—中国—当代 Ⅳ. ① I267.1

中国版本图书馆CIP数据核字(2017)第116907号

瓷画慈

作　　者：谭绍堂　陈思营

选题策划：瓷画慈
责任编辑：蒋小云　　　　　　封面设计：堂之堂
责任印制：廖成华　　　　　　责任校对：周　晓
出版发行：新华出版社
地　　址：北京石景山区京原路 8 号　　邮　　编：100040
网　　址：http://www.xinhuapub.com　　http://press.xinhuanet.com
经　　销：新华书店
购书热线：010-63077122　　　中国新闻书店购书热线：010-63072012

照　　排：中版图
印　　刷：北京天宇万达印刷有限公司
成品尺寸：185mm × 260mm
印　　张：20.5　　　　　　　字　　数：394 千字
版　　次：2017 年 6 月第一版　　印　　次：2017 年 6 月第一次印刷
书　　号：978-7-5166-3297-0
定　　价：215.00 元

瓷画慈赋

　　泱泱华夏，堂堂炎黄。千年寒暑，万载风霜。苍天厚土，孕育祖先根脉，丹青妙笔，描绘家国情愫。水乳交融于泥，火木相生在瓷。窑变五彩，器和一心。春秋更迭枯荣色，悲欢沉浮爱恨缘。一世云烟，三生金兰。往事念念不忘，旧情夜夜难眠。青花碗，五彩盘。葫芦结出福禄果，宝瓶聚得吉祥财。瓷板观览古今，纸墨浸染阴阳。点点浅色腾瑞紫，丝丝深意蕴福红。

　　泥土本无语，瓷器乃有心。鸿儒谈笑，自在随意；德者举止，欢喜安然。松竹梅恩泽寓意，天地人泰和精神。拍拉立形状，雕刻修纹理。正心正念绘颜色，吉日吉时勾妆容。点石成金不足道，取土化瓷方称奇。窑工千滴汗，画家万般情。火焰温馨飞霞彩，炉灰冷寂凝宏图。天地融一体，山水转千回。冷暖里，远近间。隐者抚琴，道不尽高山流水节操；高士语禅，情难息远亲近友牵念。一心一意，万法万般。瓷土有意生万象，窑火无痕化千颜。素雅清澈歌瀑雨，富丽雄浑卷风云。

　　笔墨通天地，陶瓷烁古今。松石花鸟悄入画，山水人物忽出窑。宣纸书仁心，瓷板绘世情。千载悠悠，万古淡淡。一画一世界，千瓷千如来。精品亮眼前，懿德藏心间。仓颉笔法传当下，女娲心怀载史典。盛世书画，时代心音。系列精品，权威翰墨。塑造泥土灵魂，升华国粹精神。甘霖润心境，美意结善缘。如理如法，立业立人。

　　身心为一体，天地非二物。泥土浸染书画，世事观照心性。养浩然正气，培清淡雅怀。心本身之主，果以根为源。故土怀乡，千里环顾不止，书画明志，方寸留恋难息。一带一路，万众万里。瓷器越千年，书画传百代。邀高朋观花赏月，聚贤才论道言商。善心善念，利国利民。养身心，调性情。地气滋养，天象护持。天人一心本自在，虚实万法就天真。水火圆融成大器，阴阳契合就慧根。道德无言语，商贾有情谊。红尘千杯酒，翠柏万年春。安

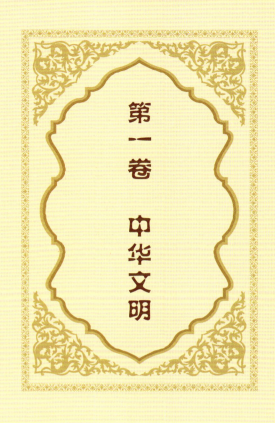

第一卷　中华文明

　　国粹流韵，千古不息。每一器物，都有着强大的生命力，蕴藏着的丰富内涵，就存在于文化的认知中，就存在于心领神会中，就存在于我们对中华国粹的真心喜爱和呵护中。我们每一个人，都在感受着文化的魅力，都在见证着中华国粹的源远流长与亘古弥新。

第一篇：天人合一

每一天，都是崭新起始，告诉自己，当下的生命，在迎来送往中，感受着宇宙万物的变幻，也在觉知着自身的万般体验。

一次次地询问自己，关于生命是如何来去，关于自己与天地万物是何种关系，关于自己应该怎样生活得更有意义！在寻觅答案的过程中，我们会懂得觉醒自己的生命，会懂得去明白世事的变迁，会懂得虔诚地善待每一个人和每一件事，也会对天地万物予以感恩并萌生知恩图报的德性。

我们常说——世间万物，变幻不息！我们还会不停地感叹世界的改变，以及自身的弱小，却往往忽视了"无常亦是有常"的道理，忽视了自身内在潜藏的强大动力。我们时常会在天地万物间，感知人类与自然万物的关系，在关注各自存在万千差别时，却往往会忽视我们人类，本身就是自然万物的一部分，只是在当下以人本身的形式，呈现着自我特点而已。

告诉自己，我们与天地万物，本就是一个系统的整体，我们本就来自天地万物，我们的生命与天地万物和合共生。告诉自己，我们伟大的祖先，已经智慧地揭示了我们与天地万物的关系，那就是中华文化中独特的"天人合一"理念。

一个人的存在，不是孤立的，也不只是个人的状态，每一个人，都与其他人有着千丝万缕的关系。一个人生活在世间，也在衣食住行中，与天地万物彼此依靠、相互供养，从而形成了循环不息的生态系统。任何孤立地看待自身生命存在的人，都还没有真正领悟到我们的生命，在天地万物间，本就自然存在着的环境与位置。告诉自己，我们生活在天地万物间的每一个人，都是天地万物的一部分，都在按照人类自身的方式生存着、发展着。在这样的过程中，我们却又无法离开天地万物，无法孤立地存在于世间。

"天人合一"这一理念，不是简单的世界观和宇宙观，而是中华民族数千年流传的智慧，也是炎黄子孙在善待天地万物时，秉承的道德与良知基础。我们要知道，如果一个人，对天地万物，没有敬畏和感恩之心，如果一个人，泯灭了良知并自以为是地活着，那他就必然对天地万物不可能真正认知，也不可能真正懂得生命的本质，也不可能知道祖先就起源于天地万物，就不可能明白"天地同根、同根天地"的道理。

当我们真正明白了，自己生命的延续，也在传承中华美德和智慧，当我们真正心怀感恩地善待天地万物，当我们心中有着敬畏和虔诚的祝祈，就会让我们自身的人生，充满正能量，并真正懂得我们与天地万物的和谐相处、圆融一体、相互供养、共同成就的关系。这正是"天人合一"理念的核心，却往往很少有人去真正认知它，也很少有人在实际的生活中，去践行这样的理念。于是乎，有许多破坏环境的情况，在影响着我们当下的生活，甚至祸害于子孙后代。于是乎，有许多人放纵着自身欲望，在不断违背自然规律地做人做事，却又不得不饱尝因此带来的恶果。

不懂得"天人合一"的道理，不明白我们人类，在生命的繁衍生息中，必须与天地万物共生共荣，那就会自己葬送自己的未来。其实我们伟大的祖先，早就在中华文化传承中，一次次地告诫我们，必须有敬畏之心，必须有善良之念，必须有好生之德。其实，数千年的中华文化，对天地万物与人类自身的关系，早已非常明确并形成了完整的理念系统，"天人合一"的理念，就是其中非常重要的内涵之一。

马家窑文化彩陶漩涡纹双耳罐

人，他在其"道德五千言"的《道德经》一书中，对"道"和"德"都有着相应的描述，让两千多年以后的我们，依然有着各种感念和领悟，并对"道"与"德"萌生敬仰。虽然，《道德经》中的言语，有着许多的玄妙之处，一般人往往难以直接洞察其奥秘，但书中透出的哲意，却足以震撼身心，足以让我们懂得对中华文化和古圣先贤的智慧，予以敬仰和感恩。

我们常说，"一切归于道"、"说话要有道理"、"立业先立德"、"德不孤，必有邻"，通过生活中的各种事情，都能发现，"道"与"德"真的是无处不在。在我们对中华文化的传承过程中，也会发现，源远流长的中华文化，博大精深的思想体系，都离不开对道德的坚持，对世间万物德性的认知，对人类自身命运的思考，对言行举止身心内外修行的诠释。这正是道德的力量，在中华文化发展中的具体体现，也是我们生活中无处不蕴含道德的见证。

龙山文化黑陶高足杯

对道德的尊崇，是中华民族流传数千年的优良传统，也是中华民族的美德之一。"道"是对天地万物规律的认知，"德"是对生命自身力量与天地万物之间，彼此成就的诠释。我们祖先说，"上天有好生之德"，天地万物的变化，无论枯荣与盛衰，都有着自身的规律，但无论变化处于哪一阶段，都会隐藏着勃勃生机。这就如"天无绝人之路"一般的道理，天地万物是生生不息的，人生无论经历什么坎坷，都会有希望在内心扎根萌芽。这也好比是唐代诗人白居易写的诗句"野火烧不尽，春风吹又生"那样，"道"是在天地万物之间客观存在的，也在时时处处都影响着我们的生活。"德"是天地万物蕴含的属性，而"好生"则是"善"与"真"与"美"的德性体现。

认知着悠久灿烂的中华文化，就会知道，数千年的道德认同感，一直延续到今天，依旧在让我们的言行举止，都有着法度，都对天地万物的认知，有着智慧和德性。我们伟大的祖先，在万千的物象中，能够"万法归一"那样概括出最精炼的表达，也如同"大道至简"那样，对天地万物之间的变化规律进行揭示，对蕴藏在其中的德性予以认知，并通过中华文化的传承，一代代地延续到了当下，让我们在二十一世纪，依旧能够受益无穷。

由此可知，中华民族有着揭示真谛的智慧，也有着传承文化的功德。数千年的中华文化，未曾断绝，这是多么让我们当下的炎黄子孙，倍感庆幸的事情啊。我们博大精深的中华文化，无处不在绽放着生机与活力，面对祖先留下的"道"与"德"的丰富遗产，我们能不感恩伟大的祖先吗？我们能不对源远流长的中华文化萌生敬意吗？面对传承数千年，依旧功德福报着的中华文化，我们能够不去担当文化传承的使命吗？

当然，我们要知道，文化有着源头，而对"道"的认知和对"德"的坚持，是延续在所有中华文化意识形态中的核心内容。可以说，崇道尊德，是中华民族的光荣传统，也是中华文化之所以没有断流的根本所在。当我们深刻地认知这些以后，就能在文化的传承中，找到最核心的内涵，并真正去践行好对道德的尊崇。

在现实生活中，"道"的存在，其实并不陌生，也并不玄妙。天地万物，自有变化的规律，人的喜怒哀乐，也必然有着各种体现。无论人与人，还是人与物，还是物与物，还是天地万物这个大的系统，都有着各种各样的规律可循。当我们真正认知到了这些规律，就会依照这些规律去做许多规划，这就是我们常说的"依道而行"。当我们对生命有了认知，对天地万物有着感恩和敬畏，对内心蕴藏的德性力量有了崇仰，就会用"德"的标准去衡量和要求自己，这就是我们常说的"依德而为"。

天地四时的规律，让我们伟大的祖先，留下了二十四节气、天文历法，以指导我们的生产与生活。人与人之间的相处，也在透出着"和而不同"、"成人达己"等的德性，在告诫着我们怎样去为人处事。翻读着中华文化，就能

知道浩如烟海的古典文献，那些流传千年的故事传说，都无一不在诠释着"道"与"德"的内涵，无一不在见证着道德的流传与价值。

在《易经》中，有名句"天行健，君子以自强不息"、"地势坤，君子以厚德载物"。这就告诉我们，天地万物，本就和合相生，本就"天人合一"，本就具有"好生之德"，本就"道于天地万物间"，本就"心中有德，天地光明"。

在《礼记》中有名句"大道之行也，天下为公。"只是在现实生活中，有许多物欲横流的竞争，有着各种各样的诱惑，让本应该坚持的道德，对某些人而言已经变得非常脆弱，从而发生了许多"背道而驰"、"离心离德"的事情，并留下了许多令人警醒的恶果。这也是崇道尊德过程中，必然发生的不和谐状况，这也在鞭策着真正有志于传承中华文化、发心于弘扬传统美德的有识之士，不断要求自己更加努力地肩负其责任与使命。

崇道尊德，不是空洞的口号，而是努力的践行。每一位炎黄子孙，都有着继承中华文化的担当，都应该让道德永驻在自己的心里，让自己的生命因崇道尊德，而无比美好。

因为，当投身于崇道尊德的过程，我们对道德的坚守，就是对生命的本质认知，就是我们对自我价值的实现。这也是我们在生活中，不断以正确方式，与天地万物实现和谐相处，就是在以道德来规范言行举止，就是在让自己的存在，更好地体现中华民族优秀美德，更好地见证灵魂的圣洁与崇高。

第三篇：圣贤君子

置身在厚重的中华文化里，浸染在浩如烟海的典籍文献中，聆听着古圣先贤的名言警句……我们在沉默中，能够聆听到蕴藏的呐喊，我们也可以在文字和图画中，感受到历史的沧海桑田，体会到祖先数千年以来传递的崇仰与灵魂召唤。

在中华民族的文化传统里，一直重视着以道德来立功立言，也一直在倡导着对圣贤的敬仰，并力求在言行举止中体现君子情怀。我们时常会在各种交流场合，对别人予以"谦谦君子"的赞美，也会在祭祀孔子的典礼中，对这位春秋时期伟大的教育家、思想家、儒家学派创始人，予以圣人的虔诚敬仰与礼拜，这都在体现着中华民族源远流长的圣贤君子文化。

对圣贤的崇仰，是中华民族对道德与智慧的虔诚礼敬，也是优秀传统美德之一。当一个人，真正居功至伟才能称之为"圣人"，道德没有瑕疵方能称为"贤人"，言行举止符合道德法度才能称谓"君子"。在中华数千年的文化中，圣人这一称谓，是至高无上的，也是内心最虔诚最高规格的尊敬。犹如老子，将《道德经》流传于世，滋养了无数人的内心，因此被尊称圣人。犹如孔子，将《论语》传给后人，以至于"半部论语治天下"，让社会因此而受益至今，他教化着他的"七十二贤人"和"三千弟子"，以及他对古代典籍的删改，也对中华文化传播，起到了承上启下的作用，因而居功至伟、名垂后世，被后人尊称圣人，也就有了"万世师表"、"大成至圣先师"的赞誉。

"圣人"受人敬仰，是内心中神圣庄严的体现。而我们常说的"贤人"，往往是通达着心性以及道德根本，因此会在交流中被赞誉为"贤达"。在中华文化的流传中，对君子的美誉，也是随处可见的，"君子好玉"、"君子和而不同"、"谦谦君子"等等，都在告诉我们，君子的存在，也见证着道德品行的典范，是让我们生活中可以追求效仿的榜样。

博大精深的中华文化，讲仁爱、重民本、守诚信、崇正义、尚和合、求大同，其实也时时处处都在体现着圣贤君子的情怀，这也体现了中华民族，是一个向上、尚善、崇道、尊德、感恩的民族，是注重内心德性修养以及社会担当的民族，是将道德文化蕴藏在生活的言行举止中，并造福于子孙后代的民族。圣贤君子的文化，也让源远流长的中华文化，有着良好的道德基因，有着正确的善念，有着从古至今流淌的人文情怀，也有着从未断绝的圣贤德性与智慧传承脉络。这就是中华文化，之所以数千年依旧没有被历史尘沙淹没断层，没有被外来文化同化变质，没有被各种学术流派影响根本的原因。我们在当下对中华文化，进行一次次反思，就会不由得对此深感庆幸。

当然，中华民族又是包容并蓄、海纳百川、择善而从、和光同尘的民族，翻读着中华文化的遗存，就会发现，无论是在哪一朝代，无论是在怎样的历史背景下，中华民族都会以积极的态度，去与所有文化进行有条不紊地融合，并尊重和善待所有有价值的文化。在圣贤君子文化中，中华民族也对外来的文化，予以省视和借鉴，对中华民族的圣贤君子也予以尊敬和认同。这样的开放、包容、厚德、大爱、共生的心胸与气度，也让中华文化中的圣贤君子文化，变得更加丰富和具有生命力。

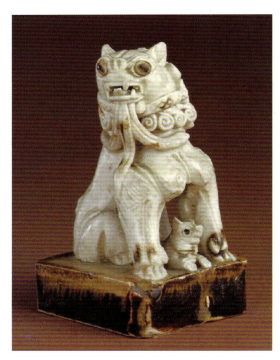

唐代邢窑白釉点彩子母狮塑像

我们知道，佛教起源于古印度，却兴盛于中国。这就是中华民族厚德包容的体现，这就是我们圣贤君子文化，遵循"天人合一"、"和而不同"、"同生共荣"、"成人达己"、"上善若水"的德性与智慧，与外来的佛教文化，相互融合并让生活更加美好的体现。也正是中华文化中，存在着这样大气、包容、厚德的心怀，也让佛教文化在中华大地上，得以本土化调整，得以生生不息地传播，并让禅宗绽放着璀璨夺目的光彩。佛教的创始人释迦牟尼，以及众多的佛教人物和故事，也在中华圣贤君子文化中，被广泛尊敬和颂扬。

当我们明白了圣贤君子文化，就会知道，中华民族不仅仅尊重本民族的圣贤伟人，不仅仅在生活中崇道尊德，以君子的风范来约束自己的言行举止。同时，还尊重所有真善美的人事物，这是一个开放的圣贤君子文化系统，这是一个尊敬所有为人类文明做出功德的圣贤君子的系统。因此，中华文化中的圣贤君子文化，虽然立足于中华民族本身，却并没有固守在自己民族中，这是没有民族界限、没有国家差别、没有文化歧视的圣贤君子文化体系。

正是在这一体系里，源远流长的中华文化，不仅仅让自己本民族的圣贤得以被后世子孙铭记，同样也站在人类与自然万物的高度，去汲取所有能造福于人类发展的优秀文化，并对所有功德于后世的人都予以崇敬。由此可知，中华文化的发展，数千年来的历史遗存，都能证明中华民族对世界文化传承，具有着的无上功德。透过开放的圣贤君子文化，也能清晰地看到中华文化的包容性，也能见证中华文化之所以能够生生不息，正是因为有着道德的坚持和圣贤君子文化的传续，让文化有着向上、尚善、和合、共生、包容、厚德等强大力量。

立足于中华文化，我们就不能不感念于祖先的伟大，就不能不对祖先的道德和智慧予以崇敬。我们这些炎黄子孙，在二十一世纪，也一样要深刻理解圣贤君子文化，也一样要懂得正是历朝历代的圣贤君子，让中华文化保持了根脉不朽、正知正念。也正是这些伟大的圣贤君子，引领着中华文化的主要方向，并将文化与生活紧密地结合在一起，从而让中华文化与德性修养，与安身立命，与立功立言，与责任担当，都直接起到着非常重要的作用。可以说，正是历史长河中，那些圣贤君子的榜样力量，让一代代炎黄子孙，看见了文化的光明前程，看见了正确的方向。

在二十一世纪的今天，随着高科技的飞速发展，我们往往沉浸在科技带来的便利时，却会忽略自身道德的修养，往往会冷落古圣先贤的智慧，往往会把自己拘禁在小我世界里，往往会将圣贤君子置之脑后……这是多么可惜、多么可悲的事情啊！

传承了数千年的中华文化，无数的圣贤君子延续至今的道德与智慧，是无价之宝，是我们安身立命的真正根本。而日新月异的科技，如果掌握它们的人，失去了道德的支持，如果没有了正确的价值观，那就必然会让科技无法真正安全地造福于社会，也是无法让社会真正因科技发展而受益，反而会因为科技的发展，而变得混乱并留下无尽后患。

于是，许多国际著名的专家学者，提出了这样的一个话题，就是人类发展到了二十一世纪，真正的出路是需要到中华文化中去寻找的！其实，在我们数千年的圣贤君子文化里，所倡导的对德性与智慧的崇仰，对圣贤君子的崇敬，对真善美的坚持，天人合一、和合共生的理念……无一不是人类未来必然要做出的正确选择。

由此，翻读着中华文化发展史，我们就应该在内心里，感恩着我们伟大的祖先，感恩着历史中涌现出来的所有圣贤君子，感恩他们为我们留下的文化宝藏，也感恩着他们以自身的修行，让我们这些二十一世纪的子孙后代，看见了中华文化的和谐美好，体会到了蕴藏在圣贤君子人格中的德性与智慧，也感受到了中华民族传统美德的强大正能量。

北宋汝窑青瓷莲花式温碗

心中有着人文情怀，并静心去聆听岁月的回声，就会感受到来自于器物的表达。当我们的内心世界，与历史进行对话时，就会真实地体会到器物里，隐藏着的悲欢爱恨，就会感受到国粹传承中，发生的离合恩怨。我们无法忘记历史，也不应该忘记历史。与中华文化对话，端详着国粹艺术，就仿佛看见数千年以来的祖先，正在描绘着一幅幅图画，正在饮酒挥毫疾书，正在擦拭着汗水拉坯烧窑……这一幕幕真实的画面，会穿越时空，浮现在二十一世纪的今天，会让我们每一个端详着器物的人，都能够感受到历史曾经的面目，都会感受到中华文化在传承中滋生着的人文情怀，也会感念着岁月的流逝与中华文化的绚丽夺目。

当我们以这种虔诚的心，去感知中华文化时，当我们与国粹艺术进行对话时，当我们面对着一件件历史器物时，我们的内心里，必然会升腾着莫名的感动。我们就会觉得，一件看似简单的器物，不再是那么简单，而是有着许多的故事，有着丰富的情感。我们仿佛就置身在历史的长河中，与古人一道喜怒哀乐，与祖先一起唱歌跳舞，与先辈一同荣辱恩怨……

是啊，当我们对国粹有着情怀，当我们不再局限于器物的本身，就能穿越历史，去看见隐藏在器物背后的历史与文化，就能真正体会中华文化的内涵。当我们以人文情怀，去面对着每一件器物，就会感觉原本冰冷的瓷器，一下子就有了工匠的体温，仿佛能感受到熊熊燃烧的窑火，仿佛看见了一代代收藏家，因为它而发生的各种故事。由此，我们就能够在二十一世纪的当下，回温过去发生的一切，就会用心灵去感受历史的变迁。

置身在这样的情境中，无论我们面对的是什么，都必然有着不一样的感受。其实，那些拍卖行拍卖一件珍宝，何尝不是把有关于这一器物的历史，与竞拍者进行情境的交流呢？何尝不是在以中华文化本身的内涵，让大家真正认知器物所蕴含的价值呢？

当一个藏家，真正明白了中华文化的意义，用心去体会器物本身具有的诸多人文情怀，他对器物便会有着真情的流露，就会超越金钱和名誉，让自己的感受得以升华。中华文化的传承，就是这样的修行过程，就是这样立德立言立功的过程。每一件器物，都有着人文的情怀，都值得去虔诚地认知。

国粹流韵，千古不息。每一器物，都有着强大的生命力，蕴藏着的丰富内涵，就存在于文化的认知中，就存在于心领神会中，就存在于我们对中华国粹的真心喜爱和呵护中。我们每一个人，都在感受着文化的魅力，都在见证着中华国粹的源远流长与亘古弥新。

第五篇：内圣外王

在中华文化中，对圣贤的崇仰，一直延续至今。任何时代，都需要精神和道德的旗帜，都要有言行举止的榜样。翻读着历史，就会看见无论时代怎样变迁，无论王朝如何更替，都会对道德人格予以推崇。这也是中华文化在传承中，始终没有断绝圣贤脉络，始终有着道德标准，始终在延续着尚德尚善的人文情怀的原因。

熟读国学经典的人，往往会对《大学》这一本书，有着较深的理解。此书开篇便直接说明"大学之道，在明明德，在亲民，在止于至善。"这就告诉我们，对道德的推崇与树立，对身心德性的修养，自古以来都已上升到了国家认同并推行的高度。这也在中华文化的传承中，起到了很好的定位性与标准化，从而确保了中华文化主脉的一致性和高层次。

在这本书中，还提及了很重要的一个方面，那就是修心养性、立功立德的内容，这就是古人常说的"八目"。在这"八目"中，具体体现为"格物、致知、诚意、正心、修身、齐家、治国、平天下"八个方面的内容。可以说，

数千年来，这一理念都很好地贯穿在了中华文化的修身养德、建功立业等方面。因此，这"八目"被尊称为"内圣外王"之道，也一直被儒家奉为非常重要的信条。

通过"八目"，也将个人的道德修养和立身治世，形成了完整的一个体系，也说明了治国、平天下等宏大的价值理想和人生目标，与修身齐家以及诚意正心等内容有着必然联系，也揭示了要诚意正心，就必须真正做到格物致知才行。由此可知，这是一个相互影响又彼此呼应的一个系统，相互作用又能各自体现价值的完整过程。

我们经常会在运用中，往往侧重于治国、平天下，而忽略修身、齐家以及前面的内容，这就会让我们在实践过程中，感受到根基不牢、基础不够。是啊，一个人要想真正做成宏伟的事情，如果没有很好的基础功底，那是不可能实现的。

这就告诉我们，要想做到"外王"，就必须要先做到"内圣"。如果没有"内圣"的功夫，那"外王"也就没有了依靠，犹如浮萍一般没有根基，也犹如水中捞月一样不可获得。当我们真正把心念修正确了，把意志坚定不移了，把德行培育好了，把对待家人和朋友的为人处事都做好了，那才能真正具备了为社会全身心做奉献、参与国家的管理并功德于民的能力。当然，修身，是非常重要的环节，让我们把身心修好，并严格要求自己，具备良好德行。因为这是真正能经营好家庭，能够真正为社会做好各种事业的保障。

而在修身中，诚意和正心，是我们修身的必然要求，也是我们必须坚持的态度。格物与致知，则是让我们能够真正做到诚意与正心的基础。因为对任何事物的认知，都必须要真正全面了解以后，才不会迷失在事物的表面，也才能真正把握住事情本身，而不被外界诱惑所误导。所以说，格物与致知的奉行，让我们能够清楚明了并深刻地了解世间万物，能够让我们得以了解真相并突破迷局，从而找到正确的方式与方法，做出正确的判断和选择。

诚意和正心，则是告诉我们，必须在了解事情中，坚持内心的坦荡光明，必须正心正念地看待问题，犹如儒家提倡的"中庸"之道，不偏不倚，这样才能虔诚地感受到事情本身的内容，才能中肯地予以了解和评议，才能理智而又真诚地对所做的认知予以担当。当然，这也是我们修身的过程，也是我们立德立言的必然原则。

当我们将修身，应用在生活中的方方面面时，当我们立足于家庭去做好为人处事时，当我们面对着发生的事情、存在的器物，都能保持良好的心态，具有美好德性与非凡智慧时，就能够在治国与平天下的过程中，真正做到得心应手、成竹在胸。

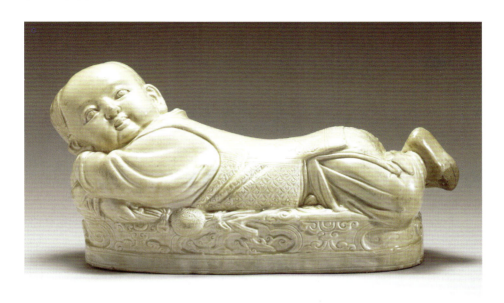

北宋定窑白瓷婴儿枕

中华文化中，倡导的"内圣外王"之道，并不是机械的理念，而是相互影响着的一个修行系统。没有良好的道德修养，没有定力和精准的判断力，没有诚恳的态度和正确的心念，那是不可能真正做到内心无私、道德光明的。也就是说，"内圣"是"外王"的基础，而"外王"则是"内圣"的具体实践。犹如一个人，要实现人生理想，就必须为自己设定的目标不断地做好相应准备，如果没有做好充足的准备，那就无法保障产生好的结果。

我们在探讨"内圣外王"时，也不能不告诫自己，其实修身立德是每一个人，必须一辈子都坚持去做的首要大事。因为"人无德不立"、"国无德不兴"，中华文化推崇的"道"与"德"，无一不在要求我们必须具有良好的道德品行，必须体现人生的社会意义，必须体现生命的尊严，必须体现社会的责任与担当。这一切，都在警醒我们，我们必须去做好踏踏实实的内在修行，不能脱离实际根本，去不切实际地追求遥不可及的幻境。

儒家的"内圣外王"之道，也让我们在一言一行中，有了法度和标准。也让我们在为人处事中，有了方向和榜样的标杆。"内圣"和"外王"，其实也只是我们不同的人生阶段，也是我们在生活、工作、学习等方面，所倡导的必然要体验的过程。当我们真正慎言慎行、真正崇道尊德、真正善待惜缘、

真正成人达己、真正仁者爱人……就会知道，"内圣"和"外王"其实相互包容着，彼此影响着，也在共同成就着。从整体来看，我们倡导"内圣外王"，其实就是要明白道德修养的重要，就是要坚持实实在在的修行，就是要具有正确的心念和态度，这样才能在家庭、社会等领域，做好相应的事情，并彰显出内心美好的道德品质。

现在有许多人，往往只在意结果的追求，却忽视内在德性的修养，这是很可怕的事情。比如，在许多的市场行为中，有许多人不择手段地进行竞争，甚至对合作者也为了利益而进行诋毁、打击、报复，根本就不去反思自己的言行举止，是否符合法律道德，是否对别人已经产生伤害。他们这样失去道德的行为，也必然是无法获得社会尊重的。即使能够短暂拥有物质财富，但在精神道德上，却早已留下无穷后患，必然会遭受相应的惩罚。

在悠久灿烂的中华文化中，对精神道德的推崇，延续了数千年。这也是我们中华民族传统美德的根本，这也是我们正确的人生观、世界观、价值观的形成基础，这也是我们中华文化优秀基因的保障。我们在倡导着"内圣外王"时，就必须一次次警醒自己，要想获得社会的尊敬，要想真正收获长久的事业，要想真正具有美好的人生，就必须让自己具备良好的道德修养，就必须在中华文化的圣贤君子德行榜样中，不断要求自己去努力践行。

因此，"内圣外王"的实现，是日积月累的修行善果。我们置身于中华文化中，置身在世间的人、事、物中，也必须这样虔诚地修心养性，去明道养德，去通过实实在在、勤勤恳恳的道德修养，让自己如古代圣贤一样，真正具有良好的道德情操，并实现人生价值。

第六篇：和光同尘

春秋时期伟大思想家老子，在其所著的《道德经》中，有名句"和其光，同其尘"，现在经常会被表述为"和光同尘"这一词语。

就其字面意思而言，"和光同尘"是指混合各种光彩，也与尘世混合相同，这也反映了道家无为的思想境界。道家是我们本土的思想流派，从老子流传至今，已有二千多年历史。道家的许多思想，也时常在影响着我们当下生活的方方面面。

当我们真正透过中华文化，去揭示道家思想的时候，就会发现，任何思想，都存在着相互对应的朴素辩证。比如，道家倡导"无为"，却又认为可以"无为而无不为"。也就是说，无为是为了更好地作为，是以更自然的状态去呈现积极的一面，并获得良好的结果。

这就如同佛家里面倡导的慈悲，并不是让大家没有分辨能力，也不是让大家善恶不分，更不是让大家只做个好好先生。也就是说，慈悲还是要有智慧，才能真正惩恶扬善，才能真正传播正能量，不然的话，就会让许多人利用好心，反而助长了邪恶的蔓延。所以对于佛家的修行者而言，倡导的慈悲，必然要有智慧作为基础，这样才能真正用好慈悲。

对于老子在《道德经》中的"和其光，同其尘"名言，我们也要真正透过辩证的方式去认知，并不能只是停留在字面的解释，不然就会让这一名言，有很大的局限性，甚至会萌生出消极的理解。因为有许多人，一说"无为"便好像不用具体去做什么了，其实这是告诉我们，必须用更好的心性，更高的状态去做好有为的事情。而对于"和其光，同其尘"来说，则更要看重蕴藏在其中的哲理，看到里面的包容与谦和的德性，也要看到处下平等的品质，这样就能真正理解"和光同尘"的过程，其实就是在让我们修炼我们的内心，让我们做到平等地善待一切人事物，就是要我们能够时时处处都保持良好的心性与道德，并以"无为而无不为"的淡泊心念，去积极向上地体现真善美，并实现人生想要追求的结果。

由此可知，"和光同尘"其实说来简单，真正要做起来，却不是一件简单的事情。有许多人，往往陷入到空谈中，缺乏实际的践行能力，这样就会言不由衷、言行不一，让人无法给予信任，同样也无法获得别人的尊重。在工作生活中，要做到"和光同尘"的境界，还真不是一件容易的事。因为一个人，要想拥有超然于物外的心境，要有不被名利牵绊的状态，要无为实际上又可以有为的具体实践，那是需要真正苦下功夫才能做到的。许多人，往往只是短暂地进行磨砺，却无法将"和光同尘"，真正落到实际的工作与生活中，无法将其体现为自己的一言一行、一心一念。

实际的设想与现实的结果，往往有着必然存在的一段距离。这也在告诉我们，无论做事业，还是在具体的生活中，我们都要真实地明白自己，并给自己定位好正确的位置。我们也应该透过厚重的中华文化，去感受蕴藏于其

中的各种道理，并避免停留在表面的理解。这也说明，无论是事业还是生活，都必须实实在在地实践，才能真正获得对应的体验，才能真正不断成熟自己，并让自己能够在道德修养和心性熏陶中，逐渐明白其中的奥妙。

当我们置身在中华优秀传统文化中，不断端详着历史遗存的器物时，也能够感受到在这些器物身上，在折射着"和光同尘"的人文意味。犹如一件藏品，在岁月的流逝中，往往会被不同的藏家珍藏，而他们往往又有着各自的性情与喜好，也有着各自的人生悲喜恩怨，也有着各种各样的人生境遇，这就让我们不能不透过藏品，去体会藏家的故事。这就是收藏界经常说的，"藏品自己会说话"、"每一件藏品，都有无尽的故事"。其实，在岁月中呈现的各种痕迹，早已印证了藏品自身，便是世事沧桑的见证，也有无尽的悲欢离合，与藏品有着这样那样的关系。这也是许多人，当看见一件藏品时，无论是失之交臂还是失而复得，都有着各种各样的感受，都会用心灵去体会隐约在藏品背后的各种记忆。

北宋汝窑青瓷无痕水仙盆

在中华文化中，无论对具体的器物，还是面对人和事，都会有着人文情怀。每一个人，都有着情感，当内心的情感，与周围的环境有着呼应时，一草一木都会打动人心。当我们的心情，与某个人与某件事有关时，往往就会被这个人这件事影响着，从而让自己流露出相应的情感。这就是我们常说的"动心"、"动情"、"动念"，当我们对某一器物，有了"起心动念"，有了情感的投入，那就会感知到它与自己的缘分，那它就不只是简单的器物了。因为，已经注入了人文化情怀，也有了我们的感知，它便被我们赋予了情感色彩和文化内涵。如此，器物本身虽然还是器物，但它已经有了许多的情怀，值得我们去细心回味。

当我们明白了中华文化，能够呈现天地万物的"道"与"德"，明白了任何东西，都不可能孤立地存在，就会将文化内涵，与我们的所见所闻、所思所感融合在一起。当我们以中华文化中的德性与智慧，去真正与存在着的人事物，进行深入沟通与认知，就会对人事物本就存在的人文内涵，予以系统而又全面的了解与阐述。

我们一旦投入情感，就会知道有许多主观因素，随时在影响着我们的判别和决定。于是，在艺术收藏界，就有了"花钱买喜欢"的情况。也正是中华文化中，人的情感与天地万物之间，有着这样或那样的呼应关系，因此也就有许多人，在各种文化交流和产品推广过程中，不断调动购买者的情感投入，并让这些人以自身感情作为桥梁，来更好地接受所推广的产品。中华文化中的人文情怀，时时处处都存在，这也让我们看见了人性的真善美。当然，那些为了达到自我私欲，利用甚至歪曲中华文化内涵，不择手段地进行商业运作的人，当他们丧失道德与良知时，就已经不再是真正的中华文化传承者，也不再让人文情怀安好与祥和。

所以说，"和光同尘"并不是让我们没有主见，也不是让我们失去原则，而是让我们有着包容平等的心，去善待所有的人事物，去让善念传递得更远。无论在生活中，还是在事业里，我们都要以"和光同尘"的状态与境界，去让心性圆润而不锋芒毕露，去让自己善心待人接物而不是诋毁伤害他人，去让我们以淡然又和合相生的德性与智慧，去实现彼此能够同心同行。这都要求我们，面对一切的变化，我们在中华文化的认知与传承中，都要超越表象去看见深层次的内涵，只有这样，才能真正把握中华文化的精髓。

感念着中华文化的博大精深，也知悉着每一个人、每一件事，我们都必须通过实实在在的践行，才能真正体现人文情怀。唯有真心实意，才能真正彼此善待。唯有"和光同尘"，才能真正做到彼此求同存异、相得益彰，才能真正做到以道德之心，去实现互利共赢、共同成就。

第七篇：炎黄同根

全天下的华夏儿女，五湖四海的炎黄子孙，都应该知道"同祖同根、同宗同源"的道理，也应该明白，我们无论生活在哪里，也不管在何时，都有着同样的血脉，有着同一样的根。每一年的轩辕祭祀，海内外的炎黄子孙，都会汇聚在河南新郑，为中华民族的人文始祖，奉上心香并表达自己虔诚的敬仰。每年的炎帝陵，都会有着隆重的祭祀仪式，让我们铭记着这一位中华民族的伟大祖先。

当我们翻看族谱，去认知到一辈辈先祖的血脉传续时，去觉悟到我们的生命，正是一代代人传续到了今天时，就会在心中萌生感动。因为我们的生命，不再是简单的存在，而是列祖列宗在当下的呈现，在我们身上有着祖先的万千信息，有着各种各样的历史遗存。我们不再是简单的个体，而是中华民族的历史与文化，在我们当下的生命展示。

因此，我们就能感受到，我们的生命，不只是生物遗传的见证，也不只是肉体的呈现，而是具有着中华民族精神与道德的承载，也具有着人文情怀和文化传承的担当与使命。当我们明白了这些，就会对我们的生命根脉，对我们伟大的祖先，油然而生敬意，也会在心里虔诚地对我们的祖先，感恩戴德并铭记着自己的责任。

我们都是华夏儿女，我们都是炎黄子孙，我们都是龙的传人。当然，我们站在中华文化的发展与传承上，去看待我们的生命时，就会知道，我们当下的生命，同样也时时处处都在感应着中华文化的熏陶，也在受益于一辈辈列祖列宗遗留给我们的文化宝藏。正是中华文化的不断传承与发展，才让我们中华民族的繁衍生息，不只是数量的变化，不只是各个地方的迁徙，不只是不同时代的印记，而是透过我们伟大的祖先，更能够看到中华文明的发展历史，更能体会到博大精深的中华文化，源远流长却又时时处处在滋养着一代代炎黄子孙。

当我们站在历史的时空点，去追思我们伟大的祖先时，当我们用心铭记着祖先留下的事迹和传说时，当我们端详着出土的历史器物时，当我们透过沧桑去感受岁月的变迁时……这一切的存在，都在给我们的生命以警醒，都在让我们不忘记生命的源头，也让我们的生命时时不忘根本。当我们虔诚地感念祖先时，当我们一次次崇敬古圣先贤时，当我们浸染在中华文化中深受益处时，当我们不断觉知生命缘起于祖先时……我们就会真正了解生命，也才会真正善待生命。当我们对自己的生命，有了正确的认知，当我们真正彼此善待生命，就会用虔诚的心灵，去感受中华文化中存在的德性与智慧，就会真正觉知中华文化的伟大功德。

是啊，我们的生命延续，不仅仅是肉体的不断繁衍，更是中华文化的一代代传承与弘扬。我们有着共同的祖先，我们都流淌着炎黄始祖的血脉，也在印证着中华文化的基因，让我们无论走到哪里，也不管是处于何时，都会一次次清醒地知道——我们都是同根同源的炎黄子孙，我们都是中华文化的继承者和传播者，我们都是肩负着祖先嘱托与祈愿的华夏儿女！回眸历史，千万年只是弹指一挥间，我们无法忘记历史，因为翻读的往事，会让我们知道生命的变化与来处。我们无法忘记祖先，因为对于当下的我们来说，我们就是祖先在二十一世纪的呈现，就是中华文化传承至今的代言者。

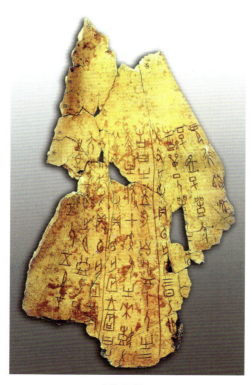

商代甲骨文

　　五湖四海的炎黄子孙，有着同样的生命根脉，也有着同样的文化源头。当我们在探讨民族迁徙时，当我们在研究各民族文化艺术时，当我们在分析各时代的民风民俗时，都会发现其中的规律。那就是，中华民族在历史发展中，完成了一次次的民族融合生息，完成了一个时代又一个时代的文化包容与共生，完成了中华文化的认同与传承，完成了求同存异、包容并蓄、百花齐放的发展与创新。

　　我们面对异彩纷呈的中华文化，就会知道，所有的文化都缘起于真实的生活，都缘起于我们人类与天地万物的感应，都缘起于生命的认知与自我觉醒，都缘起于内心的各种情感和万千向往……我们伟大的祖先，无论生活在森林深处，还是在草原盆地，无论是在狩猎捕鱼，还是在农耕稼穑，无论是在研究天文历法，还是在传播着智慧教书育人……都无时不在印证着共同的文化缘起，都无处不在见证我们内心共同的文化认知。

　　原来，我们伟大的祖先，不仅仅给我们留下了生命，也给我们留下了文明。当我们真实地感受到生命不仅仅是肉体的存在时，就会走入精神和道德的世界，去感受中华文化的美好与伟大，就会感恩于伟大的祖先，让我们不仅仅有机会活在当下，还为我们留下了无穷无尽的精神与道德财富，为我们留下了数千年的中华文化宝藏，让我们能够活得不只是行尸走肉，让我们活得能够通过修心养性和道德智慧，去和古圣先贤一样，成为大写大爱大德的人。

　　生命的觉知，能让我们明白，我们的生命有着共同的祖先。普天之下，所有的炎黄子孙，所有的华夏儿女，都有着共同的生命根脉，都有着共同的民族情怀，都有着内心对祖先的崇仰和敬意。生命的根脉一代代传承至今，让我们知道着"同宗同源"的道理。中华文化数千年以来，一直生生不息地发展着，也让我们明白，我们所有的炎黄子孙，都有着同样的文化源头，我们的祖先都曾经生活在同一片土地上，都曾经一起感知着天地万物的变化，都在岁月的长河中留下了共同的文化基因。

　　我们面对悠久灿烂的中华文化，感受着文化根源的共同缘起，就会知道我们一辈辈的祖先，在不同的时代里，将中华文化不断弘扬与创新，让我们这些子孙后代，才得以有机会真正受益于当下。血脉同源，文化同根。当我们有着这样的心念，就会知道，我们所说的"认祖归宗"、"天下一家"、"炎黄同根"，就不仅仅是停留在族谱辈分之间的血脉确认，而是让我们更深刻地认知到了生命繁衍中，一并传承着的中华文化基因，这也是我们伟大的祖先，留给我们的无价之宝，值得我们用生命去捍卫与珍爱。

炎黄同根，让我们无论走到哪里，无论在哪一时刻，都会感受到"四海之内皆兄弟"的亲情。中华文化有着共同的缘起，也让我们无论何时何地，只要一听到乡音，便会情绪激动、热泪盈眶，就能体会到人生"三大喜事"中的"他乡遇故知"，是多么的情真意切。

置身于中华文化的氛围里，我们说的每一句话，使用的每一个汉字，我们传承的每一礼节，都无一不在呈现着祖先留下的痕迹。因为，中华文化的传承与发展，数千年来就是一辈辈列祖列宗，完成的伟大文化善业，让我们在当下都能感受到文化的滋养，都能在棋琴书画诗酒茶中，体会到修心养性和君子情怀，也在瓷器、书画、曲艺等国粹中，感受到绚丽夺目的中华文化遗存。

在中华文化的感受中，有着浓郁的人文情怀，也让我们对一草一木、一花一叶、一器一物、一山一水、一步一景……都有着穿越时空的体验。我们能透过祖先留下的器物，回眸着历史沧桑，感受着时代变迁，体验着人文情愫。

这就是中华文化与器物融合以后，产生的独特魅力和各种感知。这也让我们置身在中华文化的氛围里，能够突破时空的拘禁，去探知隐藏在岁月中的故事。我们也可以通过器物的信息，感受到人生的哲理，并觉悟生命的本质，从而升华着自身，并成就着未来。

第八篇：正气浩然

我们在创作书法作品时，往往会写"正气浩然"几个大字，也往往会在绘画中，体现这一主题。当静下心来，去仔细体会"正气浩然"这个词语时，就会发现潜藏在其中的强大正能量，就会发现中华文化中透出的这种铮铮铁骨气息。

是啊，翻看一部中华文明史，品读着古圣先贤的事迹，聆听着流传至今的传说故事，就会知道，正是这种从骨子里透出的正气，让我们感受到了民族的气节，感受到了历史的龙骨，感受到了中华文化的脊梁。

南宋著名爱国诗人文天祥，在其诗作《正气歌》中，有着"天地有正气"、"于人曰浩然"的名句。让我们对中华文化中的民族气节，有着深刻的了解。

第一篇：土生万物

　　我们脚下的土地，时时处处都在孕育生机。寒冬里，我们在寂静中，可以聆听到根在泥底蠕动的声音。春来回暖，一声声吆喝洒满田间，布谷鸟在鸣叫中告诉我们，赶紧辛勤劳作"布谷"，以收获秋天的果实。

　　当我们播下一粒粒种子，在风雨中看着嫩芽，一点点地伸展，就会在心中萌生着喜悦。是啊，我们的生命，也是这样的孕育过程。母亲十月怀胎，让我们在子宫里孕育成长，当我们呱呱落地时，可以让亲人都绽放着笑脸。深情的土地，也是在这样怀爱着一切，默默地承载着所有生长与枯落。于是，我们经常将大地，比喻为母亲。我们常说，躺在大地上，就好比是躺在母亲的怀抱一样。

　　在这样的感受中，我们会知道，土地如母亲般承载着能承载的一切。无论是森林还是山丘，无论是草原还是荒漠，无论是沼泽还是湖泊，无论是火山还是冰川……土地承载着一切变化，也默默地接受着一切的给予。无论我们留给土地一些什么，它都静静地怀爱着、包容着。当我们真正体会到土地的博大宽厚时，能不为它的心怀和善意感动吗？

　　在中华文化里，我们伟大的祖先，告知我们必须以"天人合一"的宇宙观和世界观，去看待所有的一切事物。当我们以"天人合一"的心念，去端详着脚下的土地时，就能明白我们的生命，本就与它命运相连。我们就生活在这片土地上，我们就与泥土为伍，我们就依靠着土地生长的食物来生活。无论我们走到哪里，无论我们以怎样的方式生活，都无法拒绝土地对我们的滋养，都无法背离土地对生命的怀爱。

　　我们的祖先，数千年前就已经知道这样的道理，并有着这样的深刻体验。所以，在流传的故事中，无论是"盘古开天地"，还是"大禹治水"，无论是"隋炀帝开凿大运河"，还是"五谷丰登的祈愿"，无一不是在解说我们人类与土地的关系。当我们翻看《易经》时，里面也有着"地势坤，君子以厚德载物"的名句，这也告诉我们，土地与我们之间，早在数千年前就已经有着相互感知的信息。大地博大宽厚，可以见证德性，可以生发万物。这就是让我们可以看到的圣贤心怀，可以学习的君子情操与道德。

土地无言，万物生息。我们脚下的土地，浸染着千万年的历史血泪，也流淌着祖先浓郁的乡土情感，也见证着无数次的万物枯荣。当我们捧起一把泥土，就能够感受到里面蕴藏着的历史文化信息，就能感受到土地蕴含着的勃勃生机。我们在生活中，一次次地诠释着内心的感受，却往往会忽略脚下的土地，我们往往会追逐自己的欲望享乐，却往往不珍爱给予我们生命承载的土地。这是多么可惜、可悲、可叹的事情，我们不能不时时予以灵魂警醒。

当我们怀着虔诚的心，去亲近土地时，就不由得对它深怀敬意。是啊，无论我们怎样对待脚下的土地，无论我们是否遗忘它的存在，无论我们是否伤害过它，无论我们是否感恩着它，在历史长河中，它都一直在静静地按照自己的方式，为我们绽放着生机与活力，为我们的生存提供着各种各样的供养。这是多么大爱慈悲的心怀，这是多么无私无我的境界。于是，我们的祖先，便留下了千古名言"天地无私载，日月无私照"。在中华文化的传承中，我们能够感受到祖先的德性与智慧，他们揭示了天地万物与我们人类的关系，形成了命运共同体的思想，并能做到彼此相互感应。

北宋钧窑玫瑰紫釉葵花式花盆

土地无私，在包容着一切，也在孕育着收获。我们生活在土地上，我们在不断地认知着生命的变化，同时也在觉悟着土地与我们的关系。当我们虔诚地感恩土地对我们的供养，虔诚地敬畏着土地博大厚德的承载，就会对脚下的土地，不得不深深地注入感情，并懂得感恩和怀爱。这样，我们才能与脚

下的土地，形成良好的生命感知，并让我们怀藏善念。

　　冬去春来，土地默默地花开。无论播下怎样的种子，土地都在用它无私的慈爱，让生命得以延续，并自然地绽放欢喜。一朵花的盛开，可以让人看见希望，博大厚德的土地，并不会将自己停留在这样的念想里，而是依旧传递着自己的大爱。对于土地而言，每一次的播种，都是我们生命的嘱托，都在承载着我们的希望，它也必然会默默地进行着回答，并给我们以真实的万物呈现。土地无言，却默默地见证着勃勃生机，万物的生息枯荣，也许就是土地向我们表达的独特语言。

　　每一片土地，都有着祖先的足迹，都有着无尽的生死枯荣。我们要一次次地告诉自己，我们脚下的土地，并不只是泥沙，并不只是草地，并不只是山石，并不只是河流……透过这些事物表象，我们能否感知到隐藏在泥土深处的情怀？能否聆听到土地深情的呼唤？能否感知到与泥土相依相伴的祖先，对我们发出的告诫？能否读懂潜藏在尘土中的时代印记？能否觉知着生命与土地的对语？能否传递人类与土地生生不息的感应？……当我们静下心来，透过土地承载的万物，透过季节呈现的枯荣，透过山山水水的景致，透过我们生活的各种痕迹，透过岁月中流淌着的人文情感……就会知道，土地何尝不是我们生命的见证呢？原来，每一片土地，都有无尽的故事，无论我们已知还是未知，无论我们在意还是不在意，它们都客观地存在于土地中，静静地等待着我们的呼应。

　　面对着脚下的土地，我们的内心深处，会绽放温暖，也必然萌生着祈愿。当我们放飞思绪，去真正解读土地时，它蕴藏着的丰富内涵，也必然会在中华文化的传承中，展现出无尽的表现形式。犹如佛家所说，"一花一世界，一叶一如来"，其实一粒尘沙，就是大千世界。我们脚下的土地，给我们生命供养的土地，处处都有着故事，时时都在发生着故事。我们的祖先，与土地有约，枯荣盛衰的万物，与土地有约，我们的心念，也与土地有约……面对着脚下的土地，我们目睹着万物的生生不息，迎送着冬去春回，能不感念着土地的恩泽吗？

　　在中华文化中，有着阴阳五行的理论。阳者，为天，为乾，为男。阴者，为地，为坤，为女。乾道流转，无形无状，坤德厚重，生发万物。在金、木、水、火、土这五行中，土本身便是厚德慈爱的象征。我们伟大的祖先，用"天人合一"的感知，揭示着蕴藏在天地万物中的规律，让我们得以在万千变化中，明白着根本，并让我们在当下依旧有着德性与智慧。

土地无言，万物生息。我们脚下的土地，有着强大的生命力，也在印证着无限生机。我们虔诚地感恩着土地的供养，觉知着土地蕴藏的信息，这是多么愉悦的感受啊！博大厚德的土地，仁慈大爱的土地，让我们懂得了心怀敬畏，让我们明白着如何去厚德载物。

第二篇：大爱无言

我们的生命，无时无处不在感受着爱。可以说，爱是无处不在的。当我们与天地万物，虔诚地融为一体时，真正用心去觉知存在着的和谐共生时，就会知道在我们的生命里，本就流淌着爱，我们本身就是爱的载体。

如果没有父母的爱，如果没有祖先的缘起，那就没有我们活在当下的生命，所以说，我们是父母爱的结晶。我们时常会用一个词语，去形容我们与父母的关系，那就是"父骨母血"。在中华文化中，我们时时刻刻都在倡导着仁爱厚德，这也是我们为人处事的根本，也是我们与天地万物和谐相处的原则。如果没有爱，那就没有当下的我们。

春秋时期伟大的思想家老子，在其所著的《道德经》中，有着著名的句子"大音希声，大象无形"。其实，真正的爱，是无需用夸赞去修饰的，虔诚的内心，是不必用点缀去装扮的。这就是大爱无言的道理，这就是为何有许多心怀真爱的人，并没有太多的花言巧语，也不会表达豪言壮语，更多的是以自己实实在在的行动，去见证内心的真爱。

大爱无言，是因为虔诚的爱，真心的爱，具有强大的正能量，即使没有表白，即使遭受诋毁，即使被人伤害，却也内心坦荡、问心无愧。大爱无言，就是发自内心最本真的爱，在无我无私地给予，不包含任何的私心欲望，也不期盼得到任何的回报。

当我们面对父母时，就会感受到这样的大爱。我们常说"父爱如山，母爱如海"，是指父母亲的恩德无比深厚，如高山大海一般，让我们懂得去高山仰止，去明白大海的宽阔无比。唐代著名诗人孟郊，有一首流传至今的诗作《游子吟》，上面写着"慈母手中线，游子身上衣。临行密密缝，意恐迟迟归。谁言寸草心，报得三春晖。"在字里行间，都流淌着母亲对孩子的慈爱，这种大爱是那么的温暖，那么的纯净无私，那么的生活化，那么的感情细腻！这首诗，也感动着一代代的读者，因为通过这些浅显的话语，让我们的眼前浮现出一位慈爱的母亲，她的音容笑貌就如同自己的母亲一样的亲切和蔼，那样的让我们的内心感动。

南宋官窑青瓷葵花式洗

在中华文化中，对传统美德的倡导与尊崇，是贯穿了数千年的主题。春秋时期伟大的教育家孔子，从"仁者爱人"、"成人达己"、"己所不欲，勿施于人"、"四海之内皆兄弟"等方面，去解读着在社会生活中，我们应该怎样去关爱和帮助他人。我国战国时期著名的儒家学派代表人物孟子，则发出了"老吾老以及人之老，幼吾幼以及人之幼"的大爱宣言，并告诉我们一个这样的道理，就是赡养孝敬自己的长辈时，不应该忘记其他与自己没有亲缘关系的老人，当我们在抚养教育自己的孩子时，也不应该忘记其他与自己没有血缘关系的孩子。

在我们的日常生活中，也在倡导着"爱出者爱返，福往者福来"。这都告诉我们，在中华文化的传承过程里，对传统美德的坚持与弘扬，是数千年来从未断绝的文化根脉。当我们翻看经典，品读着诸多的名言警句，当我们与古圣先贤对话，聆听着来自于历史的回音，就会懂得，仁爱这一美德，在中华文化的传承中，始终没有断绝，也一直被中华民族推崇。由此可知，中华民族是仁爱的民族，是生活在大爱世界里的民族，是因大爱而有强大正能量的民族，也是因为仁爱，而深受其他民族信任和爱戴与敬仰的民族。

可以说，仁爱是我们自古以来的传统美德。即使在二十一世纪的当下，我们有许多的人，心灵被欲望和利益所蒙蔽，做出了这样那样违背仁爱的事情，但这并不能够影响着中华文化中仁爱的基因，也不会动摇在传统美德中对仁爱的尊崇。

当我们置身于中华文化里，深刻地感受到仁爱的世界，就在我们身边，就在我们的传承里，就在我们的生命中，就在我们的文化基因里，就在我们坚持的精神与道德里，那必然会萌生着强大的民族自豪感和自信心。这样，我们也就会感受到中华文化，原来就在传播着真善美的大爱，原来就是在传承着道德与精神的大爱，原来就是在弘扬着正气和优秀品质的大爱。由此可知，中华文化的传承与发展，就是在做伟大的功德善业，就是大爱的见证。

一次次在时空中过往，一次次感受着天地万物的变化，一次次体验着"上天有好生之德"的大爱，就会明白，我们的生命就是在大爱的世界里，不断承载着应该承载的使命与担当，就是在用虔诚的心灵，去诠释着天地万物的大爱无私与和谐共生。面对脚下的土地，面对土地上生长的草木，面对我们迎来送往的人，面对变化万千的事情……我们能否真正懂得诠释大爱的内涵呢？我们是否真正能够做到大爱呢？我们是否真正能够懂得放下名利得失呢？

中华文化的传承，让我们看到了数千年来，一直延续至今的精神与道德，也让我们懂得了仁爱的本质。当我们不断地用感恩的心，去观察周围的世界时，就会知道自己就生活在大爱的世界里，即使现实生活中，有着这样那样的苦难与不幸，但风雨之中阳光依旧存在，苦难和不幸之中，欢喜与幸福就在心里。这就告诉我们，无论生活中存在什么，都值得用大爱的心，去善待一切人事物，都要让我们坚持祖先传续至今的道德与智慧，并学会与天地万物和谐共生、同存共荣。因为，这是在以自身的言行举止，传递着大爱，并被大爱所滋养。

如此，我们就可以面对土地时，心中充满感激，对生息的万物，能够予以亲近。如此，我们就会懂得善待身边的人，懂得宽容与理解，懂得舍下小我并成就大我。如此，我们就会面对每一件艺术品，都能感受到它们蕴藏的人文情怀，能够深刻地读懂它们的历史文化，能够与它们相互融合并体会到它们鲜活的生命。这就是"每一件艺术品，都有着生命"的诠释，这就是"每一件器物，都见证着人生沧桑"的解读。

用心灵去感受这一切的变化，用爱去体会所有的存在，我们必然会在万事万物中，懂得承载和担当，必然会学会觉醒与升华。没有爱的世界，是多么可怕的世界，如果一个人，缺乏爱的能力，也是多么可悲的事情。当一个人，不懂得去好好珍惜身边的人事物，不懂得感恩天地和祖先，不懂得怀爱生命中的

一草一木，那是多么可悲的事情。在现实生活中，有着许多这样的人，他们生活在痛苦中不可自拔。其实，只要他们明白了生命自身，只要他们真正懂得了大爱无言，真正学会了用爱去表白内心，那就会"心念一转，春暖花开"。

脚下的土地，大爱无言。身边的草木，大爱无言。历史中的祖先，大爱无言。博大精深的中华文化，大爱无言。流传了数千年的传统美德，大爱无言。这所有存在的一切，都在告诉我们，我们就生活在大爱的世界里，我们也必须去传播着大爱。

大爱无言，并不是虚幻的表白，而是实实在在的行动。大爱的传递，必须用实际的言行举止，才能见证内心的仁爱厚德。脚下的土地，以对万物的承载，以生命无尽的绽放，来见证着它的大爱。一辈辈的列祖列宗，以生命的繁衍，以中华文化的传承，以道德和精神的呈现，来见证着他们的大爱。我们生活在二十一世纪的今天，又将以怎样的方式，去如土地一般懂得承载呢？又将怎样如同我们伟大的祖先一样，学会将大爱传递下去呢？

每一天，都是崭新的起始。每一念，都在见证涅槃重生。大爱无言，当下的我们，心中有着仁善，有着道德和精神，有着对圣贤君子的敬仰，有着对中华文化的尊崇，有着实实在在的自我觉醒与升华。

土地因为大爱，万物生生不息。我们心中有着大爱，虔诚地善待着一切，感恩着一切。置身于中华文化中，面对着脚下的土地，回眸着生命中的人来人往，我们的内心深处，始终坚持着使命与良知，始终将爱怀藏，也一直在天地万物间，呈现着我们的责任与担当。

第三篇：水火圆融

生命无时无处不在变化之中，在这样的过程里，我们可以看见许多的矛盾在产生，也可以看见许多的融合在继续。也许，生命就是这样在不断的变化中，一次次完成了自我的调整，一次次成就了自己。

我们一遍遍地思考着厚重的中华文化时，就会发现一个非常耐人寻味的现象，那就是无论我们怎样去考量中华文化的内涵，都能有着共同的根脉，犹如百川归海一般，将各种文化符号与现象，和谐共生在一个完整的中华文化系统里。而这一文化的根脉，就是对天地万物的共同认知，就是对道德精神的崇仰和遵循，就是对我们身心修养的不断超然于物外，就是我们本真与自心的把握，就是中华文化源于生活、高于生活、服务生活的属性。

当我们知道了这些，就会很清晰地知道，中华文化在历史发展中，有着各种融合与扬弃，有着各种纷争与包容，也有着各种对立与统一。这就如同在五行中，水与火，往往是不相容的，因为在中华文化中，五行的相生相克关系，可以体现为：木生火、火生土、土生金、金生水、水生木；木克土、土克水、水克火、火克金、金克木。我们所说的相生，是指两类属性不同的事物，它们之间存在着的相互依存、彼此促进、同生共荣的关系。我们所说的相克，是指两类不同属性的事物，它们之间存在着的相互克制、彼此抵触、彼此约束的关系。

由此可知，我们时常说的一句话"水火不相容"，就能很清晰地明白五行中，它们之间的生克关系。其实，在宇宙万物中，何尝不是这样的情况呢？一切都在若隐若现之中，一切都在生生灭灭之间，一切都在忽寒忽暖之里。天地万物，都在变化着，呈现着各种各样的景象。也许正是这样的生克关系，才让生命有了无穷无尽的生机。

寒来暑往，秋收冬藏，不同的季节，在印证着不同的劳作。春来百花开，秋至叶飘零，不同的景致，呈现着不同的生命状态，也在见证着时节的变迁。我们的生命，在感受着天地万物的变化时，自身就发生着许多的矛盾与统一。于是，在现实的生活中，我们时而欢喜，时而哀伤；我们时而清醒，时而迷茫；我们时而亲近，时而疏远；我们时而热情，时而冷漠……我们也在岁月里，变化着万千的面目。当我们回眸着我们的生活，觉知着我们留下的各种感怀，能否明白我们变化的缘由呢？能否知道影响着我们自身生克不止的根源呢？

其实，每一个生命阶段，都必然会出现各种各样的问题。也许，生命本身就是一个新旧更迭的过程，本身就是一个不断印证着万千变化的过程。好比是一棵树，如果没有叶落，那来年的新芽又怎能绿满枝头呢？好比是一片土地，如果没有冬天的沉寂，那又怎么能够呈现春天的勃勃生机呢？好比如一个人，如果没有经历痛苦，那又怎么能够体会到快乐呢？好比如一件事，如果没有失败，那又怎么能够迎来成功呢？好比如当下的每一天，如果没有感念今天的存在，又怎么能够明白过去和未来的迎来送往呢？

唐代长沙窑褐釉模印贴花双耳罐

在现实的生活中，我们时常在感知着各种各样的变化，也在体会着相生相克的道理。面对着五行中的水与火，面对着我们生活中最常见的这两样事物，我们是否已经透过中华文化的内涵，明白了蕴藏在它们背后的联系呢？其实，万事万物的生克，也是有着特点和条件的，当现实的条件发生改变时，往往就会产生不一样的结果。一般情况下，水与火不会相容，并相克着，这就是我们经常拿水来灭火的道理。可我们也知道，如果水面上的油发生燃烧，你是往往无法直接用水去扑灭的。

当我们把一件陶瓷拉坯好了，干燥到一定程度，并完成修整以后，便会在上面描绘图案、涂抹釉料，并入窑烧制。在这时候，瓷器毛坯，还是具有一定水分的，在熊熊烈火中，完成了水分挥发并保留了釉彩和图案，使之在不同的温度下，形成不同的瓷器品质。在这样的过程中，水与火这两者之间，既有相克的过程，又有着相生出新事物的过程。原来，万事万物之间的相生相克，竟然有着这样神奇的变化。生克之间，也在变化着，也在创造着新的希望。当我们明白了事物之间的生克，并不是机械地进行理解时，当我们真正用心去体会蕴藏在相生相克中的规律时，就会对我们伟大的祖先深怀敬意，对博大精深的中华文化虔诚赞叹。

由此，我们知道了，"一切皆有可能"，并不是空洞的说辞。当我们置身于中华文化中，去深刻领会蕴藏其中的奥妙时，就会不由自主地对圆融无碍、融会贯通的中华文化，予以全新的认知。我们就不再是浮在表面地认知存在的各种物象，就不再只是机械地对事物进行分析和探讨。而是会用变化的观念，去了解其中的规律，而是用圆融通达的智慧，去揭示其中的秘密。当我们这样做时，事物的本身，就不再只是事物本身了。这就如同《金刚经》中所说那样"是法非法"，也好比如我们常说的"此一时，彼一时"，能够印证着各种各样的变化，同时又在见证着其中不变的根本。于是，我们就知道了，"以不变应万变"的道理。

相生相克，并不只是封闭的系统。有的事物之间，只要换一个角度，便能够实现相生。水能克火，火却能生土，而土却又能克水。所以，在不同的事物之间，有着各种各样的生克关系，谁能智慧地认知到其中的变化规律呢？谁能跳出其中的物象，知道怎样将相克变为相生呢？谁又怎么能够将相生变为相克呢？在这样的变化中，谁已经知道了其中的条件呢？透过各种各样的事物变化，让我们不得不进行思量，也不得不进行智慧的觉知。

在中华文化里，我们传统意义上的"水火不相容"，却可以在德性与智慧中，变得"水火圆融"，并创造出崭新的事物来。这就是我们伟大的祖先，在天地万物的规律中，明白了"道"，修好了"德"，开启了大智慧，创造出来的文化财富啊！

每一件瓷器，都是一次"水火圆融"的见证，也是一次土与火的圆融，也是一次土与水的圆融。当我们欣赏一件瓷器时，我们就能真切地感受到蕴藏在一方水土中的艺术情怀，就能感受到在烈火中完成生命绽放的升华境界。中华文化，将天地万物作为一个完整的系统进行思考，也将"天人合一"的理念流传数千年。我们面对博物馆里的每一件瓷器，都会感受到其中的"水土圆融"、"水火圆融"、"土火圆融"。如果按照古代的柴窑烧制瓷器，如果瓷器中还有描金工艺，那就更多地实现了"土木圆融"、"火金圆融"等等。由此可知，每一件瓷器，都可以看见辩证统一的中华文化，是如此的丰富多彩，让我们不由得深表敬意。

感恩着伟大的祖先，留下了无穷无尽的中华文化宝藏。我们面对的每一器物，都有着鲜活的生命，都在默默地完成着中华文化的承载与流传。当我们虔诚地与它们对话时，内心的感念和感动，就会无比纯净和质朴，就会在岁月中越发温暖，并在中华文化中萌生希望。

第四篇：血泪悲欢

　　翻读历史，无尽的沧桑，会通过文字与图画，呈现在眼前。端详着博物馆里的器物，我们能够感受到器物背后，那些斑驳着人文情怀的记忆。一件事情，往往不只是事情的本身，一个人的经历，也往往体现着家族的兴盛与衰落，一件器物，也往往在不经意间，为我们打开了解读全新世界的大门。

　　因为，任何的人、事、物，都不是孤立存在的，世界上也没有完全孤立的事物。当我们以整体的眼观去解读存在的一切物象时，就会明白隐藏在其中的诸多内容，就会不再只是停留在事物的表面进行思考，就会让自己对它们的了解，能够更加完整和圆融。

　　中华文化的传承，是一辈辈的列祖列宗，一直延续至今的伟大善业。在中华文化里，我们能够感受到，所有的人、事、物，都具有着浓郁的人文情怀，都有无穷无尽的故事，都有各种各样的内涵值得去怀想。当我们穿越历史，去解读这些故事时，去感念这些人文情怀时，去融入不同的文化内涵时，就会置身于这样的人、事、物之中。我们就会与它们，一同沉浮在悲欢离合里，就会与它们一同感受着岁月的变迁，感受着生命的无常。我们在这样的相互融合中，也在用身心感知着历史深处的中华文化，是如此的真实，是如此的细腻，是如此的感人至深，也是如此的与我们的生活息息相关。

　　可以说，我们脚下的每一片土地，都有着祖先的足迹，都蕴藏着万千祈愿。可以说，我们看见的每一件老物件，都是时代的见证，都是家庭悲欢离合的呈现。可以说，我们解读的每一篇文章，都是作者心灵的独白，都是他们对天地万物以及自己的诠释。可以说，我们现在使用的每一个文字和词语，都是伟大的祖先，在历史长河中，对中华文化的承载与流传。可以说，我们聆听的每一段传说，都是生命的认知，都是对道德和精神的坚持。

　　透过中华文化，我们可以看见无数的背影，已经呈现在我们的眼前。我们也可以透过现实生活中，所有遗存的器物，去洞悉隐藏在背后的苦乐爱恨。我们常说，人生短暂而又无常，可面对浩如烟海的中华古代文献，面对源远流长、博大精深的中华文化，我们的生命却又有着担当和承载。因为，我们的祖先，就是这样用他们的生命，将中华文化予以虔诚地认知和流传的。当下的我们，在二十一世纪生活着的我们，怎能不去怀爱祖先留给我们的文化呢？怎能不去好好善待遗存的各类珍宝呢？怎能不去虔诚地感恩着我们伟大的祖先，历经风雨沧桑，将文化一代代传承给了我们呢？

人生有着悲欢，生命的成长与收获，也必然坚持着仁爱与良知。我们的生命，就存在于岁月中，我们的祖先，就存在于历史长河里。面对着的各种历史遗存，我们心中怀想着的各种器物，无一不是在呈现着各种情感。可以说，每一件器物，都不是冰冷的，而是有着情感的温度，饱含着祈愿和渴盼，也蕴含着中华文化的品质与向往。

元代吉州窑白地黑花卷草纹罐

有许多人，往往活在事物的表面，往往就停留在事情的本身，而不去进行深刻地思考，也不去进行完整系统地追根溯源。如此，他们又怎么能够真正读懂中华文化呢？又怎么能够对历史遗留的器物满怀情感呢？又怎么能够对历史中存在的各种现象，予以正确地认知呢？也有许多人，他们往往沉迷在生活的欲望中，并不懂得崇道尊德，也不去修心养性，更不愿意去感知蕴藏在器物中的人文情怀，那他们又怎么能够对中华文化心怀敬意呢？又怎么能够真正体会到岁月中的悲欢离合呢？又怎么能够虔诚地去做好中华文化的传

承呢？又怎么能够在各种诱惑中，依旧坚持圣贤君子的德性，并智慧地进行天地万物"天人合一"的感知呢？

生命中的悲欢离合，时时处处都存在着。翻读的历史，王朝更迭，兴亡之间，有着枯荣盛衰的变迁，有着残酷的战争，也有着社会繁荣的祥和安宁。因此，一部部历史，其实就是悲欢离合、爱恨恩怨的浓缩。我们端详的每一件器物，何尝不是如此？

每一件器物，都有着它们的流传过程。每一种艺术形式，都有着它们的沉沉浮浮。当我们与国粹相互对语，当我们聆听着中华文化的回音，就会真切地体会到其中的内涵。犹如每一件瓷器，在它们的传承中，必然有着各种故事。而瓷器的本身，就有着自身的发展史，就有着各地方、各民族、各阶层、各阶段、各品种的不同人文元素。当我们翻看着厚重的中国陶瓷发展的历史，就会发现每一件瓷器的存在，都不是平白无故地凭空产生的，都必然有着自己的源流，都必然有着它出现的特定时期。当我们深入地进行思考时，就会更清晰地知道，在中华文化的传承中，有着各种各样的方式，也在体现着不同的文化内涵。

但无论怎样，我们都可以做到"万法归一"那样，对蕴藏在器物中的人文情怀，进行根源性的梳理，并显现出主要的根脉和本质特征。于是，不同的瓷器类别，就有了各自的审美和制作工艺，就有了不同的使用环境，也呈现出不同的受众群体和艺术价值。

而这一切，都无法让我们忽略其中的情感融入，都无法让我们将它们只是当成冰冷的器物。因为，它们融入了制作者的心血，也体现着中华文化的内涵，也有着相应的传承，已经不是一件简单的器物了。一次次端详着它们，在感受着它们自身的人文情怀时，我们怎能不被蕴藏在其中的悲欢离合感动？怎能不与其中的故事一同感受命运的沉浮呢？这就如同我们在秋风中，看见一片枯叶在飘零，也会有思乡的情感蔓延，也会滋生对世事人生的感叹。只要我们真正虔诚地与这些艺术品相互呼应，就必然能够唤醒我们内心深处的情感，就必然能体会到蕴藏其中的悲欢离合、血泪爱恨、得失荣辱……

我们的心，没有距离地与它们对话，它们也就会没有距离地与我们融合在一起。中华文化的传承，也是一样的道理。我们要清醒地知道，中华文化的本身，就是各种情感的凝结，就是我们的祖先，在不同的历史时代，遗留下来的真善美品质，就是内心道德与精神的见证，就是各种文化器物的呈现，就是向上大爱思想的诠释，也是"天人合一"、"和合相生"、"道德圣贤"等文化理念的传承。

面对着不同的器物，我们有着各种各样的怀想，也会与器物中的万千内涵，相互有着感知。当我们的心念，与器物没有分别时，就必然能够体会到"人器合一"的美妙心境。是啊，我们这样去感受着中华文化，这样虔诚地用心去感知着器物中的情感，怎能不会有真切的体会呢？怎么能够不让自己的身心，时时处处都置身在时空的穿越，并沐浴在中华文化中呢？一切都是那么妙不可言，一切又是那么真实地存在着。

血泪悲欢，见证着人文情怀。我们的心灵，在历史长河中，不断感知着隐藏着的情感，不断端详着各种文化遗存，不断与器物本身融合，与背后的故事相互呼应。我们的心，也在感受着这一切，犹如我们被脚下的土地感动一样，犹如我们被博大精深的中华文化感动一样，我们也同样会被一件瓷器、一幅字画感动着，因为里面蕴藏着能让我们感动的血泪悲欢。

第五篇：沉浮寒暖

人的一生，难免命运沉浮。或悲或喜，或爱或恨，或聚或散，总有无尽的情怀，在岁月里悄然流淌。无论我们是否铭记过去，也不管我们能否把握现在，未来都将逐一呈现着面目。其实，在生命里，我们面对的天地万物，面对的每一个人，经历的每一件事，都必然会给自己留下印记，也必然会时常让我们滋生着感念。

世事如云烟一般，沉浮着的命运，也在印证着我们的得失荣辱，也在呈现于我们的生活、工作、学习中，也在诠释追寻的事业是否圆满。当我们蓦然回眸，就会发现，许多值得珍惜的人，往往已经与自己擦肩而过。许多应该善待的缘分，往往已经不再回来。许多失去的器物，无法再重新回到身边。当我们一次次扪心自问，就会知道岁月的洗礼，早已让我们不再停留于当下，而是可以穿越时空，去与过去的往事对话，与所有的人对话，并感知到许多平日里并没有觉悟到的人生真谛。

也许，人的一生，就是在这样的沉浮中，逐渐成长成熟着，来去变化着。

每一段旅程，都必然承载风雨，也注定要诠释希望，当然也会迎接苦难与欢喜，留下欣慰与遗憾。人的一生，就是在这圆缺得失的过程中，一次次地觉悟着自己的真心本性，也在岁月中不断磨砺着自己，并朝着自己设定的目标，继续不舍地前行。

在万般的世事里，在过往的人群里，谁在感知彼此的恩泽？谁在给予他人以慈爱？谁在目睹着各种变化，依旧矢志不渝？谁在端详着每一件老器物时，都能穿越时空，去虔诚地感知到岁月沧桑？谁能在人生的解读中，虔诚地觉悟到中华文化的益处？谁能面对不断延续的人生考验，升华着道德与精神的崇仰？

在红尘中穿行，每一个人，都是匆匆的过客。眨眼间，千百年时光，早已流逝无痕。我们就在当下，时时回眸着人生过往，警醒着内心的追寻，一步步实现着梦想。我们就在当下，体会着世态的炎凉，感知着情感的寒暖，也知悉着人生的善恶与美丑。每一天，都是唯一的存在，都不可重来。当我们虔诚地敬畏着生命，当我们对人生进行深入思考，当我们怀藏着道德与精神，当我们绽放着智慧和欢喜……就会知道，无论我们的生命，曾经遭遇一些什么，都是在成就着自己，都是在让我们的生命更加有意义。

沉沉浮浮，寒寒暖暖，这是生命的过程，也是我们内心对世事的感知。天地万物，也在这样变化着，也是这样诠释着自己的存在方式。在"盘古开天地"的传说中，混沌的世界，被盘古的巨斧劈开，上升清者为天，下沉浊者为地。由此可知，在中华文化里，远古时期便有了阴阳天地的认知，便有了上下沉浮的觉悟。当四时轮回，季节寒来暑往，万物生生不息，寒寒暖暖的变化，印证着二十四节气的更替，印证着昼夜十二时辰的起伏。在我们伟大的祖先心怀中，对寒寒暖暖的感知，不仅仅有着天地万物的呼应，也同时在感应着我们生命的变化，在让我们的内心，与天地万物的沉浮寒暖，进行着没有距离的融合。

其实，我们本身就是天地万物中的一部分，我们与天地万物一同感受着变化，也一同揭示着真谛。当我们面对着身边的每一个人，都能感受到悲欢爱恨时，当我们面对着生活中的每一件器物，都能透过表象看见隐约着的人文情怀时，当我们对经历的每一件事，都能给予内心的感念时，我们对人生沉浮寒暖，便会有着深刻的认知。是啊，如果那样，我们就不会停留在器物的本身，而会关注于器物蕴藏着的文化与故事，更会懂得萌生情感并以慈爱之心，去珍惜着与器物的缘分，并萌生着欢喜之情。

　　而我们每一个人，都是在这样不断感受着各种变化，都是在不停地诠释着人生哲意。沉浮寒暖的存在，也可以说是天地万物呈现的痕迹。"天有不测风云，人有旦夕祸福"，人生每时每刻都在变化着境遇。春暖花开、秋寒叶落，每一季节都在呈现着变化的风景。无论生命中，曾经存在过什么，都必然会被当下的我们内心虔诚地解读。这犹如当下的我们，也必然会被明天的自己，一次次地端详着变化。

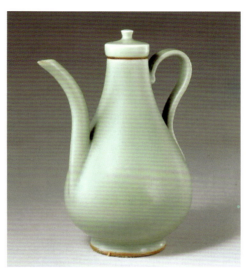

元代龙泉窑青釉执壶

　　人的一生，难免苦乐悲欢，难免聚散离合，难免名来利往，也难免迷失与清醒。生命中存在着的，也必然是应该出现的，我们在感念着命运沉浮时，在觉悟着人生寒暖时，是否坦荡地微笑着迎来送往？是否依旧心怀慈爱地敬献着祈愿？我们是否与天地万物的变化相互感知着规律？这一切的存在，都在让我们的内心，越发真实地印证着人文情怀。

　　当我们在生活中，因为一件瓷器的传承，而感知到家族的兴衰荣辱时，就必然会对这一器物，深深地注入自己的感情。当我们面对着的每一幅书画，都能感受到中华文化的内涵，并虔诚地解读着作者和收藏者背后的故事时，就会对这一书画，有着不一样的领悟。是啊，我们经常说，"有心没心不一样"，当我们真正投入了情感，真正注入了心念，我们面对着的每一件器物，便都与我们有着缘分，有着这样那样的关系，也必然会打动我们的心灵。于是，我们面对的器物，就不只是简单的器物，而是它们已经有着生命、有着内涵、有着故事、有着祈愿、有着情感、有着心念……

　　人生的沉浮寒暖，也会融入到我们的现实生活中，也可以说，我们生活中的人、事、物，何尝不是时时处处都在与我们相依相随？何尝不是在体现着我们的悲欢爱恨？何尝不是在见证着我们的得失取舍？何尝不是在蕴藏着我们的性情与感受？何尝不是我们心念与情感的呈现？这就是我们常说的"一壶一乾坤"、"一叶一如来"、"一器念万千"的道理。面对着各种各样的人生变化，我们是否正确地认知了它们呢？

　　沉浮寒暖着的生命，让人文情怀，寄托在了生活中的每一器物，也将感情融入到了人生经历着的每一件事、每一个人。我们不是孤立的个体，器物也不会单独存在，一切都在相互融合中，不断呈现着变化。生命正因为变化，才越加丰富多彩，才越发充满希望。

　　善待着彼此，怀爱着所有人、事、物，虔诚地觉知着中华文化内涵，并在生活中呈现着德性与智慧，见证着精神与崇仰，这是多么应该去做的事情啊！我们在不断体验着人生的境遇，也在努力地觉醒着自己，生活中的每一次感知，都在见证着我们的收获。当我们与每一件器物，都有了感情的交流，就会发现人生时时处处都有着人文情怀，就会发现"老器物自己会说话"，就会感知到蕴藏在宁静中的万千秘密，就会寻找到人生解读后的真正答案。

　　无论我们经历什么，都要微笑地面对生活，都要善待着当下的一切。无论我们生活中，留下着怎样的痕迹，我们都要虔诚地予以认知。无论我们的祖先，给我们传承了多少遗产，给我们留下了怎样的器物，我们都要感恩戴德地如祖先一样，用纯真的情感，去好好珍爱它们。我们知道，世事变化无常，人生沉浮不止，但当我们具有了强大的爱心，具有了虔诚的情感，具有了高尚的道德与精神，就会把人文情怀，融入到生活中的方方面面，也就会真正做到与天地万物相依共存，就自然会在变化的世界里，自在又欢喜地生活。

　　沉浮寒暖的感受，必然会伴随我们一生。犹如千万年的时光，在明暗中交替，在过往中怀念，在变化中回归宁静。生命中的每个人、每件事、每一器物，都在见证着我们人生的沉浮寒暖，也在融入着我们的人文情怀，也在不断的解读过程中，一次次重现着我们的人生境遇以及万千感念。

　　置身于中华文化的传承过程，面对着祖先传续至今的丰富宝藏，我们能否透过历史沧桑，去真正明白祖先人生的沉浮寒暖呢？能否感受到器物背后，隐藏着的各种悲欢离合呢？我们能否穿越时空，去觉知到器物中蕴含着的人文情怀呢？

第六篇：国艺流传

翻读历史，数千年的风云变幻，也只是弹指一挥间。品味人生，一代代祖先留下的痕迹，让我们不由得心潮澎湃。当我们置身于博大精深的中华文化里，当我们观瞻着各种类型的艺术作品，当我们与从古到今的诸多仁人志士进行时空对话时，我们的心灵也必然会感念万千。

徜徉在时光的流逝中，我们都是岁月的记载者，也是生命变化的承载者。我们一次次面对着浩如烟海的中华古典文献，一次次对着青铜、玉器、家具、陶瓷、书画……等等艺术瑰宝，进行着内心的沟通与交流，就必然会在生命里，感知到自己应该承载的使命与责任。是啊，我们是中华文化在当下的传承者，我们的血液里流淌着中华文化的基因，我们就在时时处处见证中华文化的流传不息。同样，我们要知道，我们自己的生命，本就与中华文化息息相关，本就是在衣食住行等方面诠释着文化内涵，可以说，我们就是中华文化的代言者。

我们面对着各种各样的中华文化艺术珍品，穿越时空去解读岁月留下的沧桑，去感知祖先留下的中华文化器物，在一次次的见证中，让内心安和而神圣，让自己不断延续着生命的志向与担当。我们是与中华文化有缘的人，我们与中华文化的传承密不可分。当我们在历史的长河里，一遍遍地翻读着祖先的告诫，就会知道我们伟大的祖先，一直在警醒着我们，必须坚守中华文化的根脉，必须用生命去捍卫中华民族数千年的文化源流，必须努力地践行中华文化的传承。

当然，我们在感恩着祖先恩泽的同时，也会对中华文化肃然起敬。因为，中华文化无比博大精深，无论哪一文化门类，都是汪洋大海、无边无际。而且，无论是哪一类艺术，都具有着深厚的文化内涵，也具有着千百年的文化传承与发展。

中华文化，是在世界四大文明古国中，唯一没有断层的文化。在中华文化的传承中，正是一代代的炎黄子孙，秉承着祖先的教诲，坚持着圣贤君子的

道德与修养，去将一件件器物，用虔诚的心念融入自己的情感，并将它们传续给子孙后代。在这样的文化传承过程中，我们能够感受到祖先的殷切期望，也能透过遗存给我们的器物，回温着历史，感知着文化，并体验着祖先流传的故事与传说。这就让我们不再把心灵，只停留在器物本身，而是让器物能够浮现着中华文化的缩影，呈现着祖先的情感，也见证着生命的人文情怀。

那一幅幅书法作品，在笔走龙蛇的变化中，能看见书写者内心的情感流淌，能看见作品里隐藏着的个人情趣与修养，也能在书写的内容中，解读着作者的志向与道德精神。那一幅幅国画作品，无论是梅兰竹菊的主题，还是"岁寒三友"的文化写照，无论是花鸟的描绘，还是人物的勾勒，还是山水之间的景致，都无一例外地呈现着人文情怀，无一不是在展现着时代的背景，诉说着作者内心世界的独白。

元代青花釉里红镂雕盖罐

一代代人，在历史中，相互送远，也在彼此迎接。我们的生命，就是在这不断繁衍生息的过程里，一次次传递着生命的信息。同时，我们也在中华文化的环境中，沐浴着文化的气息，感受着文化的召唤，也在让自己的生命，与中华文化形成命运共同体。从而，透过历史的发展，我们能看见千百年的各种艺术珍品，能铭记着一代代的文化传承者和艺术创造者。当我们将自己的生命，与厚重而又博大精深的中华文化，紧紧地融合在一起时，就会感受到中华文化的无时不在、无处不有，也会感知到中华文化就存在于我们的文化生活中。

当我们抚摸着一件老瓷器时，看着它的釉色与画工，看着它的造型与寓意，就会怀想着它是怎样由泥土，经过一道道工序，经过窑火的融合，最终变成了瓷器。然后，它又是怎样经过一次次的缘分，终于传递到了我们手中，呈现在了我们眼前。这是多么真实的文化传承，这是多么让情感"润物细无声"的过程！所以，当我们面对一件件瓷器，就会怀想着瓷器的发展历史，就会回眸各地窑口的瓷器特色，就会浮现不同时代留下的不同风格与器形，就会通过瓷器本身，见证着岁月的流逝和民族的兴衰荣辱。

中华文化，有着各种各样的内涵，我们无法忘记"徽班进京"和"同光十三绝"的戏曲历史，也无法淡忘扁鹊、华佗、张仲景、孙思邈、李时珍等医药学家，对中华医学的贡献。我们会时时怀记演绎八卦的伏羲与周文王，我们也不能忘怀修建都江堰的李冰父子。翻读经典，我们不能忘记为中华文化，留下了无比丰富的宝贵遗产的老子、孔子、孟子、庄子、墨子、孙武等人物。当我们吟哦着唐诗宋词时，我们也无法忘记李白、杜甫、白居易、辛弃疾、李清照、苏轼等诗词文学家。当我们在感应着十二时辰的变化、二十四节气的轮回更替时，也会浮现着无数的天文学家，正在测量和观察星相的场景。

当一幕幕的文化传承的演绎，在我们的内心里悄然上演，那将是我们的心灵，与中华文化进行亲密接触的时刻。中华民族是注重修心养性的民族，是注重德性操守的民族。因此，绚丽多彩的民族艺术，就成为了中华文化的呈现。在各种各样的艺术作品中，我们可以深刻地感受到历史留给时代的记忆，也能体会到我们的祖先，是如何一步步将国粹艺术传承与发展到了今天的。这一切，都需要我们用心去体会，都需要我们虔诚地感知。

中华文化源远流长，而民族艺术，则是中华文化最为核心的内容之一。在博物馆里，我们能看见许多的艺术珍宝，它们在静静地诉说着自己的历史，也在悄然流淌着人文情怀。当我们真正用发自内心深处，最纯净圣洁无私的爱，去融入我们的感情时，这些艺术品就会与我们相互呼应，就会让我们在岁月里，不断呈现着生命的承载并绽放人性的光辉。

国艺流传，这是必然的过程。中华文化，代代相传，有着"家国一体"的民族情怀，也有着"身心如一"的修养德性，也有着"天人合一"的文化境界。中华艺术，在以丰富多彩的艺术品形式，呈现着中华文化内涵。我们的生命与文化有缘，我们的内心与艺术呼应，这一切，都是那样自然地呈现着变化，又是那么自然地印证着生命的价值与意义。

回眸着历史变迁，一件件艺术品，就默默地沉浸在中华文化中，等待着有缘人，用虔诚的心念去解读和怀爱它们。生活在二十一世纪的我们，是否能够感受到中国艺术的神秘与大道？是否能够解读清楚中华文化的传递方式？是否能够明白国艺流传的内涵与客观要求呢？

第七篇：扬名天下

历史悠久的中华文化，不是在二十一世纪的今天，才被世界各国瞩目。翻读中华文化发展史，就会知道，其实世界各国文化，一直是在交流之中，从未断绝。各民族的文化，正是因为相互的融合，才造就了今天世界各地异彩纷呈的文化。

中华文化的发展过程，其实也是中华民族与世界各地的民族，进行相互交流的过程。我们可以追溯上古时期的民族迁徙，也可以回眸汉唐时期的文化交流，也可以怀想明清时代的航海贸易。历史的面目，会悄然呈现眼前，也会看见博大精深的中华文化，正是这样经历着不同历史阶段的交流融合，沉淀着万千的文化精华，包容并蓄地海纳百川，最终形成了我们当下能够看见的中华文化面貌。

著名的丝绸之路，可以让我们聆听着遥远的驼铃，可以看见那些西去的驼队，正在夕阳西下时，异国怀乡，吹响着一声声羌笛。也可以看见敦煌莫高窟的佛像，正在默默地静候着每一位到来的人，任凭岁月悄然流逝，千百年的时光只是刹那之间。那泛黄的经卷，随着黄沙，在灯盏的光照下，浮现着内心的祈愿和憧憬。无数人，已经悄然过往，无数背影被黄沙掩埋，连同一声声驼铃，也被岁月封存在了岁月的回想深处。

我们可以怀想，张骞出使西域浩浩荡荡的汉家威仪，可以看见文成公主与松赞干布和亲的婚礼，可以聆听着一曲曲笙箫，在天地间响起，又萦绕在梦里。我们可以怀想出塞的昭君，怀抱着琵琶，在弹奏着思乡的乐曲，惊动了一地的月光。我们可以看见骑着青牛、紫气东来的老子，在函谷关留下了《道德经》，这一"五千言"的巨著，被炎黄子孙品读了两千多年，也在深刻地影响着世界。我们也可以看见那一箱箱的瓷器和茶业，连同丝绸和中华民族的传说，给各国的民族捎去了中华文化的问候。于是，瓷器的称谓，便成为了英文"中国"一词的发音，成为了中国的符号。

明代的郑和，率领两百四十多艘海船，多达两万七千多人，从今天江苏的太仓刘家港起锚，远航西太平洋和印度洋，拜访了三十多个包括印度洋的国家和地区，最远时到达了东非与红海等地。二十八年间，他七出七归，也将道教妈祖、佛教、伊斯兰信仰，传播到了南洋各国，从而完成了海事、贸易和宗教信仰的传播与发展。每当我们在东南亚各国旅游时，就会感受到源自于中华文化的各种民风民俗，当我们在这些国家的博物馆里，看见我们中国的瓷器时，就会为数百年前的文化交流，深深地感到由衷的敬意。

当中华文化中的四大发明，传播到了世界各地的时候，我们可以想象着对世界文明进程所做的巨大贡献。造纸术、火药、指南针、印刷术，这四大发明的逐渐传播，改变了世界的文化传播历史。英国著名哲学家培根，在一六二零年他的《新工具》一书中写着："印刷术、火药、指南针这三种发明，已经在世界范围内，把事物的全部面貌和情况都改变了"！马克思在他的《机械、自然力和科学的运用》中，有这样一段话："火药、指南针、印刷术——这是预告资产阶级社会到来的三大发明。火药把骑士阶层炸得粉碎，指南针打开了世界市场并建立了殖民地，而印刷术则变成了新教的工具，总的来说变成了科学复兴的手段，变成对精神发展创造必要前提的最强大的杠杆。"由此可知，我们古老的中华文化，我们祖先传承的科技文明，早已为世界各国带来了巨大的影响，并深刻地改变着他们的生活方式。

中华文化，扬名天下。我们可以回想着，那些遣唐使来到中华大地上，是何等激动和虔诚着内心！当中华茶道，传播在世界各地时，又不知改变了多少民族的文化习惯！当鉴真东渡的故事传续至今时，我们每一次回眸，何尝不会内心予以虔诚的敬仰？当我们看见世界各国，都将中国的书法和汉字，引用在他们的生活中时，我们能不感受到中华文化对他们的巨大影响吗？我们能不对中华文化的传播，予以虔诚地赞颂吗？当我们在异国他乡，看见我们的景德镇瓷器，与世界各地的居民，谈论着他们祖先与中华民族的渊源时，能不追思文化的交流，为他们带来的各种改变吗？

博大精深的中华文化，数千年来，就在悄然地改变着世界，也在影响着不同民族的生产与生活，也在他们的文化中圆融着中华民族的情结，融入了中华文化的元素，并至今依旧在呈现着岁月的遗存。当我们回眸着这一切，当

我们静心地感念着这一切，就会在心中生发着民族自豪感，也会对中华文化油然而生崇仰。

明万历青花龙凤纹大罐

中华文化，是包容并蓄的文化，在交流中也在不断"见贤思齐，见不贤而内自省"，也在"和光同尘"、"海纳百川"地吸收着有益于中华民族进步与发展的文化元素。所以说，当我们置身于悠久灿烂的中华文化中，当我们端详着每一件器物时，当我们聆听着历史的回音时，当我们品读着每一个文字时，当我们回眸文化的每一次交流过程时，就不得不对我们的祖先博大的胸襟深感钦敬。我们也对中华文化蕴藏着的德性与智慧、包容与固本、和合与相生，感知到强大的生命力，并能感受到不同的时代风貌和亘古弥新的文化精神。

当我们以全球视野，去考察中华文化的传播，就会清楚地知道，中华文化自古以来，就没有断绝与世界各国各民族的文化交流，也从来没有拒绝与各地各区域文化进行融合。所以说，中华文化是厚德的文化，是包容的文化，是与时俱进的文化，是"四海一家亲"的文化，是通达天地根本的文化。这也决定着，中华文化的传承与发展，不仅仅只是局限在我们的小范围之内，而是全球性的文化交流工程。

随着我们国力的增强，祖国的影响力也越来越让世界瞩目，这也在推进着中华文化在世界各地的交流与传播。悠久灿烂的中华文化，也在坚持着尚善和合、厚德仁爱、圆融互生的原则，在二十一世纪的今天，以崭新的面貌呈现在了世界各民族的文化舞台。

我们翻读着中华文化发展史，我们体会着数千年来，中华文化的沧桑与辉煌，也在当下看到许许多多的文化交流活动，正将中华文化传播到世界各地，这是多么让我们内心激动的事情啊。孔子学院已经遍布在世界各地，传授着的中华文化，也将国粹艺术，让世界各族人民都有了很好的认知。我们的一幅幅书画艺术作品，在海外被高价拍卖，我们的一件件古代的瓷器，正以其艺术价值和人文价值，被世界各国收藏家追捧，这一切都说明了，中华文化依旧在延续着千百年以来的影响力，并将更好更大范围地影响世界。

中华文化，扬名天下。这不只是古代的赞誉，同时也是当今中华文化发展的必然趋势。坚持着中华文化的自信，将中华文化发扬光大、传播四海，不仅仅是对我们伟大祖先智慧与德性的肯定，同时也是在时代的发展中，让中华文化更好地造福于世界各国人民啊！

第八篇：故土思归

天地万物，都在变化中，呈现着各种面目，也在印证着"道"与"德"。在岁月过往中，内心在感念着一切存在，每一次体验，都必然会留下痕迹，也让自己逐渐觉知真相。当生命由喧嚣回归宁静，由名利回归淡泊，由浮华回归到朴实，便会生发着真挚的情感。

我们就是这样，一次次地在岁月中，迁徙着自己，在不同的地方，在不同的时间，印证着我们内心的世界如何变化。可以说，我们就是岁月的游子，我们就是异乡的过客。当我们的心怀，不断地成熟着祈愿时，当我们在岁月中，不断地怀望着故土时，当我们在万千境遇中，感知着人生的真谛时，我们就必然会将内心的人文情怀，悄然地融入到与我们有关的各种人、事、物中。

家国的情怀，是每一位炎黄子孙，内心深处最圣洁的情感。我们的一生，无论走到哪里，也不管在何时，都无法忘记自己的故乡。我们的一生，都无

法改变自己的乡音，也无法忘却自己的乡情。唐代诗人贺知章在他的诗作《回乡偶书》中，写着"少小离家老大回，乡音无改鬓毛衰。儿童相见不相识，笑问客从何处来。"当我们品读这首诗时，可以透过岁月的沧桑，感受到一个人回归故乡的情景。犹如许多的海外华侨，他们世世代代都在眺望着故土，都在思念着归来。

在中华文化中，有着浓郁的故土情结，也有着对故乡深厚的眷恋。我们常说"叶落归根"，在中华民族的风土人情中，生命来自于哪里，就必然会魂牵梦绕在那里。生养着我们的土地，与我们朝夕相处的亲人，都时时浮现在我们的脑海，无论漂泊在何处，无论衰老到何时，都无法忘怀故乡。这就是中华文化中的故土情结，这就是我们常说的乡情、乡音。当我们的内心，逐渐回归宁静时，就会越发对故乡有着深深的怀念。

故土思归，是中华文化中具有浓郁情感的心灵之旅。有许多的游子，在年轻时往往憧憬着外面的世界，认为外面的世界是如此丰富多彩，可当他们在异乡他地真正体验了人生的悲欢离合，真正感受到了浮华落寞，真正读懂了亲情乡情，就会必然明白自己的人生归宿。于是，就会在内心里"故土思归"，这也是必然的结果。

每当我们聆听着著名歌星费翔演唱的歌曲《故乡的云》时，就会被里面的歌词，以及费翔深情的呼唤所打动。"当身边的微风轻轻吹起，有个声音在对我呼唤。归来吧，归来哟，浪迹天涯的游子。""我已厌倦漂泊，我已是满怀疲惫，眼里是酸楚的泪，那故乡的风，和故乡的云，为我抹去创痕"。这就是真实的游子写照，这就是我们经历了万千磨砺以后，对故土思念和依赖的情怀。无论我们曾经多么坚强，无论我们是怎样的地位与荣耀，也不管我们是否落寞与卑微，我们对故土的情感却是一样的神圣庄严，我们在故土中真实地展现出的，永远是最真实的一面。

我们可以看见在许多新闻报道中，有年过九旬的老人，终于回到生养自己的故土，一别六七十年时光，许多曾经的伙伴，都早已不在人间。那牵挂着他们，日夜期待着他们归来的父母，也未能在临终前见上他们一面。这种情感，凝结着不知多少波澜起伏的心绪啊！看着他们被人搀扶着，跪在父母坟前磕头痛哭的时候，我们的心里也在与他们一样，感受着天地沧桑、阴阳两隔的悲凉。透过他们的归来，我们就会一次次地警醒自己，"故土不能忘，远行必思归"，这也是我们应该传承着的中华美德啊！

辽三彩鱼形壶

　　漂泊在外的我们，在思乡时，总会翻看着亲人给我们带来的器物，并由此寄托着我们的思乡之情。每一封书信，都在流淌着我们最质朴的情感，每一句乡音，都在传递着我们最真切的思念。唐代伟大的现实主义诗人，被誉为"诗圣"、"诗史"的杜甫，在他的《春望》诗作中，也有着"烽火连三月，家书抵万金"的名句。唐代著名的边塞诗人岑参，在他的诗作《逢入京使》中写有："故园东望路漫漫，双袖龙钟泪不干。马上相逢无纸笔，凭君传语报平安。"在字里行间，无不透露出诗人对故土的眷恋，也寄托着浓浓的乡愁。

　　当我们徜徉在中华文化的世界里，品读着一首首饱含血泪深情的诗词，就会感受到来自古人的家乡情怀，就会体会到他们内心深处"故土思归"的心绪。其实，中华民族是重情重义的民族，也是重视家国情结的民族，也就是说，中华民族是注重生命根脉传承和道德精神根本的民族。在中华文化中，也无处不在呈现着这样那样的情怀。可以说，对家乡故土的眷恋，是每一位炎黄子孙最本质最朴素的情感，也是生命最真挚最根源的特征。

　　由此，我们就会知道，那些旅居海外的游子，在异国他乡，会时时翻看着一件件从家乡带来的老物件，仿佛就在与自己相依为命的伙伴一样，进行着内心的对话。每当我们的脑海里，浮现着这感人的场景，就会对"故土思归"的情怀越发深刻地理解。于是，那些看似平淡无奇的器物，就被注入了人文的情怀，就被融入了家国的思念，就被赋予了人生的记忆，就被内心的情感

所包容！这样，那些看似普普通通的器物，就不再简单了，有时对于拥有它们的人来说，可以说是"无价之宝"，是无法用金钱价值去衡量的感情寄托与人生依靠。

故土思归，是永恒的话题。我们每一个人，都在尘世间来往，都在不同的地方，在不同的时间，以不同的方式存在着、生活着。当我们在忙碌中，细心回想自己走过的路途，回想人生中经历的人和事，回想与自己有关的各种器物，就会时常浮现着人生以往的经历。我们就会有"往事历历在目"的感受，也会在端详身边的每一件器物时，不由得发出由衷的感叹。特别是在岁月的感知中，岁月流逝无声，眨眼便是几年几十年光阴，我们的人生，面对着留存的记忆，不能不引发各种怀想。也许，我们对往事的追思，对所有人、事、物的感怀，正是我们对生命的虔诚认知和对故土的深深眷恋吧！

在二十一世纪的今天，科技日新月异地发展，让我们能够通过便捷的方式，实现与故乡的对接，也让我们能够更方便地回归故土。但无论科技怎样发展，都无法磨灭那种植根于乡土的情怀，都无法忘却生命里与自己有着各种情感交流的器物。因为，科技可以让我们的生活更加便捷和时尚，但乡土的情怀却是内心最深厚的情感，是任何东西都无法替代的，也是在任何时候都不会过时的。

当然，在现实生活中，也有许多人，沉迷于物质欲望，而忽视着中华文化。他们往往会从实际的生活出发，去追逐自己的利益，并不在意自己内心的情感体验。但当一切浮华落幕，当真正有一天，他们明白自己的生命，离不开故土的情怀时，他们就会对自己曾经冷落故土和亲人，深深地感到忏悔。因为，不管何时回归故土，也不管以怎样的境遇归来，生养着我们的故土，都在默默地怀爱着我们，在静静地等待着我们的回归。

故土思归，是每一个人一生的情结。置身在中华文化中，我们也能时时处处都体会着家乡的风土人情，也能通过每一件艺术作品，感念着故土的历史文化。我们也可以透过每一件老器物，来传递着内心深厚的情感。于是，当我们观赏着书画、赏玩着瓷器、品读着经典、诉说着乡音乡情时，内心里就会浮现着人生往事，就会将故土铭记在心头。

人的一生，难免乡愁。无论在哪里，也不管在何时，当我们在中华文化中念想着，在祖先流传下来的老器物中回忆着，故土的情结，便会不知不觉地陪伴着我们找到归宿，让我们的灵魂不再漂泊。

第九篇：藏器于身

　　浮躁的内心，必然要回归宁静。往往喧嚣过后，会在淡然的感受中，看到最本真的自己。我们不断在红尘中过往，也在与不同的人、事、物发生着联系。每当我们虔诚地感念着岁月流逝时，就会在生命无常的觉知中，懂得珍惜着身边的每一个人，怀爱着与我们有缘的每一件器物，也会让我们懂得去做好自己应该做的每一件事。

　　我们的生命，就在各种物象里，寻找着人生真谛，也在漂泊中寻找着归宿。我们无法忘记自己的来处，也在见证着自己的结局。但无论我们以怎样的方式生活，无论我们以怎样的面目呈现自己的追寻，都无法离开现实的考验，也无法拒绝各种各样的洗礼。在匆匆忙忙中，我们必然要与形形色色的人打交道，也必然要与不同的器物进行互动，也会通过这样那样的事情，来印证我们内心的想法。

　　就在这样的过程中，我们会一次次地责问自己，关于生命的价值，关于如何善待身边人、事、物，关于我们怎样去解读自己的存在……我们的生活，离不开真实的体验，因为我们就生活在现实的世界里。面对变化着的一切，面对着我们应该坚守着的道德与精神，我们怎能不去怀爱应该怀爱的东西呢？我们怎能不去珍惜自己应该珍惜的人、事、物呢？我们怎能不跳出自己的世界，去以客观的角度与平和的心态，善待着周围所有的一草一木以及所有的器物呢？置身在中华文化的氛围中，我们怎能不去深刻地反思自己，让自己肩负起中华文化传承的使命呢？

　　而这一切存在，都无法空洞虚无地表现，因为它们都客观而又真实。也就是说，我们在现实生活中的所思所感，所经历的每一次境遇，都离不开具体的器物，也离不开我们人的自身。因此，我们去感受生活，去真正懂得怀爱生活，就必须在生活的点点滴滴中，做好自己应该去做的事情，也必须去虔诚地善待身边的每一个人、每一件器物。当我们的内心，对生命有了敬畏和感恩，就会知道，生活中存在的一切，都有着它们必然存在的缘由，我们都

必须在生命的体验中，以中华文化的德性与智慧，以伟大祖先传承给我们的道德精神和修养情操，去将它们都真诚地予以珍惜和善待。

翻看着中华文化典籍，就会被里面的许多名言所警醒，也在时时让我们的内心越发充实。在《易经》中有一名句，时常被人用于生活中，那就是"君子藏器于身，待时而动"。当然，在这句话中，对"器"的理解，往往是指利器，比喻是才干，也把这句话翻译为：君子不断地在自己身上积累才干，等待时机一到就发挥出来。而透过这句话，我们也可以感知到，在中华文化中，对"器"这一名称的描述，也具有丰富多样的内涵。它既可以是指用具的总称，也可以是生物体结构的部分，同时也可以是指人的度量和才干，另外还可以指重视。因此，在我们了解中华文化时，必须深刻地明白其中的涵义，并有所针对性地予以认知。

所说的"君子藏器于身"，既可以是指藏利器于身，也可以是指藏才能于己。当我们将"器"从器物的本身去看待时，就会得出一个很真实的道理。那就是，无论是圣贤君子，还是普通人物，在生活中都是无法脱离各种器物而存在的。而且，作为一个懂得生活的人，那肯定要对各种器物更加熟悉和了解，以至于能做到"藏器于身"，以实现"待时而动"。在这样的文化认知中，我们可以延伸到许许多多的方面，也能够知道，我们的生活，无论何时何地，都必然与各种器物融为一体。当然，我们也必然要去了解它们，让它们见证着我们的人生经历，也让它们能够体现着我们的人文情怀。

这就是我们对许多普普通通的器物，往往用久了就会舍不得丢弃，对许多收藏的艺术品，也往往会日久生情，并注入自己的情怀与感念。所以，我们面对着的每一器物，一旦与我们有关，就必然会被赋予我们的感知，也会呈现着不同的情感。

当我们理解了这样的道理，就会对我们与器物的关系，有着更深刻的认知。当我们真正明白了器物所蕴藏着的人文情怀，就会体会到那些收藏家，为何会对自己收藏的藏品念念不忘、爱不释手。有的收藏家，与某一件藏品失之交臂时，往往会心生遗憾，甚至是遗憾终生。这就是器物所承载的强大情感力量，而这样的情感，都是我们赋予它们的。因为在中华文化中，遵循着"天人合一"的理念，天地万物都有着各种各样的感知，都能相互感应到彼此的存在，而且也会相互影响着。

因此，当我们看见一件瓷器时，当我们欣赏一幅书画时，当我们把玩着一块玉石时，当我们抚摸着一件生活老器物时……就会在心里升腾着情感。就会浮现着往事，就会将人生的感受都悄然浮现眼前。这就是"人与物合二为一"的见证，这就是情感与实物融为一体的诠释，这就是器物承载着文化内涵并彰显人文情怀的体现。

元代钧窑天青釉紫斑如意枕

在这样的感受中，我们对器物的认知，就不再停留在金钱价值的多少，而会更深刻地认知到蕴藏其中的情感价值，也就会在实际的生活中，体现着我们人生的意义与归宿。这就是在许多时候，一件普通的器物，在注入感情以后，往往不舍得卖出去。这就是我们常说的"睹物思人"，我们的情感，就这样真实地存在于器物之中，就这样在生活中一次次重现着。

在品读着"君子藏器于身"这句名言时，我们的内心里，何尝不会有着警醒呢？善待着我们拥有的器物，真正去了解它们蕴含着的中华文化，去在现实生活中，不断认知着自己与器物的缘分，从而让我们的人文情怀更加浓郁。这也是我们必然要去做的事情，这就是我们必须去善待每一器物的原因。我们知道，一切都是唯一的存在，"人不能两次踏进同一条河流"，许多器物一旦失去，往往就再也难以找回。犹如我们在人生境遇中，有许多的人，一旦错过，便不会再重逢。

明白着善待，坚持着仁爱，对自己怀藏着的器物，融入人文情怀，这也是我们应该做的修行。所以说，"君子藏器于身"，就是告诉我们要好好珍惜与我们有着缘分的器物，纵然它不是稀世珍宝，但它却也是独一无二。我们善待着生活中的一切，我们在中华文化中，怀爱着每一个人、做好每一件事，

为每一件器物都注入感情，并与它们和谐相处，这是多么美好的状态啊！

在变化万千的生活中，我们奉行着"藏器于身"，也是在让我们的生命有着念想，有着情感的依托。我们不断在珍藏着与自己有缘的器物，这也是在我们的人生中，积累着厚重的人文情怀，也是在让我们的生活越发充实。置身于中华文化里，我们与器物同在，也时时处处都在流淌着真情实感，见证着我们道德与修养的君子情怀。

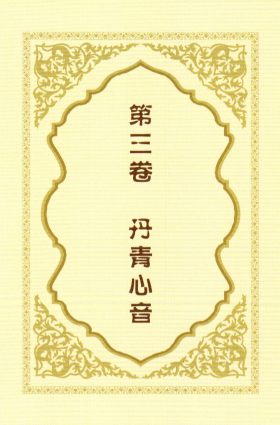

第三卷 丹青心音

　　点画之间，方寸之中，无不是大千世界。中国书画艺术，有着文化的传承，有着各种艺术珍品的见证，也让我们能够把内心修养与德性情操，很好地与书画艺术品融合在一起。笔墨千秋，见证着中华文化的历史流传不息，也揭示着创作者情感不断变化的内心世界。

第一篇：笔墨千秋

　　源远流长的中华文化，有着丰富多彩的内涵。我们与祖先进行着时空的对话，并针对具体的艺术形式，进行着各类艺术品的认知与解读。由此，我们步入了中华艺术的殿堂，我们也在历史长河中，一次次感受着艺术带给我们的无穷魅力。

　　而在中华艺术中，我们时常会用"国粹"这一概念，来形容那些主要的文化类别。比如书画艺术，便是其中很重要的一部分。可以说，中华文化的符号，其中的中国书法和中国绘画，就占有着极其重要的分量。我们要知道，我们的每一个汉字，从它的产生开始，就已经有着象形的特征，这就让我们的中华文化，具有了非常明显的感官体验。

　　也可以这样说，中国汉字是源自于天地万物的感知，也是源自于生命对周围的一切存在，进行真实而又概括的总结。当我们端详着博物馆里陈列的甲骨文展品，当我们省视着那些描绘在岩石上的抽象图案，当我们看着石器时代刻画在陶器上的符号，就会明白我们的文字，就源自于我们远古的祖先，对天地万物的认知与摹写，源于生命的融合与心灵的触动，源于人与自然之间的神秘呼应。当然，我们要知道，每一个中国汉字，都犹如自然万物中存在的具体实物一样，也如同一件事情的叙述一样，如同内心深处心领神会的感知一样，会给我们许许多多的怀想。

　　甲骨文的刻画记载，让殷商的文化呈现在了世人的眼前。石鼓文的出土，让我们知道了厚重而又灵动的书法文字。秦朝小篆的汉字书写统一，也让中华文化进入了有着系统国家规范的时代。因为秦始皇在统一六国后，深感文字的差异化导致的沟通不便，便进行了文字的统一。汉代隶书的流行，让书写变得更为快捷便利，也更有利于在竹简等材质上进行书写。而后晋代的行书、草书，也出现了王羲之、王献之这一对有名的书法家父子，并留下了名传千古的法帖《兰亭序》。随后出现的唐代楷书，也呈现着颜真卿、柳公权、欧阳询、褚遂良等大书法家，同时也留下了《多宝塔》、《神策军碑》、《九成宫醴泉铭》、《雁塔圣教序》等书法名作，同时也留下了"颜筋柳骨"等赞誉。而后宋元时期的著名书画家赵孟頫，也开创了一代书风，并在绘画领域，也留下了许多传世的大作。而后的元代书画家黄公望，明代书画家董其昌，清代书法家何绍基、刘墉、邓石如等等大家，都留下了许多著名的作品。

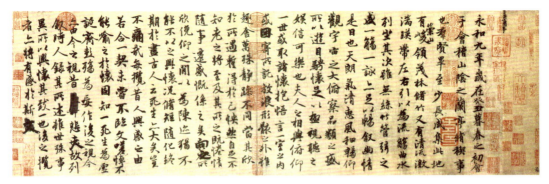

东晋书法家王羲之行书作品《兰亭序》

翻看着中华书画史，就会知道，在每一个历史朝代，都有许许多多的著名书画家，在用他们的笔墨纸砚，呈现着中国的国粹艺术，并将中国书画不断继承与创新，从而掀起了一次次艺术的高峰。我们无法忘记宋徽宗赵佶的丹青妙笔，以及他创立的"瘦金体"书法风格。我们无法忘记具有民族气节的明朝皇室后裔"八大山人"朱耷，他以高冷的画风，将所有的景物和花鸟、人物，都呈现出了他独特的内心世界。我们无法忘记以芭蕉叶当纸，终于成就大器的唐代书法家怀素，他以洒脱飘逸的书法风格，让后世学书者有着很好的参照。

置身在中华文化的氛围里，与中华书画艺术，进行着心神的沟通，并相互有着内心的契合。每一次的体验，都是那么的美好，因为我们在认知中国书法和国画艺术的同时，自身也在不断地提升着我们的文化修养。我们必然会在一次次的学习模仿中，亲身感知文化的传承与创新。翻看着介绍中国书画艺术的书籍，欣赏着一幅幅书画艺术珍品，我们不仅仅能感受到生命中存在的文化基因，正在与蕴藏在书画艺术品中的内涵，相互有着呼应与融合，也在自己的亲身体验和觉知中，能够对中国书画艺术，有着最为直观的了解与接受。

千百年的时光，眨眼而过，匆匆的历史进程，被后来者不停地端详。我们就生活在这样的状态里，我们在二十一世纪的今天，用回眸的眼光与心境，

去品味着一幅幅书画作品，去感受着中华文化的传承，以及流传在这一过程中的故事，也在感受着与书画作品有关的爱恨悲欢、聚散离合。可以说，每一幅作品，都是一部人生传记，透过作品本身，会发现有这样那样的内涵，在揭示着中华文化发展脉络，在展示着作品背后的传奇。

在每一幅作品中，都有着作者内心的寄托，也折射着创造者道德与精神的世界。由此，我们一次次地观赏着书画作品，也就是在一次次地与作者对话，并进行着心灵的沟通与相互认同。我们常说"见字如见人"、"看画如看心"，就揭示了这样的道理。是啊，在书画创作中，书画家将自己的德性修养，透过作品的内涵予以展现，也就必然会把书画作品人格化，也就会进行人文情怀的融入。这样，对于每一个字而言，每一撇每一捺，都有着自身的法度，都在呈现着创作者的意趣和追求，也必然会呈现内心情感的世界，是如此的与书画艺术作品内涵息息相关。这样，我们就在每一笔墨的感受里，一次次在宁静中，呈现着我们最应该虔诚地用心解读的中华文化内涵。

也正是源远流长的中华文化，让我们越发智慧地明白了自己，所以我们就更应该对每一件艺术品，都深怀敬意并从内心里对它们予以关爱。我们也会常说"笔墨千年事"，就是说，中国的书法与绘画艺术，已经传承了数千年，我们也能够在一代一代的文化传承中，今天依旧能够看见历史中存在的书法与绘画作品。这是多么幸运的事情啊，因为每一个人，都能走进中国书画艺术这一国粹，并由心而发地绽放着自己的欢喜。

在现实生活中，也有许多人，并不看重文化的熏陶，也不在意自己是否冷落了祖先遗存至今的书画、陶瓷、玉器等等艺术品，而是用金钱的多寡收益，来衡量是否要做中华文化的传承，这是多么可悲的事情啊！这些远离了中华文化的人，能怎样呈现自己的修养与胸怀呢？我们虔诚地感知着一切，也在善待着一切。每一幅书法绘画作品，其实都是复合型的作品体现方式。因为每一幅国画、每一幅书法，都在悄然形成着完整的艺术融合。

比如，书画作品，可以"疏可走马"地布局，也可以"密不插针"地安排各种文化元素。在书画作品的布局设计中，我们可以看到每一幅作品，都有着章法的考究，都在体现着中华文化的魅力和内涵。比如，一幅画作，可以配以书法题写，可以盖上中国传统艺术中的印章。同时，还可以在书法作品中，蕴藏着绘画构图的美，也能够在各种颜色的搭配中，更加清晰地知道我们内心世界，时时处处都能保持对中国书画之美的喜爱，对中华文化的丰富内涵予以接受。于是，我们就能体会到"书中有画，画中有书"的艺术特点，并能在黑白相间的世界里，有着书法印章的相互映衬，并见证着各种色彩的和谐搭配。这是多么美好的艺术体验啊！

点画之间，方寸之中，无不是大千世界。中国书画艺术，有着文化的传承，有着各种艺术珍品的见证，也让我们能够把内心修养与德性情操，很好地与书画艺术品融合在一起。笔墨千秋，见证着中华文化的历史流传不息，也揭示着创作者情感不断变化的内心世界。

在书画艺术中，一笔一划，都见功力，一草一木，都有枯荣，也在绽放生机。当我们拿起毛笔的那一刻，当我们挥毫写字绘画时，都必然传递着我们对中国书画艺术虔诚的爱。

第二篇：一色万景

每一个人，生活在尘世里，都有着这样那样的经历，也必然存在着万般的感知。人的一生，总要与不同的人、事、物相互联系，也必然要在各种体验里，滋生自己的觉悟。

可以说，生活在现实世事中的我们，每一天都在进行着各种观照，也在印证着自己内心的怀想。匆匆忙忙的人生旅途，难免会留下不同的境遇。或喜或悲，或爱或恨，或来或去，都是生命的见证过程。

在不同的人生感念中，我们时常会寄托于物象，也会在各种怀想中，将自己的情感流淌。于是，在天地万物中，都有着我们的一心一念，都有着不同的追寻与思考。当我们蓦然回眸的那一瞬间，就能知道生活在尘世中的自己，原来从未离开过天地万物，也从来没有让自己的内心停止感知世间人、事、物的存在。

于是，我们流淌的情感，我们滋生着的感悟，我们浮现着的场景，就在岁月里，一次次与周围的环境有着交融，与我们身边的每一件器物有着呼应。现实的生活，也在见证着我们与天地万物之间的约定，也在感应着我们内心深处虔诚的祈愿。

每一次的体会，都会留下记忆。犹如我们生活中的每一次悲欢离合，犹如

我们在生命历程中的每一段旅行，都难免给当下的自己以往昔回想。人的一生，就是在这样的情感交融中度过，就是在这样的与天地万物的相互感应中，成熟着自己，也不断圆满着梦想。匆匆忙忙的生命，在岁月的流逝中，必然有着斑驳的人文情怀，也必然印证着岁月的沧桑。蓦然回眸，谁能对周围的一切，都予以真心实意？谁能对与自己有缘的每一件器物，都深怀感恩？

在现实的生活中，欲望沉浮着的人生，已经让许多人，迷失在了爱恨悲欢中，已经让无数灵魂，沉睡在了事物的表象里。那些没有真正理解人生意义的人，怎能豁达地诠释自己的崇仰呢？那些只知道追逐欲望满足的人，又怎么能够让自己看到人生的真谛呢？那些因为诱惑的存在，而放弃了尊严和担当的人，又怎么能够肩负起中华文化的传承与发展使命呢？那些穿行在岁月里，忽视着真实情感的人，又怎么能够对身边的人、事、物，予以珍惜和善待呢？那些只注重当下的感受，而不去回眸过去的人，又怎能觉知曾经的得失荣辱呢？

其实，我们每一个人，都是活在变化的世界里，却并不一定能真正虔诚地去解读人生。当我们面对着祖先流传下来的一幅幅书画珍品时，如果没有对中华文化的尊崇，如果缺乏对祖先的敬慕，如果不懂得体会艺术品所蕴藏着的人文情怀，那又怎能知道它们的价值？因为对于书画艺术品而言，如果仅仅从纸张和墨色等的材质而言，并不会具有很高的价格，往往是书画作品中赋予的文化内涵，往往是作者本身具有的文化信息，往往是作品蕴藏着的文化情怀，往往是与作品有关的各种故事，更能呈现它们的真正价值。因此，我们要真正知道，一件艺术品，其价值的本身，往往并不是它材质的贵贱，而是它本身具有的文化内涵。当然，我们对艺术品的材质，也会进行价值的思考，但一件真正能够流传于世的艺术珍品，它的价值是要突破自身材质这一表象的，并以实际的人文情怀和文化内涵来具体呈现。

当我们明白了这些道理，就会知道在现实生活中，对艺术品的价值判断，不能按照世俗的方式进行评价。著名画家齐白石画的一幅白菜国画，其价值肯定是要超过火车一集装箱的白菜。曾经流传这样的一个故事，就是说齐白石要用自己画的虾题材作品，与那些卖虾的商户进行交换，那些商户却说：我的虾是真的，你的虾是假的，我换给你，那我不成了傻子吗？通过这件事情，我们就可以看出，每一个人站的角度不同，往往就会对同一件艺术品，有着不同的看法。卖虾的人，他看重的只是活蹦乱跳的虾，而那些收藏家，看重的是齐白石先生画虾的作品，因为里面有着人文内涵，有着中华文化的信息，有着个人的情怀。当然，卖虾的商户手中的虾，其价值与齐白石先生画虾的作品相比，那简直是天壤之别。可在卖虾的商户看来，他认为他的看法是对的。当商户一旦以实际的货币价值来衡量的时候，就会清楚地看到，他卖的虾能值多少钱，而齐白石先生的画作又值多少钱，"不比不知道，一比吓一跳"，当商户明白了齐白石先生画作的实际价值时，就会对自己错失良机深感后悔。

是啊，当我们端详着一幅幅书画作品，面对着流传了数千年的中华艺术，感受着蕴藏的文化信息，就会被其中的内涵感动。可以说，每一点画，都有着文化的传承，每一布景，都有着气韵的流动，每一行文字，都在诠释着内心的情怀。可以说，每一幅书画作品，都是中华文化的缩影，都是国粹艺术在当下的呈现。

北宋画家张择端画作《清明上河图》(局部)

我们置身于中华文化的殿堂，感受着迎面而来的文化气息，我们就不再停留于物欲的层面，而是身心祥和地沐浴在祖先留给我们的精神与修养中，生命就神圣又庄严地呈现着我们内心的情感与向往。我们就能随着书法线条的变化，而心绪起伏，流动着我们的感念。我们就能与画面中的墨色与构图，在山水、花鸟、人物的场景中，展开我们内心的怀想，感受着历史的沧桑，感应着天地万物的变化，感知着我们生命超然于物外的豁达与通透。

　　于是，我们就能体验到"一色万景"的境界，就能用心灵感知到我们的人文情怀，原来就可以寄托在这一幅幅书画作品中。当我们深深感知到在方寸之间，有着大千世界时，就会为我们中华文化的独特魅力，由衷地感动，并钦敬与赞叹。是啊，一切都在似与不似之间，一切都在忽远忽近之中，一切都在古今交融之里。我们的心灵，可以透过历史，去感知着每一位书画家，承载的文化担当与艺术修养，也可以感知到不同时代呈现着的艺术气息和风土人情。在每一幅书画中，我们不再是简单地看待作品表面的物象，而是能够透过隐藏在作品中的文化内涵，让自己深刻地觉知到中华文化不是停留在表面的模仿，而是文化信息与艺术品位的传承！国粹艺术品的欣赏，不是让我们以表面的认知，仅仅了解一些文化元素，而是更深刻地与艺术品中蕴藏着的人文情怀进行感应。

　　徐徐展开一幅书画作品，我们的心灵，就会缓缓地浸染在中华文化的世界里。就作品的风格与特色而言，无论是苍劲还是柔美，无论是工笔还是写意，无论是哪一种书体与绘画主题，都在悄然呈现着中华文化的内涵。"一色万景"的体验，会在我们对书画艺术品的感知中，油然而生并经久不息。在书画作品中，同样是黑白的颜色，却有着万千的组合与变幻，不同的书画家有不同的表现方式，即使是同一位书画家，也会在不同的创作时期，呈现出不同的艺术风貌。在这变化万千的艺术世界里，我们能否感知到文化的厚重与空灵呢？

　　生活在当下的我们，面对二十一世纪呈现着的各种诱惑，有许多人往往难以用宁静祥和的心念，去解读流传了数千年的中华文化，也往往无法与书画国粹进行灵魂的沟通。这是多么可惜的事情啊，可现实状况就真实存在着。

　　当我们面对一幅幅书画作品，感受到历史的变迁，明白着"一色万景"的境界时，就能在变化中找到永恒的人文情怀，就会在不同的作品中，深深地融入情感，并产生"似曾相识燕归来"的艺术感受。书画国粹的存在，印证着历史中各种各样的记忆，也在让我们更好地觉悟自己，让我们当下的生活在中华文化的滋养里越发多姿多彩。

第三篇：龙蛇烟雨

我们常说"展开历史的画卷"，其实在这句话中，就已经透露出时空的穿越，已经可以看到历史能够在我们的回眸中，一次次重现。这就犹如一幅幅图画，当我们卷起来时，已经将欣赏的情景，记忆在脑海里，当我们某一时刻进行交流时，就会不由自主地将其回想。当我们将画作进行回眸时，就可以重新体会着其中的内涵。

而且，就在我们对文化艺术品进行观赏时，往往还有一种别样的感受。这就是，我们每一次看同一件作品，往往会因为时空点的不同，往往会因为环境条件的差异，往往会因为心里感知的角度不一样，往往会因为我们审美情趣的不同层次，往往会因为对作品不一样的内涵理解，而呈现着不一样的感受。这就是我们为何对艺术品的观赏，往往会因为我们自身的变化，而有着非常大的不确定性。

其实字画还是那一幅字画，瓷器还是那一件瓷器，老物件还是原来的那一件老物件，变化着的是我们自己。当我们面对不同的艺术品时，那自然会呈现不一样的感受。这就如禅宗六祖慧能大师，曾经留下的一个著名典故。当风吹过大殿，将经幡吹动时，有一个和尚说风在动，而另一个和尚却说是幡在动，六祖慧能大师听见了他们的争论，便告诉他们说：不是风动，也不是幡动，而是你们的心在动！真是一语道破玄机，一句话点醒梦中人。

由此可知，当我们以不同的心念，去看待书画艺术品时，就能够得到不一样的结果。因为我们的心中有着各种态度和方式，有着各种评价的标准，也有着千差万别的环境影响，也必然会得到不一样的结果。这样，我们面对着的书画艺术品，往往会有人将其当成稀世珍宝，而有些人却往往对它们不屑一顾，有的人会为它们魂牵梦绕，而有些人却毫不在意。这就是不同的心念，会导致不一样的评价，也必然会让书画作品呈现着不一样的结局。

我们知道，任何事物都是变化着的，往往也就在变化过程中，有着能够把握的规律可循。这就是说，虽然每一件书画作品的价值，在不同的人面前，

在不同的审美情境中，在不同的评价条件下，会呈现不一样的状态，但是书画作品必然会因为其自身的内涵，而有着自身的价值稳定性。这也让我们可以看见，无论不同的人怎样评说作品，可作品往往"大道无言"那样，在时空中默默地怀藏着自身的价值，呈现着自己的面目，也等待着与它能够真正心神交融的有缘人。这就是为何在许多的拍卖中，有许多藏家往往会用心去感受作品，并珍惜着与作品的缘分，并尽可能在遵循市场价格规律的同时，让艺术品回归它的本真。

当我们欣赏着书画作品时，就会被它们蕴藏着的文化所折服。是啊，无论是一笔一画，还是一撇一捺；无论是一次勾勒，还是一次着色；无论是行云流水的书写，还是意趣酣畅的泼墨；无论是铮铮铁骨的风格，还是清秀雅致的画境；无论是大尺幅的巨作，还是小开张的小景……这一切存在，都在见证着中华文化的独特魅力，也在诠释着书画国粹的迷人韵味。就在这"外行看热闹，内行看门道"的艺术展示中，我们可以透过作品，看见书画家自己的传承，可以知道书画家的艺术情趣与境界，可以体会书画家以书画诠释着的内心祈愿。

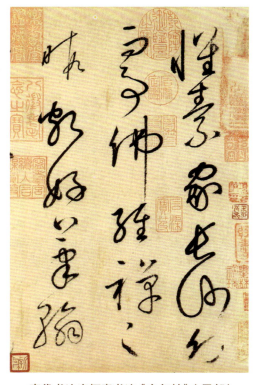

唐代书法家怀素书法《自叙帖》（局部）

每一次观瞻书画艺术家的创作，那真的是一种难得的享受啊！我们的心绪，伴随着笔墨的展开，而起伏着，灵动或是厚重，清爽或是沧桑，在枯湿浓淡中，在山石花草中，在烟雨云天中，在变化的景致中，无一不在体现着我们内心的感知。

书法中的笔走龙蛇，绘画中的烟雨苍茫，一山一水，一人一景，一字一句，一行一段，都在形成着局部与整体的美感。我们不能不透过作品中的每一个字，每一景物，每一行的布局，每一片构图，去领略书画家内心变化万千的世界。我们体会着这变化的一切内涵，也在各种各样的领悟中，提升着自身的艺术修养。我们知道，面对着的每一件书画作品，并不只是简单的文化元素堆积，而是心灵与文化内涵的融会贯通，是有着艺术生命力的创作。

静下心来，细心地感念着中华文化的博大精深，觉知着"一为万法"、"万法为一"的艺术创造意境。那些胸有成竹的书画家，不知道已经付出了多少汗水，才做到了运用自如？那些有着深厚艺术造诣的书画家，在他们获得社会大众尊重与敬仰时，不知道他们在平日里，已经做了多少别人没有付出的努力呢？

俗话说"台上十分钟，台下十年功"，每一个成功的人，都必然要付出比别人更多的辛勤汗水。无论一个人天赋再高，如果离开自己的不懈进取，如果"一天打鱼两天晒网"，如果在艺术追求中"一曝十寒"，那又怎能取得很高的艺术成就呢？当我们在中华文化中，感念着一代代艺术家，传承着国粹艺术的同时，也不能不警醒着自己：面对给予我们生活无限美好的国粹艺术，我们是否真正予以了虔诚认知？是否真正在全心全意地予以传承？

当然，在现实生活中，端详着每一件老物件，欣赏着每一幅书画作品，都能真实地感受到中华文化对我们身心修养的巨大益处。在现实生活中，我们一次次与这些艺术品相互感应，也在将内心的情感，融入到它们的国粹艺术世界里。

一幅书画作品，就是一部人生的说明书。我们可以看到作者，在作品中蕴藏着的万千秘密，并寻找着自己需要的答案。有时，欣赏一幅书画，就是在让自己的内心，进行一次墨色的旅行，我们会在作品里，让我们的心神随之变化，也会让自己的情感，为之自然流淌。这就如同是我们自己在创作一样，仿佛我们与作者已经合二为一了，我们就如同穿越了时空一般，在作者生活着的时代，一次次进行着艺术的创作与思考。

无论我们看到的是笔墨纸砚，还是各种色彩的矿物国画颜料，无论我们是

将书法狂放地表达，还是把国画柔美地呈现，都离不开中华文化厚重又仁爱的根本，也离不开我们自身对德性与精神的坚持。其实，一幅书画作品，何尝不是作者情怀的见证？何尝不是操守的诠释？何尝不是内心的流露？何尝不是通过墨色，通过笔和纸，通过我们的心念，去完成的一次中华文化传承与创新？当我们置身在笔走龙蛇的书法作品中，当我们的心灵随着墨色烟雨一起在国画中空濛，那是多么美好的境界！那是多么令人神往的艺术享受！这一切，都需要我们用虔诚的心灵，去感知和惜缘，因为每一件书画作品，都在见证着我们与中华国粹的缘分。

欣赏着，觉悟着，感动着，我们在当下将情感，融入到一幅幅书画作品中，去沐浴着中华文化的光芒，去绽放着艺术品中的人文情怀。当我们在书画艺术中徜徉，就会发觉书画作品对性情的陶冶，是如此的"润物细无声"，是这般的"大象无形"，是如此的祥和美妙。

第四篇：观心生情

解读着内心世界，这是多么深情的体验。因为我们在生活中，每一次起心动念，都难免会印证着各种各样的结果。当我们不断觉知自己时，当我们不断了解各种缘由时，当我们一次次见证内心追寻时，就会在不断的感念中，明白人生的真谛。

这就是我们常说的"观心明道"，这就是我们在现实生活中，存在着的各种内心感怀。可以说，我们内心的观照，就是与天地万物之间相互的呼应，就是在不知不觉中明白着这一切存在。在这过程中，谁都是生命的体验者，谁都是自我观照的人，谁都是在回眸着往事并一次次觉醒着自身。

任何的物象，都有着它们的展现形式。我们每一个人，也都必然有着自己的感念。无论当下是怎样的境遇，也不管我们曾经体验过什么，都会让当下的我们，懂得去回望和反思。无论我们身处何地，也不管我们的心念在何处，我们的生命都必然不断印证着选择，也会一次次诠释着归宿。来来去去，变化着的生命，早已让我们有了万千感怀。

　　而这一切感怀，却又融合在了我们现实的生活，又与客观存在的各种事物有着关系，也与我们的起心动念紧紧相连。我们知道，无论是生活在现实红尘中的我们，还是客观存在的事物，都不是孤立存在着的。可以说，一切的存在，都必然有着某种关系，无论我们是否看破并掌控着这些规律，可它们却真实地存在着。

　　当我们知道了这样的道理，就会慎言慎行地活着，就会懂得善待身边的所有人、事、物，就会珍惜着与我们有缘的各种境遇。我们置身在中华文化的世界里，无时无处不在感知着中华文化的存在，也在生活中呈现着诸多的国粹艺术形式，可以说，中华文化已经融入到了我们的日常生活中，国粹艺术也已经成为我们生活中必不可少的内容。

　　我们与中华文化的关系，就是这样紧密无间，这样融为一体，这样密不可分。我们与国粹艺术，也是那么的血浓于水，以自身的性情与道德，去见证着国粹艺术的价值与存在。就在我们的真实生活里，我们也在一次次从感念中，觉知着自身的需要和祈愿。

元代龙泉窑模印云龙纹盘

　　透过历史，我们可以看见斑驳的沧桑，在弥漫着各种各样的痕迹。每当我们参观博物馆，就会被里面陈列着的各种文化遗存，深深感动着。因为，在二十一世纪的今天，我们能在宁静的博物馆中，聆听着来自于历史的回声。我们能够透过一件件的历史器物，明白着风云变幻和爱恨悲欢，明白着族群迁徙与生死枯荣……所有陈列的珍宝，都是那么安安静静地存放在那里，可

我们能够透过岁月的回溯，去觉知它们诞生的时代风貌，去感知与它们有缘的每一个人，去呼应着历史中的每一个故事。

我们的内心，就是这样在岁月中穿行着。我们的情感，就是这样在历史里变化着。我们的人文情怀，就是这样在各种器物背后，一次次起伏着无尽的感念。于是，我们仿佛就已经不只是生活在二十一世纪的人，我们的心灵会随着这些历史器物，一同穿越到它们的时代。我们也会在介绍的文字和图片中，感受到这些历史器物的过去与当下。

也就是说，我们的内心，可以让时光有着穿越，可以让器物中的故事，一次次在脑海浮现。我们可以用心灵去感知存在的历史，也可以用情感去体会存在的沧桑。所有的变化，都有着脉络，都有着痕迹，当我们真正明白了它们，真正与它们融为一体，我们就能透过它们，去用生命感知岁月的变迁。于是，我们的内心，就能真正融化在岁月里，就能真正透过爱恨悲欢，印证着所有的选择与结果。

当我们静心去体会这样的感受，就会明白，我们的生活，原来是当下的见证，也是对过去的未来呈现。我们面对的每一件艺术品，我们生活中接触的中华文化，我们所感受到的每一段情怀，都不是孤立的个体，而是本就圆融着的统一整体。

于是，我们的心念，会在岁月中，沉沉浮浮。我们的情感，会在文化的感知中，爱爱恨恨。我们的人文情怀，会在不同的器物里，呈现着各种各样的体验。我们内心深处的觉知，也会因为情感的融入，而变得越发真诚和大爱。

与人交流时，我们也会经常说"观心自在"、"观心觉性"等话语。在自我的认知中，就能感受到，我们对自己的了解，何尝不是由心而发的一次次过程呢？我们对事物的了解，必须有着自己的心念，才会真正专注地投入其中，才会真正做到"情投意合"。如果我们缺乏自我心性的感知，那又怎能有着正确的人生体验呢？

所以说，要想真正明白自己，那就必须全心地对自己有着认知。如果一个人，对自己的存在，都不能予以深刻而又全面的反思，那又怎能获得真实的自我分析呢？我们生活在现实的尘世里，我们的每一句话，我们做的每一件事，都在不断呈现着我们的心念，当我们一次次诠释着其中的缘由与结果时，是否已经在我们的"心"上进行了觉悟？

当我们不断进行自我观照时，当我们进行虔诚"观心"时，就往往会在不经意间，明白许多平时已被忽视的道理，就会发现许多自己曾经冷落的真情，就会觉察到生活中的一草一木，都是那么的富有情趣，就会懂得我们生命中的每一件老器物，都有着值得回味的故事。当我们不断用心去善待着每一个人，用心去做好每一件事，用心去珍惜每一件老器物时，就会油然而生着欢喜与自在。当然，我们在这样的心念中，也会真正找回自己的本性。

每一次的体验，都是不可或缺的人生感悟。人来人往，虽然时过境迁，但留下的记忆，往往会让我们感念一生。我们生活中的每一言行，虽然很容易被自己忽略，可留下的怀想，却往往要伴随着我们一直存在。

我们就在这样的体验中，升华着我们的情感，就在这样的不断觉悟中，寻找着人生的真谛。我们也在存在着的各种事物中，明白着我们自己，并让情感能够与天地万物，进行心灵沟通且相互共生。在岁月的流逝里，我们每一天都在感念着生命，我们每一天都在中华文化中，选择着自己的生活方式，并用感情去诠释着取舍与得失。

许多的事情，往往要经历以后，才会明白其中真相。许多的人，也时常在变化中，裸露着自己的渴望。我们置身在中华文化中，与国粹艺术相依相伴，我们接受着书画的熏陶，也在成长成熟着自己。这一切，都必然有着情感的融入，也必然会因为我们的心念，而滋生着情感。这就是我们在生活中，与天地万物，与所有人、事、物彼此情感交融的见证。

观心生情，也会让情感，自然流淌在每一件事情里。我们的情感，也必然会与遇见的每一个人息息相关。我们不断滋生的情感，也会与中华文化中的每一件艺术品，有着紧密的相互渗透与圆融。这一切，都是那么悄然无声地完成着，所有的一切都在呈现着各种改变。

第五篇：虚实有无

匆匆行足，献给未来以远方，也给心灵以归来。每一个人，都有着内心的情怀。每一段回忆，都会让人深深感动。所有的痕迹，都在不经意间，被一次次翻读，并由此滋生无尽感叹。是啊，人的一生，都在岁月的漂泊中，印证着内心的所思所想。蓦然回眸，谁能体会生命的无常与短暂？谁能在身边

的每一件器物中，感念着"人生易老天难老"的惆怅呢？谁能面对着天地万物的枯荣盛衰，始终怀记着人生的担当与责任呢？

在中华文化的世界里，我们的生命，也在用祖先传承至今的德性与智慧，解读着天地万物，并一次次追寻着自己的梦想。无论得失成败，不管爱恨恩怨，一切的体验，都在让生命寻找归宿。而生命中存在的所有器物，经历着的任何一件事情，遇到的每一个人，都是我们生命必然要经受的体验。

在当下，怀想着未来，我们也有着人生的憧憬。在当下，回眸着过去，我们也有着情感的沉浮。当下是过去与未来的桥梁，也是人生变化的承载，我们在当下的一言一行，也必然会成为人生的记忆。

端详着每一件器物，欣赏着每一幅书画，把玩着每一件瓷器、玉器，我们的内心，就会穿越着历史，在岁月沧桑中，不断解读着人生。世事变化不止，生命枯荣不息。岁月悄然流逝，谁在感念着人生的过往与变幻呢？谁在觉知时空中生命的延续呢？谁在爱恨悲欢与恩怨情仇中，读懂了人生的本性与初心呢？一切的存在，都是那么自然而然，都是那么悄然变化，都在与我们的内心世界，相互有着印证。

透过历史，我们可以知道，千万年的时光，只是匆匆而过的回想。翻读往事，我们可以知道，匆忙而又短暂的人生，往往只是我们心间的铭记与遗忘。我们的生命，就在虚实变化的世界里，不断存在着。我们就在不同的物象里，诠释着人生的感念，又用各种各样的痕迹，来表白着尘世的真假美丑。而这一切，都在见证着虚实之间的变幻。

也许，虚虚实实，才是人生。"虚者，实也。实者，虚也。"我们知道，世间没有完全孤立的事物，我们每一个人，都生活在各种生命系统中，都在感念着各种各样的人、事、物，也在世间万物中沉浮着命运。其实，我们的生命体验，何尝不是在诠释着"虚实相生"的道理？我们在当下的感受，以及对过去和未来的觉知，何尝不是在感受"有无一体"的哲意？

透过万千恩怨，可以端详人生的各种面目，并以虔诚的心念，去怀爱着存在的一切。我们就在这样的生命过程中，通达着我们的人生。一切的物象，都是在"虚实有无"之间。"时有时无"、"若隐若现"的境界，也在让我们感受着世间的许多人，时而亲近，又时而疏远，时而温暖，又时而寒冷。这样的境界，也让我们体会着经历的许多事情，时而清醒，又时而迷茫，时而淡然，又时而在意。这样的境界，也让我们在许多的情感体验中，感受到彼此之间的爱恨悲欢、聚散离合，并有着"合久必分，分久必合"的领悟。

　　原来，在我们的人生过程中，我们所存在的一切念想，都会在生活中，不断接受考验。我们在生活中的万千体会，也必然与我们心中的所思所想，有着各种各样的呼应。我们就生活在这样一个变化着的世界里，就在中华文化的氛围中，感知着与自己有关的所有事物。我们不是孤立的人，我们也不只是活在事物的表面，而是有着浓郁的情感，有着内心的觉知，有着人生的憧憬，有着与所有人、事、物密切相关的人文情怀。

　　当我们明白了"虚实相生"的道理，当我们真正觉悟了"有无一体"的哲意，就会对人生有着全新的认知。我们的生命，也必然会翻开全新的一页。我们就是这样，在世间万物中，一次次见证着自己的存在，也呈现着我们与一切人、事、物的关系。我们就是在岁月里，通过一系列的体验，让自己真正有着生命的觉醒与认知。

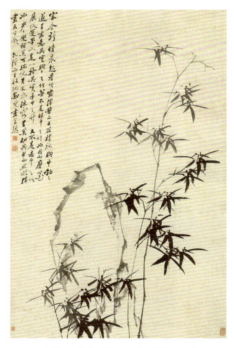

清代画家郑板桥画作《竹石图》

　　也许，每一个人，站在不同的角度去思考问题，都必然会有着不一样的结果。在中华文化中，讲究着圆融一体的生命观，也尊崇着通达根本的人生理念。当然，对于世界的认知，我们的祖先，不仅仅告诉我们要"天人合一"、"和合相生"、"好生之德"，同时也告诉我们以辩证的思想，去"知黑守白"、"避实就虚"、"有无一体"……因为，博大精深的中华文化，就在让

我们懂得，必须多方面去看待事物，必须圆融通达地进行圣贤君子的修行，就必须在生命中不断以变化的理念去觉知万千物象，并以"有常"的观念去洞悉着各种规律。

这一切，都在告诉我们，无论我们在生活中，有着怎样的境遇，有着怎样的记忆，都必须看见背后隐藏的内容，这样才能真正全面地对事物予以分析。当我们以"虚实有无"的理念，进行各种各样的思考时，就会发现，在我们的中华文化中，早已告诉我们怎样去为人处事，怎样去适可而止，怎样去坚持"中庸之道"，怎样去融合与变通。

要想真正理解"虚实有无"的境界，并不是一件容易的事情。因为在生活中，我们往往会沉迷在自我的性情里，并按照自己的设想去进行各种判断，从而难以获得正确的结果。我们也会在各种各样的环境中，不去坚持辩证地看待问题，就必然难以寻找到真正的方案。我们也往往会对存在的人、事、物，依照自己的经验去对待，而忽视了以客观的"道"来遵循，也就难以真正获得想要的结果。

当我们面对着一件书画艺术品，面对着一件瓷器，面对着祖先遗留的老物件，就会清晰地感受着"虚实有无"的体验。我们看见的是实际的器物，这是"实"的见证，而它们背后隐藏着的故事与人文情怀，却又在呈现着"虚"。而这些故事和人文情怀，又在见证着实实在在的岁月往事，所以又有着"实"的内涵。我们能看见的物象，是存在的"有"，而看不见的东西却在呈现着"无"。同样，这种看不见的"无"，却又在不同的时空中，印证着"有"的存在。所以说，我们生活的世界，就是在这样不断有无相生、虚实相间着。

当我们置身在中华文化中，通过身边的每一件器物，去回望着各种记忆时，就会发现一切过往，仿佛就在眼前。多少年的旧事，好像就刚刚发生一样。我们的生命时常会有着穿越时空的感怀，因为我们的心灵，有着情感的融入，有着与天地万物融为一体的能力。因此，当我们真正走入岁月中，不断呈现着自己的怀想，这能不是心灵与每一件器物的共鸣吗？

虚虚实实，有有无无，各种各样的变化，就呈现在岁月中，就存在于我们的内心深处。当我们端详着往事，也必然会有这样的感受。当我们端详着身边的每一件器物，也必然会有着这样的体验。其实，对于艺术品的欣赏，何尝不是这样的心灵感怀呢？让我们的内心情感，与每一幅书画作品，与每一件陶瓷，与每一老物件，都能虔诚地融为一体，那我们与它们之间，就好像是统一的整体，就会"器物即是我，我即是器物"。这也是"天人合一"的感受，在器物与我们之间的体现。如此，我们便能真实地感受到这些艺术品的生命与内涵。

正因为我们能够与它们融为一体，就能在欣赏一幅书法时，仿佛看见了变化的书法线条，在穿越时空呈现着万千的信息。我们在观赏一幅国画时，就会置身于里面的山水情怀，有着身临其境的感受。我们端详一件瓷器时，就会感觉到瓷器里釉彩的生命流动，就会感受到窑火的温度，就会感受到工匠的忙碌与祈愿！在虚实有无之间，我们完成了一次次艺术体验，让自己感受着中华文化的神奇，也让我们对它们自然而然有着"日久生情"的体验。

在虚实有无之间，我们感受着自己的生命，是如此的美妙。也在岁月中，呈现着各种各样的记忆，也必然会诠释人生的感知，并对每一件国粹艺术品都浓郁着人文情怀。

第六篇：瓷土为纸

书画的创作，我们一般是以宣纸为材质。因为在中华文化习俗中，笔、墨、纸、砚，我们称之为"文房四宝"。古人书法和绘画，也经历过许多历史发展时期，也留下了许多的珍贵艺术品。当我们翻读中华文化发展史时，就必然会有着相应的了解。

我们远古的祖先，在纸张还未发明之前，往往是在崖壁上进行生活场面的描绘，在陶盆陶罐中进行图案与线条的刻画。我们远古的祖先，用动物的鲜血拌合着矿物，一同制作着颜料，并留下了许多古朴的画作。每当我们在博物馆里，端详着出土的文物时，就能感受到远古时期的祖先生活的场景。

而后，我们的祖先又把书法刻在龟甲上，留下了著名的甲骨文。随着时代的发展，我们的祖先，又在竹简或丝绸上，留下了自己的文字与图案，或是在石头上刻写着碑文，并留下了竹简、帛书、石鼓文等。随着蔡伦造纸的出现，书画也进入了纸张的时代。随着佛教的传入，有许多画家也在寺院的墙壁上绘画，并逐渐出现了用纸张或布帛，对佛经的抄写与佛像的描绘……翻看着中华文化发展史，就可以看见一幅幅书画作品，存在于时空中。

我们可以欣赏王羲之的《兰亭序》书法中的奥妙，也可以端详李斯的小篆书法的秀美。我们可以体会竹简中隶书的潇洒，也可以感受到唐代楷书的庄严。我们可以欣赏顾恺之的绘画名作，也可以欣赏唐寅在画作中体现的风流雅韵，同样也可以在弘一大师抄写的《金刚经》和所描绘的佛像中，体会到虚空有无的清净圣洁……

在中华文化的传承中，笔、墨、纸、砚这"文房四宝"，往往是相辅相成地存在着，也在共同呈现中国书画国粹艺术的魅力。我们也可以透过一代代书画艺术家，留下来的艺术珍品，感受到中华文化的异彩纷呈，感受着一代代艺术家之间的相互学习借鉴以及传承与弘扬。原来，中华文化发展史，就是一代代艺术家，相互传承与创新的历史。

在传统的书画艺术中，我们知道，笔、墨、纸、砚在相互成就着一幅幅作品。当然，中华文化的传承，也有着创新与突破。透过历史，我们就能看见，有无数的书画家，就在一次次地将中华文化的元素，以全新的方式予以创作和解读。也可以说，从古至今，就一直有着创新与开拓，就有着各种各样的艺术形式。于是，我们可以看见，有的书画家，将书画作品雕刻在玉器、铜器上，也有的艺术家，在木板上勾勒着优美的线条。这就犹如古人说的"法无定法"道理，艺术主要是心灵的创作，当一个艺术家达到一定的艺术造诣，已经有着自己对艺术创作的"化境"，那就真的是"心在哪里，艺术就在哪里"、"心即是笔"！有许多就地取材的创作，有许多另辟蹊径的创作，也在不断呈现着独特的艺术魅力。

清雍正青花墨彩山水纹粉彩花卉纹插屏

当我们回眸中国书画发展历史，就会知道，有着千差万别的书画艺术形式，但无论怎样变化，作者对书法绘画艺术的虔诚之心是一样的，对真善美的追求是一样的，对自己内心情感与天地万物融为一体的境界是一样的。由此可知，每一次的艺术创新，都在坚持着中华文化的精髓，都在坚持道德与修养的原则不被动摇。也正是因为这样，无论我们看到哪一时代的书画艺术作品，也无论是哪一类别的创作样式以及风格，都能寻找到它们共同的特质。这就是中华文化在传承和创新中，必然保持着的根脉，也是中华文化源源不断、传续至今的缘由。

于是，在创新实践中，一代代的书画艺术家，不断结合着自己的现实生活，开拓着书画创作的素材与承载作品的材质，并让书画艺术尽情地绽放在各种各样的环境中。感恩着一代代勇于开拓的书画艺术家，让我们可以随时随地领略中华文化的魅力，可以徜徉在书画国粹艺术的世界里不断滋养着我们的心性。也正是在这样的文化发展中，我们可以看见，各种艺术流派由此诞生和传承，也可以看见有无数的作品得以流传并被后人珍藏。

在这样的创新中，作为中华文化独特符号之一的瓷器，也变成了书画艺术的承载者。当瓷器这一造型艺术与书画这一墨色艺术，相互融合在一起时，中华文化的创作便翻开了崭新的一页。是啊，瓷器可以说是中华文化最具实用性和交流性的器具，当它们把书画艺术也融合在一起，并实现相得益彰的效果时，就真正达到了不同艺术的完美结合。

可以说，书画的传承与欣赏，因为瓷器的融合，而变得更为普及和大众化，也更有利于丰富多彩地传播中华书画艺术。而中华书画艺术的创作，也因为有了瓷器这一载体，而开创了全新的创作模式，也突破了以宣纸和绢帛为书画材质的局限，从而实现了更大空间的艺术绽放。而瓷器也因为书画艺术的和合相生，更具有艺术性和文化内涵，也更加具有着装饰效果与书卷气息。这就是中华文化"圆融一体"的展现，这就是国粹艺术相互通达并彼此成就的实际见证。因为，在中华文化中，一切都是可以变通并相互和合圆缘的，只要我们寻找到了相应的方式与方法，便能实现彼此之间的同生共荣。

当瓷器与书画融为一体，瓷土便替换成了宣纸与绢帛的用途，一代代书画艺术家，也与陶瓷工匠们一同创造着崭新的艺术门类。在瓷器上写字画画，实现了泥土与艺术的一次次融合。在我们欣赏着著名陶瓷产地景德镇烧造的作品时，在感叹着瓷土当纸成就艺术珍品时，也可以将时光进行追溯，遥想我们远古的祖先，他们在陶盆上画着的人面鱼纹和舞蹈的蛙人，难道不是与

数千年以后瓷器上的绘画，有着一样的源流吗？中华文化的传承，有着根脉的延续，有着许多的相似性和一致性，当我们在当下欣赏一件艺术作品时，总能追根溯源地寻找到更为久远的艺术缘起。这也是中华文化，之所以是根源的文化，之所以是承载着天地万物变化规律的文化，之所以是注入人文情怀的文化，最为真实缘由的见证吧。

瓷土为纸，让泥土具有了更为强大的艺术表现力，也让瓷器焕发着勃勃生机。当我们一次次端详着遗存至今的瓷器，欣赏着上面描绘的绘画，方寸之间的书法，都会感受到难以言表的喜悦，也会为中华文化的相互共生由衷地赞叹。我们看着那一件件官窑瓷器、民窑瓷器，也在体会着它们鲜明的时代气息，感受着蕴藏在器形、釉彩、画面、书法等元素中的文化内涵，就必然会在心里萌生着天地万物彼此相依相存的感受。瓷器因书画而美好，书画因瓷器而传播，两者相辅相成，共同在成就着中华文化的传承与创新。

一笔一画，都注入情感。每一颜色，每一器形，都在见证文化信息。欣赏着书画作品，把玩着瓷器藏品，在每一老物件中，体会着国粹艺术之间的和合共生，这是多么美好的感遇啊！

第七篇：五彩空色

在现实的生活中，有着各种各样的器物，值得我们去怀想与纪念。陶瓷艺术品，自然也是其中常见的器物之一。可以说，哪一个家庭，没有几件瓷器呢？谁的一生，能不与瓷器结缘呢？在我们的衣食住行中，哪一样能离开瓷器的点缀呢？

我们可以看见厅堂里摆放的瓷器摆件，无论是用于风水的调整，还是用于房间的布置，都能看见瓷器的身影。我们书房中的笔架，往往是陶瓷艺术品，甚至用的毛笔，其笔管也是陶瓷做成的，古代磨墨用的小水盂，洗毛笔用的笔洗，往往都是用陶瓷做成的。甚至我们衣服上的配饰，也有瓷器的纽扣，以及瓷器的挂件。在我们生活中，吃饭用的碗、盘，大多都是瓷器。可以说，无论我们走到哪里，都能看见瓷器的影子，都能感受到瓷器与我们形影不离，朝夕相处。

　　就在我们的生活中，瓷器也以它们各自的面目呈现。或是单色瓷器，或是描金器物，或是五彩瓷，或是骨瓷，或是白瓷等等，各种类别，都在让我们感受着异彩纷呈的瓷器文化。如果我们置身在陶瓷博物馆中，目睹着各个时代的陶瓷艺术品，就会看见青瓷、钧瓷、哥窑瓷、汝窑瓷、白瓷、秘色瓷、官窑瓷、粉彩瓷、青花瓷……各种类别的瓷器艺术珍品，都一件件陈列在眼前，真是琳琅满目、美不胜收。

　　在瓷器的器形变化中，我们也可以看见许许多多的类别，比如瓷碗、瓷盆、瓷盘、梅瓶、棒槌瓶、天球瓶、高足杯、瓷炉、茶盏、瓷缸、瓷鼎……等等。当我们与它们一次次进行对话时，就会感受到它们造型的优美，就会看到它们上面的釉彩是如此的莹润，它们上面的书画是那么的富有生趣。当我们置身在陶瓷艺术的世界里，就会感受到这泥土升华着的艺术，是如此的与众不同。是啊，原先的一抔抔泥土，遇水成型，遇火成器，与书画结缘，与我们的生活息息相关……这是多么美妙的感受！可一切又都是那么的自然而然，这就是一切都水到渠成那样的，自然地流淌着艺术的美感，也悄然地孕育着我们的人文情怀。

　　无论我们怎样去认知它们，它们都是那么默默地存在于岁月中，等待着有缘人去与它们融为一体、荣辱与共。可以说，每一件瓷器，都有着鲜活的生命，都是中华文化的缩影。在每一件瓷器里，无论我们是以实用器来对它们进行功能运用，还是以陈设器对它们予以摆设，我们都能对它们赋予内心的情感。无论我们是看见简单的单色釉瓷器，还是色彩缤纷的五彩瓷或是主要以出口为主的广彩瓷，我们都能感受到瓷器文化中，它们与我们现实生活密不可分的紧密关系。

　　在岁月的长河中，我们的人生，总会赋予各种器物以情怀，对瓷器也是一样给予我们的情感。我们与它们每一天都生活在一起，里面有着各种各样的往事，在见证着我们与它们的关系，也在生活中有万千的记忆，让我们不断觉知着瓷器就是我们生活的显现。

　　是啊，回眸往事时，每一件老物件，都能让我们回忆起往事，都能让我们不忘记过去。当我们与瓷器结缘，就已经注定了这种情怀的开始。当我们每一天都端着茶杯喝茶时，茶杯就在感受着我们的喜怒哀乐。当我们欣赏着一件瓷器珍品时，我们的情感也会自然流淌。当我们将瓷器作为传家宝进行传承时，那一代人与一代人之间的血脉亲情与殷切期望，何尝不在瓷器中得以体现？

　　我们就这样与瓷器，悄然地成为了一个整体，我们的生活离不开瓷器，瓷器也在见证着我们的生活。也许，这就是我们与瓷器的缘分。当我们对它们融入了自己的情感，就会把它们当成自己生命中的一部分，并时时想念它们。

　　在艺术品收藏中，我们都知道瓷器容易破损，所以在流传中，更会注入自己的感情。每当我们手捧着一件瓷器，生怕有个闪失，将它们碰坏或磕裂了。就在这小心翼翼的过程中，我们何尝不像是在怀抱着自己的孩子一样，充满着喜爱与柔情？我们何尝不是在用虔诚的心念，用爱呵护着它们？于是，在岁月的长河里，每一次与它们结缘，都会显得那么的可贵。当我们将一件件瓷器端详，就可以穿越历史，去感受到一代代收藏家对它们融入的情感，就会感受到瓷器的创作者，对它们赋予的生命力。当我们对一件瓷器有了感情，便会时时怀想，就会将它当成我们生命的见证者。如果它们一不小心碎了，我们在感到可惜的同时，也会想方设法将它们进行修复，并找那些有着锔瓷手艺的师傅，让它们能够涅槃重生。这也让我们在端详许多的老瓷器时，往往会看见许多的锔子，这就是对瓷器关爱的见证，这就是我们与瓷器有着情感和人文内涵的呈现。

清雍正珊瑚红彩留白三鱼碗

　　不同的颜色，呈现着不一样的美感。我们可以在五代柴窑瓷器中，欣赏天青色的神秘，也可以在白瓷中看见纯净与祥和。我们可以在五彩瓷器中，看见色彩斑斓的富贵大气，也可以在青花瓷中看见雅致与清爽。但无论是哪一种颜色，也不管是哪一种器形，它们都有着共同的中华文化渊源，都与我们的生活审美情趣息息相关。

当我们端详着各种颜色的瓷器时，当我们被它们绽放着的美感深深吸引时，我们的情感也就会悄然赋予它们。我们也知道，在我们的各种感念中，无论它们在岁月里，以怎样的经历与我们有关，我们都必然要在往事里，将它们予以铭记和怀想。因为，在不知不觉中，它们已经成为了我们生命的承载，也有着我们生活的气息，我们与它们有着难以割舍的情感。这就是为何在瓷器的收藏中，一件看似简单的瓷器，一旦有了收藏者的情感融入，就不再是简简单单的金钱所能衡量，这也是瓷器在岁月中，不断蕴藏着的文化魅力与人文价值。

一切的存在，都必然会被岁月铭记，也会在我们的生活中，逐渐被淡忘。我们的生命，也就是在这样的状态里，时而铭记，时而遗忘，交替着的情感，往往见证着我们内心的纠结。是啊，淡然的心怀，暂时的放下，并不是真正的遗忘。我们生命的离去，往往会将一件件老器物留下，让它们继续传承着我们的情感，它们并没有遗忘我们的存在，它们也在静静地等待着有缘人去解读我们的故事。

于是，我们看到的颜色，也就变得虚虚实实着。也许正是如此，随着岁月的流逝，我们能够看见的世界，也必然会有着改变，与我们朝夕相处的瓷器，也会见证我们的情感的变化，也与我们一同感受着世事无常。原来，这一切境遇，都是生命的过程。原来，无论哪一种颜色，都将在岁月的记载中，变得若有若无却又真实地存在。

由此可知，五彩空色的境界，是瓷器给我们生命的揭示，也是我们与瓷器缘分的诠释。一切物象都在变化之中，人文情怀依旧流传不息，我们与瓷器的故事，也会一代代传承下去。在瓷器的世界里，我们与它们，早已有着成千上万年的情感。彼此相逢此生，必然怀爱一生。

第八篇：藏善怀志

在人的一生之中，总会遇到这样那样的人，总要经历这样那样的事，也必然要留下这样那样的感怀。当我们回眸往事时，能否明白过去的自己，是否

没有留下遗憾？能否知道当下的自己，是否坦荡无悔？当我们对未来绽放憧憬时，我们能否一次次责问自己，关于生命的来去与归宿？我们能否对自己的未来，予以正确而理性的预知？我们能否对自己有着清晰的认识与把握？

一切的过往，都离不开当下的承载。我们知道，无论世事如何变化，我们都是岁月的见证者，岁月也在不断印证着我们的存在。当我们立足当下进行思考，是否能够明白自己的本性初心？是否能够知道自己现在的位置与状态？是否已经获悉了自己的真实面目？

面对真实的生活，我们无需太多的设问，去对自己一次次进行反思。因为我们知道，任何的设问，都无法直接解决问题，也不可能让自己直接成就当下并赢得未来。唯有不断地把自己内心的仁爱和美善，真实而又虔诚地予以奉献，唯有不断地努力践行自己应该做好的事情，才能真正把握住自己的命运。因为古人说过"事在人为"，每一个人都必须对自己的生命承载着担当与责任，也必须见证自己应该怀藏的良知与善念。

无论我们经历过什么，也不管我们现在是怎样的境遇，都要立足当下，去不断深刻地认知到自己存在的价值与意义。人的一生，在历史长河中，显得那么的短暂，我们没有理由不去很好地怀爱生命，也没有任何借口能够为自己应该承担的后果，去寻觅各种理由以掩饰自己。唯有坦荡无私地生活，唯有善心不离地存在，才能真正内心祥和而欢喜，才能在事业、工作、生活、家庭中，找到属于自己的位置，才能真正正确地让自己不断成熟和成就。

匆匆忙忙的人生，在给我们万千的启示。生活中的每一次体验，也在让我们的身心，不停地呈现着感知。与我们有关的每一件老器物，都有着我们的情感，也往往可以诠释着先辈留下的期望。当下的我们，在二十一世纪的今天，面对着诸多的诱惑，也面临着许多的机遇和挑战，更应该觉醒自己的生命，更应该在人文情怀中，不断印证自己的崇仰。

每一幅书画，都有着无尽的故事。每一件瓷器，也有着丰富的内涵。当然，每一部文化经典，也有着千百年的传承。每一个人，都有着自己的悲欢离合与爱恨情仇。我们知道，生命的存在并不孤立，彼此之间早就有着各种关系。人与人之间，物与物之间，人与物之间，无论以怎样的状态呈现，都必然会让我们融入其中，并萌发内心的情感。原来，我们就是与天地万物相依相存的人，我们就是坚持着崇仰并不舍进取的生命。

在人生的追求中，我们也往往不会一定如己所愿，因为每一件事情，都有着许多的可能。当我们在千变万化的尘世里，尽心竭力地奉献着自己时，也必然会收获来自各方面的回应。我们在生活中，可以受到别人赞美，也必然会有人留下批判；我们可以彼此和合共生，也有人会不择手段地惟利是图。因此，我们必须理性地看到，在自己的生命里，往往有着这样那样的因素，会让自己无法真正实现梦想。当然，无论怎样，我们对未来的憧憬，是永远都不会熄灭希望之火的。因为，中华民族是追寻梦想的民族，也是有着使命担当的民族，当然也是通过生命的奉献来成就未来的民族。

回眸岁月的流逝，在历史沧桑里，有许多人已经迷失自己，有许多人依旧在坚持初心。一次次告诉自己，必须在心中时时都有善念，必须让生命处处都有慈爱。在岁月的流逝中，我们的所见所闻、所思所感，都是人生的体验。怀善前行，无论路途中有着怎样的风景，都应该欢喜地迎来送往，都应该把自己的祈愿，传播得更为广阔与久远。

南宋龙泉窑青瓷凤耳瓶

感恩着伟大的祖先，是他们将我们悠久的中华文化，连同各种各样的物象，都存在于岁月的沧桑里。无需去感叹人生不易，也不必去刻意做些什么，我们的生命既要有实实在在的珍惜与善待，也要有源自我们内心深处最本质的慈爱与包容。在回眸中，我们读懂了往事。在当下里，我们明白着自己的担当。这一切，都是那样悄然无声地进行着，数千年来其实都在这样那样地发生着故事，我们也在警醒中越发努力地对我们的祖先，有着深深的感恩。

透过红尘乱象，我们的心灵回归纯净与安宁。置身在中华文化的世界里，我们也在不断圆满着自己的设想。告诉自己，一切都不可重来，当下也是未来的当下，在每一次的觉悟中，都必须让我们为未来，留下强大的生命与温暖。于是，我们虽然身处当下，虽然现在还有着这样那样的问题，但在我们的心中，始终不会放弃内心的道德与精神，不会磨灭自己生命的激情与向往。因为，中华民族是有着未来观的民族，而且奉行着"苟日新，又日新，日日新"积极向上的信念。这也可以知道，中华民族有着站在时空中，回眸往昔又展望未来的能力，也对未来有着清醒的认知。

当然，在生活中匆匆过往的我们，也必须善待唯一的生命，必须善待与自己有缘的所有人、事、物。透过层层叠叠的记忆，我们就会发现，随着时间的流逝，我们的内心深处，也会沉淀越来越多的感怀，也会让自己的情感越发浓郁。这就好比如一个人，年纪越大往往在回望过去时，就会越发珍惜身边的一切事物，并会努力开创无比美好的未来。

而这一切，都离不开我们内心中的"志存高远"。如果我们在中华文化中，不去坚持积极进取的努力，那又怎能让自己真正获得他人的尊敬与和合相生呢？于是，我们就必须一次次召唤着自己的灵魂，让它们不被各种诱惑所吸引，也不被万千的困扰所牵绊。而在现实生活中，我们真切地知道，每一个人都需要"立志"，才能拥有未来。也正因为如此，在我们的生命里，就必须有着"藏善怀志"的特点，必须有着实实在在的相应行动。

美好的德性，有着非常珍贵的价值。犹如良好的种子，在合适的土壤里，必然会有强大的生命力。当我们将善念怀藏在心，当我们心怀志向地生活在现实世界中，就会真实地感受到来自于历史的回音。"藏善怀志"的过程，何尝不是我们与中华文化相互融合的过程？我们在生命中，践行着良知与道义，承载着使命与担当，这何尝不是在让我们与所有的文化遗存，有着共生共荣的祈愿？

端详着一幅幅书画艺术珍品，抚摸着一件件珍贵的瓷器，把玩着各种各样的玉石手把件，我们将"藏善怀志"铭记在心里，并以此鞭策着自己不断努力前行。是啊，大爱无言，大善是无需自己去表白的，而志向的坚持，也必然会见证我们如何从当下，去走进人生的未来。

在这一过程里，所有的人、事、物，都会一次次浮现，也会让我们不断展读着生命的存在。而那些祖先遗留的器物，也在诉说着家族的历史渊源，并透过中华文化的传承，不断延续着祖先的情感，也在融入着我们的人文情怀。

这都是我们心怀善念的见证，这都是中华文化中"尚善"的特征。当我们将志向和崇仰，在现实的生活中，一次次予以呈现时，我们就必然会让生命越发具有着意义。如此，这也是我们对中华文化传承，对自我进行觉醒，对未来努力把握的体现。

任何时候，都要让自己懂得"上善若水"的含义，也必须让自己明白"志存高远"的告诫。当我们真正做到了"藏善怀志"，就不会以自己的善心善行，去标榜着自己的奉献，也不会以自己的成就，去宣扬着自己的志向。因为，我们伟大的祖先，早就告诉我们，必须谦虚谨慎地活着，必须慎言慎行、善始善终。只有这样，才会真正让人生越发有着意义。

当我们置身在中华文化中，与国粹艺术品相依相伴，我们的"善"和"志"，也往往会与它们融合在一起。这样，我们就会"众善奉行"，就会"志得意满"。因为，许多以志趣爱好为追求的人，不仅仅以实际的行动传承了中华文化，同时也被中华文化成就着。他们有的成为了著名收藏家，有的成为了艺术投资者，有的成为了矢志不渝的艺术家……无论有着怎样的境遇，他们在现实生活中，时时处处都依旧在与各种器物进行着心神的交流，都依旧在以自己虔诚的内心，延续着与中华文化和国粹艺术品未了的情缘。

第九篇：传承新颜

每一位炎黄子孙，都有着鲜明的中华文化符号，因为我们就是中华文化的传承者和创新者。无论我们身处何地，也不管我们心在何时，都在沐浴着中华文化的光芒，都在浸润着中华文化的滋养。我们要一遍遍地告诉自己，我们的生命里，就流淌着中华文化的基因，我们就是中华文化的代言人，我们的生命也必然会呈现中华文化的担当与使命。

岁月悄然流逝，眨眼便是千万年时光。曾经的过往，留下了无尽的感念。有人欢喜，也有人哀怨；有人痛苦，也有人幸福；有人坚持崇仰，也有人背弃道义；有人择善而从，也有人放纵欲望；有人怀爱前行，也有人杀戮不息……在历史的长河中，我们可以看见王朝的更迭，也可以看见无尽的背影，

可以体会命运的沉浮，可以觉知世事的变幻，可以明白天地万物的生生不息与枯荣相随……

当我们置身在中华文化的环境中，去感受着岁月的沧桑时，就会在心中萌生着情感，也会绽放着祥和与欢喜。因为，我们伟大的祖先，已经在历史中留下了无尽的精神宝藏，已经为我们留下了各种各样的文化遗存，也在让我们时时处处都感念着圣贤君子的道德之美。

由此，我们就会在内心里，萌生出文化的自信，也会滋生着自豪感。是啊，中华文化是世界上唯一在数千年的历史中，没有断层的文化，这是多么让炎黄子孙感到庆幸和倍感骄傲的事情啊！世界上的每一个民族，都必然有着自身的文化，但文化的传承是否阻隔，则有着千差万别的结果。许多的民族已经失去了自己的文化，他们只能在出土的文物面前，陌生地感受着自己民族的历史。而我们伟大的中华民族，则是全然不同的情况，因为中华文化的包容与厚德，因为民族之间的不断融合与"和合共生"，让中华文化的传承始终有着根脉，始终有着自己的明确原则，有着自己的方向与目标。这也在规范着所有的炎黄子孙，怎样去言行举止，怎样去修心养性，怎样去家国一体，怎样去实现天下大同的愿景。

文化的传承与创新，是一项长期而又艰巨的工程。在这一工程里，我们会对给予我们生命的祖先，有着虔诚的回应，也会给我们的子孙，做出自己的榜样。文化的传承与创新，就是一代代人前仆后继的善业。因为，中华文化的不断流传，不仅仅福泽子孙后代，其实也会让"天下大同"的心怀，造福于世界各国的人民。中华文化的责任与担当，所承载的使命与功德，必然会被世界各国所关注，并具有越来越重要的影响。

当我们置身在中华文化的世界里，无论我们已经多么学识渊博，多么自认为"学富五车"，都会感受到自己知识的匮乏。无论我们怎样在事业、生活、工作等方面，感觉自己已经做得很好，当我们翻读着圣贤经典时，就会被我们伟大的祖先深深折服，我们就会感觉到自己做得还很不够，而我们只是做了本应该做的事情而已，甚至有时候连应该做的事情，都还没有真正做好。无论我们多么努力地将中华文化认知，并尽心尽力地传承与创新，当我们一旦深情地虔诚地感知着中华文化博大精深的内涵时，就会感觉自己的力量实在是极其渺小，我们还有许许多多没有去做到的事情，中华文化的传承与创新，还需要一代代人继续下去……如此，我们的心念，就会越发纯净圣洁，就会对中华文化予以崇仰遵从，就会对自己有着责任与使命的认知。

每一天，都是中华文化学习与传播的一天。我们生命里的每一时刻，都在呈现着中华文化的信息，我们也必然会不断见证着内心的祈愿。当我们神圣庄严地认知着中华文化，当我们身心都在沐浴着中华文化的光芒，心灵就不会处于黑暗中，生命就不会迷茫。

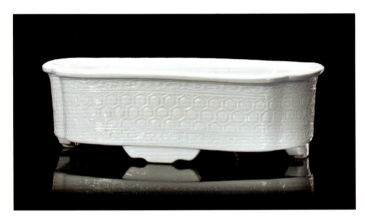

清乾隆白釉模印四方花盆

智慧如明灯，照亮着我们前行的道路，也在让我们的心灵无比纯净。中华文化就是这样的明灯，让我们观心明道，让我们具有圣贤君子的德性，让我们在人生感知中，觉悟生命的本质并坚持初心。人的一生虽然短暂，当一旦有了自己的方向，便能感受到生命的美好。在现实的生活中，已经有许多人，因为抛弃了祖先流传下来的中华文化，因为不再被中华文化这盏明灯照亮心灵，他们的灵魂便时时处于苦难之中，沉浮在欲望深处不可自拔。

中华文化的传承与创新，并不是空洞的说教，也不是虚无的理论，而是知行合一的践行。我们知道，任何高深的妙论，都应该回归朴实的生活，才会具有强大的生命力。我们也明白，不管多么优秀的文化，都必须让它造福于人，才会被众人予以流传。这也时时警示着我们，中华文化的传承与创新，必须借助于符合大众需要的文化载体，才能更好地实现。其实，这也是数千年以来，我们老祖先早就揭示着的道理，而且我们的老祖先正是这样做的。

在中华文化发展史中，我们可以看见，老祖先将最美好的祈愿，与现实的生活融合在一起，通过生活的需要，并以具体文化器物的方式，来展示着中华文化，并实现着传承与创新。这样的过程，数千年以来从未断绝。这就是中华文化，之所以能够透过历史，看见渊源并又具有鲜明时代特征的根本所在。当我们明白了这样的道理，又怎能不去继续遵从老祖先的德性与智慧，

并将中华文化虔诚地予以传承呢？又怎能不去结合当下的时代特点，去将中华文化予以创新呢？

于是，我们在与琳琅满目的艺术品结缘时，就会感受到它们承载着的中华文化信息，便能知道它们就是中华文化的名片，它们就是中华文化的标志。一件件艺术品，穿越着千百年的时光，让我们看见了无尽的文化内涵，也让我们一次次觉醒着自己的使命与担当。

每一次与祖先留下的器物，进行心灵的对话，都会穿越时空体验着中华文化的解读。是啊，每一幅书画，每一件瓷器，每一老物件，都无一不在诉说着当年的缘起，无一不在诠释着历史的变迁，无一不是在让我们感受到中华文化在生活中的无处不在、无时不有。当然，我们与它们的对话，也在见证着我们内心的人文情怀。

心中的爱，在自然流淌，因为中华文化，因为国粹艺术品，因为感恩祖先。大爱无言，因为我们肩负的责任与使命，因为中华文化的传承与创新，时时处处都在延续着人文情怀……

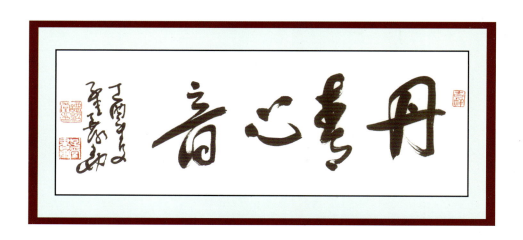

第四卷 慈生万祖

　　爱在心里，有着万千面目，有着各种具体器物的呈现。当我们以中华文化中的德性与智慧，一步步去实现着生命的使命与担当时，就必然会把心中的爱，圣洁无私地绽放。

第一篇：爱在心间

每一个人，都有自己的生活。在尘世里过往，每一段旅途，都必然会留下记忆。当回忆起自己的往昔，在宁静安和的心境里，能否感知到浓浓的爱意？会不会滋生无尽的温暖？无论苦难还是幸福，无论得到还是失去，无论过去还是现在，一切的存在，都早已有着见证，谁能真实地看清自己？谁能自在而又觉悟地活着？谁已知道了人生的真谛？

流逝的光阴，在不停地展读着往事，蓦然地回眸着，虔诚地感念着，所有的痕迹，都在承载着斑驳的沧桑。每一个人，在现实的生活中，必然留下各种感念，也会不断衍生着思绪。无需刻意去反思自己，也不必过于在意结局，关键要看我们的内心，在经历了万千磨砺以后，是否依旧怀藏着纯真的慈爱。关键是要看在各种选择面前，我们能否清醒地决定自己的未来。

我们知道，一切都不会重来，即使往事可以在回眸中重现，但也不能重新找回原本的自己。因为，变化的世事，早已在岁月的流逝中，让我们有了各种各样的面目，也早就让我们，在红尘的洗礼中，无法回返以前。

我们就在这样的变化中，迎来送往又步步向前。我们就在万千的感知中，让自己的生命不再停留于过去，而是立足当下去觉醒灵魂，并逐渐实现内心的梦想。可无论怎样的经历，也不管生命能够给我们留下什么，这都是我们生命最重要的内涵。当浮华凋敝，当喧嚣回归冷寂，当仇怨与敌意都放下，我们的内心里就会萌生一种强大的力量。因为爱的存在，我们也就有着无限可能，也因为爱就在我们的心里，所以我们的生命，始终都具有希望。

也可以说，爱是人生永恒的话题。一个人的成功与否，往往不在于他拥有多少亿万的金钱，不在于他有着多少套房产，也不是他的地位有多高，也不在于他的圈子有多么强大。当我们在浮华中的功名利禄里，一次次觉知着灵魂追寻的意义，就会为我们的祖先，献上最虔诚的感恩。因为，浮在事物表面的各种数据，都无法与淡泊后的"宁静致远"相比拟。透过历史的物象，我们必然会看见隐藏在物象背后的喜怒哀乐，可以觉察到器物背后的爱恨情

仇，也可以透过岁月的斑驳沧桑，真正将生命的人文情怀，与生活中的器物互生情愫。

也许，这就是生命中的爱，简简单单地存在着，自自然然地延续着，真真实实地变化着。一切的痕迹，都在印证着它们的内涵。当我们知道了，在现实生活中，我们每时每刻都离不开爱的时候，也就是我们真正懂得善待自己与他人的时候。任何人、事、物，都不可能孤立地存在于世间，我们每一个人，都应该明白这一道理，并在岁月中深刻地觉知到人生的真谛。岁月在记载着我们的过往，也在让人端详着各种变化。心中有爱，便会有将来。因此，简单的牵念，都会让人心绪飞扬，对真爱的坚守，也必然会见证天地万物与我们的共同之美。

在德性与智慧的彰显中，我们会在岁月里，迎接着各种各样的境遇。无论我们面对的是什么，都要心怀感恩地善待它们。无论我们在生命里，怎样解读着彼此，都最终会"万法归一"，都必然见证我们内心的善意，我们都会以爱的方式，去与所有的一切人、事、物和谐相处。

清道光青花缠枝莲托八吉祥纹双耳瓶

蓦然回眸，有人在忏悔着自己的过失，也有人正得意于自己的收获。当我们回眸着历史，置身于中华文化中，遵行着民族传统美德的时候，就一定会为我们老祖先留下的"好生之德"、"仁者爱人"、"上善若水"、"成人达己"、"爱出者爱返，福往者福来"等文化，表示由衷地赞许。我们知道，如果一个世界，没有爱的话，那就是多么让人深感恐怖的事情。如果人与人之间，都

没有了相互之间的信任与支持，甚至产生着敌意与伤害，那又是多么让人遗憾的结果。如果我们面对着的事情，没有了真情实感，那又将呈现怎样的冷漠和无情呢？

当然，我们对于生命中的器物，则必然有着独特的情感。如果我们无法将对它们的爱，传承给下一代的话，那又怎能确保它们能够成为"传家之宝"？又怎能在传承中，懂得真正欣赏它们的文化内涵？又怎样才能把蕴藏在岁月中的记忆，为它们萌生无尽的怀想？

真实的生活，虽然有着各种各样不和谐的体验，却也必然沉浮着人生的情感。每一次的慈爱，都会在岁月里，留下与仇怨不同的万千结果。当我们感知到自己，时时处处都生活在爱的世界里，当我们明白着我们的存在，就是为了更好地传播爱并成就爱时，也必然会为自己的善心善念和善行，予以认同和赞许。因为，我们本就生活在"被人爱"和"爱别人"的环境中，本就有着良知与正义，也是真真实实的"人生有爱，处处光明"的见证。

爱在心里，时常是大爱无言。爱在事物里，往往是事物在流淌着我们的情感。爱在言行举止中，是因为我们的一举一动，都在给他人带来着感怀，我们也必然要与它们进行着各种各样的回应。在我们的现实生活中，我们内心的爱悄然流淌着，就默默地给予着有缘者，也在让我们倍感温馨和幸福。

生活中，处处都有着爱的痕迹。我们看见的、怀想的、追寻的、祈愿的，无一不在诠释着爱的存在。在岁月的流逝中，我们用爱去解读着彼此过往，也在用爱去让生命不再冷漠。回眸着往事，感念着彼此的给予，也怀想着生命的变化，而这一切，都无法离开爱的内涵。因为，我们的一个眼神，都可以传递着脉脉温情。我们的每一次举动，都在体现着内心的相互祝祈。我们对每一件老器物的善待与珍惜，都见证着我们生命与它们的关系，也在诠释着爱的万千方式。

我们也可以在生活中，感受着亲人的关怀、朋友的帮助、老师的教诲、组织的扶持、企业的培养……这方方面面，都在展示着爱的情感，都在以不同的内容和万千方式，见证着我们就是生命中爱的体验者和践行者。人生如果只活在物欲中，如果只停留在自我的世界，那就必然会在自己拒绝给予他人以爱的过程中，必然遭受别人爱的拒绝。

一次次地觉醒着自己，不断地感知着爱的存在，内心的情感也会自然地流淌。每当我们置身于中华文化，端详着每一件书画作品，欣赏着每一件瓷器艺术品，与祖上流传至今的老物件相互融合，就会在内心中，升腾着温暖与慈悲。爱原来就在心里，关键是如何去惜缘惜福，如何去善待与自己有关的人、事、物，关键是我们一定要以虔诚的心念去传播爱。

大爱无言，却往往在以各种方式的践行，呈现着世间的美好与祥和。每一个人，都会因为心中有爱，而让自己无论何时何地，都内心光明而坦荡。当我们心中的爱，与生活里的所有人、事、物，都能真诚地融为一体时，我们的生命就会与它们相互呼应，就会在岁月的流逝过程中，把爱传递出去，并一代代地将爱见证在每一次的念想中。

爱在心里，有着万千面目，有着各种具体器物的呈现。当我们以中华文化中的德性与智慧，一步步去实现着生命的使命与担当时，就必然会把心中的爱，圣洁无私地绽放。

第二篇：慈悲喜舍

在内心深处，始终有一种声音在回响，那就是对生命真、善、美的怀爱。生活在尘世中的人，面对着斑驳的人生，难免会有各种各样的情怀，也会滋生万千的感念。但一切的人生境遇，都必然留给生命以回眸，给心灵以觉知和启示。

去去来来，眨眼一生。匆匆忙忙的跋涉，留下的背影与足迹，都在悄然诉说着往事。翻读的历史，依旧在默默地存在着，无论我们是否对它们予以认知，也不管我们以怎样的情感对它们予以感受。一切的物象，都在斑驳着岁月的沧桑，无尽的人和事，早已被岁月记载，也时时处处在唤醒着我们内心的怀想。

短暂而匆忙的生命，三四万天的时间，相比于历史长河，是那么的微不足道。每天都在发生的事情，无论多么感天动地，无论怎样的爱恨悲欢，相比于厚重的岁月印记，那都是眨眼的过往云烟。当我们置身在岁月的流逝中，端详着各种各样的变化，感怀着生命的无常，就会越发真实地知道自己的生命，已经有着渴盼，也在印证着祖先绵绵不息的祈愿。

任何时候，都无法忘怀过去，因为我们的生命，就是由过去延续到了今

天。无论人生是怎样的境遇，我们都必然收获各种各样的感受，因为我们的生命，本就由各种感念沉淀在一起，并形成了一生的回想。

在不断的自我认知中，我们面对着给予我们生命的祖先，面对着给予我们文化滋养的国粹艺术品，怎能不在内心里，萌生着敬畏和感动？怎能不去怀记祖先的恩泽？怎能不去追思过往中存在的真情实意？怎能不去忏悔自己曾经的不足与过错？怎能不去明白自己的生命，终究要回归淡然和真善美的宁静世界？

我们的生命，时时处处都有着爱的回应，也自然而然地成为着爱的承载。无论在现实的生活中，有着怎样的悲欢爱恨，也不管曾经得失恩怨如何，岁月中存在着的一切，都必然会让我们更深刻地觉知自己应该承担和肩负的使命。而在生命的变化中，我们对中华文化的传承与创新，我们对国粹艺术品的喜爱与呵护，我们对生命中各种经历赋予的人文情怀，都必然会一次次印证着我们内心的爱。

是啊，在我们的生活中，面对着形形色色的人，经历着千差万别的事，都会身不由己地让我们感知到人生存在的意义。因为我们在生命中，有着选择，有着取舍，也有着自己的情感融入，也在见证着我们内心的美丑善恶。同样，在各种各样的结局中，也必然呈现我们对人生的思考，也会诠释着我们对德性与智慧的修炼。而这一切，都离不开我们对现实生活的拷问，也离不开我们实实在在的践行。

每一天，真实的生活，都会给我们以考验，也在让我们有着各种收获。我们以虔诚的内心，去感知着存在的一切，面对着变化万千的世界，并不断觉醒着生命。透过时光的流转，我们会一次次告诉自己，变化着的现实生活，其实也是我们心性异彩纷呈的见证。我们往往会带着各种各样的念想，行走在生活的方方面面，却时常忽略着原来的自己是怎样面目。我们往往任性地生活在各种感知中，却时常会忽略"道"与"德"的存在。我们往往会在意于各种变化的物象，却又时常忽略在物象背后，隐藏着的强大力量与丰富的文化内涵。

于是，我们就会在岁月的流逝中，不断成长着自己，也不断修正着自己的想法与追寻。我们在现实的生活里，必然有着成熟的过程，也会留下各种痕迹，让自己在回眸中，觉知着自己曾经是如何一种状态。人的一生，就这样不停地回眸着，不断地隐约着欲望，也不断地见证着取舍，也时时处处都在流露着爱恨与悲欢。

当浮华落尽，质朴的生活，会让我们的内心，越发宁静与安和。当我们在跋涉的途中，静心地觉知到原本的自己，就会知道真实的我们并不完美。人生难免遗憾，在事业、家庭、生活、学习、工作等等方面，我们都会为自己的成长，付出必然要付出的代价。我们回眸着人生时，就会知道，我们的心念在岁月中，会沉浮无尽的感知，也会留下无尽的痕迹。

明宣德宝石红釉僧帽壶

生命会在喧嚣过后，逐渐回归宁静。我们的人生，也必然会在各种选择中，寻找到人生真善美的归宿。于是，我们便会在现实生活中，不断倡导着德性与精神的崇仰，就会不断地以圣贤君子的修养与情操，去修正自己曾经不美好不够圆满的言行举止。也会对自己曾经留下的遗憾，虔诚地进行反思与忏悔。这样的心怀，都必然会存在于我们生活中的任何方面，也必然会见证着我们与中华文化的深厚渊源，见证从古至今、延续不息的缘分。

我们的内心，明白了这些以后，就会感叹在我们的生活中，奉行着慈悲喜舍的心念。因为，慈悲作为与生俱来的善念，作为我们每一个人都具备的本真自我，是与自己生命相依相伴着的真善美。只是在滚滚红尘中，有太多人被欲望迷失了心性，被各种外在的物象蒙蔽了灵魂，从而无法看到原本真善美的自己。这也让我们本就慈悲的善念，无法绽放出来。当我们在现实生活中，重新明白了这样的道理，重新觉知了自己人性中的美好，就必然会以慈悲的心念，来善待着我们生活中的一切人、事、物。当我们一次次将爱传递，也必然会让别人因我们的改变，而祥和地呈现着互生共荣的和谐状态。

在万千的变化中，我们面对着丰富多彩的世事，也会在各种诱惑和挑战里，沉浮着自己的命运。当然，这存在着的一切，都在告诉我们，人的一生会呈现出各种各样的选择，也必然要留下不同的取舍。也许，对不同人、事、物的判断与选择，正是我们在生活中真实的修炼。我们常说在红尘中磨砺自己，面对着生活中存在的一切，我们通过取舍去见证自己的成熟与否，去考验自己是否怀藏善念和具有德性智慧，这本身就是一种真实的修行，这本来就是在现实生活中，让自己一步步成熟的印证。

于是，我们能否面对一切境遇，都欢喜地接受，并能用爱去包容，将是考验着我们能否"修成成果"的过程。是啊，在现实的生活中，无论我们以怎样的方式去解读生命的存在，也不管我们以怎样的面目去迎来送往，也不管我们在生活中已经得失一些什么，都必然要让我们呈现着内心的喜怒哀乐、进退荣辱、善恶美丑等等。当这一切都逐一呈现时，我们是喜是悲？是善是恶？是得是失？是美是丑？怎样的选择，便会有怎样的结果。

一次次觉醒着生命，让自己能够珍惜着人生的每一次相遇，也懂得善待每一个人，并用心做好每一件事，知道用虔诚的情感去怀爱着祖先留下的每一件器物，这也许就是人生必须去做好的修行。于是，我们在现实的生活中，让自己面对着一切的收获，无论得失荣辱，都能喜悦地接受，并懂得用真善美去让生命时时传递着爱和善，也奉行着"喜舍"这一心德。如此，我们的生活，就会增添许多的美好，也会处处都让内心充满喜悦。

是啊，"慈悲喜舍"的人生真谛，道破了许许多多的爱恨恩怨与得失荣辱，也让许多人回归到最原本的善念中觉知自己，让生命回到喜悦和传递爱的状态里成就自己。在现实的生活中，我们懂得并奉行"慈悲喜舍"，这也许正是生命的觉醒，同样也是我们人生的成熟。

第三篇：安心祥和

在二十一世纪的今天，面对着越来越快的生活节奏，面对着越发丰富多彩的物质享受，面对着各种各样的选择，我们能否在喧嚣中，怀藏着自己的宁静与善意？我们能否在浮躁中，静守着自己内心的安泰与祥和？我们能否在万千选择中，找准自己应该理智去决定的判断？我们能否在万千变化中，坚持着自己道德与精神的崇仰？我们能否在无尽的憧憬中，觉知到自己应该尊崇的道义与良知？我们能否在各种诱惑中，依旧清醒地知道原本的自己？我们能否在各种欲望中，让自己越发圣洁纯净地生活？我们能否在物欲横流的环境中，为社会坚持着真善美的修养与情操？我们能否在不同的取舍中，做出自己无怨无悔的使命与担当？

各种各样的怀想，会悄然浮现在心头。因为生命的哲思，会穿越时空，与祖先对话，与历史对话，与天地万物对话，并透过这一切存在着的虚实有无，去感知到隐藏着的规律，并获悉相应的答案。我们的生命，在岁月的流逝过程中，时时处处在进行着这样的对话，也在感受着不同的回应。

每一个人，都必然要在自己的生活里，逐渐思考这样那样的问题。即使许多人，现在停留于物欲享乐的感官层面，但他们迟早会对自己的人生，予以回眸并引发觉悟。我们唯一的生命，从哪里来？到哪里去？为什么活着？应该怎样活着？怎样才是活着？等等这一系列的问题，都必然会在我们的工作、生活、事业、情感、学习等方面，进行着追寻与探索。无论我们现在处于哪一层次，也不管我们现在的境遇如何，也不管我们心中现在是怎样的志向与追求，这些问题都必然会伴随我们一生，并以不同的方式来警醒着我们。

对生命的思考，是中华文化中浓郁的情结。战国时期伟大的爱国诗人屈原，曾在他的《天问》中，就发出了各种各样的询问。作为中国最伟大的浪漫主义诗人，屈原不仅仅留下了《离骚》这样不朽的著作，也留下了长诗《天问》，让后人敬仰。在《天问》这一诗作中，通篇是屈原对天地、自然和人世等一切事物现象的发问。诗篇从天地离分、阴阳变化、日月星辰等自然现象，一直追问到神话传说，乃至圣贤凶顽和战乱兴衰等历史故事，从而表现了屈原对某些传统观念的大胆怀疑，以及他追求真理的探索精神。正因为如此，《天问》也成为了中国古典诗坛的一朵奇葩，并被誉为是"千古万古至奇之作"，对后世的文学创作，有着极其重要的影响。由此可以看出，中华文化的传承与创新，正是我们伟大的祖先，在历史长河中，在特定的时代背景下，不断勇于探索和实践的过程。中华文化，不仅仅有着道德与精神根脉的传续与坚守，同时也有着与时俱进的创新与发展，也因此呈现亘古弥新的风貌。

清乾隆黄釉粉彩八卦如意转心套瓶

　　置身于中华文化中，我们对生命的认知，就会突破自身的局限，不只是停留在简单的物象表面，就不会只固守在自己的意识世界里。其实，每一个人，都是无法拒绝对自己的认知，因为对于每一个生活在现实世界里的人而言，都难免要寻找自己的心灵归宿，也必然要对自己的存在寻找答案。由此，我们也会在生命中，延续对自己的认知，并让自己一次次成长着自己。这就是我们人生追寻真理的过程，这就是我们寻找到人生本源的过程。

　　有无尽的话题，会让生活中的我们，不断地见证着自己存在的意义，也会让我们找到自己不断寻觅的结果。无论我们以怎样的状态去面对生活，也不管我们在工作、生活、事业、学习、情感等方面，以怎样的境遇诠释着人生，但都离不开我们对生命的向往。

　　浮躁的世界，终究要回归宁静。然而宁静中，也在潜伏着浮躁的力量。世界就这样虚实有无地相依相存着。追逐着欲望的人，终究要回归到人性真善美的思考。而在真善美的思考中，也必然会沉浮着无尽的欲望。我们在现实的生活中，所延续的各种怀想，其实也是在见证着自古以来中华文化中的探索与追寻的文化基因。我们的不断探索与追寻，何尝不是我们对人生的觉知与感悟呢？何尝不是在寻觅着生命归宿与人生真谛的体现呢？

　　在喧嚣中，有着宁静而悠远的情怀，这是一种难能可贵的修养，也是内心深处宝贵的定力。古人就有在"闹市中读书"的修炼方法，也有着"泰山崩于前而色不变"的夸赞。在著名的古代典籍《大学》一书中，也有着"知止而后有定，定而后能静，静而后能安，安而后能虑，虑而后能得"的话语。并由此可以看出，我们修心养性中的"知、定、静、安、虑、得"等方面，本就是一环扣一环、彼此相互影响着的过程。透过中华文化的思考，我们也可以知道，中华民族不仅仅在历史长河中，对天地万物的存在、对自己生命的价值、对人生意义和归宿等问题进行思考，同时也注意着与之相关的各种各样的因素，并从它们相互关联中找到"圆融一体"、"和合共生"的途径。

　　每当我们沉浸在中华文化的海洋里，就会对我们的祖先，由心而发地予以崇敬。是啊，在我们的生命中，在二十一世纪的当下，依旧在延续着祖先对天地万物的认知，依旧在遵循着祖先流传给我们的圣贤君子道德与精神，依旧在坚持着"家国一体"、"天人合一"的情怀。我们在当下的时代，也依旧在奉行着"上善若水"、"厚德载物"的原则，也在继续着"安身立命"、"明道立志"的人生梦想。当然，我们也会在各种各样的情怀中，依旧如同我们的祖先一样，对自己的心性修养予以重视并践行不已。

　　是啊，展看着中华文化的传承，端详着各种各样的历史遗存，也回眸着人生的斑驳往事，就会越发真切地感受到我们的内心世界，是如此亲近，与祖先没有距离，是如此的温暖与熟悉，从来就没有感觉中华文化的高冷与陌生。当我们与岁月对话时，当我们欣赏着祖先流传下来的一幅幅书画、一件件瓷器时，我们仿佛也在这些老物件的传承中，感受到了祖先心性的祥和与宁静，也仿佛在感受着生命就处于这种美妙的情境中。

　　无论我们的生命，有着怎样的一些体验，我们都要告诉自己：在浮躁中安心，是更好地认知自己与解读世界。在欲望中淡泊，是让自己回归圣洁的初心。在变化中恒定，是为了觉知存在着的"道"与"德"。在乱象中祥和，是为了见证内心本就是美好的世界。于是，我们在红尘世事里，不断延续着思考，也在不断修养着心性，呈现着万般痕迹。

　　安心祥和的境界，是多么美妙啊！当我们置身于中华文化中，当我们感受着每一件艺术珍品的厚重人文情怀时，当我们一步步深刻领悟到人生的真谛以后，就会对自己的生命有着更不一样的觉醒。生命在安心祥和的状态中，一次次成熟着自己，一次次圆满着祈愿，一次次见证着归宿，一次次呈现着收获，这是多么欢喜又自在的感受啊！

　　不断回眸着人生过往，端详着岁月留下的痕迹，我们会在现实生活里，穿

越历史去与祖先对话，透过器物的表象去解读中华文化的内涵。当我们时时处处都处于安心祥和的情境里，生活中存在的一切，也必然会"境由心生"，让我们无时无处不感受到人生的美好。

第四篇：虚怀扬善

　　静心地回眸着历史，在万千的物象中，我们一次次觉知着沧桑。在虚实变化的世事里，我们穿越着时空，去感受着生命的繁衍生息，我们也会不断明白着应该承载的道义与使命。在中华文化的传承中，在面对着每一件老器物和珍贵艺术品时，我们往往无法抑制住自己内心的情感。因为在我们的内心里，有着中华文化的基因，人生各种各样的感知，其实就是我们生命与历史的呼应，就是与祖先遗存给我们的中华文化发出的共鸣。

　　我们的祖先，已经在浩如烟海的文献典籍中，给我们以无尽的智慧。流传至今的中华文化，也以博大精深的内涵，时时处处都在让我们获得文化的滋养。当我们一次次觉知着自己的存在，无法离开祖先的道德与精神时，我们就会对自己的一言一行，都予以规范和约束，并真正做到"君子慎独"、"慎言慎行"、"三思而后行"，也会懂得"没有规矩，不成方圆"的道理。当我们真正理解了中华文化中，对梅、兰、竹、菊"四君子"的品行和节操，予以虔诚地认知以后，就会透过一幅幅这样题材的国画作品，或是一件件以此为主题的瓷器与雕刻物件，感受到沐浴身心的君子情怀。

　　在中华文化的传承中，我们要知道，博大精深的中华文化，不只是停留在外相上的一种形式，而是深入到了内心深处的艺术修养与道德精神，更是我们民族气节和灵魂的体现。因为任何一件作品，如果没有赋予情感，如果缺乏灵魂，如果没有文化内涵，如果没有志趣寄托，如果没有历史传承，如果没有心性修养，如果没有真善美的融入，如果缺乏人文的情怀……那就会没有生命力，也不会具有宝贵的价值。

　　这就好比是，一件作品，如果只有形式，而没有注入神韵，那是很难获得认可与尊崇的。犹如一幅绘画技巧很高超的画作，却也往往难以打动人心。犹如一幅笔走龙蛇、行云流水的书法作品，如果没有注入修养和意境，如果没有章法布局，就无法体现"疏可走马、密不插针"的境界，也是不可能在黑白墨色变化、枯湿浓淡错落、书写轻重缓急、粗细点画转化中，体现出"静如处子，动如脱兔"的状态，也不可能让欣赏者，面对着作品感受到各种各样的沉浮起落、变化和谐的观感。由此可知，对于中华文化而言，我们不仅仅是要把外在的"形"予以传承和解读，更要注重对"神"的文化内涵予以领悟和融汇。只有真正做到了"形""神"兼备，只有让外在的艺术品载体，以实际的文化内涵，体现中华文化中的道德与精神，展示着圣贤君子的情操与修养，并反映出时代的风貌与作者的志趣，这样才能将一幅艺术品，完美地呈现在岁月中，并在时代的见证下，成为宝贵的艺术珍品受后人尊崇。

由此可知，在我们的生命中，有着穿越时空去觉悟本来面目的智慧，也有着在红尘乱象中发现本我初心的道德。我们伟大的祖先，已经把这一切都遗留给了我们，不仅仅把悠久灿烂的中华文化遗存给了当下的我们，同时也把解读它们的"心法"和"心德"都一并让我们受益。于是，我们在感恩中，不断觉知着中华文化的内涵，在每一件老器物中，体会着祖先生活的信息，并感念着他们在历史中的存在。

当我们一次次回溯历史，与古代的圣贤君子进行对话时，就会被他们所绽放的道德与精神，深深地折服着，并让自己不断地以他们作为榜样，"见贤思齐"地修正着自己的言行举止。当我们一次次置身于中华文化的氛围中，通过使用的每一个文字，说出的每一个词语，看到的每一件艺术品，觉知到的每一类文化信息，我们都能在自己的衣食住行中，与历史中的祖先进行对话，是他们在数千年的文明发展中，创造了如此丰富多彩的中华文化，也留下了如此多的艺术瑰宝。我们透过这存在的一切物象，必然能够追思着祖先，并重现着时代的印记。通过这一切的文化内涵，我们也必然会深入到道德与精神的传承，也必然会将圣贤君子的情操与修养，虔诚地学习践行，并更好地体现在自己善待天地万物的情怀之中。

于是，我们在生命的思考中，在中华文化的传承中，在不断延续的艺术欣赏与创作中，就自然而然地融入着我们的情感，也会将延续至今的中华文化元素，体现在当下的艺术品里，也会在艺术欣赏和创作的过程里，将中华民族的美德与节操，都进行自然地流露。这样，每一件艺术品，就不再是形式上的文化表象，而是具有文化内涵和道德精神、具有品行修养与节操志趣的心神之作。这样，我们也赋予了作品以文化之魂、精神之魂、道德之魂。

透过每一件流传至今的艺术珍品，我们都可以感受到这一"心法"与"心德"。如此，当我们观赏着一幅书画作品时，才不会只是停留在市场行情的价格高低，就不会迷失于"一平尺值多少钱"的误区，而会真正深入其中，去感受中华文化的魅力，去感受作品呈现着的道德与精神的内涵，并领悟作者的志趣与艺术修养。如此，我们才能真正与作品融为一体，才能真正与作者心神交流，才会获得本真的感知，真正生发出浓郁的人文情怀。

清康熙斗彩荷花杯

当我们将一件瓷器仔细端详时，也就不只是停留在它的釉色、胎质、做工、款式等等表面的层次，而是会透过这些基本的内容，去洞悉隐藏在其中的历史文化信息，并怀想着在它的制作和烧造中，每一个环节所赋予的人文情感。我们也可以通过这些内容，看到岁月的斑驳沧桑，并领悟到技艺的传承与创新，可以体会到工匠的自然随性与严谨规矩，也可以体会到不同地方窑口、不同瓷器品种、不同历史时期的万千风格特色。如此，我们也就将情感，与瓷器进行了心神交融，也就可以感受到与众不同的另一种欣赏境界。

中华文化的传承，让我们懂得了敬畏和尊崇，也让我们知道了自身的渺小与不足。这就告诉我们，面对着数千年流传至今的中华文化，面对着一件件琳琅满目的艺术珍品，我们必然要在感恩于祖先留下如此巨大宝藏的同时，也要知道自己应该虚怀地面对存在着的一切。数千年的历史，在时空变化中，只是匆匆的一瞬间。面对伟大的祖先，面对留下的丰富中华文化遗存，我们的生命，必然会在各种感念中，坚持着真善美，并以圣贤君子的道德与精神、修养与节操为楷模，去做到对"善"的弘扬。

人生匆匆，"如白驹过隙"。当我们以虚怀若谷的虔诚之心，去传承着中华文化，去尊崇着祖先，就必然能更好地让自己的生命，将中华文化内涵领悟并实现传承。当我们时时处处都心怀善念时，就必然会以祥和欢喜的状态，去珍惜每一次缘分，并虔诚地善待每一件祖先遗留下来的艺术品，也会真心与天地万物和谐相处，并见证着人性的美善与纯真。

当我们回眸着人生过往，"虚怀扬善"这四个字，不仅仅是我们在生活中，必须去奉行的原则，同时也是我们对待中华文化的态度与立场，也是我们面对着给予我们生命和德性与智慧的祖先，最应该坚持的根本状态。是啊，"虚怀"能让人包容万物并择善而从。"扬善"能惜缘惜福并仁爱天下，我们奉行着"虚怀扬善"，何尝不是在让我们将中华文化予以崇敬？何尝不是让我们对中华文化中的道德与精神、修养与情操、志趣与气节进行传承？

每一天，都在修炼着自己。我们的所见所闻，所思所感，都在时时告诫着我们，必须"虚怀扬善"地生活。生命中的感念，从未停止对中华文化的崇敬，也从未停息对祖先的感恩。每一件艺术品，都在默默地浮现历史，让我们在当下走入时空中，去感知着曾经的一切。

第五篇：和谐共生

在中华文化中，有着许多的理念，值得我们深入去探讨和认知。其中的"天人合一"、"崇道尊德"、"上善若水"、"圆融和合"、"相生相克"、"同心共荣"……等等，都在呈现着各种哲学思维，也在印证着中华文化在不同的历史时期，呈现着的不同内涵。

当然，当我们在考量各种事物之间，相互存在着的关系时，也会有着"和谐相生"的理念。这就如同"和合相生"一样的道理，都是在揭示着天地万物之间，能够以"好生之德"，见证着希望与憧憬，并诠释着相互依存、共同成就的规律。

是啊，在我们人与人之间，其实何尝不是这样彼此互通有无？何尝不是相互在取长补短？何尝不是彼此都能求同存异？在我们与各种器物之间，何尝

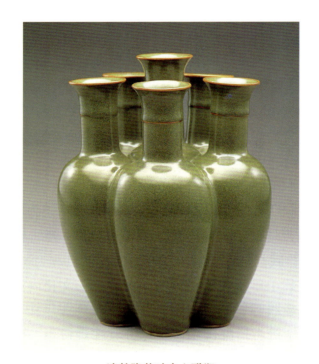

不去了解中华文化，也不去珍惜与老器物的缘分，反而会觉得这些被祖先视为珍宝的老器物，根本就是多余的累赘，于是就有了许多败家子，把祖先辛辛苦苦传承下来的家业，没多久便坐吃山空了。

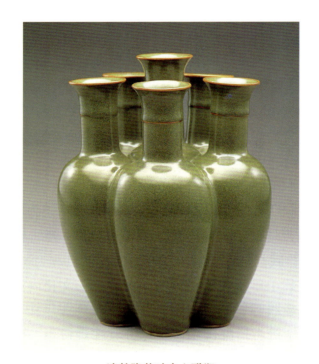

清乾隆茶叶末六联瓶

我们在现实的生活中，时时处处都在感受着天地万物的变化，也在以"和谐相生"这一理念，诠释着中华文化的内涵，并以此来让我们与周围的世界融为一体。彼此之间的共生共荣，是多么美好的事情啊！在中华文化的人文情怀中，天地万物都有着情结，都可以与我们进行心神的感应。因此，在我们的生命里，就必然会萌生着对古往今来的岁月沧桑，进行各种人、事、物的观照。因为我们知道，在历史的长河里，当下能看见的每一件书画作品，能看见的每一件瓷器，能看见的每一栋古典建筑，都在不断呈现着人、事、物的历史情怀。

当我们虔诚地珍惜着与自己有缘的每一个人，当我们善待着每一件祖先留下的器物，当我们置身在中华文化的世界里，去感受着浓郁的人文情怀，就会知道在岁月的流逝中，数千年的痕迹，早已印证着"和谐共生"的道理。我们在当下的感念，也必然会因内心坚持的"和谐相生"，而时时处处都呈现着祥和。

　　无论是人与人之间，还是人与物之间，或是物与物之间，都在遵循着"和谐相生"。我们每一天都在认知着、践行着。天地万物，因此而生生不息。人与人因此而同心同德，物与物因此而相互映衬并相得益彰。彼此都能"和谐相生"，这是多么美好的状态啊！

第六篇：万相由心

　　我们的内心世界，无时不在变化着感知。生活在现实生活中的我们，在当下所体验的一切，都必然回归到内心深处。在各种各样的物象中，我们也会与天地万物，有着不同时空的缘分，并会滋生各种各样的感悟。

　　在岁月流逝中，千万年的沧桑，隐约在我们的生命信息中，我们也会将它们在某一时刻，一次次地予以虔诚地解读。世间万物与我们之间，有着各种约定，无论我们是否对它们真实地认知，也不管我们以怎样的心怀与它们交流，它们都客观地存在于我们的生命感知里。

　　与万事万物相互感应，这是无比美妙的过程，在这一过程中，我们会懂得放下自己，并明白执着于外在的物象，并不能够真正深刻地了解事物的真实内涵。我们也会在各种考验中，真正了解生命的意义，并一次次地将情怀与万事万物相互融合。在这样的过程中，我们会感受到身心的愉悦和欢喜，也会知道我们与它们的感知，并不只是停留在表面上。当我们深入地了解着中华文化的内涵，就会很清晰地知道，我们的祖先早就告诉我们，天地万物与我们心心相印，与我们是相依相存的命运共同体。这也许是"天人合一"的一种诠释，这也许就是我们内心的情感，也可以真正与天地万物，相互感应并实现着无数奇迹的根源。

　　当我们一次次回眸着历史，当我们静心地端详着祖先留给我们的每一件器具，当我们在生活中领略着中华文化的内涵，就会更加真切地知道，在中华文化中倡导的"心神交融"境界，就会知道"相由心生"、"境由心造"的道理。同样，在真实的生活中，也会让我们对周围的所有人、事、物，都会滋生着内心的情感，并让人生的境遇有着浓郁的人文情怀。

一次次端详着往事，在得失爱恨中，沉浮着各种心绪，这样的过程，其实也在洗礼着内心。我们常说，在红尘世事中"炼心"，是非常见证真功夫的修行。无论我们是在喧嚣的闹市，还是在僻静的庭院；无论我们是在声色犬马的场合，还是在淡雅庄严的道场；无论我们是在苦难中抗争，还是在欢喜中庆祝；无论我们是在情投意合地欢爱，还是在聚散别离中纠缠；无论我们是在寒冷中期盼春回大地，还是在炎炎夏日里怀想着白雪清凉；无论我们是在得失荣辱中反思自己，还是在变化无常中观照世事……这存在着的一切，都在不停地印证着我们内心世界的丰富情感，也在不断诠释着我们生命的选择与取舍。

清乾隆粉彩开光花鸟双连瓶

一切的感知，都无法远离内心的情感。因为我们的生命，有着各种情感，才会留下万千的怀念。如果一个人，麻木地存在于世界里，那他就无法体会生活的乐趣，也是无法肩负生命的责任与担当，也是无法感受到自己活着的意义。如果一个人，对身边的人、事、物，都没有情感的融入，那他又怎么能够与别人和谐相处？又怎能对自己的事情予以关注？又怎能对每一件与自己朝夕相处的器物，萌生着情怀和各种回忆呢？

无论是谁，在匆匆忙忙的人生过程里，都必然要经历万般磨砺，也必然要一次次印证着自己的追寻。我们的生命，本就是不断洗礼内心的过程。当我们在尘世里，在万般物象中，不断地破迷见性，不断地觉知本来的面目，不断地呈现着祥和与欢喜，不断地感怀着人生的真谛，就必然会让自己的生命，越发真实地展现着意义，就会越发活出人性的美好。

而这一切的存在，都离不开我们内心的感知。因为天地万物，就客观地存在着，可我们以不同的心念，去感知它们时，往往会得到不一样的感受。比如看见花朵的凋零，有许多人会感叹人生无常，而有些人却在憧憬着秋天的收获。比如看见秋霜满地，有许多人会在异乡他地感受着浓郁的思想情结，而有些人却会沉浸在宁静的氛围中滋生着欢喜。原来，"一花一世界，一叶一如来"，面对同样的世间万物，却会因为每一个人的思考角度不同，而有着千差万别的体验。之所以有着这样的感受，都源自于我们不同的心念。

当然，不同的心念，存在于不同的事物中时，或是面对同样的事情时，却也有时会呈现相同或相似的感受。犹如"万法归一"般的感受，也好比如生命中存在着的"殊途同归"。我们看似简单的生命，原来是如此的奇妙，原来是如此的变化无尽。而这一切的存在，都离不开我们内心世界的感应，都离不开我们自己对生命的体会。

每一天，都在迎来送往，都在呈现着万千变化。生活在真实世界里的我们，在当下不仅仅会对存在的事物进行所见所闻，还会透过当下存在着的事物，进行穿越时空的感怀，并用虔诚的情感，以内心的感知去揭示它们蕴藏着的内涵。当下，是过去的未来，也是未来的过去。在时空的流转中，我们真切地体会着各种各样的变化，也在感受着内心情感对它们的感应。时时处处进行着的生命感知，无一不在诠释人生的追寻，也无一不是时间的见证。

匆匆忙忙的人生，就在这万千的变化中，留下了各种各样的痕迹，让活在当下的我们，一次次地感知着历史变迁，觉知着祖先遗存着的道德与精神、修养与节操。我们的心念，与天地万物同在，与当下和历史中的一切人、事、物同在。也许，正是对于生命的不断认知，对世间万物的逐渐了解，才让我们越发清楚地知道了自己的本性与初心，才让我们懂得了应该怎样去善待世间一切的存在。

与天地万物心心相印，与历史遗存和各种器物彼此感知，这是我们用内心情感，去一次次解读生命秘密的过程。我们会在这样的过程中，坚持自己的祈愿与发心，也会怀藏着崇仰与志向，并将这样的践行延续一生。正因为在现实生活中，我们的内心在不断感受着存在的一切，我们才能真正有缘分深刻地认知着中华文化，才让我们得以在万千器物中读懂人文情怀。也因为在与天地万物对话的过程中，我们的内心情感能够穿越时空，在岁月中感受沧

海桑田的变化，并体会到生命的无尽怀想，才让我们得以在当下依旧能够回望过去，并透过当下的所有器物，都能追根溯源地唤醒原本就存在着的各种文化信息。

我们知道，一切的存在，都在让内心获得感知。而内心的感知，又无时不在印证着我们的选择与取舍。当我们知道了"万相由心"的真谛，就会明白为何我们在不同的时空里，对同样的人和事，往往会有不同的见解，我们对同一件器物，往往也会因为环境氛围的不同，而有着各种各样的感受。原来，是我们的心念，一直在随着时空的变化而变化，是我们将自己一次次地调整，并收获着不同的结果。

这就是我们常说的"境由心造"的道理，这也是我们为何要注重内心世界修行的原因。因为我们如果没有纯净的内心情感，如果没有宁静祥和的内心环境，如果没有正知正念的内心祈愿，那是很难获得美好心灵感受的，也是不可能会做到生命的自在与安和。

在一次次的生命见证中，我们不断反思着自己，也时时处处让自己的内心予以洗礼。我们每一天都在用心灵感受着世间万物，也在对世间万物融入着情感，这样的过程，必然会延续我们一生，并让我们在回眸时，能够真正懂得惜缘善待与我们有缘的所有人、事、物。

世事变化，"万相由心"。当我们在中华文化中明白了这一哲意，就会无论何时何地，都不再执着于外在的物象世界，而会透过外在的变化，深刻地对隐藏着的内涵予以解读。在红尘中"炼心"，这是我们一生必然要做的修行，也是我们真正读懂天地万物的途径。如此，我们才能真正做好中华文化的传承，才会面对着祖先遗留给我们的一件件艺术珍宝，用虔诚的心念去感恩，去怀爱呵护，去真正做好自己本应该做好的事情。

第七篇：同心同行

生命的存在，并不孤立。任何事物，也不会单独存在。生活中的每一件事，每一个人，每一器物，都不会孤立地存在着。当我们透过事物的本身，去看到它们隐藏着的各种内涵时，就会发现人与人之间、人与物之间、物与物之间的联系，是那么的紧密。这一切的存在，都悄然地隐藏在事物里，只是我们往往忽略了它们，当我们一旦觉知到了它们之间的相依相存，就必然会将它们作为一个完整的系统予以认知。

在现实的生活中，每一个人，都有着自己的圈子，有着自己的亲朋好友，有着自己的同学同事，有着自己的事业合作伙伴，也有着自己不愿意见面的群体。就在这样的人际交往中，我们可以看见许许多多的故事，已经悄然发生并留下了记忆。每当我们静心回想时，就会"往事历历在目"，就会因为曾经的往事，而在当下呈现着爱恨悲欢、恩怨情仇的感受。

当我们面对着祖先留给我们的老物件时，我们何尝不会怀想祖先与我们的血脉传承？何尝不会在世事中感念祖先留下的告诫？何尝不会回忆与器物有关的往事？何尝不会针对器物浮想联翩呢？原来，默默存在于我们生活中的每一件老器物，都是往事的见证者，都是我们生命的呈现者。当我们虔诚地与它们沟通时，就会感受到它们身上蕴藏着的各种记忆，就会感知到与它们有关的万般情感，就会明白它们不只是简单的一件器物。

原来，在我们祖先的心怀中，天地万物都蕴藏着生命，都有灵性的内涵，这就是我们常说的"万物有灵"的感念。在中华文化中，对天地万物的敬畏和崇仰，也是十分浓郁的人文情结。当我们一次次与天地万物，彼此有着深刻的心灵感知，就会感受到我们与它们之间"心心相印"的美妙体验。这是真实而又神奇的感知，这是生命与生俱来、和合圆融的穿越。就在这样的感受中，我们会萌生着"禅"一般的玄妙空灵，也会觉悟"道"与"德"那样的虚实有无。而这一切，就存在于我们与它们的对话中，就存在于我们心念的感知中。

由此可知，我们的生命，从来就没有孤立过。世间存在的一切，也从来就没有停止过变化，从来就没有断绝过相互融合与相生。在天地万物之间，我们深刻地觉知着这一切存在，也在不断透过事物的表象，进行着灵魂的沟通与心灵的感知。这是时时处处都在发生的事情，也与我们的生活息息相关。可以说，我们真实的生活，其实就是这样过程的汇集，只是有许多人，并没有用心念去感受这样的过程，只是有许多人沉迷于外在的物象，而忽略了事物之间本就存在的联系和各种变化。

清乾隆粉彩暗八仙纹双耳转心瓶

　　人与人之间，相互有着聚散离合，有着恩怨爱恨，有着得失取舍，有着名来利往。也在这样的过程中，必然会留下各种各样的感知，让自己在不经意间回眸时，浮生万千觉知。当我们不断在岁月中，体会着这一切，就会知道人与人之间，存在着的情感交流和彼此需求。当然，生活中的苦乐悲欢，彼此间的寒暖远近，以及人性的美丑善恶，都会存在于真实的生活中，并一次次地见证着在人与人之间，本就存在着的诸多记忆。

　　而我们对器物的不同认知，也会时时处处萌生无尽感怀。其实，我们与器物之间，有着情感的融入，有着生活的见证，有着各种人际关系的参与，有着各种心理情绪的影响，有着不同的意愿和见解……而这存在的一切，都离不开我们内心的体验，这也是我们与器物之间，必然存在着的心神交融。可以说，与我们生活息息相关的器物，也在伴随着我们的喜怒哀乐，伴随着我们的生命过往，并与我们一同感知着彼此的存在，印证着我们的情感寄托。

　　天地万物，和合相生。世间的人和事，都在相互影响，彼此相生相克。当我们着眼于未来的美好愿景，当我们以善心善念去珍惜每一段缘分，当我们以虔诚的情感去善待着每一件老器物，当我们用心做好着每一件事情，我们与天地万物之间，也就自然会遵从着"道"和"德"，并实现着相依相存、共生共荣。当我们将身边的人、事、物，都予以怀爱并与其和谐相处时，我们也就会与我们有缘的人成为朋友，就会在志同道合的境遇中同心同行。而那些与我们有缘的器物，也会被我们真心爱惜，并在生活中见证着我们的人文情怀。

彼此之间，要做到"和合相生"、"同心同行"，可不是一件容易的事情。如果没有真心实意，如果没有虔诚的感恩，如果没有彼此的尊重与信任，如果没有对生命的觉悟与珍爱，那是很难做到彼此之间的"和合"，也很难在相处中做到"相生"。当然，如果人与人之间，无法彼此认同，也没有一致的人生观、价值观、世界观，那要做到相互接受、达成默契，那是非常难做到的事情。如果彼此之间，无法在共同的理想感召下，去做到相依相随，那又怎能够实现"同心同行"呢？又怎么能够体现彼此之间，内心世界的美好与祥和呢？

有许多人，往往注重着外在的欲望追求，而忽视着内心道德的坚守。有许多人，往往迷失在了各种诱惑中，忘却了生命应有的担当与使命。有许多人，往往自私自利地考虑问题，而缺乏着大爱大德的格局与品质。这样的人，并没有明白中华文化的真正含义，并没有很好地去修养自己的德性，也没有让自己的选择绽放智慧，因此也难以获得社会的尊重。如此，他们也就难以与有德者"同心同行"。

我们常说，"物以类聚，人以群分"，不同的人有着不同的圈子，同一个人在不同的阶段，往往也有着不同的人际关系。但无论社会如何发展，无论我们的生活如何变化，我们对道德和精神的尊崇，对修养与节操的坚持，是始终不变的"初心"。这是一辈辈列祖列宗，透过历史告诉我们的道理，也是中华文化中蕴藏着的文化基因，同时也是中华民族流传了数千年的美德内涵。我们在现实生活中，一次次觉知着生命，与志同道合者相互感应着，彼此默契地携手同行着，以德性和智慧的感召，实现着同心共生的愿望。

置身在中华文化的环境中，感念着传统美德的滋养，也怀爱着祖先传续给我们的艺术瑰宝，我们的内心里漾动着喜悦和幸福。是啊，我们与天地万物之间，有着心神的沟通与圆融，我们在所有的人、事、物中，感受着生命之间的情感流淌，并实现着彼此能够同心同行。这是多么美好的境遇，这也是多么让我们倍感欢喜的心灵体验！在这样的过程中，我们通过现实的生活，将内心的情感融入到了万事万物中，并与它们相依相伴。

每一个人，都有着生命的体验，都有着情感的寄托。每一段往事，都与生活中的人、事、物有着密切的关系，都在见证着我们内心世界的变化。每一次人生回眸，都必然让我们的生命，时时觉醒着自己的过往。每一件器物，都在默默地诠释着历史传承，都在绽放着人文情怀。当下的我们，是否明白

了自己的存在，也在印证着万事万物的存在呢？不断变化着的天地万物，与不断变化着的我们，又有着怎样的变化留存在了世间呢？

生命中的一切感念，都在我们的心里呈现。我们在现实生活中，时时处处都在感受着、觉知着、取舍着。我们与生命中的有缘者"同心同行"，也在让每一件艺术品，因我们的情感融入而与我们相依相随。世事变幻，也在见证着我们与它们的密不可分、和合共存。

第八篇：瓷画生慈

我们当下的生命，时时处处都在觉知着中华文化的内涵，也可以透过真实生活中的器物，来见证着中华文化的客观存在。当我们不断地回眸着历史，在沧桑中认知着天地万物的变化规律，在祖先流传至今的道德与精神中，坚持着内心的崇仰，就会不断滋生祈愿。

生活中的中华文化呈现，必然会以各种各样的艺术形式，来诠释着相应的人文情怀。透过蕴藏在器物背后的故事，我们可以在人生回望中，让自己不断觉醒着灵魂。内心的情感，也会随着我们对器物的欣赏，随着我们对器物的关注与喜悦，而呈现着美好的感受。可以说，在真实的生活中，每一个人，都必然会经历与器物的相互觉知。可以说，任何一个人，都难以拒绝与器物的相依相存。

透过其中的各种关系，就会明白，我们的生命，早就与祖先留给我们的中华文化融为一体，早就与流传至今的各种文化艺术珍宝，有着内心情感的交流。我们也在现实生活中，感念着祖先留给我们的各种往事，也在面对着一件件的老器物"睹物思人"。是啊，我们就是这样生活着，变化着内心的情感，同时又让自己越发真切地融入到文化的传承中。

作为中华文化的传承者，我们每一位炎黄子孙，都有着责任与义务，去了解并弘扬中华文化，也有担当和使命去呵护祖先留给我们的文化遗产。有许多的器物，如果就从材质而言，就从物质价格而言，或许它们并不高，但它们呈现的文化内涵和艺术价值，以及蕴藏着的丰富人文情怀，却是难以用金钱去衡量的。这就告诉我们，对一件器物的价值认定，不能纯粹用金钱来评价，而应综合地进行思考。其实，任何一件艺术品，真正的价值，往往都在于它的传承和稀缺性，在于它所怀有的文化内涵与人文情感，在于它的历史和时代信息。

我们时常评价一个企业的实力时，往往会注重于企业的生产规模和销售利润等，而忽略着文化品牌的价值，这是多么可悲的见解啊！特别在当下的经济环境中，生产设备与产业规模，都可以通过各种方式进行复制。一个企业与另一个企业的竞争，决定着未来结果的，往往不是大家在规模上的差距，而是企业内在文化的层次与价值。由此可知，当我们只是看重事物的表面，而忽略了强大的文化力量的话，那就无法真正解读好这些事物，也就不可能会对它们的价值予以全面系统的战略性认知。

当我们面对一件件艺术品，就会更好真实地感受到，同样的陶土材质，有的只是做成了地摊上的生活用品，而有的却成为了稀世珍宝。论材质而言，它们都源自于泥土，都有着共同的缘起，可它们就在后续的制作工艺中，就在后续注入的人文情怀和文化传承中，有着各种各样的差别，也就有了不一样的价值。一件艺术品的价值，更多地承载着中华文化的内涵，更多地呈现着与艺术品有关的人文情怀，因为这些才是真正让它们之所以成为艺术珍宝的真正原因。当我们明白了这些道理，就会对祖先留给我们的文化宝藏，予以珍视并呵护。

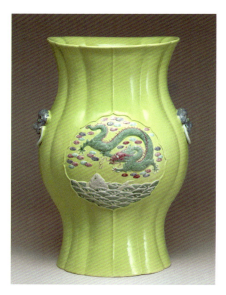

清光绪绿地鱼龙图花式瓶

　　置身于中华文化的世界里，我们时常被各种故事所感动着，也会被各种不同的文化内涵吸引着。当我们一次次面对着这些穿越历史，最终呈现在了眼前的艺术瑰宝，内心的情感也会随着其中的悲欢爱恨，而不断地沉沉浮浮着。作为国粹艺术品中独特的中国书画，也在我们徐徐展开它们的时候，就仿佛进入了文化的殿堂，我们穿越着历史，去感受着书画中承载着的道德与精神、修养与志趣、气节与情感……我们能不因此而感动吗？我们能不在内心的情感流露过程中，对中华文化予以崇仰吗？

　　一件件瓷器艺术品，在博物馆里默默地迎送着来来去去的参观者。它们都有着鲜明的时代印记，也有着工匠辛勤劳作的痕迹。它们在静静地诉说着岁月沧桑，也不断在印证着每一个与它们有缘的收藏家内心的情感。是啊，眨眼千年，岁月流逝无声，一件件瓷器，也犹如书画作品一样，穿越着历史，终于与当下的我们相聚，这是多么难得的缘分。在我们萌生的情感中，已经超越了世俗的名利纷争，已经不再拘禁在自己设定的感受里，也不再被外在的物象所迷失，而是真实地感念着与它们有关的一切。在这样的过程中，每一件瓷器，都是该时代瓷器历史的见证，都是我们祖先与它们关系的呈现。

　　无论怎样去看待存在的一切，也不管我们以怎样的心怀，去对待我们生活中的艺术品，都应清醒地知道，在我们的生命里，中华文化的传承与我们早已同呼吸、共命运。在岁月的流逝中，我们也会知道，中华文化中蕴藏着的"善"、"爱"、"和"的内涵，已经渗透到了每一件艺术品中，并成为了它们文化最根本的特征。

　　当我们欣赏着一件件艺术品时，就会发现在它们身上，已经有着无数人的心血，已经怀藏着无尽的祈愿，也有着生命情感的浓缩。我们就这样悄然地与它们对话，心中也有着各种各样的情感在流淌。在我们的内心里，有着一种来自灵魂的召唤，那就是艺术品自身发出的文化呐喊。是啊，有太多人，已经沉迷在物欲横流的世事里，已经失去了自己的尊严，已经冷落了中华文化，已经不再回眸民族传统，已经对自己生命中的文化基因予以漠视。这是多么可惜的事情，这是多么值得我们引以深思的社会现状。

　　也就是说，无论以怎样的艺术形式，去呈现中华文化的内涵，都必然会在艺术品中，承载着文化的灵魂。透过一件件瓷器艺术品，我们可以看出美好的寓意，可以看到生命的喜悦，可以看见在烈火总涅槃重生的生命哲意。我们也可以通过一幅幅书画艺术品，看到山山水水的情怀，看见江南塞北的不同风貌，可以看到不同的人物故事和历史场景，可以看到各种各样的社会生活。但无论怎样去欣赏，无论欣赏着怎样的内容，都在让我们心神交融着，都在让我们不忘初心，都在让我们传播着大爱、绽放着慈悲、弘扬着善道。

我们与艺术品的结缘，让我们当下的生命，也越发具有品味和意义。当我们端详着一幅幅书画作品，当我们与一件件瓷器藏品，相依相伴又感情至深时，我们与它们之间，早就不分彼此，早就时常让心灵感动着、欢喜着、正念着、慈悲着、大爱着……而这一切内心的情感，都在不知不觉中，升华着我们对中华文化的认知，也不断提高着我们的修养与德性。

瓷器与书画融为一体，实现了相得益彰的艺术价值。当我们透过它们，领悟到了"慈"和"善"的境界，就会发现生活中的许多事物，都时时呈现着这样的道德修养。由此，"瓷画生慈"，也就变得是那么顺理成章、水到渠成。因为，这是必然的艺术创作之道，也是艺术品必然要蕴藏的人文情怀，同时也是我们生活里，中华文化真善美在器物中的体现。

第九篇：好生慈德

我们常说，"上天有好生之德"。在中华文化里，对生命德性的认知，是延续了数千年的话题。一直以来，在民间的现实生活中，有着对"五福"的追求。在这"五福"的内涵中，就有着"好德"这一"福"，它与"长寿"、"富贵"、"康宁"、"善终"，构成了我们当下认知的"五福"。

当然，我们要知道，"五福"其实是我国民间关于幸福观的五条标准，其源自于《书经》和《洪范》，并随着中华文化的发展，一步步成为了当下我们所知道的"五福"。在《尚书》这一典籍中，所记载的"五福"是指："一曰寿、二曰富、三曰康宁、四曰攸好德、五曰考终命"。其实，在两千多年前的中华文化中，对"五福"的理解，与我们当下二十一世纪对"五福"的诠释，几乎没有差别。这就说明，中华文化的传承，具有着强大的根脉延续。在历史长河中，中华文化之所以能够生生不息，就是因为自古以来，有着共同的文化价值观，并一直在用"心法"和"心德"来传承着中华文化的精髓，体现着道德精神、修养情操、品质气节等的一代代延续。

由此可知，无论我们是怎样看待各种艺术品，无论我们是以怎样的方式，去解读中华文化的内涵，它们都具有着丰富的人文情怀，具有着强大的内在力量。因为，在具体的人、事、物中，任何的感知，都会融入我们的情感，都会在岁月中将感受重现。这是一个延续一生的过程，这是一个体现着中华文化魅力与根本内涵的过程。

翻读着中华文化史，置身于国粹艺术品的世界，真切地感受着各种各样的文化内涵，从不同的器物中，我们都能将内心的情感，伴随着欣赏的过程，一次次地升华着自己的道德与精神。我们也可以面对各种各样的艺术品，追思着前人的足迹，回忆着斑驳的往事。于是，我们就慢慢体会到了蕴藏在艺术品中的情感，就明白了隐藏在岁月中的各种变化，就知道了生命中器物与我们之间的缘分。

感怀着祖先留下的一切遗存，每一件器物，都是一部潜藏的历史。端详着的书画作品，何尝不是一个家庭兴衰荣辱过程的呈现？透过瓷器的泥胎和釉彩，透过描绘着的书画，以及相应的文字，我们何尝不是在解读一个时代的沧桑？何尝不是在一次次进行着时空的对话？何尝不是在让当下的我们，与祖先有着情感的交流，与器物有着生命的感应？

当我们端详着一幅书画作品，我们能不深深感动于岁月的流逝？能不被各种历史变故中，那些为了中华文化传承而敬献着生命情感的先人，虔诚地予以敬意？当我们将一件历经千百年沧桑的瓷器，用宁静而深邃的内心世界，与它进行心神交融时，怎能不被它蕴藏着的各种文化所折服？怎能不被它背后隐藏着的悲欢离合、爱恨恩怨故事所吸引？怎能不被它在传承中流淌着的人文情怀所感动？而这一切体验，都会在我们与它们之间，悄然地发生。生命的感知，就这样悄然无声地进行着，就在我们的心灵深处苏醒着、见证着人生的各种存在。

我们知道，中华文化中的"德"，时时处处都在呈现着"善"、"和"、"爱"等内涵。这些内涵，也自然而然地呈现于每一件艺术品中，并随着它们的传承而延续到了今天。于是，我们就会懂得，在中华文化"圆融和合"的世界中，所有的人、事、物本就一体，本就没有断绝亦没有孤立，而是相互融合在一起，依照着彼此成就的善心善念，一同相依相伴着。这也是"天人合一"境界，在我们与器物之间的印证，这也是"上天有好生之德"这一道理，在艺术创作和人文情怀中的自然呈现。

明代何朝宗制德化窑白釉观音坐像

　　每一次的生命体会，都能让自己越发清醒地知道，中华文化的传承，不仅仅是外在艺术形式和艺术品的传承，更是道德与精神、修养与情操、志向与气节……等文化灵魂的传承。而这一切的内涵，又通过人文情怀，被一辈辈的祖先融入到了艺术品中，并伴随着艺术品的留存而传承到了今天。这是有着许多沧桑故事的传承过程，这是有着无比丰富内涵的文化流传过程，这也是中华文化经过不断的与时俱进，最终生生不息、博大精深的过程。

　　在这样的过程中，我们也可以看见德性与智慧，在一件件艺术品中隐约可见。我们品读着书画和瓷器中的诗文与图案，可以感受到浓郁的家国情怀与情操志向。我们看见各种类型的艺术品，就能够感受到它们之间用"和谐相生"的大德大善，相互成就着我们生命的美好。我们看见岁月中留下的痕迹，就能感受到生命的温度，并浮现着千百年来的生活场景。而这一切，都在让我们感受着生命的德性与智慧，都在让我们觉知着每一件艺术品，其实就是祖先与我们内心情感的呈现。而这一切，也都在让我们深深铭记着，自己与中华文化的渊源，也在体会着自己与国粹艺术品之间，人文情怀那种穿越古今的独特生命体验。

　　当我们的内心里，有着"慈悲喜舍"的情节，当我们在生活中，时时处处都见证着"善心善念"，当我们对祖先留下的每一件老器物，都能够虔诚地怀

藏着"正知正见"，我们的生命也就会无比的祥和美好。因为，中华文化中传承的道德，已经在我们的内心中，悄然地呈现着。如此，我们身边的每一个人，每一器物，经历的每一件事，都必然会因为我们这样的德性与智慧，而彼此和谐相生，相互之间也会印证着生命的人文情怀。

于是，我们在真实的生活中，一次次觉醒着自己，并鞭策着自己要让"慈德"在心中滋生欢喜与幸福。所有的人、事、物，都在不断的变化中，我们也在感知着这一切变化，也见证着中华文化在当下的传承。我们心中的"慈德"，也在以"慈悲"绽放着大爱大善，并在祖先遗留给我们的器物中，浮现着一幕幕岁月的场景，并感受着内心情感的温暖。每一次的回眸，都在见证着我们内心的怀想，也在不断呈现着我们与万事万物之间的必然感知。

二十一世纪的今天，我们依旧能感受到中华文化的强大生命力，依旧能够体会国粹艺术品的人文情怀，依旧能够感受到我们应当承担的责任与使命。我们也在以"好生慈德"的心念与祈愿，在生活、工作、事业、情感、家庭中，珍惜着每一次与中华文化的缘分。

第五卷　五行和合

　　一切的存在，都在让我们体验着生活。生活中的一切感遇，又都在让我们的内心，与天地万物没有距离地相依相存。践行着"和合万物"的理念，我们的生命也会在真善美的心念中，越发祥和自在，也会在中华文化的世界里，不断印证着生命的美好与庄严。

第一篇：阴阳天地

　　我们的祖先，在天地万物之间，有着心神的感知，并以"天人合一"的境界与智慧，在历史长河中，形成了自己独特的中华文化体系。数千年以来，阴阳学说以及相应的五行、天干地支等内容，都对我国的文化传承产生了积极而又深远的影响。

　　追溯着中华文化的形成与发展，以及对我国古代哲学的思考，就会发现，至今与我们的生活息息相关的阴阳学说，已经有着四五千年的历史，可以说是源远流长，与中华文化的传承与发展一直相依相伴。当我们从学术方面进行考虑，就可以知道，阴阳学说在夏朝便已形成，它也是我国古代哲学的源流和基础。在二十一世纪的今天，依旧会在我们的社会生活的每个领域，都有着不知不觉的应用，并对我们起到着极其重要的影响。

　　在中华文化的解读中，我们经常会将阴阳学说与五行学说，进行圆融一体地思考。也可以说，阴阳与五行属于形式与内容的关系，而且它们之间也在相互予以呈现。阴阳包含五行，五行又有着阴阳，两者之间相互融合又有着差别，彼此起着作用又各具自己的内涵。

　　从阴阳的本质而言，我们可以从远古的祖先那里，获得相应的启示。我们的祖先生活在天地之间，感受着天地万物之间的变化，也在以"天人合一"的觉悟与境界，去感受着各种变化的规律，寻找着它们之间的差异与相同，并将这些认知逐渐形成了自己朴素的辩证哲学体系。这就是在天地之间、寒暖之间、男女之间、枯荣之间、昼夜之间、早晚之间、清浊之间、高低之间、尊卑之间、远近之间、刚柔之间、显隐之间、明暗之间……等等方面，寻找着它们的规律，并以此找到共同的特点，从而在共性的认知中，形成了朴素的哲学体系。

　　也许，我们的祖先，就在茹毛饮血的时代，就在石器的使用和狩猎中，俯仰着天地万物的变化，感知着季节的变迁，并用直观的感受去分析着相应的规律。也许，我们的祖先，就在青铜的时代，在渔猎、游牧和农耕文化中，掌握着四时节气的变化，掌握着阴阳的变化之道，并用于生产与生活。也许，我们的祖先，就在自己的内心深处，有着生命本源的思考，对自己的来处和去处，都有着各种各样的感怀，并用阴阳之道，变化着五行生克之法，亦形成着《周易》八卦等的文化源流。

由此，我们可以知道，我们的祖先，就是在天地万物之间，感受着阴阳之道，并将其形成完整的体系，并造福于生产与生活。在我们老祖先的世界里，他们在数千年以前，就早已经知道宇宙无边无际，天与地是对立而又相互依存的两个方面，天地之间又通过东西南北中等方向予以确定位置。同时，在朴素的阴阳哲学观念中，我们还可以看见，我们的祖先将宇宙万物根据它们的属性，分成了阴阳两大类。其中"阳类"具有刚健、向上、生发、展示、延续、明朗、透彻、积极、好动、重道等特性，而"阴类"则具有与之相对应的柔弱、向下、收敛、隐藏、阻断、浑浊、无明、消极、安静、崇德等特性。我们的祖先认为，天地万物都有着这两类特征，并自身在进行着阴阳之间的调和与变化，并体现着阴中有阳和阳中有阴。

正因为如此，我们可以在《易经》中看到"天行健，君子以自强不息"、"地势坤，君子以厚德载物"这样的句子。在这样的句子中，我们已经可以知道，天地之间、乾坤之间、道德之间、自强厚德之间……都有着阴阳之道的展现。源远流长的中华文化，始终有着延续着几千年的文化根脉和共同的源头，那就是在天地万物之间，寻找作为本质的规律。也正因为如此，我们的祖先，也就在内心里，数千年以来都没有将生命孤立地看待，也没有将天地万物与我们的生命，阻隔成两个互不影响的系统。由此可知，中华文化从源头而言，就具有包容万物和圆融一体的特征，并呈现着对天地万物的感恩与敬畏，并有着"天地同根同源"的觉知，同样也体现着"和合相生"与"天人合一"、"好生之德"等理念。

透过各种各样的文化载体，以及在岁月长河中呈现的各种文化艺术形式，这也让中华文化在传承中，始终坚持着自己独特的文化基因，并实现着异彩纷呈的海纳百川最终又百川归海的文化发展历史。当我们了解了中华文化的这些特点以后，就自然会对阴阳学说有着深刻的认知，也才能对中华文化的传承有着脉络的把握，并能够通过当下存在着的国粹艺术品，追根溯源地让我们的生命感受到它们的文化源头，并将人文情怀予以尽情绽放。

明宣德青花海水白龙纹扁壶

在天地万物之间，我们的祖先认为，任何事物的存在，都无法离开阴阳的范畴，无论事物是如何庞大或如何细微，都同时具有着阴阳这两个方面。在一定的条件下，阴阳是可以实现相互转化的，我们常说的"物极必反"，其实也是对阴阳这两方面转化的表达。在春秋时期伟大的思想家老子所著的《道德经》中，所说的"祸兮，福之所倚；福兮，祸之所伏。"以及我们常说的"否极泰来"、"寒来暑往"，都具有着阴阳相互转化的体现。当然，我们是要知道其中变化的规律，才能真正掌握住这样的变化，并应用于我们的生产与生活。我们伟大的祖先，就是在天地万物之间，时时处处感知着这样的变化，并以"天人合一"的觉悟，去揭示着这样的规律，并将其融入到了中华文化的内涵之中，通过一代代的传承，终于在数千年以后的今天，依旧让我们能够感受到其中的无穷魅力。

天地万物变化不息，数千年的文化传承不已。我们就置身在这样的变化与觉知中，就沐浴在这样的文化祥光里。当我们品读着《道德经》中的"万物负阴而抱阳"、"道生一，一生二，二生三，三生万物"时，当我们回味着《易经》中的"一阴一阳之谓道"这句话时，就会将自己置身在浩瀚博大的中华文化世界里，一次次地沐浴着身心，并让自己有着源自天地万物最本真的觉知。每一次的文化回眸，都是我们生命的回归，也是我们心灵的觉醒，也是我们境界的升华。当我们找到了中华文化的根脉，就会懂得"万物皆有其源"、"江河必有源头"、"树有其根，物有其本"的道理。如此，我们就会知道"滴水成渊"、"涓涓细流汇成海"的中华文化发展，是如此的正本清源，是如此的有根有源，并最终形成了今天博大精深的中华文化。由此可知，天地万物的变化，见证着阴阳和合，也见证了生命最为本源的探索。

当我们在当下面对着一件件国粹艺术品，内心是否已经回溯到了数千年前，与祖先进行着穿越时空的对话呢？当书画和瓷器让我们感受到中华文化的独特魅力时，我们是否能够透过这些物象，去追思蕴藏在其中的阴阳天地之道呢？有无尽的感念，在今天依旧萌生。作为中华文化的传承者，当我们一次次追寻着中华文化的源头，去见证着我们生命中的人文情怀时，当我们与一件件艺术品相依相伴时，我们必然会让内心在历史长河中重温文化的传承。

第二篇：五行生克

岁月流逝无声，眨眼便是千万年时光。当我们回眸着历史沧桑，在博物馆中，端详着出土的一件件文物，就会感知到中华文化的厚重。是啊，我们脚下的每一寸土地，都有着祖先的故事，都有着生命的情怀。我们面对着的每一件艺术品，都有着它对文化的表述，都有着中华文化的源流。我们生活中的每一次感念，都必然有着各种事物的相互对应，因为我们不是孤立的个体，我们本身就是天地万物中的一部分。

在整体的文化系统里，我们的一言一行，我们所看见的每一物象，我们经历着的各种感知，无一不在呈现着万千的内涵。当我们真正从中华文化的源头上，进行了文化的认知，就会明白我们生活中的艺术珍宝，是如何经历各个时代的变迁，融入了怎样的一些文化元素，最终成为了呈现在我们眼前的模样。这也告诉我们，即使我们面对着一件老的器物，也会有无尽的文化内涵蕴藏其中。这一切内涵都客观地存在着，犹如中华文化的根脉就在时空中存在着，只是我们时常将它们忽略了，或是没有用虔诚的心念去一步步追寻它们的源头，以至于无法知道它们的根本，自己也就往往是"只知其然，而不知其所以然。"

现实的生活，给我们呈现着各种各样的艺术品，许多人往往也是这样按照自己的设想，去理解着中华文化，或是停留在当下的状态，去理解文化在历史中的传承，这又怎能真正读懂中华文化呢？犹如面对着一件瓷器，一般的人往往就只是知道它是一件瓷器，如果对瓷器了解一些的人，则会说出它的类别、款式、釉色、瓷质、风格、产地等等，如果是对于有着人文情怀的收藏家，则会感知到蕴藏其中的文化渊源，会通过瓷器的历史去感知到岁月的变迁，去体会人生的寒暖。由此可知，中华文化的体验，也是这样一个不断深化的过程，也是这样一步步由自我认知突破到天地万物认知的过程，由局限经验的认知升华为中华文化根脉的认知过程，由外在器物表象的认知逐渐延伸到人文情怀的认知过程。

在这样的过程中，中华文化的内涵，会让我们感受到它们无处不在。天地万物的感知，让我们懂得了阴阳变化的道理。也让我们知道了远古的祖先，将阴阳和合与生命繁衍生息，以及天地万物中的各种自然现象等都融为一体地进行考虑。这样进一步让中华文化，延伸出了五行学说，并且影响了中华文化数千年，至今依然存在于我们生产生活的方方面面。

我们的祖先，将宇宙间的万事万物，由阴阳这两大类依据其特征，进行系统地分类成为"金"、"木"、"水"、"火"、"土"五类。而且根据阴阳之间的相互转化，延伸成为了五行之间的相生相克。这就可以看出，阴阳与五行之间，有着密不可分的关系，这也在我国的哲学体系发展中，有着十分明确的定义。通过这些，我们也可以看出，天地万物，本就没有孤立存在的，而是彼此相互依存、相生相克的。在变化中，五行相生往往体现为阳，五行相克往往体现为阴，而且相生与相克，本就存在于各种事物之间，相互有着各种生克的关系。我们的祖先认为，天地万物之间，相生相克才会生生不息，如果只是有生无克，那事物就会无休止地发展并最终走向极端，并发生物极必反的结果。如果事物之间，只有克无生的话，事物就因为压制而失去生机活力并元气丧失，最终也将走向衰败。

如此，我们就知道了，在中华文化的理念中，为何要提倡"中庸之道"，其实它就是阴阳相生相克达到均衡的最美好状态。我们也就知道了，为何中医很讲究"寒温调补"，就是让我们的人体能够在各种环境中，根据自身的机能进行相生相克、并保持和谐的状态。其实，阴阳学说和五行相生相克的学说，都见证了"道法自然"、"顺其自然"的道理，这也让我们不得不感念着《道德经》中的名句"人法地，地法天，天法道，道法自然"。回眸着博大精深的中华文化，其根源就在于让我们以"道"与"德"，去认知各种事物的本质与规律。

当我们在五行学说中，阐述着相生相克时，就会明白在现实生活中，我们也可以寻找到许许多多的相应事例。所以说，阴阳与五行学说，经过数千年的流传，至今依旧在为我们的生活带来极大的益处，也在积极地影响着我们。我们的祖先，将日常生活中的金、木、水、火、土五种元素，看作是沟通宇宙万物以及各种自然现象的基础，这也反映了祖先朴素的唯物主义哲学思想。同时，我们的祖先，也根据这五种物质的不同属性，进行了辩证地认知与相互关系的探讨，从而形成了相生相克的理论。

在五行相生相克学说中，认为金有肃杀、收敛之性；木有生长、发育之性；水有寒凉、滋润之性；火有炎热、向上之性；土有和平、存实之性。而它们之间的相生相克关系，则体现为水生木、木生火、火生土、土生金、金生水；水克火、火克金、金克木、木克土、土克水。由此可以看出，它们是一个循环的系统，无论是相生还是相克，都在不断循环着、变化着。五行相生相克的哲学体系，在中华文化的传承中，影响着我们的方方面面。无论是中医的理论，还是天文历法的研究，无论是哲学思想的衍变，还是文学艺术的创作，都无一不在体现着这样的观点，也无处不在体现着中华文化的渊源与发展变化的脉络。

清雍正粉青釉海水江崖"云龙赶珠"纹大卷缸

　　当我们置身于中华文化的世界里，解读着各种各样的艺术形式，与各种各样的艺术品相互感知，就必然会为它们的存在追根溯源。当我们欣赏着"道法自然"、"和合相生"、"阴阳为道"等内容的书法作品时，当我们看着"伏羲八卦图"、"老子出关图"、"太极浑圆图"等主题的画作时，就会身不由己地联想到五行生克，就会怀想着阴阳变化。当我们与一件件木质家具相处，当我们把玩着一件件玉器，当我们欣赏着一件件瓷器，当我们端详着一件件金银器……就会自然而然地想起五行相生相克的道理来。是啊，任何一件家具的制作，哪离得开锯子、凿子、刨子等金属工具呢？正是有着这样的相克，才相生成了流传至今的家具精品。在古代，任何一件瓷器，哪离得开窑火的烧制，哪离得开泥土和水的融合，哪离得开木材的燃烧呢？也正是这些内容的相生相克，才造就了瓷器这一举世瞩目的艺术珍品。当我们端详着祖先留下的一件件艺术瑰宝，心中也自然会寻找着它们蕴藏着的文化渊源与内涵。

　　五行相生相克，也印证了天地万物，都在变化中有着生发和相互制约。这也让我们能够透过各种各样的文化形式，去感知到不同事物之间，在一定条件下的相互转化。是啊，相生相克本就没有绝对的结果，不同的事物之间，往往有着不同的生克，也必然会呈现不一样的生命状态。比如，金能克木，木又能生火，而火却又能克金。所以，事物之间在一定条件下的相互生克，让我们明白着"一物降一物"的相克理念，也让我们知道了"天无绝人之路"、"上天有好生之德"的相生之道。

　　在中华文化的世界里，感知着存在的一切物象，总会萌生诸多的感慨。原来生活处处是学问，原来我们面对的一切，都有着其变化的规律，都有着它们自然之法。无论是哲学的探讨，还是生命的觉知，还是艺术品的鉴赏，都会让我们感受到深厚的文化内涵，也必然会让我们对中华文化树立自信，并心生自豪感。是啊，数千年以来，在世界四大文明古国中，也只有中华文化，才没有被岁月的沧桑淹没，也没有被历史的变迁淘汰，这是多么令我们每一位炎黄子孙都倍感骄傲的事情！由此，我们不能不对我们伟大的祖先，深怀敬仰。

　　我们生活在二十一世纪的今天，感受着时代日新月异的变化，同样也在觉知着中华文化的亘古弥新。当我们与一幅幅书画，一件件瓷器相遇，当我们与祖先留下的老物件相处，就会感受到，中华文化今天依旧生生不息。当我们在中医医院进行各种身体的调理时，当我们创作着阴阳五行的艺术品时，当我们打着太极悠然自得时，就会知道，数千年前的阴阳五行，至今依旧与我们息息相关。原来我们每一个人，都是中华文化的见证者和传承者。

第三篇：合一共荣

每一次的生命体验，虽然都是唯一的存在，却又有着各种各样的联系。我们生活在这样的完整文化系统里，在各种各样的变化中，自然会找到与之呼应的内涵。置身于天地万物之间，我们每一天的感念，也都在见证着岁月过往，在诠释着生命的延续，也在展现着内心世界的各种情感。当下遇到的每一个人，做着的每一件事，面对的每一件器物，觉知的每一次念想，都会在岁月中，沉沉浮浮着各种各样的回想。

透过斑驳的岁月沧桑，去体会人生的变化，也在喧嚣过后的宁静中，一次次觉悟着蕴藏在器物背后的文化内涵，我们又将以怎样的面目，去迎接着生命的苏醒呢？告诉自己，任何的境遇，都有着爱恨悲欢，任何的觉知，都在印证着沉迷与智慧。当我们一次次穿行在岁月里，当我们一次次端详着祖先留给我们的各类老物件，当我们一次次观赏着书画与瓷器等艺术品，当我们一次次观照着内心并深深感念着人生，这一切的存在，仿佛都已经与我们相依相伴了很久很久。当下已经不只是当下，它还是过去的未来，也是未来的过去。在岁月的穿行中，我们留下的一切，我们观照的一切，似乎都在萌生无尽的感知。

也许，这就是我们对生命的理解，这就是我们生命对天地万物的诠释。一切都在内心里沉沉浮浮，一切都在生命中去去来来。当我们以慈悲喜舍的心念，去怀爱着天地万物时，去珍惜着祖先留给我们的每一件器物时，去虔诚地感恩每一次人生境遇时，就必然会觉醒我们的内心。爱恨就在一念间，其实天地万物的变化，各种各样的结局，何尝不是在一念之间呢？当我们穿越时空，去感知万千物象时，就早已不再是原来的状态了。每时每刻，都有着崭新的开始，都必然会留下不同的呈现。在人文情怀中，一次次地端详着同一件艺术品，往往也会滋生不一样的感受，心念在滋生着各种差异，也在浮现着各种相同。

世间所有的人、事、物，都在悄然改变着自己，也在不断见证着我们对生命的觉悟。是啊，天地万物就在岁月里，客观地存在着自己的变化，也在

留下的痕迹中，让我们不停地回眸过去。当我们置身在中华文化中时，当我们面对着诸多的艺术作品时，当我们以虔诚而庄重的心念，去绽放自己的情感时，天地万物也必然会有着感应。如此，我们的生命与天地万物之间，早就有着某种约定。一次次的觉悟，让我们的生命越发真实，在天地万物间不断地感知着相互的关系，也体会着彼此的相生，这本来就是我们生命的修行。一次次穿行在岁月里，在爱恨悲欢中，在得失聚散中，在荣辱恩怨中，在来去过往中，我们所遇见的一切人、事、物，无一不在让我们成熟着自己，也在感念中警醒着自己。

在现实生活中，无论我们是面对着亲人，还是朋友，或是合作伙伴，都值得深深地感知彼此的存在，是否在和合相生。无论我们以怎样的身份，融入到中华文化的内涵中，并为此承载着相应的担当与道义，都必然要"万法归宗"一样地探寻最为本质的缘由。无论我们怎样去管理企业与经营人生，都无法离开老祖先遗留下来的道德与精神、修养与志趣、节操与智慧……因为在岁月的长河中，老祖先早就已经把这些真谛，都遗留给了我们。

是啊，人的一生，匆匆忙忙，有着欢喜，也有着哀伤。但无论何时何地，我们都会延续生命的渴盼，都会在文化的传承与创新中，明白自己的位置，并肩负自己应该肩负的使命。而这一切，都离不开我们对天地万物规律性的认知，也无法拒绝生命最为本源的探寻。对于各种类别的国粹艺术而言，也是一样的道理。我们不会停留在艺术的表面形式，去探讨存在的不同表象，而是会以系统又整体的角度去思考，并揭示隐藏其中的各种秘密，去真正解读好中华文化的内涵。这样，我们才能更好地理解艺术与生活的关系，理解人与物的关系，才能更明白现实生活中物与物、人与人之间的关系，并懂得彼此求同存异，相互包容礼让，以虔诚的心，去收获着相关的回应。

岁月流逝无痕，眨眼便是一生。匆匆忙忙的脚步，在叩问着人生的怀想，也在考验着生命的追寻。有许多人，执着于外在的物象，而忽视了内心的洗礼。也有无数人，时时刻刻在尊崇着中华文化，并在岁月中呵护着国粹艺术的传承。也有许多人，在天地万物间，我行我素地生活着，并不在意自己的言行举止，已经突破了为人处事的道德底线，而是以"娱乐至死"的状态，为社会的进步与和谐，留下了巨大的障碍。也有些人，怀善前行，跋涉不止，淡泊名利，在岁月中沉淀着人生的真善美，也在艺术创作中融入着正能量。

清乾隆黄地粉彩镂空干支字象耳转心瓶

　　不同的人，不同的事，不同的器物，都存在于当下，我们又将怎样认知它们呢？它们的关系又将如何呢？它们怎样见证中华文化内涵呢？我们与它们之间有着怎样的缘分呢？在变化中，我们又该怎样见证天地万物的"和合相生"、"天人合一"的呢？当我们明白了其中的道理，并不断地践行时，就必然会知道天地万物之间，本就和合相生，本就圆融一体，这是所有事物都相生相克的状态。于是，我们就会面对有缘的人，奉上相应的尊敬，就会在修心养性中，遵循着"道"与"德"。当我们真正觉知了天地万物之间的规律，就会在彼此之间，追求"合一"的境界，也会祈愿着"共荣"的结果。

　　是啊，在天地万物间，追求着"合一"，这就是"天人合一"的诠释。在历史长河中，回眸着生命的过往，在五行的相生相克中，实现着生命的"共荣"，这何尝不是彼此"和谐相生"、"同生共荣"的见证呢？我们在中华文化中，觉知着这一切，这是多么幸福的事情。当我们善待着每一个人，用心做好着每一件事，也珍惜着祖先遗留给我们的每一件老器物时，内心中的生命情怀，也必然会融入到它们中，并与它们"合一共荣"地存在着。

　　告诉自己，艺术的创作与欣赏，都是天地万物以及各种文化内涵，在特定的环境和条件下，呈现着的彼此和合、互生共荣。色彩与构图的融合，志趣与技法的和合，心神与节操的合一，才能造就一幅优秀的书画作品。泥土与水火的融合，釉彩与瓷胎的合一，画师与窑工的彼此相生，才会造就一件精

美绝伦的瓷器精品。无论是怎样的情形，都无法远离作者与欣赏者的情感寄托，也无法将人文情怀遗弃，也不会将各种各样的真谛漠视。

天地万物和合相生，阴阳五行相生相克，中华文化与我们形影不离。我们置身于国粹艺术品的世界里，每一天都在与祖先对话，每一天都在感知着中华文化的魅力，也在成长着自己。生活中的一切存在，都在诠释着它们自身。彼此"合一共荣"，是我们共同的祈愿。

第四篇：水火情深

每一天，都在迎来送往，都有奇迹在发生。欢喜地承载着，宁静地怀爱着，世间万物，也会在我们的生命中，萌生无尽的感怀。在匆匆的岁月里，变与不变是永恒的话题，犹如悲欢爱恨一样，会萦绕在生活中，伴随着我们生命的始终。

蓦然回眸，在万千物象里，我们是否已经明白了自己呢？我们是否已经知道了担当呢？我们是否已经在不断的印证中，觉知了自己的使命呢？我们在各种艺术品中，是否明白了情感的寄托呢？我们在彼此的感受里，是否已经怀爱前行并跋涉至今呢？

每一段情感，都与生活有关，我们的生活，又与天地万物有缘。当下的生活，有着过往的感念，也有着生命对现在自我的认知，也有着对未来的憧憬。而这一切，都无法拒绝内心的情感流淌，也无法拒绝生命的各种变化。一次次印证着选择，万千的痕迹，已经在岁月中，呈现无尽的欢喜与哀伤，也在诠释着各种各样的抗争与包容。生命的过程，其实就是这样斑斑驳驳，其实就是这样聚散离合，其实就是这样水深火热，其实就是这样安静祥和。

于是，我们知道了生命的真谛，我们也明白了我们的情感，一直在与天地万物相互印证存在。我们的生命，本就与所有的人、事、物密不可分，本就在各种痕迹中，诠释着自己的追寻与归宿。告诉自己，这一切的变化，都在呈现着自己的心念。

在情感的变化中，我们也可以感受到各种物象，与我们的呼应，而我们也在与它们进行感知。在这样的过程里，我们的生命，不会孤立地存在，也不会只是停留在表面的层次。这不断展读的生命印记，已经让跋涉在岁月中的我们，知道了来去，懂得了珍惜，也在感怀中铭记它们。千万年的时光，如云水一般悄然流失，我们蓦然回首，是否已经感受到了情感的存在？是否已经知道了情怀时而炙热如火，时而又寒若冰霜？我们就这样在天地万物中，爱爱恨恨着，恩恩怨怨着，来来去去着，寒寒暖暖着，呈现着阴阳转化，也留下了水火的交融。

当我们将这样的情感，融入到了生活的方方面面，就会知道，原来在我们的生命里存在的一切，都是在按照我们的心念呈现着模样。我们的生命，与中华文化中的"道"与"德"相互呼应，并践行着它们。我们的情感，也在践行的过程中，依照道德与精神、修养与情操、志趣与气节等内涵，进行着各种各样的表达。就在现实的生活里，面对着天地万物的变化，我们的情感也在不断变化着。我们时而嫉恶如仇，又时而"上善若水"；我们可以刚正不阿，也可以绵里藏针；我们可以热情满怀，也可以严词拒绝；我们可以心性安然，也可以心潮澎湃；我们可以含蓄委婉，也可以直率坦荡……我们的情感，有着万千的表现形式，也与生活中的各种物象相互包容着，彼此融合为一体，并形成了浓郁的人文情怀。

这就是我们在面对一件艺术品时，为何总有那么多的感受，会情不自禁地浮现出来的原因。是啊，无论是过去还是现在，无论是稀世珍宝还是普通的器物，无论是哪一门类的老物件，我们都能看见岁月的沧桑，也能体会到祖先倾注的心血与情感，也能感受到历史的更迭与命运的沉浮。我们都能透过真实的生活，穿越时空地感受到艺术的魅力，也觉知到中华文化的源远流长与根脉相连。当然，我们在当下的心念，也会将情感与这些艺术品相互融合在一起，去觉知它们的文化信息，去感受它们蕴藏的故事，去体会世间的冷暖。这是多么真实而又玄妙的过程，这一过程也让我们的心神，与这些艺术品没有距离地对话，并将内心的情感虔诚地予以交流，从而形成着我们整体的欣赏体会。

明白了这些，就会为自己为何看见一件瓷器时，仿佛能够感受到它的温度，找到正确的答案。知道了这一道理，就会知道为何当我们欣赏一幅书画作品时，能被画面中的人物和场景所感染。当我们真正这样去理解并欣赏祖先留下的老物件时，就会知道为何这些"传家宝"能够被一代代人用心用情地呵护着，一直传续到了今天。

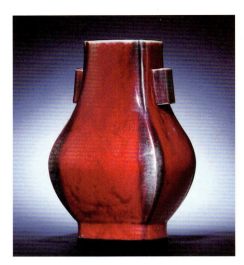

清光绪窑变釉杏元瓶

是啊，我们面对着天地万物，有着自己的情感流露，这是我们生命中本就具有的天性，也是我们中华文化中"天人合一"、"好生慈德"的具体呈现。我们在这样的情感融入中，也会自然而然地表现着内心的各种感知，并留下各种各样的痕迹让生命去回眸。

于是，在我们的情感世界里，就有了不一样的状态，就有了"水"的阴柔、守静、安和、藏德，也有了"火"的阳刚、尚动、变化、弘道，这就是变化着的情感，这就是我们真实的各种感知。我们将这样的感受，融入到了生活中的方方面面，也在不断地印证着自己的向往与情感寄托。当我们主要体现为"水"的情感特质时，便会向往着宁静祥和的境界，当我们崇尚"火"的情怀时，便会在生命中体现着激情活力的勇猛刚韧。我们也知道，"至刚则至柔"，万事万物都是刚柔合一，也就是阴阳和合，才能真正生生不息。于是，在我们的情感中，也会体现着"水火情深"、"和合一体"的状态。

如此，也见证了中华文化中的"中庸"之道，也呈现着万事万物之间的"圆融共生"。我们自己，也与天地万物息息相关、命运相连。当我们将这样的人文情怀，融入到每一件器物的制作、使用、收藏、赏玩、交流等一系列的环节中，就必然会让我们的心念，时时处处都与它们融为一体，并见证着"人器一心"的情境。这样，我们的内心里，也就有着情感的归宿，也就有了具体器物的寄托，也才能真正做到"睹物思人"。这样，我们才能透过器物本身去穿越时空，感受到中华文化的内涵，以及传续至今的"心法"与"心德"。

每一天，都在延续着这样的体验。每一天，我们的生命，都在传承着中华文化。每一天，我们都在与各种器物心神交融。每一天，我们都在将情感融入到所有的人、事、物。每一天，我们都在真实地感受着各种变化，自己也在跟随着变化而变化。每一天，我们都在端详着老物件时，浮现着祖先的故事与祈愿，也在警醒自己应该担当着文化传承的使命。

岁月流逝无声，我们的内心，在感受着这一切存在。我们的生命，时时处处都在体会着"水火情深"的情境。无论是通过我们衣食住行的真实生活，还是依靠面对着的每一件书画、瓷器等艺术品，还是借助于我们觉知到的每一类中华文化信息，我们都能深深地感知到内心情感的流动与变化。俗话说"水火不相容"，那是一般人停留在物象表面，对"水"与"火"两种物质的理解。在我们的生命觉知里，"水"已经不只是"水"，"火"也已经不再只是"火"，它们之间已经有着各种变化，已经有着虚实有无的内涵。在我们的内心情感里，"水"与"火"就能很好地融为一体，并体现着刚柔相济、水火一体，寒暖一心的境界。

当我们看着瓷器中瓷胎和釉彩的水分与熊熊燃烧的窑火，真正在高温下融为一体的时候，当我们看见一件件烧制成功的瓷器艺术珍品的时候，就会真正体会到"水火情深"的人文情怀。是啊，我们的生命感念，其实也是这样的情境，我们面对着的每一器物，在我们的情感变化中，也会呈现着这样的状态，并融入着浓郁的人文情怀。

我们内心的情感，也在不断的融合中，呈现着相生共荣、和谐一体、圆融一心。这就是我们"情深意切"的内心世界，在生活中真实的展现。我们与天地万物，与生活中的所有感知，都在见证着"水火情深"的美妙体验，也在时时处处绽放着德性与智慧的光芒。

第五篇：瓷韵古今

置身于源远流长的中华文化，我们的内心会萌生着感动，也必然留下无尽的感念。穿越历史的尘埃，认知着生命的本质，绽放着真善美的内涵，这是我们生命必然要去做的事情。我们面对着天地万物，面对着一件件国粹艺术

品，我们怀想着自己的文化承载与担当，也在生命的觉悟中，不断鞭策着自己，不断在岁月的洗礼中，成熟着自己，并一步步见证着内心的情感如何与它们融合一体、和合相生。

瓷器作为中华文化的特殊符号，已经存在了数千年历史。回溯中华文化发展史，就可以知道，中国是瓷器的故乡。瓷器的前生是原始青瓷，它是由陶器向瓷器过渡的器物。发现于山西夏县东下冯龙山文化遗址中的原始青瓷，距今已有四千两百多年。作为中华文化的标志性文化遗产，瓷器在世界各地都具有广泛影响力，而英文中的瓷器与中国则为同一个词语，足可见瓷器在世界上的位置，也可以说瓷器早已成为中国文化甚至是国家品牌的象征。

就瓷器的种类而言，我们可以依照其外形和使用用途，将它分为：碗、杯、盘、壶、罐、盏、觚、盆、瓶、炉、盒、匜、枕、洗、尊、缸、冥器、塑雕、日用瓷器、文房用品等。在这样的分类中，每一大类又有着若干品种，比如瓶类又可以分为梅瓶、观音瓶、花口瓶等，杯又可以分为高足杯、鸡缸杯、耳杯、压手杯、公道杯、马蹄杯、方斗杯、铃铛杯、爵杯等，从而构成了完整的瓷器品类体系。当然，瓷器还可以按照产地进行分类，则可以分成：越窑、邢窑、汝窑、钧窑、定窑、南宋官窑、哥窑、建窑、景德镇窑、宜兴窑等瓷器，每一地域的瓷器门类往往有着自己的特点，却同时也具有着相互的艺术融合。

如果穿行于瓷器的历史发展，则可以看到春秋战国时期及以前的原始青瓷，它们的坯料和釉彩均含有较高的铁成分，它们在一千两百度以上高温烧制下，使得瓷器表面有一层锃亮的青光。我们也可以看见汉代的早期瓷器，到了东汉则已经进入了成熟阶段，因为使用了龙窑，使其温度达到了一千三百度，也因为使用了高岭土相近的瓷土，并呈现着挂釉不到底且有弦纹、波纹装饰，从而出现了青瓷和黑瓷。此后，随着制瓷工艺的逐步发展，由青瓷发展到了白瓷，再由白瓷发展到了彩瓷。唐代时期，青瓷发展达到了顶峰，并呈现着夺目的艺术魅力。唐代末年的著名诗人陆龟蒙曾有诗句："九秋风露越窑开，夺得千峰翠色来"，形容的就是当时越窑（在今浙江绍兴）青瓷动人的色泽。随后，唐宋时期的白瓷，也发展到了高峰。在唐宋文化异彩纷呈的文学描述中，我们可以看见许多的动人诗文。唐宋文人在感受着瓷器在日常生活的美感时，也常用"类银"、"类雪"、"白如玉，薄如纸，明如镜，声如磬"等语句，来赞美白瓷。而后的青花瓷器，便形成了独特的艺术风景线，留下了著名的元青花瓷、永乐青花瓷、宣德青花瓷等等。明清时期，彩瓷获得了空前的艺术成就，并远销世界各地。明代的青花瓷、斗彩瓷和清代的素三彩、五彩、珐琅彩等瓷器，都享誉中外。

岁月悄然流逝，当我们翻看中国瓷器的发展史，就会知道数千年来，有着无尽的变化，在泥土与人文情怀中呈现，也在"水火情深"的融合里，留下了无比丰富的艺术珍品。是啊，我们置身于中华文化的世界，端详着一件件承载着万千文化信息的瓷器艺术品，能不感知到时空的穿越？能不感受到一辈辈的祖先，在天地万物中绽放着智慧，并以内心德性去解读和创造着美好的生活？每一件瓷器，都是一部文化的史书，都有无尽的故事蕴藏其中。

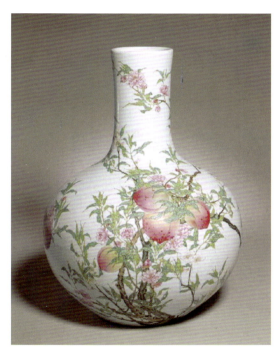

清雍正粉彩蟠桃纹天球瓶

我们怀想着脚下的泥土，与水和火等的情缘，在岁月的见证下，成为了一件件精美的瓷器艺术品，这是多么美妙的过程。翻读着中华瓷器发展史，就会知道，陶瓷作为一个整体的概念，它们之间却有着明显的区别。陶器的坯料，一般是粘土，胎表多不施釉或是施有低温釉，烧制的温度在七百度至八百度之间，当然也有少数陶器可以达到一千度。而瓷器的坯料，则是采用被称为瓷土的高岭土和正长石、石英混合而成，并在胎表施有一层玻璃质的釉，然后在一千二百度左右的高温下烧制而成。由此可知，瓷器相比陶器而言，在烧造过程中，具有更高的坯料与工艺和温度等要求。瓷器的形成与发

展，也真正让瓷器文化，成为了中华文化面向世界展示的标志，并在世界各地形成了强大的中华文化影响力。

当然，中国的瓷器文化，也伴随着中华文化的发展而发展，也在融合着其他文化内涵，并呈现着综合的艺术特征。瓷器的制作工艺，其实也是瓷器文化非常核心的特色内容，它们也在瓷器发展史中，一步步成熟到了今天。当我们端详着一件件瓷器艺术品时，就仿佛在与制瓷工匠进行着穿越历史的对话，他们在我们眼前呈现着一幕幕劳作的场景，也在让我们感受着一道道的制瓷工序，并诠释着一件瓷器是怎样由泥土一步步演变成为稀世珍宝的。

在瓷器制作中，有着严格的流程，也存在着师傅带徒弟的传承。对于中国古代精湛制瓷工艺而言，景德镇的瓷器工艺技术，已经在瓷器发展史上，成为了后世借鉴学习的范本，并一直影响着一代代的瓷器制作。古代没有机器化的流水线作业，也没有现代市场的浮躁趋利，那些对瓷器执着又坚定着信念的匠人，在历史长河中形成了七十二道工序，并延续了千百年，至今依然在一件件动人心魂的瓷器艺术品中，浮现着浓郁的人文情怀。这也让现代那些流水线作业的瓷器，显得是那么的冰冷，显得是那么没有生机，因为它们没有文化的传承。

明末清初著名的科学家宋应星，在他的《天工开物》一书中，有着对瓷器制作的相应记载："共计一坯之力，过手七十二，方克成器。其中微细节目，尚不能尽。"透过这些文字，我们就能感受到，瓷器的生产制作，无论是在选料、制坯、上釉和烧造等每道工序，都有着丰富的文化内涵值得我们去体会。当我们虔诚地感知着瓷器的制作，就必须深刻地了解这七十二道工序：一、勘山；二、烧矿；三、运石；四、碎石；五、舂石；六、制浆；七、取泥；八、制不；九、船载；十、存行；十一、烧灰；十二、配釉；十三、练泥；十四、镀匣；十五、验匣；十六、送厂；十七、化不；十八、淘洗；十九、铲泥；二十、踩泥；二十一、扨泥；二十二、做坯；二十三、修模；二十四、定型；二十五、利坯；二十六、刻坯；二十七、剐坯；二十八、取釉；二十九、削坯；三十、接坯；三十一、捧坯；三十二、晒坯；三十三、荡釉；三十四、吹釉；三十五、蘸釉；三十六、浇釉；三十七、捺水；三十八、补釉；三十九、配釉；四十、涂釉；四十一、淡描；四十二、混水；四十三、捏雕；四十四、刻花；四十五、驮坯；四十六、挑坯；四十七、修匣；四十八、装坯；四十九、加表；五十、满窑；五十一、挑柴；五十二、烧窑；五十三、开窑；五十四、装篮；五十五、调泥；五十六、挛窑；

五十七、看色；五十八、选瓷；五十九、播料；六十、挌色；六十一、起稿；六十二、拍图；六十三、搓料；六十四、画瓷；六十五、填色；六十六、写款；六十七、满炉；六十八、烤花；六十九、汇色；七十、挑瓷；七十一、菱草；七十二、装桶。在这七十二道工序中，每一道工序都有着它自身的要求和用途，也往往有专人负责相关的环节。千百年的瓷器制作，就在这样的过程中，一代代地传承到了今天。

当我们端详着祖先遗留给我们的瓷器时，我们不仅仅能够透过瓷器本身，去感受到蕴藏着的生活经历和历史故事，也可以在瓷器的文化感受中，去体会着一代代的制瓷工匠，在相关工序中的忙碌，并有着身临其境的感受。当我们的内心，与这些历史中的制瓷工艺，相互有着感应时，我们就会知道中华文化的发展，正是在这样的真实生活中，流传着千百年的情怀。是啊，看似一件简单的瓷器，当我们一旦深入地了解它的历史和内涵，就会真切地感受到它的生命存在，就能感受到它蕴藏着的温度，就能体会着祖先为此而融入的情感。

作为国粹艺术的代表之一，瓷器的传播也在展现着中华文化，并获得了世界的广泛赞誉。中国瓷器早在唐代就已沿着陆路和海路，传播到了世界许多的国家，原来丝绸之路中的"丝绸国度"，也因此被赞誉为"瓷器国度"。在许多国家的博物馆里，就能看到这样的瓷器文化交流。越窑青瓷、邢窑白瓷等，在朝鲜、日本、东南亚、阿拉伯半岛等的许多地方都有出土，而且在巴基斯坦的布拉明那巴德、埃及的福斯塔特古遗址中均有发现。唐三彩、长沙窑瓷器，也已传播到许多国家。随着宋代海运的发达，中国的瓷器，也随着海路传播到了非洲等地。宋元到明初，是中国瓷器输出的第二个阶段，其中的龙泉青瓷，景德镇青白瓷、青花瓷、釉里红瓷、釉下黑彩瓷，吉州窑瓷，赣州窑瓷，以及福建和两广一些窑制作的青瓷，建窑黑瓷，浙江金华铁店窑仿钧釉瓷，磁州窑瓷，定窑瓷，耀州窑瓷等，也随着中华文化的传播以及海外贸易的发展，而在世界各地都有了深远的影响。郑和下西洋的航海壮举，也进一步传递了中国瓷器文化，并让中国得以成为世界的焦点。而明代中晚期到清初的两百多年，是中国瓷器外销的黄金时期，输出的瓷器主要有景德镇青花瓷、彩瓷、广东石湾瓷、福建德化白瓷和青花瓷、安溪青花瓷等。而且，那些为国外的用户定制的精美瓷器，具有着中西文化融合一体的特点，也成为了中华瓷器文化一道靓丽的风景。

与瓷器对话，感受着古今沧桑，印证着中华文化的发展历程，也对"瓷韵

古今"这一赞誉，有着深刻的理解。我们知道，中国瓷器和制瓷技术的对外传播，也是中国与世界各国进行文化交流，并形成良好互利共生关系的历史见证。瓷器承载着悠久灿烂的文化，也有着各种各样的艺术形式，让我们被它们深深地吸引，并由衷地予以赞叹。

眨眼便是千年时光，我们欣赏着一件件瓷器，亲近着千年不息的窑火，感受着"水火情深"的融合，生命也在升腾着炙热的情感。是啊，瓷器蕴藏的情怀，让我们品味无尽。

第六篇：寒暖人生

变化着的人生，会在不知不觉间，留下各种各样的痕迹，让自己不断去回眸。来来往往，沧桑面目，印证着岁月的流逝，也呈现着爱恨悲欢。也许，在岁月的流逝中，无尽的感念，已经孕育着生机，也在浮现着感知。匆匆忙忙，爱爱恨恨，万千的憧憬，在风雨里迎接着彼此的改变。谁在蓦然回眸中，觉知了自己的初心？谁在各种祈愿中，坦荡地生活？

透过数千年的中华文化，与各种各样的艺术品相依相随，我们的生命并不孤立，也时时处处都在诠释着内心。告诉自己，天地万物都有着情感呼应，我们的生命，就是这样一次次地印证着选择，揭示着人生的真谛。而存在着的各种器物，正是中华文化的承载与浓缩，透过它们的各种内涵，我们可以与一辈辈的祖先对话，也可以延续无尽的向往。也许，生命的悲欢聚散，彼此的寒暖恩怨，相互的对立与融合……各种各样的存在，都会悄然浮现在岁月里，也会让我们在艺术品的观照中，感知到岁月里蕴藏着的人文情怀。

当我们的情感，在生活中自然地流淌，与所接触的万事万物，都能有着融入和共生，我们就会与它们成为命运共同体，也会与它们没有距离地有着各种感应。生活中的所有人、事、物，都是在给我们以启示，无论我们是否留意，不管我们是否已经唤醒生命，这变化着的一切，都会在岁月中，留下无尽的感怀。数千年中华文化的传续，何尝不是我们生命的感知与诠释呢？何尝不是我们内心情怀与天地万物，相互圆融一体、和合共生的见证呢？

人生寒暖，变化无常，时时处处都有着痕迹，让内心不断回眸。看见的，怀想的，感知的，一切的一切，都会萌生无尽思绪。红尘中的生活境遇，因为我们情感的投入，因为生命各种各样的选择，早已呈现着斑驳的岁月记忆。可以说，人生的洗礼，就是我们与万事万物之间，存在着的关系体现。当我们以不同的情感，以不同的发心，去与各种事物呼应时，也必然会收获不一样的结果。世事无常，亦是生命的觉悟，在无常里，我们却在不断寻觅真实的存在，也在感受着与它们之间的渊源。

清雍正珐琅彩青山地把壶

面对着每一件老器物，端详着每一件瓷器，欣赏着每一幅书画，都会在生命中，一次次印证着生命的怀想。在这样的过程中，我们的内心，也会对过往进行深刻的反思。是啊，我们就是这样变化着的人，我们就是这样绽放着情感的人，我们就是这样将人文情怀与万事万物融为一体的人。在尘世中，坚持着自己的追寻，在中华文化中，怀藏着内心的哲思，在岁月流逝中，始终不放弃生命的信仰，这是多么有意义的事情，这也时时刻刻都在体现着中华文化中的圣贤君子情怀，也在诠释着道德修养和志趣气节。

于是，我们可以透过一件件器物，重现着斑驳的历史场景，也可以让我们的内心，在不同的物象中，觉知最本源最真实最朴素的自我。透过一件件器物的流传，在时空的穿越中，我们也可以让内心的情感，随着岁月的流逝而起伏，随着爱恨悲欢的变化而寒暖，也可以随着器物中蕴藏的文化内涵，而呈现出不同的生命感受。

我们的生命，一直存在于跋涉中，每一段人生旅途，都是我们内心的观照。匆匆忙忙，蹒跚的脚步，在叩问着天地万物以各种问题：关于生命的来

去，关于内心的情感，关于彼此的取舍，关于灵魂的考验……当然，也有着关于器物中的文化与情怀，也在处处绽放着感知与祈愿。我们的生命，不是孤立存在于事物之外的个体，天地万物，也不是脱离我们而存在的外相。生命中所经历的一切人、事、物，都是我们必须要经历的内容，都是我们心灵最深沉的觉知与感念。人生寒暖不已，岁月沧桑弥漫，每一段往事，每一次回眸，都必然会延续着人生的选择。在现实的生活中，我们与器物之间，我们自己之间，器物与器物之间，已经有着怎样的约定？已经有着怎样的印记？是否已经让我们的内心悄然苏醒？

追寻着，反思着，脚下的人生道路，我们追寻的梦想，当下所坚持的事业，面对着现实生活，都会不断呈现爱恨恩怨、寒暖亲疏、聚散离合等情感。这一切，都与我们自己有关，都与生活有关，都与面对的器物有关，也与内心的感知有关。任何人，都会在岁月中，警醒着自己的各种存在，也会在生命感怀中诠释过往。任何器物，都会悄然见证我们的生活，也会不断揭示着各种变化。祖先留给我们的每一件艺术品，都是岁月的见证，也是他们生命的回想，同时也是情感无声的诉说。匆匆忙忙，眨眼千年，每一个人的来去，都是生命必不可少的风景，每一件器物的感知，都是我们内心对生命的回望。

人生的寒暖，也在寒暖着人生。犹如尘世中的跋涉者，一直在朝着自己的梦想，坎坷地继续前行。无论经历多少苦难，也不管留下多少遗憾，但生命的情感，却不会磨灭内心的温暖。告诉自己，在风雨中，彩虹已经迎接阳光归来；在苦难里，幸福与欢喜，已经在绽放生命的奇迹。告诉自己，每一件瓷器，每一幅书画，每一件老器物，都在见证着我们与祖先的根脉相连，也在呈现着中华文化的源源不断。

任何艺术品，都因为有了人文情怀，才具有强大的生命力，才会蕴藏着厚重的文化内涵，也才会承载着文化传承的担当，也才会富有巨大的价值。当一件艺术品，真正融合了我们的内心情感，才会一次次重现着岁月中的往事，才会将一切与它有关的记忆，不断被内心唤醒。人生的寒暖，也自然会在这样的解读中，不断地获得感受。而寒暖的人生，就犹如这些艺术品一样，穿越着时空的印记，承载着无尽的情感，并与我们一同沉浮着各种怀想。

寒暖在更替不止，中华文化的传承，也在不断展读着人生过往。云烟往事，斑驳着痕迹，也印证着人生归宿。每一个人，都是时光的见证者和体验者，而每一件艺术品，何尝不是内心情感在各个历史时期的呈现呢？如果没有人文情怀，如果没有文化内涵，那书画作品就只是一些墨色与构图，就是一些机械的线条元素，就会没有生机与活力。如果瓷器艺术品，没有了创造者的情感寄托，如果没有了赋予感情的画面场景描绘，如果没有了制作各个环节的文化传承，那又怎能获得历史的认同？又怎能不断被后人追崇与喜悦欣赏呢？

　　每一天的生命，都不可重来，却会时时被内心唤起记忆。每一件艺术品，都是岁月唯一的见证，却可以依照文化的内涵和人文情感的融入，而在不同的时空中，绽放着全新的生命力。于是，在中华文化的传承中，就有了许多的复制与创新，就有了许多的仿制与变革。回眸书画艺术的传承，可以看见许多的书画家，沉浸在对书法法帖和历朝历代名画的临摹，并不断寻找着它们的神韵与精髓，从而在自己的创作中，融入厚重的文化信息，并实现继承基础上的创新。当我们一次次把玩瓷器艺术品时，也就能知道它们的传承，也可以浮现许许多多的瓷器制作者，他们接受着言传身教、师傅带徒弟的技艺学习，并结合着时代的审美变化，不断开拓创新，从而为后人留下了无尽的艺术珍品。

　　在这样的过程中，我们的情感，一直在变化着，在与各种器物融为一体。我们就是这样，真实地生活在尘世里，犹如祖先生活在历史中一样。于是，每一件器物，都在见证着我们生命的喜怒哀乐、爱恨情仇、聚散荣辱、得失圆缺、寒暖亲疏。于是，透过我们生命的回眸，就会对每一件器物，都萌生独特的感怀，并觉知本就存在着的内涵与情感。

　　人生寒暖，寒暖人生。每一天都与天地万物，相依相存并共生共荣。人生的情感，从未远离与我们有缘的万事万物，也在祖先遗存给我们的艺术品中，沉浮着寒暖，印证着生命的觉知。来来去去，变化万千，寒暖的人生，诠释着现实生活，让器物隐约着人文的情怀。

第七篇：变亦不变

　　世间的一切，都时时处于变化之中，包括我们自己，也在这样留下万千变化。透过各种各样的物象，我们的生命，本就是在各种感知中存在着，也

必然以不同的面目，呈现着存在的状态。于是，现实生活中的我们，时而欢喜，又时而哀伤；时而幸福，又时而痛苦；时而坚定，又时而飘摇；时而宁静，又时而喧嚣；时而爱慕，又时而怀恨；时而亲近，又时而疏远；时而温暖，又时而寒冷；时而清醒，又时而迷茫……

这变化着的一切物象，也与我们一同变化着，相依相随并彼此影响着。我们的生命，本就与存在着的一切，互相呼应着，也相互传递着各种感知。有人在欣赏花开花落，也有人在品读秋黄白雪；有人在迎来送往，也有人往往蓄而不发；有人始终张弛有度，也有人早已放浪形骸；有人虔诚地彼此欢爱，也有人留下了相互伤害；有人时常心怀善念，也有人不断满怀仇怨；有人与天地同在，也有人在孤芳自赏；有人崇道尊德，也有人背弃良知……这就是变化着的世间，这就是无常着的人生，这就是我们内心有万千感知的情感。

一切的一切，都客观地存在着，也在与我们有着各种呼应。一切的一切，都在见证着岁月的流逝，也在呈现着生命的印记，有各种各样的变化，早已让我们看见了其中相应的规律。在真实的生活中，我们每一个人，都无法拒绝各种磨砺，也不可能让自己孤立地活着。可以说，透过数千年的中华文化，就可以解读人生本来的意义，也可以在各种感知中，明白世事无常亦有常的道理。

滚滚红尘中，每一个人，每一件事，每一器物，都有各自的缘由，都不会平白无故地存在。回眸着的岁月，在揭示着人生的归宿，也在诠释我们与万事万物的关系。无论我们是否在意这各种各样的变化，也不管我们是否真正读懂了人生的无常与有常，生活中存在着的一切物象，都会让我们的生命真实地呈现着感应。我们的生命，就存在于天地万物之间，就存在于历史的回眸之中，就在各种感怀中传续着不同的体会。

生命匆匆忙忙，谁都是岁月的过客，可在短暂的生命里，却可以绽放无尽的美丽，可以留下永恒的怀念。犹如，我们常说的"雁过留声，人过留名"一样的哲理，也好比是现代著名诗人臧克家先生在他的诗作《有的人》中写的："有的人活着，他已经死了；而有的人死了，他还活着"那样，生命有着穿越时空的感怀。是啊，人的生死枯荣、得失恩怨、聚散悲欢等等，都在印证着变化，却又在变化中萌生着永恒的内涵。世间的万事万物，就是如此的变化万千，却又有着极大的相似。犹如，我们可以在生活中，倡导着每一个人都活出自己的特色与精彩，却又往往在我们每个人的变化中，有着共同遵循的道德与原则。

　　天地万物之间，何尝不是这样变与不变地呈现着万千模样，也留下了无尽的痕迹，让我们不断地虔诚怀想。与我们生活息息相关的各类器物，何尝不是在感受它们各种各样的器形与美感的同时，也能感受到它们相同的制作工艺。原来，天地万物的变化，其实是遵循规律的外在体现，而不变正是这些事物遵循着的共同内涵。因此，变化更多是创新，而不变则体现为传承。这就是阴阳对立又统一的世界，这就是中华文化中，变化又不变的哲学观，这就是我们内心里异常丰富的生命感受。

　　无论是宏观的天地万物之间的"道"与"德"，还是微观的与我们生活密切相关的衣、食、住、行，都时时处处在体现着变化与不变的融合与交替。这也犹如我们看见的白天，其实对于地球的另一半球而言却是黑夜。在不同的条件下，我们往往会对同一事物有各种各样的感知。这也犹如，有人感伤于秋寒叶落，却又在欢喜着丰收，不同的着眼点，也会带来不一样的体会。正因为如此，世间的万千变化，都有着它们的客观条件，也必然会呈现不一样的状态。而就在这样的变化中，太阳依旧是太阳，黑夜与白天依旧存在，秋天依旧会到来，会存在着许多不变的内容。这就是在变化中蕴藏着不变，在不变中又怀有着变化。

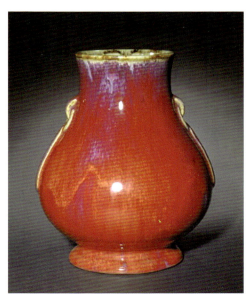

清雍正窑变釉带耳双环瓶

　　变亦不变，不变亦变，世间万物无不如此。我们的心念，也在时空的感知中，不断呈现着这样的变化规律，并时时处处都在见证着各种各样的印记，

让我们不断回想。置身于中华文化的世界，通过各种各样的艺术品，感受着文化的传承与创新，也在感知着变化与永恒的道理。现实生活中的我们，无法拒绝各种存在，因为它们是必然要客观存在着的事物，但我们却可以用我们的内心，在不同的时空中，在各种各样的情境中，去做到调整与改变，这也必然会呈现不一样的结果。

于是，当我们虔诚地与天地万物进行对话，当我们与传承至今的文化内涵融为一体，当我们一次次感念着祖先的往事，当我们与每一件老器物蕴藏的情怀和合相生，就会在不知不觉中，为自己的生命存在，揭示最本质最朴素最根源的答案。我们在历史的变化中，延续着人文情怀，也在不断的追寻中，取舍着自己的欲望，我们从喧闹中回归宁静，又会在沉默中绽放激情。生活在当下的我们，本身就在不断变化着自己，也必然会延续着各种变化。

现实的生活，就在变与不变的过程中，实现了各种各样的梦想。我们也在觉知着的变化规律中，在各种相应的条件中，懂得了把握自己的命运，并有了"时来运转"、"境由心造"、"洗心革面"、"涅槃重生"、"苦心人，天不负；有志者，事竟成"、"苟日新，日日新，又日新"等的感知。是啊，在中华文化中，我们必然能够体会到其中的变化，也能知道不变的缘由，这一切的存在，都在不停地呈现着生命的向往，也在见证着我们与万事万物的呼应。

其实，变与不变，都是我们内心的感受。对于内心没有感受的人，即使沧海桑田的巨变，他也往往会浑然不觉。对于那些十分敏感于各种变化的人，他们的内心世界就会迅速地发现存在的微小变化，并随时对自己进行相应的调整。这就是在生活、事业、工作中，为何有的人适应能力强，很快便能融入各种圈子，而有些人却始终无法适应周围环境。而且，在变与不变之间，还受着许多主观和客观条件的制约，甚至在同样的状态下，也跟我们自己内心的情感是否虔诚、是否投入有关，也与自己的修养是否圆融、是否智慧有关，也与我们在当下的时空中，是否能够把握好自己有关。

所存在的一切，都在让我们懂得这样的道理：变与不变，都存在于世间，都必然会让我们内心感知它们。在岁月的流逝中，我们的情感也与天地万物、尘世诸相、历史沧桑，相互有着呼应。在生活的体验中，我们与祖先遗留给我们的一切记忆，都在互相有着变与不变的揭示。面对的每一件艺术品，都在诠释着我们的内心情怀，也在见证着我们的生命与历史物象的相互融合。由此可知，当我们端详着祖先给我们留下的每一件老器物时，就会在宁静祥和中品味历史风云与斑驳沧桑，也会在岁月的痕迹中，感受到内心的淡然与厚重。

去去来来，本身也在印证着变化。"如如不动"的境界，却是我们在红尘乱象中，坚持自己圣洁初心的体现。每一天，都在迎来送往，都在感受亲疏寒暖，也在铭记与遗忘。生活在天地万物中的我们，置身于中华数千年文化中的我们，身心在与各种艺术品和器物融合一体的我们，必然会不断诠释着自己的内心所思所感，也会展示着我们不变的向往与祈愿。

第八篇：和合万物

我们常说，人的一生，就是修行的过程。我们也会在世事中，觉悟原来的自己，并不断回归生命的本真。这都是我们在现实生活中，不断印证自己内心情感世界，与外部天地万物相互呼应的过程。在这样的过程中，我们有着对"道"和"德"的认知，也有着对"礼"和"法"的感应，也有着对"情"与"理"的探究，也有着对"虚"与"实"的怀想，也有着对和合相生与彼此相克的思考……

告诉自己，一切的变化，都有着缘由，一切的存在，都必然留下感念。天地万物，生生不息。内心情感，寒暖不止。我们是生活在天地万物中的人，我们是与各类器物相依相存的人，我们也是在中华文化传承中，必须承载使命、肩负道义的人。当我们明白了我们与祖先的关系，明白了我们与生活中器物的关系，明白了我们彼此之间的关系，就会知道我们的生命，每时每刻都在揭示内在的变化规律，都在印证着各种各样的怀想。

其实，无论我们发生什么变化，也不管我们以怎样的方式去感知，天地万物都会依照它们的变化，去与我们共同存在于现实生活中。就在这样的彼此关系中，我们可以透过事物的表象，去揭示生命必然的客观属性，也会寻找到万千变化中的规律。而天地万物对"道法自然"和"好生慈德"的怀藏，也让我们遵循着"和合相生"、"圆融一体"、"天人合一"的人生观、世界观、价值观。于是，在现实的生活中，面对着天地万物，面对着每一件艺术品，面对着祖先遗留给我们的每一件器物，我们都会在内心深处，萌生着"和合

圆缘"的祈愿，也会在不断的变化中，始终不渝地坚持善心善念，并实现着彼此的相依相随、共生共荣。

这就是在中华文化里，我们对"和合"理念的真实践行。是啊，任何的道理，都要通过具体的实践，才能真正落到实处。我们心中怀藏的每一念想，也只有通过实实在在的努力，才能一步步变为现实。在我们的不断努力过程中，我们怀藏着的情感，也会穿越时空，与祖先的人文情怀彼此呼应，与器物本身蕴含的文化信息呼应，与天地万物之间的"道"与"德"呼应。正是这样的彼此心神交融，让我们的生命呈现着无比丰富的内涵，也让我们的情感，有着变化与永恒的痕迹。我们也在生活中，留下了万千的记忆，让自己时常回眸往昔。

无论在天地万物之间，有着多少相生相克的过程，也不管在我们的现实生活里，有着怎样的内心情感，这都是我们解读世间万象和自我心性的必然经历。大爱无言，内心的善念，会悄然地呈现着祥和与宁静，也会在抗争与火热的情怀中，呈现着希望与追寻。但这一切，都在给未来以美好，都在让所有的人、事、物，能彼此和合、相生共荣。这也是"上天有好生之德"的具体呈现，这也是我们内心中"善"和"爱"的情感流露。

清代康熙素三彩镂空锦地梅花寿字纹香熏

有许多人，往往停留在事物的表面，去认知着这样那样的物象，而忽略了对根本缘由的觉悟。这也使得他们，无法深刻地明白天地万物变化的规律，也无法明白运行于岁月变化中的文化道德。如此，当他们面对着祖先留给他们的各种器物时，又怎能获悉其中的内涵呢？又怎能明白内心深处的情感变化呢？又怎能感受到生命隐藏着的各种秘密呢？当他们肤浅地与天地万物进行对话时，当他们停留在事物的表面，去解读祖先的人文情怀时，又怎能真正明白人与人、物与物、人与物之间，本就存在着的"和合相生"关系呢？又怎么能够通过自己的生命，诠释清楚"同命运，共生存，依道而行"的观念呢？又怎么能够透过生活中的器物，去穿越时空，进入"虚实有无"、"和合圆缘"、"心念如一"的"人器一体"的境界呢？又怎么能够做到，对源远流长、博大精深的中华文化，予以虔诚地崇仰和传承呢？

蓦然回眸，会发现有无尽的往事，就在岁月中沉浮。静心怀想，就会明白有万千的变化，都在揭示着我们与天地万物的关系。一次次觉悟人生，就会懂得生活中的所有存在，都是我们必然要感受的内容。于是，在我们的内心里，就有着善待万事万物的初心善念，就有着不断珍惜身边所有人、事、物的践行，就有着心神与中华文化和历史的彼此交融。

原来，我们的生命，每时每刻都在与万事万物，进行着各种各样的呼应。生活在现实生活中的我们，也在不断呈现着我们内心的情感，并对万物有着自然而然的人文情怀。可以说，每一次与天地万物的对话，都是我们生命的升华，也是我们情感的融入。正是这样的呼应，我们与天地万物便能够没有距离地进行感知，也就能够与生活中的一草一木、一器一物、一山一水、一笔一画、一心一念，都有各种各样的情感体验。

爱在天地万物间，情生心念在感知之中。当我们对艺术品的体验，对祖先遗留给我们的器物的感受，对中华文化的传承，突破了它们的本身外在的物象，就会感受到我们的情感，始终没有离开过它们，也自古以来就有着彼此的缘分，我们也能通过具体的物象，对蕴藏在它们深处的各种文化内涵，予以深刻又系统的本质认知。

就在这样的过程中，我们与万物实现了"和合圆融"、"相生共荣"。也正是如此，我们才能在天地万物间，在生活中的器物和艺术品中，寻找到彼此"和合圆缘"的途径，也由此能够做到生命的相互共享与未来的共同成就。这是一个非常美妙的过程，也是非常有意义的过程，因为彼此之间能够在"善"和"爱"的德性感知中，做到相互之间的相依相存，实现着彼此的圆融一体，这是多么让生命倍感欢喜的事情啊！

当我们沉浸在中华文化的丰富内涵中，与祖先遗留给我们的每一件器物，都进行身心的情感交流时，当我们不断觉悟着自己的生命，与每一件瓷器、每一幅书画、每一部经典都能进行心灵沟通时，我们在当下的感受，必然会呈现不一样的结果。是啊，当下的我们，一心一念，也是变化着的岁月记忆，

我们时时处处都在揭示着各种变化，也会在各种感怀中，印证自己内心的情感，而这一件件艺术品，这一件件祖先留给我们的器物，这流传千年的中华文化经典，何尝不是我们生命中难得的珍宝呢？何尝不是承载着我们内心情感的具体物象呢？我们不断在觉知中，懂得了生命的意义，也在不断的祈愿中，圆满着内心的怀想。

要做到"和合万物"，不是一句空洞的说辞，也不是我们停留在感性认知层面的表白，而是我们的生命，与万物之间彼此共生共荣的实践过程。一切的存在，都有着其必然的内容，也会有着它们的缘由。我们的生命，时时处处都在觉悟着这一切变化，也在变化中坚持着自己的崇仰。和合万物，就必须让我们懂得认知万物，虔诚地惜缘万物，并真正用内心的情感去怀爱万物。如此，才能见证我们与万物之间的紧密联系，才能找到本质的人生真谛。

天地万物，本就与我们相依相伴，本就与我们共生共存。只是有许多人，只顾着自己的利益，而忽略了万物对自己生命的意义，以至于与万物不是相生，反而在为人处事之中，在工作、学习、生活、事业、家庭、情感等等方面，都难以和谐一心、共同生发。天地万物，客观地存在着，它们一直在默默地呈现着自己，如果我们自己不能摆正自己的心念，如果我们自己不能虔诚地善待它们，如果我们自己不去融入情感，如果我们不遵循"道"与"德"，那就必然会呈现"天怒人怨"、"怨天尤人"的结果。

端详着一幅幅书画作品，感知着变化万千的世事，觉悟着红尘万象的起伏。欣赏着一件件珍贵瓷器，体会着它们在等级上的"官窑"与"民窑"之分，也感受着它们之间单色釉、青花、五彩、珐琅彩、粉彩等的类别差异，我们也会把内心的情感，与它们相互融合，从而觉知到历史的变迁与中华瓷器文化的发展，以及各种各样的人文故事。当我们与身边的所有人、事、物，进行内心的沟通与和合相生时，又必然会感受到文化的魅力和情感的美妙。

一切的存在，都在让我们体验着生活。生活中的一切感遇，又都在让我们的内心，与天地万物没有距离地相依相存。践行着"和合万物"的理念，我们的生命也会在真善美的心念中，越发祥和自在，也会在中华文化的世界里，不断印证着生命的美好与庄严。

第九篇：生生不息

　　在寒风中，草木凋零，却也在寂静里，孕育着来年的春色。经历的苦难，在不断的磨砺中，时时蕴藏着希望与幸福。我们就处在这样变化万千的世界里，就在目睹着各种各样的场景，在我们的生命里悄然发生。透过这些物象，我们能否知道蕴藏于其中的秘密？我们能否与它们有着生命本源的共性？我们是否已经真正解读它们的变化规律？

　　我们常说，"春有百花秋有月，夏有凉风冬有雪"，在自然万物的呈现中，我们所感知到的万物，已经给我们怎样的启示？我们内心明白的哲意，是否能让我们受益一生？当我们不断延续着内心的祈愿，不断绽放着人性的真善美，就会知道"上天有好生之德"的道理。当我们在看着草木的枯荣，感念着生命的无常时，就能明白我们自己在岁月中，必然会存在不同的生命印记。原来，一切都在悄然发生，无论我们是否关注它们，也不管我们以怎样的心怀，去解读它们，世间万物都在生息不已，都在以它们的方式诠释着生命的存在。

　　人类生活的轨迹，在数百万年前，就已经与自然万物，有着忽近忽远的距离，就已经有着自我的生命意识。人类漫长的发展历史，其实就是我们祖先，与天地万物之间相互感知并孕育"德性"与"智慧"的过程。由此可知，从我们人类的诞生，与天地万物便本就融为一体，于是便有了"天地同根"、"天人合一"的观念。在发展过程中，我们依旧在用自己的生命繁衍生息，来延续着与天地万物之间的联系。历史的长河，被出土的器物一次次照亮，也被无尽的史料所记载。我们的祖先，就是这样与天地万物进行着对话，不断地感知着宇宙之间的变化规律，不断用情感去敬畏着天地万物，并以图腾崇拜的形式来诉说着内心的认同与追随。当我们的祖先，越发智慧和具有德性以后，就在天地万物之间，明白了自己独立存在的价值，并与天地万物形成了"和合共生"、"相互依存"、"一体共荣"的关系。

　　这一切的存在，都被岁月悄然地记载着，也被祖先一次次觉知着。而我们的祖先，也在生命的感念里，不断融入着自己的情感体验，并将这样的感怀，

形成着中华文化的源流，一代代地传续到了现在。当我们回眸着中华文化的发展，就会知道文化的起源，本身就是在揭示人类与天地万物的相互关系。文化发展的历史，其实就是人类在自然界中，与所有的存在彼此取舍的过程。在二十一世纪里，静心体验着各种变化的我们，当下的感受，是否有着深刻的文化传承呢？是否能够在不断的觉悟中，延续生命最本源的祈愿呢？

无论是在遥远的古代，还是在我们生活着的当下，我们都无法回避我们与祖先的关系，也无法拒绝与天地万物之间的彼此共生。当下的我们，一次次见证着自己的追寻，也不断延续着生命的怀想，内心的情感自然会融入所有的过程中。而在这样的体验里，我们对万事万物的觉知，对生命中一切物象的观照，对自身情感的不断解读，都是必然延续的内容。我们的生命，就在这样的过程中，与中华文化相互感知着，我们也自然承载着文化传承与创新的使命。一切的存在，都是岁月的见证，都是我们内心对天地万物的解读，都是我们情感与天地万物之间的彼此呼应。

当我们的存在，不仅仅局限在身边的一器一物时，当我们的感怀，不只是停留在小我的爱恨恩怨之中时，当我们的觉知，不只是固守在具体的物象表面时，就能寻找到天地万物的存在规律，就能从根源上去洞察变化的各种缘由。当我们的内心情感，不只是自我人生意义的体现时，当我们的德性与智慧，能够看清事物本身的面目时，当我们能够通过简单的客观存在，觉察到隐藏着的人文情怀与天地万物的共性与差别时，我们也就能够具有敏锐的觉知能力，并做到对事物存在与发展最为本质的把握。

清乾隆青花万寿无疆纹大碗

天地万物的变化，往往就在一念之间。而这一念，并不是说客观世界自己的改变，而是说我们的内心情感，会赋予外部的天地万物，以各种各样的丰富内涵。变化是永恒的主题，天地万物的变化，不会随着时间的变化而停止，也更不会被我们的意念而任意更改。一切的变化，都有着它自身的规律和条件，也必然要符合相应的规则与法度。这就是我们常说的"道法自然"，我们也可以在祖先留下的中华文化中，感受到这些内涵，也可以通过传承至今的书画、瓷器等艺术珍宝，来解读着我们与天地万物的关系，从而明白许许多多看似简单却又回味无穷的道理。当然，我们对生命自身的认知，对内心情感的自我把控与融入，这都是我们必须一生去做的功课。我们的祖先已经这样做了，我们在当下也必然要这样去做。

就在这样的感知中，我们回归了自己的位置，也明白了生命的意义。就在这样的互动感应中，我们也摆正了自己与天地万物之间的关系，明白了"天人合一"、"好生慈德"、"和合共生"、"天地同根"、"心念如一"等各种各样的道理。在这样的感知中，我们也同样对祖先流传至今的文化和相应器物，有着越发深刻的认知，也会延续着生命的德性与智慧。同时，在我们的生命里，与天地万物也始终有着浓郁的人文情怀，并时时处处都呈现着真善美的人性光辉。中华文化的内涵，也在展示着这样的内容，因为它们都是我们祖先感知天地万物，留下的经验宝藏。我们的生命，就在这样延续着从古至今、生生不息的人文情怀。

告诉自己，我们所感受到的世界，未必就一定知道了真谛。因为，我们的所见所闻，我们的所思所感，都有着自身的局限性，都有着这样那样的不足。但我们同样要知道，无论生命怎样去诠释，无论天地万物怎样去认知，无论我们在何时何地去解读彼此之间的关系，都离不开中华文化的内涵，都离不开"道"与"德"的核心内容。

正因为如此，我们与天地万物之间，也就有着最为根本的认知。其中，天地万物生生不息，便是很重要的观念。在"上天有好生之德"这一句话里，就蕴藏着强大的生命力。在我们的祖先与天地万物彼此共生的过程中，也呈现着无尽的生机。原来，这就是"和合相生"的体现，这就是"好生慈德"的体现，我们的祖先在历史长河中，自己也在这样践行着，天地万物也在这样变化着。于是，无论当下面临怎样的困境，都可以"天无绝人之路"；无论现在是多么寒冷，都会有春天的希望绽放在内心里；无论现在的世事状态如何变化莫测，都必然会回归大道和德性。由此，我们也知道了，天地万物与

我们一样，也是生生不息的，变化只是一个过程，我们存在着的状态，只是生命的一种种必然的外在物象。无论怎样，都有无尽的生机，在不断地隐约着生命的美好，都在让我们知道善念不离，爱在心间。

天地万物，生生不息。我们的生命，也在感知着强大的力量。祖先将生命延续至今，将中华文化传承给了我们，将一件件艺术珍品遗留给了我们，我们也在德性与智慧的世界里，与天地万物继续着"天人合一"的时空对话，依旧"和合相生"，依旧彼此生生不息。

第六卷 商道五常

　　透过浮躁的尘世乱象，我们以宁静与淡然的心境，去迎接着生活的每一次变化。穿越历史的痕迹，我们也在对各种器物的观照中，感念着祖先对道德的坚持，也让我们不断在生活磨砺中升华着自己。道德的世界，是祥和与慈爱的世界，同时也在展示着包容与和谐。

第一篇：世事明道

生活在尘世里，真实的场景与物象，变化着的各种人、事、物，都会悄然让我们学会成长。无论我们是在工作中，还是在学习环境里，无论我们是在创业的过程，还是在各种各样的怀想期间，都会与各种世事有着联系，并体现着我们内心的情感。

也可以说，我们就生活在世事之中，就在通过各种事情，来印证着我们的得失圆缺、爱恨恩怨、聚散离合等等感受。我们的内心，时时处处都在对人生予以思考，也会结合着各种各样的境遇，进行本质的觉知。于是，在我们现实的生活过程中，我们的成长与成熟，就离不开世事的磨砺与考验。当我们在一件件事情中，逐渐懂得了为人处事的道理，逐渐领悟了人生的真谛，逐渐对自己的内心世界，有了深刻而又全面的认识，那就会体会到"社会就是考场，人生就是舞台"的哲意。

在历史的回眸中，我们对过去的反思，也能够透过厚重的中华文化，进行人性的真假、美丑、善恶等内涵的考察，也会对天地万物与我们之间的关系进行探讨。当然，历史也是由一系列的人、事、物构成的，也有着不同时代对社会世事和人生感悟的理解。我们的祖先，其实早就很重视着自身的修心养性，也很注重德性与智慧的培养。良好的道德修养，其实就是在世事中，能够崇道尊德，并体现和合圆缘、彼此共生的品行。而智慧，则是指具有看透事物真相，而不执着在物象表面，同时又能成就未来、实现圆满的能力。而这一切人生体验，自古以来的生活磨砺，都是离不开具体世事的。

这就告诉我们，再高明的学问，都得从现实生活中来，也必须要用在具体的世事中去。同样的道理，无论是过去，还是当下，或是未来，我们以及子孙后代，也必然会和祖先一样，生活在万千世事里，并通过它们的磨砺，才能真正实现与天地万物的和谐共生。

每一天，都在感受着生命的变化，而我们的生命，又同时在与变化着的世事，有着这样那样的呼应。犹如我们在事业中，每时每刻都在与不同的人和

义，又有了更为广泛的认知，"德"的意思是：重视践行真善美，遵循本性和本心，顺其自然便是德；坚持初心，以无我的境界去舍欲望而生祥和，并于他人和事物正常发展有益。从这些方面，可以知道"道"是在承载一切，而"德"是在昭示着"道"的一切。

春秋时期伟大的思想家老子，在其所著的《道德经》中，写着"善者吾善之，不善者吾亦善之，德善。信者吾信之，不信者吾亦信之，德信"，这一名句，对"德"的内涵，进行了抽象而又具体的描述，既能至今还可以指导我们的生活，又能揭示着深刻的道理。在墨子所写的《墨子》一书中，有句子"是故用财不费，民德不劳"。而我们的祖先，在古代就十分重视个人道德素质的社会作用，并提出"德者，国家之基也"、"有才无德，其行不远"、"国无德不兴，人无德不立"等等理念，让我们知道养"德"是做人的首要大事，圣贤文化中的道德君子的修养、志趣、气节等，是中华文化最为基本的内容之一。当我们吟诵着"德不孤，必有邻"的名句时，当我们将"立德立人"作为重要的人生修行时，当我们将"德才兼备"作为自己修心养性一生的目标时，当我们将"德"的内涵，用于我们真实的生活践行时，就会感受到中华文化中对"德"的重视。其实，对道德的深刻认知，更有助于我们明白自己。

面对纷纷扰扰的尘世，面对各种各样的诱惑，面对浮躁喧嚣着的人性，我们对内心的觉知，对道德的省视与坚守，就会越发显得重要。在古代，对圣贤君子的尊重，也是因为圣贤君子有着良好的道德情操，是社会为人处事的楷模。所以一个人真正要获得心灵的认同，不是对金钱财富的仰慕，也不是对地位权力的献媚，而是尊重他内心中的道德与智慧。所以，在中华文化中，一直倡导着以"仁、义、礼、智、信"这五常，以及"温、良、恭、俭、让"这五德等，来约束自己的言行举止，并倡导着"君子慎独"、"德者为王"的哲理。是啊，财富是无法永远流传的，唯有道德修养、精神志趣、气节情操，可以随着中华文化的传承，伴随各种器物的遗留，而让后人延续不息。

要想真正做到"德者为王"，就必须自己先好好地将"德"修好，如果自己的内心里，都没有"德"这一内涵，那又怎么能够感召来他人的尊敬呢？而道德的修养，却是实实在在的功课，每一天都不可松懈，每一件事、每一个人、每一器物，都在考验着我们的德性。我们从事着的商业行为，也无时不在呈现着内心德性。

我们常说，一个人在世间，要多"行善积德"。而在这样的解说中，已经

很清楚地知道，"德"就是"善"的内涵体现，它们两者之间，往往会一同运用。我们有时夸赞别人幸福时，往往会说他"福德深厚"，原来"福"与"德"之间，也有着必然的联系。

唐代书法家颜真卿书法作品《多宝塔》（局部）

内心德性的修养，是一个人应该坚持一辈子的事情。有许多人往往放纵着欲望，而忽略着道德情操的培育，以至于他们的一言一行，都难以获得别人的尊敬。反思着社会中存在的诸多因为"离心离德"，而导致的企业分裂、家庭败落、内心痛苦等等不良恶果，我们的内心能不时时警醒自己吗？自古以来，圣贤君子对"德"的尊崇从未断绝，以至于将体现着内在美德的事物，也予以拟人化"德"性的象征。

比如中国古代非常重视鸡，并说鸡是"五德之禽"。《韩诗外传》中说，鸡头上有冠，是文德；足后有距能斗，是武德；敌前敢拼，是勇德；有食物能招呼同类，是仁德；守夜不失时，天明报晓，是信德。在民间开年的第一天定为"鸡日"，以红纸剪鸡作为窗花，寓意着辟邪和吉祥。中华文化中，也以美玉比喻君子，是因为玉也具有五德："君子比德于玉焉；温润而泽，仁也；缜密以栗，知也；廉而不刿，义也；垂之若坠，礼也；孚尹旁达，信也"。从而讲究"君子必佩玉"、"无故，玉不去身"。在《诗经》中，也有句子"言念君子，温其如玉"，说明了德性在玉上的体现。我们的祖先，就是这样将天地万物共同的特质，以"天人合一"的境界予以了感知，并将我们内心的情感融入其中，从而形成了系统的"道"与"德"的文化，并一直深深地影响了数千年，至今也在让我们身心受益。

感怀着生命的变化，我们也在沐浴着内心道德的光芒。在崇道尊德的过程中，在我们不断传承的中华文化中，我们心怀善念，去善待着每一个合作者、家人、朋友，也虔诚地践行着"尚德尚善"、"德者为王"的人生修行。心中有"德"，我们便时时处处都春光明媚。

第三篇：道德一体

在残酷的市场竞争中，我们的企业家，往往会在商业环境里，考虑成本与利润等实际问题，也会以实际的商业运作，来做到对自己经济利益目标的实现。可在这样的过程中，有多少企业家，能够做到心中对道德的坚持？能够把经商当成自己身心的修养？

我们也可以透过许多企业的成败，来了解其中存在的问题。同样是在社会竞争环境中，在同等的经济实力、机遇等条件下，可为何有的企业能够获得合作者的尊重，而有的企业却四处树敌？为何有的企业家，能够被人赞许，而有的企业家却被人怀恨？之所以会存在这样的不同结果，往往是源于企业家内心不同的道德水平，源于他们不同的为人处事态度，也源于他们对智慧不同层次的把握。

由此可以知道，生命中道德的力量，是无比强大的啊！在内心里，可以让我们坦荡无私、天清气朗、心安理得；在外相上，可以通过我们的言行举止，并借助于衣食住行等，来展现和合相生与和谐共荣。内心中的善念与慈爱，就是生命德性的内涵，我们坚持道德并奉行着"成人达己"的利他心念，怀藏着"和合圆缘"的合作理念，事业也必然会呈现不一样的结果。当我们真正认知到了这些，就会不断去提升自身的道德修养，并严格地要求自己。

其实，就从道德这一词语本身而言，"道"与"德"是圆融一体的存在，也是相互和合一心的内涵。"道"是在无言无形地承载着一切，而"德"是通过真实的生活以及天地万物的变化，来昭示"道"的存在，同时见证我们内

心的情怀。如果没有"德"的具体展现，也就无法真正形象地诠释"道"的理念。当"道"与"德"这两者，通过我们真实的生活，通过存在着的天地万物，通过各种各样的变化和遗留的痕迹，来呈现着融合一体的状态时，我们的内心就会感受到它们本就一体，本就是对天地万物内在与外在内涵的真实诠释。

因此，任何将"道"和"德"割裂开来，进行孤立地看待各种物象的做法，都未必能够获得整体的感知。我们在现实的生活中，所经历的各种变化，所萌生的万千感受，所呈现的不同心念，都会在"道"与"德"的融合中，展现着人文情怀。因为，"德"的揭示，本身就是生命的觉知，"道"的承载，本就为事物自身变化的规律。在中华文化的传承过程中，有着"道德一体"的观念，也时时处处都在见证着这一内涵。

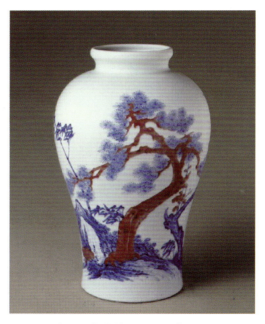

清雍正青花釉里红松竹梅纹瓶

在现实生活中，有许多人，往往喜欢追求玄妙的感受，并热衷于对"道"的探索。于是，他们也品读过许多有关的著作，也去寻访所谓的名师对自己以指点。可他们却忽视了最不应该忽视的事情，那就是对自身"德"的修行。如果一个人，只停留在口头的诉说或心里的感受，离开实实在在的德性修养的具体践行，那他即使说得天花乱坠，即使心里明明白白，却也是无法真正具有良好的品德，也未必就能真正获得别人的尊重，事业也未必就能获得成功。因为我们知道，事业的成败，在于做事业的人，是否具有德性与智慧，如果在事业的追求过程中，都失去了道德修养的支撑，那他就必然会呈现"得道多助，失道寡助"的结局。

当我们回眸着人生往事，就会在岁月变迁中，领悟到生命无常，也必然能觉知到道德永存。是啊，一切的存在，就是这样在变化与永恒的过程里，不断见证着我们内心的情感，也在不断体现着道德的本质。无论是生活工作中，还是事业合作里，都离不开道德操守的严格要求。通过一件很微小的事情，我们就往往能够看清楚一个人本来的面目，通过每一言行举止，我们也往往能够体会内心情感的真假虚实。因此，"道"和"德"的融合一体，也让我们对生活中存在的各种物象，有着不一样的全面感受。于是，我们便能从祖先那里，感受到延续至今的道德力量，也能在天地万物中，感知变化万千又永恒常新的各种事物。

回眸中华文化的历史，与各种各样的国粹艺术品相依相随，就会知道"道德一体"的哲学内涵。斑斑驳驳的世间万象，都在不断诠释着各自的存在，也在一次次印证着我们内心的体验。透过红尘中的世事，我们也能觉知道德的无处不在。在天地万物之间，它们有着"天道"与"好生之德"。在人与人之间，有着"人道"与"和合相生"。道德就蕴藏在天地万物之间，就感受在我们的内心，它们有着各种各样的外在体现。无论怎样变化，也无论何时何地予以道德的认知，我们都必须清醒地知道：道德是我们对天地万物的规律与内涵的诠释，同时也是我们存在于世间中，所必须尊崇并力行的根本。

所以，任何真正能够有所成就的人，都不会丢失道德，也不会泯灭良知。那些追逐欲望、不择手段地追名逐利、放纵着性情的人，是无法真正被人予以尊重和赞许的。不明白"道"，则会迷失在各种物象中，不知道自己与天地万物的关系，便不能正确解读各种物象。如果没有"德"，那就在事业和家庭以及生活中，无法具有良好的德性，也不可能做到人生智慧绽放。古人常说"立德、立言、立功"，其核心还是以道德的成就，来实现人生的追求。

无论是在历史里，还是在二十一世纪的今天，我们的祖先，都已经把道德和精神、情操与修养、志趣及气节等等，连同中华文化的责任与担当，以及使命和各种老器物，一并遗留给了我们，当我们置身于中华文化的环境中，我们的生命就会如同四季轮回的风景，虽然有着变化，却始终在怀藏善念，始终在绽放着人性真善美，始终在彰显着道德的强大力量。

道德本就一体，万事万物本就在内心里，不停地隐约着感知。无论生活

中，经受着一些什么，我们都要告诫自己，必须始终将道德奉为至宝，而不应该将其冷落和忽略。反思着那些因为丢弃道德而产生恶果的利益追逐者，我们的内心也必然会时时警醒。在匆匆忙忙的人生旅途中，任何一个人，都不可能拒绝道德的评判。因为，我们的生命本身，就是道德的承载体，在我们的人生追求过程里，本就会对人性的美丑善恶进行划分，并也会因此遭受不一样的结果。当我们慎言慎行地生活着，当我们心怀善念地奉献着，当我们虔诚地感恩着，当我们的内心情感，始终在见证着人性的真善美，并以道德作为自己的根本时，天地万物便会获得正确的感知，我们也才能真正把当下的事情做好，并用道德去感召更多的人去觉悟自己。

我们在现实生活中，让"德"去彰显"道"，也让"道"去规范"德"，这是非常有意义的事情。正因为"道德一体"，才能更好地全面揭示中华文化的丰富内涵，才能在生活里怀望过去的各种变化，并从中获得许多的觉悟。对道德的坚守，是每一个人都应该去做好的事情，也是我们成就人生价值的必经之路。

对道德的尊崇，自古以来就一直在传续着，直到今天依旧有着这样的人文情怀。我们在现实的生活中，不断反思自己，也不断寻找着人生的意义，而当我们将"道"和"德"真正认知后，就会明白历史中存在的一切，都在印证着我们的祖先，在历史长河里，一步步怀藏着对生命的虔诚与热爱，形成并传播着中华文化与传统美德。

透过浮躁的尘世乱象，我们以宁静与淡然的心境，去迎接着生活的每一次变化。穿越历史的痕迹，我们也在对各种器物的观照中，感念着祖先对道德的坚持，也让我们不断在生活磨砺中升华着自己。道德的世界，是祥和与慈爱的世界，同时也在展示着包容与和谐。

道德一体，犹如我们的身心合一，也如同我们与天地万物之间的"天人合一"。我们对规律的遵从与对内心德性的修养，是彼此和合共生的过程。每一天都在坚持着道德，我们的生命，也会因为道德涵养的提升，而时时处处都绽放着美好，并让世界越发祥和与温暖。

第四篇：恪守五常

在中华文化的传承中，我们会时常提到"五常"这一概念。特别是在儒家学说中，这"五常"更是主要的理论核心，同时也是倡导的主要社会伦理观念。透过对"五常"的认知与践行，我们也可以看到中华民族的传统美德，呈现在这一丰富的内涵中。

对于"五常"的定义，我们可以从它的内涵上，知道它为"仁、义、礼、智、信"这五个方面。我们也往往会在中华文化中，将它与"温、良、恭、俭、让"这五种德行，一起运用于对一个人言行举止和内心道德修养的评议。因为在我们的生活中，时时处处都在呈现着不同的状态，这是需要用德性修养与礼仪规范等方面，进行相应的约束和考量，才能获得真假、美丑、善恶等方面的认知。

其实，"五常"的概念，在现实生活中传播得很广，也被大众广泛接受着，这是数千年的中华文化传承的结果。"五常"是指我们每一个人，作为社会中独立又具有社会属性的个体，为了自身的发展，也为了社会的担当，而应该拥有的五种最基本的品格和德行，我们的祖先就把这五种德行，概括成为"仁、义、礼、智、信"，并一直延续至今。

当我们面对着"五常"的具体内涵，从中华文化的传承与发展过程去分析，就会知道，"五常"的形成，也必然有着它自身的过程。春秋时期的伟大教育家、思想家孔子，已经有着"仁"、"礼"、"信"等方面的倡导，并留下了"克己复礼为仁"、"言而无信，不知其可也"、"不学礼，无以立"等名言。此后的儒家代表人物孟子，在不断发展儒家学说的过程中，提出了"仁、义、礼、智"这四方面的核心内容，并留下了"仁者爱人"、"舍生而取义"等名言。汉代的董仲舒，将其发展成为了"仁、义、礼、智、信"这一完整的儒家伦理系统，从此这"五常"便一直贯穿于中华伦理的发展中，也在中华文化的传承和传统美德的弘扬中，成为了中国价值体系中的最核心因素。

在二十一世纪的今天，依旧会按照传承了数千年的"五常"，进行着我们

言行举止的规范，也会以"五常"的伦理标准，去评判一个人内在道德修养的高低。比如，在事业合作中，我们会很注重合作者的诚信品德，也会注重合作者有没有仁爱的德性，如果他们缺乏基本的慈爱仁厚的品质，在合作中又缺失诚信，那是无法进行合作的。在我们的生活、工作、学习、应酬等场合中，往往会特别注重"礼"，因为中国是"礼仪之邦"，自古以来就有完整的礼仪规范并流传至今，从可以查看的周朝《礼经》开始，一直到今天，依旧在倡导着在各种不同的场合，都必须注重"礼节"，从而体现自身的良好道德修养与情操气节。如果一个人，在相关的社会交往中，有着"失礼"的言行举止，则会难以受人尊敬，也有损于自己的形象。

明代娇黄锥拱兽面纹鼎周丹泉造款

翻看中华文化的传承历史，就能清晰地看到，对"五常"的传承，始终没有停止过，而且我们的祖先，一直在与时俱进地进行着完善与调整，但其核心内容和道德主旨，却数千年来始终没有改变。这也是中华文化之所以能够延续至今的原因，这也是中华民族之所以始终有着道德认同感，以及普世价值观的根本。由此，我们要庆幸自己生活在圣贤君子的国度，我们要向崇道尊德的伟大祖先，予以虔诚的敬意，并应该将中华文化予以传承不息。

从"五常"的具体内涵而言，我们也可以进行详细地认知。在《三字经》这一本蒙学书籍中，有这样的句子"曰仁义，礼智信，此五常，不容紊"，这就告诉我们，关乎社会伦理道德的"五常"，是不允许随意紊乱和扭曲的。

"仁"即是"二人"，古人知道一个人的见解往往有失偏颇，无法形成判断是非曲直的标准，因为每一个人，都有着自己的局限。因此，就提出了"仁"这一观念，让我们懂得彼此之间进行换位思考，从而形成了以"仁"为核心的古代人文情怀。由此可知，"仁"不仅仅是中华文化中，最基本的、最高的德目，而且也是最普遍的德性标准。在二十一世纪的今天，"仁"的诠释也有着现代人文精神的内涵。

而"义"作为与"仁"经常共用，并称之为"仁义"的伦理观念，则可以呈现着人生观、价值观等内涵，并留下了"仁至义尽"、"义不容辞"、"义无反顾"、"大义凛然"、"见义勇为"、"大义灭亲"、"义正言辞"等成语，也可以在我们至今还倡导的义卖、义演、义诊等活动中，呈现着中华民族崇高的道德。"礼"则注重于个体修养涵养，是一个人、一个社会、一个国家文明程度的象征与直观体现。同时，"礼"也是"仁"的外在展示，而"仁"是礼的精神内涵。我们所倡导的"礼节"、"礼貌"、"礼仪"、"礼让"等，都是从古至今一直在延续的具体践行。在孔子的《论语》一书中，有名句"礼之用，和为贵"，这也体现了"礼"与彼此和合、社会和谐等的关系。"智"这一伦理观念，则更注重于道德智慧和人文精神，是指一个人应该有对"道"和"德"的认知与遵循，并有着洞察根本和创造美好的能力。而"信"这一伦理观念，则是告诉我们，无论是在生活中，还是在事业里，所有的言行举止，都要印证自己的承诺，真正做到"一诺千金"。因为诚信是为人处事的根本，也是兴企之道和处事之学以及治世之基。当然，几千年以来，重诚信、崇仁义、尚和合、求大同、尊礼教，一直是中华文化的核心观念，这也是中华民族传承至今的传统美德。

由此可知，无论我们现在是怎样的身份，也不管我们在从事怎样的工作，都必须明白自己就是中华文化的传承者，自己就应该去见证中华美德的内涵。无论我们是在事业合作中，还是在学习生活中，也不管我们是面对怎样的境遇，都要知道，对"五常"的恪守，是我们获得他人尊敬的为人处事之本，也是我们必须去践行的根本伦理道德。

当然，恪守"五常"，不是空谈，也不是虚妄的假想，而是生命实实在在的修行。如果一个人，没有良好的道德情操，如果没有中华文化的修养，不去继承和发扬传统美德，那又怎么能够体现生命的尊贵呢？又怎么能够展现内心情感的慈爱呢？又怎么能够获得别人的认同和崇敬呢？一个人要想生活、事业、情感等方面获得成功，就必须恪守"五常"，并用"仁、义、礼、智、

信"这五方面的美德，去让自己和所有与自己有缘的人，都能彼此珍惜每一次的合作，并真正彰显德性与智慧。一个企业要想获得持续良性地快速发展，那所有的企业管理者以及员工，就必须真正做到"成人达己"、"和合共生"，就必须去遵从"五常"的伦理观念，也必须以实际的践行，去传承着中华文化的内涵，并做好实际的事情。

恪守"五常"，实现人生价值，也必须严格地要求自己，去遵循"道"并培育"德"，这都是必须一步步地付出努力，才能获得的结果。"五常"作为延续了数千年的中华文化道德核心，也在当下必然能够继续不断发展，并造福于社会，让更多的人都能具有高尚的德行。

第五篇：君子宏图

每一个创业者，都有着自己的人生追求，也有着自己的事业规划。当我们的内心里，不断觉知着自己的存在，也同时在感应着人生的变化。我们就是这样，在不断的体验中，逐渐明白了人生的许多道理，也在各种各样的启示中，懂得了坚持与舍弃，也知道了怎样去做，才能真正成就人生。

岁月的洗礼，一直未曾停止。我们都是岁月匆匆的过客，也在各种人、事、物的呼应中，懂得了自己的位置在哪里，也知道了怎样选择，才能够体现生命的价值。我们在生活的磨砺过程中，在事业的追寻道路上，在人生的洗礼变化里，时时处处都在呈现着各种境遇。

在中华文化中，始终有着对"君子"的尊崇，犹如对圣贤一般的敬仰。当一个人的道德修养和志趣气节，以及精神品质，都能达到"君子"的程度时，便会受到尊崇与爱戴。当然，透过中华文化发展史，我们也可以知道，"君子"一词，曾广泛地出现在先秦的典籍中，不过那时候，更多的意思是指"君王之子"，着重强调的是地位的崇高。而后的文化传承中，我们的祖先也将人文情怀，融入到了"君子"这一词语，使之赋予了道德的含义，也让"君子"一词具有了德性的内涵。比如在《周易》一书中，有句子"君子终日乾乾，夕惕若，厉无咎。"在《诗经》一书中，有句子"窈窕淑女，君子好述"；在《尚书》这一典籍中，也有着句子"君子在野，小人在位"的描述。

对于"君子"这一概念，有着具体说明的人，是春秋时期伟大的思想家、教育家孔子。在孔子对"君子"的论述中，他已经不再只是停留在"君子"一词的表面内涵，而是将其与中华文化中的"士"、"仁者"、"贤者"、"大人"、"成人"、"圣人"等称谓，都进行了相互的融合，并将它们相互得以德性的共同呈现。在《论语》一书中，关于"君子"的论述，也是随处可见。"君子"作为中华文化中，对道德品质与修养气节都有着直接体现的概念，也是孔子心目中的理想化的人格见证。孔子曾说，"君子"有九思：视思明，听思聪，色思温，貌思恭，言思忠，事思敬，疑思问，忿思难，见得思义。而且，孔子还提出了君子必须具有的四不：第一，君子不妄动，动必有道；第二，君子不徒语，语必有理；第三，君子不苟求，求必有义；第四，君子不虚行，行必有正。

这就告诉我们，在中华文化中，对"君子"的认知是非常严格，并具有很高标准的。君子可以说是社会言行举止的楷模，也是道德修养的典范。君子以行仁、行义为己任，同样君子也尚勇，并坚持事业的正当性。君子为人处事都恰到好处，能够做到"中庸"之道。这就是说，如果是一个君子，那他的一言一行，都不会随随便便，他的一心一念，都必然经过三思。他们也会要求自己的每一举止，都必须符合正道。

由此，"谦谦君子"，便成为了对人的赞美，"君子气度"，也就体现着人的情操与志趣。当我们在现实的生活中，将"君子"这一概念，与我们的言行举止进行对照时，就会鞭策着自己，必须时时处处都要有着道德规范。

而这一切，都在告诉我们，"君子"是必须见证道德品质的，也是必须通过生活中的实际修行，去真正做到德行高尚才能成为君子的。无论我们是做事业，还是在生活中，都必然要体现各种各样的情怀，也肯定要见证自己的道德修养层次。我们置身在中华文化的传承中，也在感受着"君子"丰富的内涵，并从各个方面，去印证着我们内心对"君子"的向往。

中华民族是务实尚本的民族，也是重视德行精神的民族，在数千年的文化传承与发展过程中，我们的列祖列宗，已经将自己的生命，用于这样那样的追求，也留下无尽的文化宝藏，让我们在二十一世纪的今天依然受益。"君子"文化，便是其中的核心内容之一。当我们明白了"君子"对道德和精神的承载，知道了"君子"所赋予的人文情怀，就会知道为何我们的祖先一直在要求自己努力学习圣贤君子，为何教育自己的子孙要成为君子而不是小人。

清乾隆粉彩宝相花大瓶

　　具有着崇高道德品质的君子，也自然是在人生的追求中，有着自己的目标和志向。因为，君子虽然"务本"，但也"尚志"、"尚勇"。虽然君子有着"谦谦"的涵养，却也有着浩然正气和顶天立地的民族气节。所以说，君子自古以来，就不只是停留在文化的传承上，而是在具体的人生事业的追求中，依旧能够成为社会的标杆，成为别人的榜样。而且，君子无论是在生活中，还是在事业里，都会严格地要求自己，都会不断地呈现着自己的人格魅力。

　　于是，君子也在心里，有着"鸿鹄之志"，也有着"立功、立德、立言"的宏伟目标。这就犹如北宋著名大儒张载，曾经说过的"横渠四句"："为天地立心，为生民立命，为往圣继绝学，为万世开太平"。也犹如汉代著名史学家司马迁曾经说过的名句："究天人之际，通古今之变，成一家之言"。也犹如《大学》一书中的"八目"：格物、致知、诚意、正心、修身、齐家、治国、平天下。也犹如战国时期伟大的爱国诗人屈原，留下的名句："路漫漫其修远兮，吾将上下而求索"。也犹如宋代著名文学家范仲淹，在他的《岳阳楼记》一文中写的："居庙堂之高，则忧其民；处江湖之远，则忧其君"。也犹如宋代大文豪苏轼，在他的《晁错论》一文中，写到的"古之立大事者，不惟有超世之才，而有坚忍不拔之志"。

　　当我们翻读着中华文化的历史，就会清晰地看到，有许许多多的名言警句，都在诠释着君子有着远大的志向和抱负。这就告诉我们，自古以来，君子都有着文化的传承，也有着宏大志向的担当。因为他们是树立社会榜样的群体，也是必须呈现精神与道德标杆的人。换句话说，"君子"自古以来，就是中华文化的脊梁，也是人生志向和社会进步的践行者。生活在二十一世纪的我们，怎能不去向我们的祖先学习呢？怎能不以"君子"的标准去严格要求自己呢？怎能不去深刻领悟中华文化的内涵呢？怎能不去承载延续至今的社会使命呢？

由此可知，君子心中有着远大抱负和宏伟蓝图，"志存当高远"地要求着自己不断为社会呈现着自己的人生价值。无论我们现在从事怎样的行业，也不管我们现在的生活境遇如何，也不管我们曾经留下了怎样的感怀，都要记住一个道理——我们必须以"君子"的要求，来严格地规范自己的言行举止，也必须以道德品质来见证自己的修养与节操，同时也必须去承载文化的传承使命，并在当下实际的事业、生活、工作、学习、家庭等方方面面，都有着德性与智慧的修行。当然，我们也必须要有远大的志向，而不是停滞不前。因为在我们的内心里，有着古代圣贤君子的感召，也有着祖先的鞭策，也有着无数先行者榜样的力量。

我们要清醒地知道，唯一的生命，并不只是属于自己。我们在各种各样的人生经历中，也必然会呈现自己的内心情感，也会展现着自己的志向与追求，在这样的过程中，我们就必须真正让自己的生命，更加具有社会意义。这就要求我们，必须树立远大的志向，必须心中有着宏图，现实生活中努力践行着使命。如此，我们才能真正做到"君子宏图"，并让自己为社会、为大众，在事业、生活等方方面面都做出自己的贡献，让生命呈现崇高道德与志向追求。这样的过程，必须坚持一生。因为君子对宏图的见证，本就是永不停止的修行。

第六篇：慎言慎行

当我们在现实生活中，不断地严格要求自己，参照着圣贤君子的道德情操，去不断践行在自己的方方面面时，就必然会萌生无尽感念。是啊，每一

个人，都必然要在生活中，去验证自己的梦想，也必然要在追求人生价值的过程中，经历万千的磨砺，并印证各种各样的内在感知。于是，我们的生命，便有了对真假、美丑、爱恨、恩怨、虚实、寒暖、聚散等各种各样的体会。这些体会，不仅是对我们内心情感的呼应，更是对我们人文情怀的融入。

一次次告诫自己，无论是在生活中，还是在事业里，我们都要做一个坦荡着心怀的人，都要有圣贤君子的情怀，也必须要在中华文化中，不断去修正自己的言行举止。是啊，面对博大精深的中华文化，面对着流传至今的各类艺术珍品，面对着祖先留给我们的各种老物件，我们的内心，必然会升腾着情感，也必然沉浮着心念。

蓦然回眸，经历过的事，交往过的人，在自己的不断感知中，是否能够萌生着温暖？生命的感怀，在延续着内心的憧憬，也在经受着各种磨砺。人生就是如此，匆匆忙忙地见证着自己的存在，又必然要承载着各种各样的洗礼。如果没有考验，又怎么能够成熟自己呢？

对言行的省视，也是生命必须去做好的修行。我们要知道，在《韩非子》一书中，有着"千丈之堤，溃于蚁穴"的名句，意思就是告诉我们，任何巨大的忧患，往往是从细微之处先开始的。在《道德经》中也有名句："合抱之木，生于毫末；九层之台，起于累土；千里之行，始于足下。"这也在告诉我们，任何的事业成功，都离不开点点滴滴的积累，相反也可以推论，任何巨大的变故，都是一点点细微风险不断累积的结果。

我们常说"君子慎独"、"差之毫厘，谬以千里"，这就在警醒着我们，任何的起心动念，都在直接产生着相应的结果。如果我们的心念不对，随着时间的推移，那就会导致巨大的恶果发生。所以，我们倡导着"防范于未然"，任何事情，都要"三思而后行"，并不能只是凭借着自己的意气用事，也不能只停留在自我的感受里面，而任意地放纵着自己的性情而为。

其实，每一个人，都生活在各种各样的环境中，也在跟不同的人、事、物，打着形形色色的交道，这也必然会呈现万千的结果。在这样变化无常的情况里，如果我们不能很好地把握住自己的话，如果我们没有很好的自制力和掌控力的话，那是很难获得良好效果的。如果我们不去好好修养德性，不去对自己予以各方面的严格要求，那就必然会在事业和生活等方方面面，遭受相应的惩罚。而一切结果的出现，都有着它们必然的缘由，这些缘由又与我们有着直接的关系。也可以说，出现怎样的结果，往往取决于我们自己所做出的选择，取决于我们是怎样的人生态度，取决于我们在以怎样的要求来践行着人生的修行。

圣贤君子，都是慎言慎行的。春秋时期伟大的教育家、思想家孔子，在对君子的道德情操所提出的"四不"、"九思"中，就有着对言行举止和起心动念的严格规范。同样，孔子还倡导着君子必须做到"三立"：立功、立德、立言；"三德"：仁者无忧、智者不惑、勇者无惧；"三畏"：畏天命、畏大人、畏圣人言。在孔子对君子"三谦"的描述中，有"君子待人有三谦，言未及之而言，谓之躁。言及之而未言，谓之隐。未见颜色而言，谓之瞽"。他对君子"三患"也有描述："未之闻，患弗得闻也；既之闻，患弗得学也；既学之，患弗得行也"。同样，他还对君子"五耻"，进行了相应的解说："居其位，无其言，君子耻之；有其言，无其行，君子耻之；既得之而又失之，君子耻之；地有余而面不足，君子耻之；众寡均而倍焉，君子耻之"。通过这些内涵，也可以体会到孔子在教育弟子时，极其严格的态度和方方面面都兼顾到了的细微功夫。孔子在两千多年前，就这样对一个人的言行举止，都做了细致而又严格的规范，并以"君子"的标准来倡导着社会的践行，不仅仅在当时具有着十分重要的意义，这也影响了中华文化数千年，一直到今天依旧是我们为人处事的准则。

俗话说"没有规矩，不成方圆"，任何的事情，都必须在规范中进行执行，才能获得良好的效果。当我们将自己的言行举止，放在历史的长河中，对照着圣贤君子的言行，就会知道明显的差距。当我们一次次回眸着自己的过去时，就会发现有许多的遗憾，早已悄然发生，往往就在不经意间，留下了一生也无法弥补的缺失。在感叹中，我们不得不反思着尘世中，那些放纵着自我性情、追逐着名利欲望、却又疏忽着道德修养的人，他们能否对自己的言行举止，承担相应的后果呢？在佛教中有一句话，说的是"菩萨怕因，众生畏果"。就是说那些还没有真正觉醒生命的人，他们只是害怕结果的出现，甚至是"不见棺材不掉泪"、"不到黄河心不死"，可他们往往又心存侥幸，以至于自己一直在酿造着苦果，却并没有从自身出发去改变自己，而更多的是在后果发生时，怨天尤人地将责任推卸到别人身上。

告诉自己，任何的言行举止，都必然会导致相应的结果。这就如"善有善报，恶有恶报"的道理，善恶的不同心念，会直接孕育着善恶的结果。唐代著名文学家韩愈，在他的《进学解》一文中，有这样的句子："业精于勤，荒于嬉；行成于思，毁于随"。意思就是说，学业或是事业的成就，是必须要在勤奋中才能实现的，而在嬉笑玩耍中，却会荒废它。做任何事情，都是在

反复的思考中，才能真正规划好并有充足的准备，但往往会在随意任性而为中毁掉它。这也透出了许多的道理，告诫着我们，无论是在学习还是工作中，也无论是在事业还是在生活里，都必须要通过踏踏实实的实践，并不断克制住自身存在的问题，才能真正获得成功。这就是说，我们不仅仅需要有着向圣贤君子学习的过程，也必须同时要将自己存在的毛病好好地认知并改掉。在这样的变化过程中，我们的生命，也在时时处处被圣贤君子的道德情操、修养气节、精神品质等滋养着，也在一步步提升着自己。

清雍正仿宣德斗彩松竹梅玉壶春瓶

在生活和事业里，我们面对着各种人、事、物，每天都在迎来送往，沉浮着内心的情感。真实的衣食住行，也在诠释着我们真实的生命体验。我们说出的每一句话，我们所做的每一件事，都会呈现相应的结果，也必然会让我们感知着其中的得失。如果一个人，不懂得对自己的言行负责，那他又怎能承受其言行带来的结果呢？那他又怎么能够获得别人的尊重与信任呢？我们对生命的敬畏，对所有人、事、物的珍惜，对隐藏在言行背后的结果有着忧患，也让我们不得不对自己的言行予以规范，并做到"慎言慎行"地面对所有的境遇。

有时候，一句话可以救人于水火，一句话却也可以把人推入万丈深渊。有时候，一个细微的举动，可以让人温暖感动一生，一个举动却也可以让人伤心仇怨一辈子。这就是"良言一句三冬暖，恶语伤人六月寒"的道理，这就是"一念天堂，一念地狱"的变化。就在这样的感知中，我们的内心时常也在警醒着自己。任何的存在，都必然有着印证，言行之间，存在着的各种记忆，能否让我们在回眸中，依旧坦荡着心怀？能否依旧欢喜安和？

因此，在真实生活中，在事业的追求里，在各种各样的环境中，我们的言行必然与天地万物，都有着呼应，都必然见证相应的结果。唯有"慎言慎行"，才能做到"防微杜渐"。唯有以圣贤君子的道德情操去要求自己，去善言善行，才能真正让我们的生命更加有意义。

第七篇：在商言商

我们在社会中生活，无论是以怎样的身份，也不管我们处于怎样的阶段，都有着相应的境遇，也必然会呈现各种各样的收获。无数的企业家，在事业的追求中，变化着自己的心性，也在感受着因为心性变化而导致的结果。在不断的反思中，面对着的人、事、物，感知着的万千往事，也与我们的一心一念紧密相连。

尘世中的人，自然有着万般的世事，需要去感悟和解决。每一个人，都有着悲欢离合，都必然要承受爱恨恩怨，也会不断滋生着情感。无论我们是面对一个人，还是面对一件事，或是端详着祖先流传的老物件，我们都会不断注入自己的怀想，也会在情感中沉浮着感知。世事变化万千，心念有着不同面目，谁在斑驳物象中，依旧怀爱着圣洁初心呢？

在残酷的市场竞争中，有许许多多的企业家，他们在追逐着企业的利润增长，想方设法地为了名利而争夺，却时时忘记了中华文化和传统美德的传承，也忘记了自己应该具备的担当与道义。如此，他们也成为了金钱的奴隶，往往会在失去道德修养的歧路上渐行渐远。如此，企业也会因为企业家的道德缺失，而失去文化的支撑，就会没有真正的向心力与凝聚力。如此，不管是多大的企业，也必然会人心涣散，犹如一盘散沙，徒有一个空架子，而没有企业的灵魂和使命，也就无法具有强大的生命力与竞争力，也必然会被市场的竞争淘汰。

　　商业的竞争，不仅仅在于企业家对商机的把握，也不仅仅在于企业实力的大小，也不仅仅只是外在宣传炒作的知名度，真正决定企业命运的，是企业有没有德性与智慧的企业文化，有没有真正具有道德的企业家，有没有真正怀藏真善美和使命感的员工团队。当我们真正看清了这些以后，就必然会在企业的诸多兴衰事例中，找到企业生存与发展的真谛。

　　每一天，都是崭新起始，有着挑战也有着希望。在不同的人心里，同样的境遇，往往会有不同的感受。当我们欢喜地迎接着所有的人、事、物时，当我们的内心由衷地善待与珍惜所有缘分时，当我们将我们的情感与世事万物融为一体时，我们就必然会在千变万化的物象中，始终沐浴着生命的温暖，就始终会让人生充满着强大力量。当然，我们的企业，也必然会在我们道德修养的尊崇和践行中，越发具有人文情怀，并广结善缘、迅速发展。

　　企业处于竞争环境里，时时处处都在面临着风险，也同样具有着机遇。也可以说，时间每一天都不可重来，也在关系着企业的生死存亡。许多投资的失误或是产业转型的失败，都是源自于企业家没有静心地分析清楚相应的利弊，往往是因为企业家陷入到了利益的追逐。每一次的企业生死存亡，都必然要呈现得失的经验教训，可在许多企业家的回眸中，感叹着许多遗憾的产生时，却往往只能喝下自己酿造的苦酒。也会让自己，在不断的警醒中，进行"亡羊补牢"和"知耻而后勇"，重新以道德与智慧的力量，去成就自己和企业的未来。

　　有许多企业家，一直重视着自己的道德修养，也把企业文化的建设，作为企业生存与发展的核心内容。他们会慎言慎行地为人处事，也会将慈爱献给企业每一个员工，也会根据"和合相生"、"和谐共荣"的原则，制定相应的管理制度，并体现人文的情怀。如此，企业就不再只是挣钱的地方，企业家和员工，也就不再迷失于利益的追逐。这样的企业，才真正能够静心地看清楚市场的机遇和挑战，才能真正在众志成城的合力中，让企业在危机中"得道多助"，并顺利地度过难关、重现生机。这样的企业家，也可以在道德修养、志趣气节、精神品质等方面，为企业员工树立榜样，并以榜样的模范带头作用，让企业形成强大的正能量，并以此来促进企业实现更快速、更高起点、更强实力地有序健康发展。

清康熙红釉尊

在商言商，也在告诉我们，企业的经营管理，以及市场的竞争合作，都不是虚无的空谈，更不是浮在事物表面的经验，而是实实在在的道德与使命的修行。同样，企业的生存与发展，也是见证企业家与千变万化的市场环境，所进行的彼此感知与融合的过程。所以说，这一切过程，都是实实在在的践行，不是空谈的企业理念。

当然，只要企业家的心念，在与企业相依相随，只要企业依旧在面对着市场竞争，只要机遇和挑战依旧存在，那企业家的道德修养便必须继续实修不止。因为，企业的存在与发展，是一个漫长的过程，企业家的身心修行，也必然要与之相互呼应。那些对企业的经营和管理，对自身的道德修养践行，怀着短期的投机心念的人，是无法真正让企业获得持续生命力的，也是无法让自己真正具有强大的道德精神正能量，企业与他们也不可能真正实现"和合相生"。

这就在警醒着我们，企业家对道德修养的尊崇，是必须虔诚地坚持一生的事情。因为，在企业经营过程中的修行，也一样可以在日常生活中，呈现道德与修养的内涵。我们知道，企业经营只是我们人生磨砺的一部分，我们的生命始终是圆融一体的，无论在哪一方面的内心感受，都会自然而然地影响着生命的其他方面。所以，我们用道德和智慧，去管理企业的同时，也在让内心的道德与智慧，影响着我们的日常生活。也就是说，经营企业也同时在经营着人生，与企业生存与发展有关的德性修养实践，也在积极地让我们成

为一个具有良好道德修养的人，而我们也会把自己内心的德性与智慧，用于我们衣、食、住、行等方方面面，并呈现在与我们有缘的所有人、事、物中，并获得别人的尊敬，获得生活、事业的成就。

如此，这也是我们的生命，并不是孤立存在的体现。这也是我们的德性与智慧，会在我们的方方面面，都起着巨大影响的见证。由此可知，当我们怀着"经营企业，便是在经营人生"的心念，去与每一个合作者进行和谐共荣的交流与合作，去与每一个企业员工都善心善念地进行慈爱关怀，就必然能够让企业在市场竞争中，立于不败之地，也不会存在内忧外患的情况。因为我们知道，"得人心者得天下"、"善业，有德者居之"，一个企业家，当他拥有了良好的道德修养，当他能够做到与周围的人、事、物都和合相生，那企业能不兴旺发达吗？

每一个人，都生活在真实的社会变化中，都在不断觉醒着自己的生命。无论我们现在的境况如何，也不管我们以怎样的身份去面对着机遇和挑战，都要清醒地铭记着道德修养的重要。一个人为人处事，不能偏离道德，一个企业要生存与发展，也不能背离道德。那些为了金钱而不择手段的企业家，那些丧失道德良知而制造假冒伪劣产品的企业，能不被社会谴责和淘汰吗？能不受到法律的严惩吗？能不让人时时警醒自己吗？

在商言商，是告诉我们必须知道"商"，并在"商"的基础上，将企业经营好。而这一切的过程，都离不开道德与精神的指引，也离不开传统美德的规范。因为企业家不遵从"商道"，也丧失了"商德"，那他就只是在金钱名利欲望中经营企业，而不是用道德和良知，在让企业实现着与所有人、事、物的"和合相生"。在商言商，见证着德性与智慧的正能量。

第八篇：立德至善

每一个人，都有着自己的人生经历，也必然会在各种境遇中，不断成长和成熟自己。无论是现实的生活，还是追求自己的梦想，或是在具体的企业经营与管理，人生过程中的方方面面，都会让我们不断展示自己的所思所想、所作所为。

在这变化着的过程里，在这不断见证内心情感的体验中，我们穿行于世事万物，也与生命中遇到的所有人、事、物，都有着各种各样的联系。当我们静心去感受与觉悟时，当我们不断深刻地反思自己时，当我们一次次明白人生真谛时，内心就会越发真实地体会到生命的本意和价值，也会更加真实地呈现着我们的追寻。在这现实的生活考验里，我们也会懂得回眸过往，并立足当下，去明白人生的寒暖恩怨，也会注重德性与智慧的修炼。

是啊，我们短暂的生命，无论是在从事一些什么，也不管心中有着怎样的变化，都会在不知不觉间流露情感。当我们不断反思自己时，当我们不停地觉悟生命时，当我们逐渐回归内心真实感受时，中华文化也就会越发深刻地影响我们。当浮华凋零，当喧嚣过后，一切的境遇，都会滋生着人生感念，也必然要呈现我们在生命中存在的各种体验。

任何时候，都不能忘记对道德的尊崇，也不能失去我们生命最根本的"善"和"爱"。透过一件件往事，目睹着一件件器物，欣赏着一件件艺术珍品，我们也在生活、事业、工作、家庭、情感中，不断绽放着情怀。是啊，古今融合着的天地万物里，我们只是匆匆的过客，我们只是祖先文化和器物的承载者，我们也是岁月中生命繁衍的见证者和承受者。透过斑驳的历史沧桑，我们能够知道一辈辈的列祖列宗，已将生命传续给了我们，他们也把中华文化的基因流传在了时空中，并时时处处让我们的生命将其感知与呼应。

由此，我们也可以知道，无论我们在何时何地，无论我们经历着什么，也不管我们从事着什么，都离不开内心道德修养和精神崇仰。我们在岁月的流逝中，不断地在物象的世界里，在欲望的沉浮中，在命运的变化中，在天地万物的生生不息中，觉知着"好生慈德"，也明白着彼此的"和合相生"与"和谐共荣"。而生命的德性认知，也在见证着智慧。而生命的觉醒，也在智慧的启示中，让德性能够更好地回归内心，并影响着我们的一生。

在工作中不断反思自己，在事业里不断觉醒灵魂，在家庭与情感中，不断洗礼着自己并坚持着初心与善念，这是十分不易的人生修炼过程。回眸往昔，有万千变化，早已悄然存在。当我们一次次觉知着生命的担当与使命，当我们不停地践行着德性修养的培养与提升，就能知道在天地万物之间，本就是圆融无碍的整体，许许多多的哲理，都揭示着本真的存在。无尽的感念，也在见证着我们生命的根本。而这一切，都在不知不觉中，呈现着"道"与"德"，也越发真切地揭示着蕴藏其中的德性与智慧。当然，这就是中华文化

传承的过程，这就是我们与天地万物之间，相互交融并彼此相生的记载。

我们常说"上天有好生之德"，天地万物本身就在阴阳五行的相生相克中，最终呈现着"中庸"的和谐共生之道。这一切物象与感知，无论是抗争还是忍让，无论是敌视还是认可，无论是杀戮还是欢爱，无论是痛苦还是喜悦，无论是冷漠还是热情，无论是坚持还是放弃，无论是远行还是归来……这变化着的一切，都在悄然印证着我们生命的崇仰。而这所有的一切，都离不开我们对"善"和"爱"的奉行。我们的生命，也正是这样一步步走到了今天，犹如我们伟大的祖先，一次次饱受岁月的洗礼，终于将生命延续到了我们身上。

任何的事物，都有着它们的发展规律。万千物象，也必然存在着它们变化的缘由。在世事中穿行着的我们，何尝不是一样也有着为人处事的原则与规范呢？何尝不是在感受着中华文化的魅力呢？何尝不是在依照着祖先流传的道德与智慧，在与天地万物相互认知呢？这样的过程，会延续我们的一生，我们也必然会在岁月里，不断隐约着内心的情感与祈愿。

清康熙郎窑红釉观音尊

匆匆忙忙，我们在企业的经营中，在人生的感念中，在生活的磨砺中，已经留下了许许多多的记忆。或悲或喜，或爱或恨，或得或失，或圆或缺……无尽的面目，呈现在我们的记忆里，不停地见证着我们世界的内涵。匆匆忙忙，我们的生命，就是这样不断变化着、见证着、呈现着各种物象，当我们透过各种各样的存在，洞悉最为本真的自己，就会真正懂得我们人生的价值与追求。每一个人，都会随着时光的流逝，萌生对生命归宿的思考，可在斑驳的世事里，又有多少人能够真正解读清楚自己呢？能有多少人真正觉醒了自己的生命呢？

我们生活在尘世里，无论在做着怎样的事情，也不管有怎样的收获，都必然要在生命中，真实地觉知自己的人生方向，明白人生的归宿，也懂得人生真正的意义。而这一切，无论我们是企业家，还是普通的上班族，无论我们现在过得很幸福，还是处于苦难之中，都是必然要进行的思考。于是，对于生命的反思，成为了我们一生必然去明白的主题。

于是，我们的生命，对于道德的尊崇，对于"善"和"爱"的秉承，也是最为本质最为核心的内容。可以说，自古以来的生命变化，无一能够离开道德的考验，也无一能够没有担当与使命。在现实的生活里，在事业的追求中，我们对"立德"这一事情，也必须当成生命中的头等大事。在生命的德性与智慧里，我们可以看见现在倡导的"孝德"，正在让越来越多的人懂得行孝与敬祖，我们可以看见中华美德的传承，也在见证着世道人心的回暖。

在现实的生活中去"立德"，在企业的经营与管理中去"扬善"，这都是我们必须去做好的修行。中华文化的传承，早已证实了道德与信仰的力量，是无比巨大且蕴藏着无尽生机。我们的言行举止，也时时处处都在印证着内心的向往，也在不断诠释着爱恨悲欢、得失荣辱、聚散离合等等情境。告诉自己，经营企业其实就是在进行德性与智慧的修行，我们要让生命有意义，其实也是在让自己的生命，在岁月中坚持崇道尊德，传播人性的真、善、美。

任何事物，都不是孤立存在着，而是彼此有着千丝万缕的联系。无论我们是否看明白了其中的渊源，我们都要坚持内心的善念，都必须如同祖先一样重视德性修养，也必须以圣贤君子为榜样，不断在浮躁的尘世里坚定中华文化的信心，并立志于将美好的感知，传承给后世子孙。我们在生活中，感悟着人生的真谛。我们在事业中，体会着德性与智慧的力量。去去来来，所有存在的一切，都在让我们懂得善待生命，都在让我们懂得感恩地生活。

告诉自己，每一天都不可重来，迎接着崭新的开始，我们在古老的中华文化中，继续着生命的传承。我们目睹着的各种器物，我们欣赏的书画与瓷器等艺术品，我们记忆中的每一个人，都会让我们懂得不断在变化中，去做到"立德"的事情。人生时时处处都是磨砺自己的地方，也是我们的道德修养

能够通过实践，真正做到"至善"的考验之地。当我们诵读着《大学》中的"止于至善"的话语，我们心中的道德，何尝不是在向着"至善"修炼呢？

当我们的心中，有着浓郁的人文情怀，对祖先深深感恩，对历史文化深怀敬意，对流传至今的器物有着虔诚的感知，对身边的人、事、物都能惜缘惜福，那就必然会让我们与道德修养为伍，并在"立德"时处处都绽放"善"。如此，我们也必然会萌生"立德至善"的境界。

第九篇：成人达己

红尘世事里，各种物象隐约可见，不同的人也在你来我往。匆匆地寻觅，未必就能觉知真谛。不断跋涉前行，在生命的感念里，我们会明白自己与他人的关系，也必然能够懂得彼此和谐相生。而这样的过程，无时无处不在折射着人性真、善、美的光芒。

是啊，人的一生，难免会遇到这样那样的考验，也必然要承载着这样那样的洗礼。在匆匆流逝的岁月里，我们每一个人，都会对自己的言行举止，留下让生命回想的记忆。当我们在不经意间蓦然回首，我们也不断地责问自己：当下的生命，是否真正认知了过去呢？人生的变化，是否让自己坚持了圣洁初心呢？红尘中存在着各种诱惑，我们是否没有成为它们的奴隶呢？我们与天地万物有缘，是否在岁月中，珍惜和善待了它们呢？

在现实的社会生活中，我们每一个人，都必然要与各种各样的人打交道，也必然要因此而萌生各种各样的感受，也必然要在彼此的交往中，对道德品质和精神崇仰予以评议。岁月流逝无声，我们短暂的生命在事业和生活中，在企业和家庭里，在不同的取舍之间，都有着各种各样的印记。对道德和精神的尊崇，对中华文化的传承，是我们一生的事情。当我们在自己的一言一行、一心一念、一器一物中，浓郁着内心的情感，并深深地绽放着人文情怀时，我们就会对流传至今的"道"与"德"有着越发深刻的认知，也会深深地懂得自己生命的修行，是必须延续一生的首要大事。

每一个人，无论他处于何种地位，也不管他在从事什么工作，也不管他有怎样的财富，也不论他是跟什么样的人在一起，都必然会见证他的内心世界，是怎样不断变化着。于是，我们每一个人，都要学会去懂得为人处事，都要明白我们的生命，应该承担着道德与精神的崇仰，应该去肩负着中华文化传承的使命与担当。如此，我们的生命，就不只属于自己，而是具有了更为深刻和广博的意义。可以这样说，当我们知道了我们的生命，不仅仅属于自己，也不能只为自己活着，就会为了道德和精神绽放着、为了民族和国家、为了大众和社会，而不断奉献着自己的情感。在这样的过程中，我们的生命，也会因此而无比强大和神圣。

人与人之间，或爱或恨，或近或远，时而陌生，又时而熟悉，时而亲密，又时而冷漠，时而赞许，又时而批判……呈现着各种各样的物象，让我们不断去觉知着生命的真实面目。在这样的人与人的关系中，我们是否始终坦荡着心怀？我们是否中肯地看待着各种问题？我们是否虔诚地认知着生命的变化？我们是否在感知中揭示了其中的秘密？我们是否在交往中怀藏着真善美的品质？我们是否没有背离"道"和"德"？我们是否依旧在坚持着最初的崇仰？我们是否在万般世事中，依旧在彼此之间和合相生、相互成就？

古往今来，不同的人，有着不同的感念，也有各种各样的活法。俗话说"志不同，不相为谋"、"物以类聚，人与群分"、"易反易复小人心"，这些话语都体现着我们的祖先，已经在中华文化长河中，给我们留下了许多的人生经验作为参考。我们也可以品读着"君子成人之美，不成人之恶，小人反是"、"君子坦荡荡，小人长戚戚"、"与善人居，如入芝兰之室，久而不闻其香，即与之化矣；与不善人居，如入鲍鱼之肆，久而不闻其臭，亦与之化矣"……等等名言，我们就会感受到不同的人，在相互交往中，必然会有着不一样的结果。

当然，作为一个成熟的人，是一定要知道，自己的一言一行，都必须符合礼法和规矩的，而不是自我任性而为的。如此，我们在与人交往时，才不会被各种各样的情境所困，也才不会被自己的心念束缚。当我们的生命有了利他之心，当我们的内心萌生着"爱"和"善"，也在我们与天地万物之间、与各种尘世中的人和事之间，都有着"道"与"德"的认同与遵循，那就必然会让我们的生命，不只为自己而活着。我们就会在与他人的交往中，时时处处都慎言慎行，并懂得虔诚地善待与珍惜，从而如同古代圣贤君子那样，为"天地立心，为生民立命，为往圣继绝学，为万世开太平"。当然，我们的内心具有着"仁爱"和"厚德"，也就会在各种各样的考验中，呈现道德与精神的强大力量，并最终赢得未来。

清乾隆粉彩开光人物茶壶

我们的生命，不仅仅只属于我们自己。因为当下的我们，本就是祖先生命的延续，也本就是在肩负着中华文化的传承，也本就是在见证着生命的崇仰与道义。无论我们是在生活中，还是在事业里，无论是在经营企业，还是在学习与工作，都离不开德性与智慧的内涵。是啊，当我们回眸着自己走过的道路，在得失荣辱之中，就会发现这一切，都与我们自己有关，都与我们经历中呈现的人事物有关，都与我们内心的道德、修养、精神、品质、志趣、使命、责任、良知等等有关。而对"善"和"爱"的传承，是延续了数千年的中华传统美德。

如果我们生活的世界，没有了"爱"和"善"，那就必然会失去温暖，也必然会丢失灵魂，也必然会让人感受不到希望。我们的生命，就应该在岁月中，沐浴在"爱"和"善"里，并尊崇着"道"与"德"，不断去见证生命的价值与意义。而"仁者爱人"、"成人达己"、"利他之心"、"好生慈德"、"和合共生"、"和谐共荣"等一系列的优良品质与文化内涵，也必然会承载着我们对生命的理解，并具体地见证着我们人生的价值。

当我们明白着，我们的生命意义，就是要让别的生命实现意义时，当我们透过千变万化的世事，寻找到人生的真谛时，就会在喧嚣过后回归宁静，就会在浮华中沉淀心性，就会在不断的磨砺中成熟自己。透过天地万物之间的呼应，我们也会知道，我们心怀善念，我们传递慈爱，我们在不断的生命奉献中，践行着人生的使命与担当，其实就是在让我们的生命，不断去成就着其他的生命。这就是我们古人千百年来，一直在践行着的"成人达己"、"行善积德"、"爱出者爱返，福往者福来"等道理。

我们知道，生活在尘世间，就是要透过各种各样的物象，让我们去觉知到最为本真的自己。我们在企业经营中，或是在家庭生活中，或是在学习探索中，都是在让我们的内心，时时处处都具有着道德与精神，都是在让我们的生命，传承中华文化并见证着内心善念。

无论何时何地，也不管是怎样的人生境遇，我们都要铭记着这一道理：成人才能达己！一个自私自利的人，一个背离了道德良知的人，一个只为自己活着的人，他是无法获得别人尊重和支持的。在他春风得意之时，往往都是一些酒肉朋友与他交往，当他处于穷途落魄之时，那些平时吃喝玩乐的所谓知己，往往一哄而散，他也就真正会品尝到"失道寡助"、"众叛亲离"、"恶有恶报"、"天作孽犹可恕，自作孽不可活"的滋味。如果他能从此洗心革面，在逆境中觉醒自己并实现涅槃重生，那还是可以"浪子回头金不换"，依旧可以从头再来的。如果他依旧执迷不悟，不去从自身去寻找问题的根源，甚至还怨天尤人，那就真是罪有应得、咎由自取了。社会生活中，有许多这样的事例，不能不让我们内心警醒。

当我们真正心怀善念，虔诚地感恩着祖先，惜福惜缘地善待着每一位合作者，珍惜着每一次的缘分，我们就会时时处处都感到祥和宁静，就会让我们的生命处于欢喜自在的状态里。当我们置身在中华文化中时，就会懂得文化承载着的道义与良知，就会知道生命必须肩负的担当与使命，就会让我们的生命更好地为别人尽心竭力地奉献。当我们端详着一幅幅书画作品，欣赏着一件件瓷器和祖先留下的老物件时，就会心中萌生着感动，就会透过物象而感受到浓郁的人文情怀，就会让自己时时处处都处于温暖和幸福之中。

如此，当我们将自己敬献给天地万物时，当我们当下的生命，真正去践行"成人达己"这一美德时，当我们怀爱前行、众善奉行时，我们就会与每一位有缘人，都和谐相处、彼此共生共荣。如此，我们就会与流传至今的每一件历史器物，都能彼此心神交融，感受到人文情怀和中华文化的魅力。如此，我们就会"得道多助"，就会与天地万物融为一体，与生活中的所有人、事、物，都能很好地相互尊重并实现着彼此成就。

在企业的经营中，也是一样的道理。每一个企业，都无法孤立地存在，彼此之间也在生生克克地分分合合着。这就告诉我们，无论市场竞争多么残酷，都必须坚持内心的道德，因为"君子爱财，取之有道"。我们也必须懂得去与

其他企业合作共赢、彼此共生，只有这样去厚德大爱地实现企业之间的融合，实现利益共同体，才能真正在行业洗牌中抱团取暖，才能在不断的竞争中，获得业界的尊重与支持，才不会在困境中被人落井下石。由此可知，"爱他人就是在爱自己"、"成就其他企业，也是在成就未来的自己"。

这就是"道"与"德"的力量，这就是我们生命中"善"与"爱"的感召，这就是我们内心情感和人文情怀交融的结果。当我们虔诚地奉献自己时，当我们不断以"爱"和"善"呈现着生命向往时，我们就必然会在事业和生活等方方面面，都能体现着"成人达己"的必然收获。如此，我们的生命，就会铭记着"仁、义、礼、智、信"这"五常"的道德要求，我们经营企业，就会遵从"商道"和"商德"，并实现着和合相生。如此，我们的生命，就会在各种磨砺中，绽放人性真善美的光芒，并以自己的奉献，造福于更多的生命。

这也告诉我们，"成人达己"，不是空洞的说教，也不是浮在事物表面的言行举止，更不是为了追逐名利而寻找的客套借口。"成人达己"，是我们内心怀藏的品质，也是我们生命在不断的抉择取舍中，体现的人文情怀。也正是在这样的情怀中，我们更加懂得尊重他人，也更加懂得彼此相生相克的道理。在市场竞争中，每一个企业的生死存亡，都必然有着各种因素在起着作用，但无论怎样，都必须清醒地认知到：没有良好的企业文化，如果经营者没有良好的德行，如果缺乏"成人达己"的品质，那是无法真正让企业获得社会尊敬的。人与人，亦是如此道理，企业与企业，也是这样的规律："成人才能达己"、"厚德才能兴盛"。

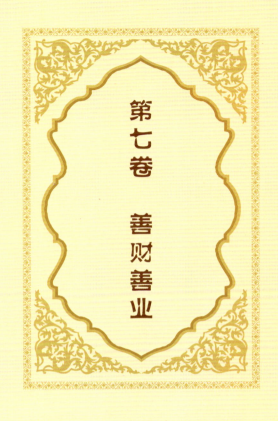

第七卷　善财善业

　　匆匆忙忙的生命旅行，会呈现无尽的风景，来去着的背影，沉浮着的往事，都早已让我们感怀万千。而我们在生活中的各种体验，也照样呈现在企业的经营管理中，我们在企业中摸爬滚打的经历，也会悄然地升华成为我们内心的感念。

第一篇：善心善缘

　　每一个人，都在现实的生活中，在变化万千的世界里，有着自己的怀想，也在印证着自己人生的感念。我们不同的心念，也在呈现着各种各样的物象，也在觉知着存在其中的人生哲理，并由此明白着我们的生命是否有着担当与使命。

　　道德修养的认知，让我们一次次警醒着自己，不违背内心的良知和道义，也不脱离中华美德的教化与规范。我们的一心一念，都在见证着生命的变化，也在与万事万物有着约定。彼此同生共荣，彼此和合相生，这是多么美好的境界啊！无论我们以怎样的状态，存在于这个世界，都会有各种感念，延续着生命的祈愿。我们怀藏着的梦想，我们的所有心念，都必然会延续着无尽的生机。是啊，在天地万物中，我们的变化，无一不在印证着与它们的呼应。在红尘的所有人和事中，我们也无处不在留下各种痕迹。在与祖先留下的各种老物件对话过程中，我们也时时刻刻会感知历史的变迁，会明白中华文化的传承与人文情怀的融入。

　　当我们与每一个人，彼此有着交流沟通，无论呈现怎样的结果，都会让我们收获不同的感知。是啊，不同的人和事，早已在岁月中，让我们的内心情感，流淌着脉脉温情，也时常隐约着爱恨恩怨。我们本就在变化之中，与天地万物一样，时时处处都有着感怀。

　　人与人、人与物、物与物，都有着各种各样的存在方式，也有着许许多多的内在觉知。一心一念，都与我们的生命经历有关，都与我们所遇到的人、事、物有关，也与我们的情感有关。彼此之间，我们是否怀善同行？相互之间，我们是否珍惜缘分？各种各样的痕迹，在回眸中让我们反思着过往，也端详着存在的物象，从而学会真实地认知自己以及外在的世界。

　　世间的寒寒暖暖，人生的聚聚散散，都无一不在揭示着缘分的存在。无论是善缘还是孽缘，无论是善果还是苦果，都是我们在生命中必然遇到的。无论我们是在经营企业，还是在踏踏实实地生活，这都是我们生命的展现形式。

犹如，每一天都是崭新的起始，无论我们怎样安排时间，无论我们做什么事情，都是生命在当下呈现的过程。于是，我们的生命，就会立足于当下的生活，就会立足于我们所开创的事业，就会立足于我们寄托的情感，就会立足于我们内心虔诚善待的人、事、物，去实现心灵对万事万物的感知，去见证生命的担当与使命。

古人言"人之初，性本善"，在我们的生命里，善心善念是与生俱来的珍宝，也是天地万物"上天有好生之德"的体现。可有许多人，在红尘乱象中，迷失了自己的方向，也失去了自己的道德，泯灭了内心的良知，由此也呈现着许许多多的悲剧。这就如佛教创始人释迦牟尼，在菩提树下证悟以后说的："一切众生皆具如来智慧德相，然以妄想执著不能证得。若离妄想，则无师智、无碍智、自然智自然现前"。是啊，其实智慧德相，何尝不是我们说的德性与智慧呢？这在中华文化数千年以来流传的"五常"中，具有着这样的内容。"仁、义、礼、智、信"，其实就是智慧与德性的见证。这就告诉我们，任何的文化，都有着异曲同工之妙，也最终都要百川归海地汇聚在我们的心灵感知中，都要揭示着天地万物变化不息的"道"与"德"。在每个人的善心善念里，我们必然能够呈现着人性的真善美，并感受到彼此之间的温暖与关爱，同时也能知道缘分之间的珍惜与善待。

原本人人具有的善心善念，往往会因为个人对欲望的追逐，对诱惑的沉迷，而被蒙蔽着，也让人难以看清原本的自己。于是，在许多的悲剧发生以后，许多人往往会良心发现，往往会"人之将死，其言也善"。这都在告诉我们，善心善念，是我们每一个人都具有的本质。可就是在现实的生活中，往往自己的内心没有呵护和坚持它们，于是就会时常被各种丑恶的物象所蒙蔽，并最终导致自己必须承担不良的后果。也就是说，我们的善心善念，是需要善言善行去实践，才能真正绽放着人性的温暖。那些空谈"善"和"爱"的人，不注重实际德性修养的人，是无法真正具有良好的品行与情操。

在不断的生命考验里，我们不仅仅要对自己的内心，予以真诚的省视，也会对我们周边的世界予以认知。于是，各种各样的感怀，就会在岁月里悄然呈现着。当我们回眸往事时，当我们与祖先对话时，当我们不断透过中华文化，去感知到我们与天地万物的关系时，当我们欣赏着一件件国粹艺术珍品时，当我们怀爱着祖先留给我们的每一件老器物时，我们的内心就必然会滋生无尽的感念。在这样的情感变化中，我们也在时时处处调整着自己，也在不断地觉知着生命。从而在岁月中，留下了万千的记忆，让我们不断地回想。

清嘉庆红地描金万福纹盖罐

　　我们在感知中，也必然要知悉与天地万物的缘分，我们也要知道与身边人、事、物的缘分。当我们满怀着祈愿，与各种事物相互包容时，当我们的心念与它们彼此依存时，当我们内心的人文情怀，与它们有着千丝万缕的密切联系时，我们就会在这样的情况中，感受到各种各样的缘分。是啊，无论是悲是喜，无论是得是失，也不管是爱是恨，不管是善是恶，这样的缘分都在体现着忽近忽远、忽明忽暗、时亲时疏、时寒时暖等的情感。

　　当然，彼此之间的和合相生，相互之间的和谐共荣，是我们追求的必然选择。可以说，每一个人，都不希望自己的人生不美好，也不希望自己所做的事业不成功，也不希望自己的缘分没有好的结果。当我们面对着身边的人、事、物，进行着有关于缘分的思考时，就会明白许多的结果，往往与自己的心念有着直接的关系。这就如我们经常说的"一念天堂，一念地狱"，也好比如是"人行善，福虽未至，祸已远离。人行恶，祸虽未至，福已远离"。我们的内心情感如何，我们的心念如何，往往会留下不同的结果。有许多人，往往注重于结果的追求，却忽视着起心动念的省视，这是多么可惜的事情啊！犹如对一棵树，我们只在乎果子好不好吃，却忽视了为它施肥、浇水、修剪，这不是本末倒置了吗？这怎么能够获得好的结果呢？

　　穿行在世间，我们往往都期待着有好的缘分，却不去为好的缘分，做好自己该做的道德修行。我们往往只在乎对别人进行评议，却时常忽略了自身的不足。我们往往停留在欲望和性情的放纵，却不去考虑隐藏于其中的后果。

我们往往在历史长河中，坚持着自己的想法，却不去承担其应该承担的责任与使命。如此，我们又怎么能够真正看清原本的自己呢？我们又怎么能够真实地活出自己的精彩呢？我们又怎么能够见证生命的道德与精神呢？

善心善缘，见证着我们内心世界的祈愿，也在诠释着我们在事业、生活、学习等方方面面，都存在着的万千想法。但要真正做到善心善缘，那可不是一件简单的事情啊！因为，生命变化无常，我们的情感也有万千面目，彼此之间如果没有"善"和"爱"，如果相互之间不尊崇"道"和"德"，那是无法真正做到善心善缘的。

当我们心怀善念，不断地见证着生命的美好时，当我们珍惜着每一缘分，与所有的人、事、物都和合相生时，当我们在中华文化的传承中，奉行着道德修养与圣贤君子情怀时，我们便会将善心善缘，予以实实在在的践行。如此，善心善缘，便会见证生命的善始善终。

第二篇：钱生福报

真实的生活，离不开衣、食、住、行，也离不开对物质财富的思考。我们在现实的尘世里，遵循着生存的法则，进行着工作和事业，也在各种人生境遇中，坚持着我们内心的道德与精神崇仰。由此可知，我们的生活，离不开真实的各种场景，也离不开我们具体的器物，也离不开我们在生活中对物质财富的追求。

其实，任何的事情，都是多方面的，也是必须进行多方面考虑的。无论我们在怎样的环境中，我们都要很清晰地懂得，我们在崇仰道德和精神的同时，也必须明白怎样生活在现实的物质世界里。因为，只有学会了如何生存，才能真正在生活中，觉悟到精神和道德的更高境界。当然，我们也要知道，对物质条件的思考，并不是要我们将自己拘禁在现实的生活中，将内心情感扼杀，并让自己成为金钱和器物的奴隶。而是在生活中，感受到物质条件的重要，同时也要崇仰道德与精神，只有两者都融为一体、和合相生，我们才能真正体会到身心和谐，才能体验到生命的统一与完整。

事竟成"。

一个人德行的好坏，直接决定着他的人生方向。一个企业家，内心道德修养的层次高低，将决定着企业的兴衰成败。当我们真正以"德不孤，必有邻"的观念，去不断努力要求自己实践，并让自己具有良好的德行时，就会呈现良好的结果。企业也就会在市场竞争中，因为遵循"商道"和"商德"，而不四处树敌，也就不会成为"孤家寡人"，在逆境中也不会被人"落井下石"。由此可知，对道德的坚持，无论是对个人而言，还是对于企业的未来而言，都有着非常实际的意义。

透过斑驳的历史物象，我们可以看见许多因为道德的缺失与否，从而导致的悲喜事例。我们在祖先给我们留下的告诫里，不断地反思自己，也在努力地向圣贤君子学习。在岁月的观照中，我们知道了自己存在的问题，也在心中萌生着理想。一次次的人生磨砺，早已见证我们的心念，因为怀藏着道德而越发纯净，我们的生命也会因为道德的坚持，而时时处处都祥和安好。在岁月的流逝中，我们穿越历史去解读着道德，也在当下的生活中，去践行着道德。也许，正是在这样的古今融合中，我们也会在不断洗礼的过程中，依旧能够感受到道德赋予的人文情怀。这便是"善"和"爱"的体现，这也是祖先留给我们的精神宝藏。

诵读着"德不孤，必有邻"，我们的内心里，就会生发着浩然正气。因为道德的坚持，因为心中的善念，因为我们对真善美的追求，也因为我们对中华文化的传承和传统美德的弘扬，我们会在生活中、事业里，不断绽放生命的美好。当我们心中的道德，绽放着温暖和慈爱时，当我们的生命追求，因为道德而阳光明媚时，我们就必然会与无数志同道合者，一起去怀藏社会的道义与良知，给所有的人、事、物，都传递希望和幸福。如此，我们的人生，也会无比精彩。如此，我们经营的企业，也会在道德世界里，不被竞争伤害，并具有强大的生命力。

第六篇：以人为本

在企业的经营管理中，我们时常会提到"以人为本"的这一理念。作为企业而言，在社会市场中的竞争，归根结底是人才的竞争。一个企业有没有符合企业发展需要的人才，有没有完善的人才团队建设，有没有战略的人力资源储备系统，这都决定着企业能否获得长期的发展。而从根本上去分析，就可以知道，人才的竞争，从实质上看，就是对人才德性与智慧的考量。因为，技术型的企业，虽然对技术的把握很关键，但对于把握技术的人德行方面的考评，也是直接关系着技术是否安全的根本。

由此可以知道，在现实的社会市场竞争中，我们倡导"以人为本"，其实就是在倡导对人道德与智慧的提升。每一个人，都是不可或缺的人力资源，对于一个企业而言，每一个员工，也必然有着他自身的存在价值。如果一个员工，无法适应企业的发展，无法与时俱进地调整自己，那也是必然要被淘汰的。这就如"大浪淘沙"一般，真正留下来的员工，往往是能够陪伴企业长期发展的人才，那些阻碍企业发展并随时可能留下后患的员工，则注定要被竞争所淘汰。这就如同一个企业一样，在市场竞争中，能否承受各种各样的考验，并获得生存空间与发展机遇，这还需要企业自身的不断努力，才能适应社会市场竞争的要求。

在中华文化中，自古以来便有着对"人"这一因素的重视。因为我们的祖先，在数千年就已经清楚地知道，在我们每一个人身上，都有着巨大的潜能，都蕴藏着无限的希望，因此也留下了"人不可貌相，海水不可斗量"、"人为万物之长"等见解。在中华文化的传承中，我们也知道"天人合一"、"三才者，天地人"等道理。由此可知，对人类自身的认可，是中华文化中人文精神的肇端。正因为这样，我们才会在历史发展中，看见我们的祖先，一直在倡导着自豪感和自信心。甚至可以说出"宇宙即我心，我心即宇宙"、"思接千载"等言语。这都在折射着我们作为"人"这一特殊群体，不仅仅是与自然界存在许多的差别，同样也在自身的变化中，具有无比强大的潜力，也能

够激发无限的可能。

同样的道理，在中华文化的传承中，我们依旧可以看见"人"的主观能动性，是一直被予以肯定的。于是，便留下了"事在人为"的说法，也在各种各样的文化传承中，将"道"与"德"予以揭示，从而将智慧延续给后人。其实，我们在当下所感受的中华文化内涵，所能体会到的各种各样的存在，无一不是在揭示着祖先的德性与智慧。而德性与智慧，其实也是我们"人"这一群体，在天地万物中，所独特具有的主观能动性的真实见证。

我们倡导着"以人为本"，就是告诉我们必须尊重生命，必须认知到自身蕴藏的巨大能力，自己可以创造希望。对于一个企业来说，我们"以人为本"，就是要求我们在各项制度中，在具体的工作实施中，在不同的竞争环境中，都能首先考虑到员工的感受，也必须为员工的利益去进行权衡。因为企业如果没有齐心合力的员工，如果企业从上到下一盘散沙，那是十分可怕的情况。而那些不重视员工队伍建设的企业，那些只把员工当成"工具"予以使用的企业，是不可能具有企业凝聚力的，也不可能会有着彼此的认同感。那些不把员工放在眼里的企业家，那他就不会把员工的命运放在心上，这样就会与员工有着无法磨合的隔阂。这样的企业家，因为缺乏真诚和慈爱，也因为背离"商道"和"商德"，自然会在企业中"众叛亲离"，从而导致企业悲剧的发生。如此，他们也不可能真正成就自己。

清乾隆黄地珐琅彩开光婴戏纹瓶

当我们一次次回眸历史，就会发现在数千年前的中国，早就有了"民本"的思想。从广义的内涵去思考，针对企业而言，这种"民本"的思想，何尝不是重视员工的"以人为本"的思想呢？只是在社会秩序中，"民本"的思想，更多的是指社会民众，即老百姓和普通大众。而在企业的经营管理中，"民本"的思想，则更具体地呈现为以员工的利益为核心。当我们知道这一点以后，就更能体会到中华文化的包容性与整体性。同样的道理，往往可以用在许多不同的地方，而不同的事物存在，却又可以折射着相似的道理。

在企业的经营管理中，尊重人才、善待人才、用好人才、成就人才，其实就是在让人才有着用武之地，并让他们能够更好地服务于企业和社会。因而，对企业人才的重视，是企业实现快速发展，实现不断在市场竞争中，企业能够避开风险并赢得未来的关键。一个企业如果没有忠于企业的人才，来为企业的发展保驾护航，那企业就会隐藏巨大的后患。当我们回眸着企业的兴衰成败时，就会明白对于人才的扶持与培养，关系到企业的未来。

每一个人，都是不可替代的具体存在。每一个企业，都有着自身生存与发展的规律。企业家有无德性与智慧，将直接影响着企业能否受人尊敬和支持。有许多人，往往把"以人为本"作为束之高阁的说教，而没有将其真正落到实处。那些浮于表面的说辞，虽然冠冕堂皇，却无法解决实际的问题。如果没有真正用心去感怀世间万物，如果不是发自肺腑地善待员工，如果不能随着企业的发展适时调整自己，那企业又怎么能够让员工做到"爱企如家"呢？企业与员工的关系，又怎么能够跳出对立的思维，并实现圆融一体、相生共荣的境界呢？

员工陪伴着企业的发展，也在一步步成熟着自己，提升着自己的道德与智慧。这是一个共同促进、相互成就的过程，同时也是一个见证内心情怀、见证生命价值不断实现的过程。在"以人为本"理念的实践中，来不得半点虚假，也不能陷入人为的形式主义，而是无论在怎样的情况下，企业都必须重视人力资源的管理，并按照"商道"和"商德"进行约束与考核。企业在激烈的市场竞争中，必然有着得失爱恨，也会滋生许多的欢喜与遗憾。企业的发展，也不是一帆风顺，而是一波三折的过程。人的一生，其实也在经历着各种变化，也在不断印证着自身的价值，也在企业中呈现着"企兴我荣，企衰我耻"的命运共同体情怀。

在企业中实现"以人为本"，就必须将各种人才进行分类，并依照他们道德与智慧的层次，予以合理安排并将人才与企业融为一体地看待。这就要求

我们，必须很清晰地知道人才的选择与任用。对于有德有才者重点使用，对于有德无才者培养使用，对于无德无才者弃之不用，也是我们作为企业管理者，所必须坚持的人才观与价值观。这也告诉我们，对于自身的不断提升非常重要，以求达到"德才兼备"的层次，并为企业的发展贡献力量。

透过"和合相生"的理论，我们就可以看到，企业和员工原本就是命运共同体。企业的兴衰荣辱，与企业人才的重视使用与否，有着直接的关系。企业倡导着"以人为本"，就是在发展的各个阶段，将有德有才的人重用好，也把有德无才的人培养好，并把无德无才的人适时处理好。如此，企业里的人才战略，才能真正得以执行，企业才能凝聚许许多多与企业同呼吸、共命运的人才。如此，"人才兴企"的目标才能实现，而人才的道德与智慧，也必然会促进企业的更快发展。透过万千变化，我们也在感念着真相，也在反思中觉醒着自己。

人与人之间，企业与企业之间，企业与人之间，都有着各种各样的关系，却都在体现着彼此和合相生的善心善念。企业"以人为本"，员工"以企为家"，彼此和谐地呈现着中华文化内涵，以及弘扬着传统美德。如此，企业便能不断发展，员工也会尽情施展才华并实现抱负。

第七篇：道德福财

在中华文化的传承中，我们对"道"和"德"的内涵，有着数千年的认知，有许多的观念，一直延续至今，依旧在见证着传统美德。当对财富的追逐，与道德的内涵相互融合一体时，我们就能看见财富所承载的善念，也就是它们蕴藏着的道德属性。这就告诉我们，我们平日里谈论的财富，也是可以做到"财富有道生德"的。

著名的经典《大学》一书中，有这样的论述："生财有大道，生之者众，食之者寡，为之者疾，用之者舒，则财恒足矣"。这句话的意思，就是告诉我们，发财致富是有着方法的，也是有着规则与坚持的道义。同时也揭示了一个这样的道理：国家之强盛，民众之富足，无不与社会仁政，以及民众本身的道德教化息息相关。"生财有道"由此成为了影响至今的理念，也让我们看到了数千年来，中华民族对于财富和道德之间关系的论述。在《大学》一书中，还有"德者本也，财者末也。德立而财在其中，本失而末不可得。"的论述，这都让我们能深刻地理会到"财"与"德"的相互关系。

儒家代表人物孟子曾经说过："上下交征利而国危矣"，这就更让我们清醒地明白着，如果一个国家、一个民族，上上下下的民众都抛弃了道德和担当，都忘却了自己应该肩负的责任与使命，都忘记了"礼、义、廉、耻"这国之"四维"，那必然会产生可怕的结果。因为要做到国富民强，就必须不丢下社会文明的建设，而社会文明的进展，首先就必须让天下的民众崇尚道德礼仪，并兴教于民。

透过中华文化的传承，省视着传统美德的具体内涵，我们会发现我们的祖先，就是这样在钱财面前，始终保持着圣贤君子的气节与修养，并不会惟利是图地成为金钱的奴隶。在二十一世纪的今天，随着市场经济的快速发展，伴随着各种各样的诱惑层出不穷，有许多人往往已经违背了祖先的教诲，把自己的道德丢弃了，在不断追逐名利的过程中，已经迷失了自己的心性，也在利益的争夺中，丧失了传统美德，并留下了无尽的祸患。

我们可以看见，有许多的企业家在企业的经营管理中，往往因为利益的贪求，而泯灭了良知，也不再尊崇道德，也没有了敬畏之心，他们往往是哪种项目能够挣钱便急功近利去做，也不管后果会是如何。这样的企业家，在他违背了"生财有道"的道理时，也在给自己留下不好的结局。企业也会因为企业家的心念不正，因为生产一些假冒伪劣产品，因为提供一些以次充好的服务，而必然遭受相应的惩罚，也难以获得社会各界的尊重与合作者的信任。如此，对于企业家和他的企业来说，都是极其不利的结果，这也是违背道德所必然要承担的后果。

在数千年的中华文化中，我们可以透过传统美德的弘扬，来省视各种各样的社会乱象，也可以在各类企业的生死沉浮中，明白"生财有道"与"德为财之本"的道理。由此，我们就会一次次地警醒着内心，并在财富的追求中，坚守着道德的底线，也在不断的自我认知中，传承中华文化，并以实际的企业经营管理，来具体践行财富与道德的"和合相生"关系。

任何的商业模式，都离不开道德的支撑。任何的财富追逐过程，也都不能没有道德作为规范。因此，在社会市场竞争中，形形色色的项目层出不穷，各种各样的经营模式变化万千，各种各样的产品推陈出新，也让我们时时刻

刻都在考验着对道德的坚持与奉行。如果财富脱离了道德的约束，那就如同脱缰的野马，无法在正确的德性与智慧的方向上，去获得相应的财富增值与福报。那些不择手段，热衷于财富追逐的人，也会因为自己内心道德的缺失，而失去真正让自己心安理得的状态，也会让自己在迷途中越走越远。即使那些追名逐利者，拥有了巨大的财富，那也不是真正依道而行、依德而为的结果，反而会因为不义之财的积累，而导致各种祸害的发生。各种各样的事例，已经给我们以深刻的警醒。

　　由此可知，坚持"生财有道"的理念，让财富在道德的世界里，有着规则和法度地进行增值，这才是我们应该去做的事情。于是，在企业的经营管理中，在财富的增长实现过程中，我们倡导着"生道养德"，就具有着非常重要的意义。正因为我们能在各种诱惑面前，坚持着内心的善念，并怀记自己的初心，才让自己心中的道德一直存在于所有的过程中，并指引着我们前行的方向。也正因为我们对"生道养德"的坚持，所以在财富的追求中，通过在商言商的方式，在实际的中华文化传承和传统美德的弘扬中，真正可以实现"福财倍至"的结果。如此，我们获得的财富，因为坚持了道德，因为心中有着善念，因为我们与所有合作者"和合相生"，我们也就能够让财富承载着福报，也见证着道德与精神。

清雍正青花桃蝠纹橄榄式瓶

回眸历史，有无尽的悲欢离合，早已悄然发生。端详着企业的兴亡过程，觉知着自古以来对财富的诠释，我们的内心里就会越发清醒，就会懂得坚持道德并以"生道养德"的方式，去获知具有福报的财富的重要性。人的一生，都在选择和判断的过程里，也在不断的觉知和坚持中，无论我们以怎样的状态去解读商业的运作，都不能违背道德的内涵。因为，数千年的中华文化，已经将道德的内涵，作为我们为人处事的根本，作为"立德、立功、立言"的根本，也作为"生财有道"的根本。

如果一个人，缺乏道德的根本，那他无论是做人还是做事，无论是在生活里还是在企业经营中，都无法获得他人的尊重，也不可能让自己身心和谐，也不可能会有巨大的成就。即使他以不符合道德的手段，获得相应的财富或是地位，那也会"爬得越高，摔得越重"、"恶有恶报"、"搬起石头砸自己的脚"，到头来也往往是"竹篮打水一场空"。这就是许多的企业家，在违背道德去追逐财富的同时，也在给自己留下不好的影响，最终导致"人财两空"的结局。有许许多多的事例，在告诫着我们，必须去坚持"生道养德"，必须以道德的传承去让财富实现增长，只有这样，我们的财富才会有福报留得住，我们才会有福报得以善始善终。

那些因为坚持道德，而不断在市场竞争中，获得巨大成功的企业，必然会受人尊敬。即使在现实的社会中，有许许多多的诋毁存在，有各种各样的伤害存在，但对道德的坚持，可以让企业在各种逆境中坚韧不屈，也可以获得许多志同道合者的合作与支持。于是，道德的力量，可以让一个处于危机境况的企业起死回生，也能让企业在各种困境中欣欣向荣。而道德的缺失，则可以让一个风光无限的企业，眨眼间便轰然倒下。这就是"得道多助，失道寡助"的见证，这就是我们在企业经营管理中，是否奉行"生道养德"这一法则的结果。

不同的人，有不同的选择，也必然承担不同的后果。不同的企业，有着不同的理念与发展模式，也必然要承受为此带来的奖惩。回顾着历史中的有德者，他们无论是在为人处事中，还是在商业经营中，都以自己的成功来给我们以指引。对道德的遵循，以"生道养德"的方式，去承载着财富的福报，这也是我们必须去做好的事情。

也可以这样说，要实现财富的不断增长，没有违背道德的捷径，只有遵循道德的智慧。我们就在各种各样的市场竞争中，不断警醒着自己，不断坚持着善心善行，不断以"生道养德"的践行，去见证着"福财倍至"的善果。

如此，对于我们而言，对于合作者来说，甚至可以说于国于民，都是甚好的"商道"与"商德"的实践，也必然会"功到自然成"。

第八篇：成就善业

在残酷的市场竞争中，我们可以"在商言商"地具体践行制度体系，也可以志存高远地进行产业战略规划。在企业的生存与发展中，我们可以宏观地阐述"道"与"德"，也可以微观地计算各个环节的具体成本。在变化万千的世间物象中，我们可以参照圣贤君子的情怀，去淡然地超脱于名利之外，也可以站立在让生命承载道义和责任的基础上，为了企业员工的福利待遇提升，不断地追逐企业效益最大化……

这变化着的一切，都在验证着我们内心的丰富多彩，也在见证着我们生命的不同感怀。在岁月的流逝中，我们就以各种面目，以不同的状态，呈现在世间的万象中，并让自己获得了生命的觉醒，也收获着事业的发展。每一天，都在让自己不断学会接受与包容，每一天，都在让自己懂得放弃和舍下。我们在生活中呈现的一切，我们在岁月中变化着的一切，我们在生命里觉知到的一切，都在不断地印证着我们的初心与祈愿。

匆匆忙忙的生命旅行，会呈现无尽的风景，来去着的背影，沉浮着的往事，都早已让我们感怀万千。而我们在生活中的各种体验，也照样呈现在企业的经营管理中，我们在企业中摸爬滚打的经历，也会悄然地升华成为我们内心的感念。这样相互变化又融合的过程，让我们感受到了生命的圆融无碍，也让我们知道了在我们的感受里，有无尽的体会，在延续着自己内心的怀想。每一天，都在发生着变化，无论是面对事业，还是面对真实的生活，我们都必须在万千变化中，寻找到其根本并怀藏道德的圣洁发心。由此，我们在生命的体验中，才不会被迷失在欲望里，也不会在财富的追逐中，丧失自己的道德原则与法度。

所有的感怀，都在告诉我们，必须心怀善念，必须去善言善行，必须让自己的生命，永远不违背道德，也不远离"善"和"爱"。从而，我们的生命，本就应该担当中华文化的承载，我们本就应该弘扬传统美德。生活中的我们，事业中的我们，财富中的我们，都只是我们的一种生活状态，可我们的心念，却始终在围绕着"善"和"爱"，始终置身在中华文化的世界里，始终与传统美德相依相伴。

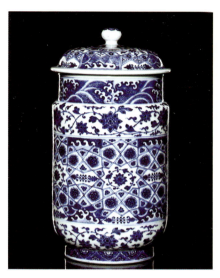

清乾隆青花缠枝莲锦文壮罐

透过层层叠叠的往事，回眸着变化的人生风云，目睹着无数人的去去来来，也观照着企业的起起落落，我们的内心里，有着怎样的感受呢？我们有着怎样的觉知呢？可以说，在变化万千的世界里，我们的生命无时不在体验着发生的一切，我们的内心也处处在与不同的物象进行呼应，在各种各样的信息交互中，我们是否没有被欲望迷失？我们是否依旧坚持着自己的憧憬？我们是否心中有着坚定的道德？我们是否将人生的过程赋予了使命与担当？我们是否已经在企业的经营管理中，把内心的道德修养的境界一次次提升？

其实，经营企业，便是在经营人生。因为在企业的经营过程中，我们所面临的一切，都在不知不觉中，早已给我们留下无尽的感念，也必然在让我们的心怀，融入到企业的生存与发展的方方面面。这就是说，企业的经营与管理，其实也是我们修炼身心的过程。而在这一过程里，我们一直在秉承着道德，一直在"众善奉行"，一直在坚持"生道养德"，也一直在遵从"生财有道"，如此，我们的生命也会在企业中，融合着各种各样的境遇。我们的人生感怀，也可以体现在企业的方方面面。而企业在市场竞争中，所呈现着的各种情状，也都会与我们的内心感知，彼此融合在一起。这样，我们与企业之

间，便会形成"圆融一体"，便会成为荣辱与共的"命运共同体"。透过企业，便可以看见我们的人生。而透过人生，也可以洞悉我们的企业。我们与企业，彼此依存，相互影响，也在共同成就。

这就是我们在人生修行中，在企业经营管理中，必须一直奉行着的道德。因为我们知道，没有道德，我们就不会成为受人尊敬的人，企业也不可能会成就具有福报的事业。当我们心中永远怀着善念，我们的生命里始终有着道德，那我们的一心一念，都会呈现着真善美的内涵。当我们在企业经营管理中，时时刻刻都在见证生命的担当与道义时，就会在事业的坚持中，传承道德并将"善"和"爱"融入到企业的每一个环节中，从而让企业时时处处都流淌着温暖，让每一个员工都能够感受到人文的情怀。如此，我们的人生，才是怀善前行的人生，我们的事业，也才能成为具有道德并绽放"善"和"爱"的善业。

对于企业经营者而言，我们内心怀藏的情感，无时不在感受着内心的道德。是啊，我们不是孤立存在于世间的人，我们的言行举止，都在给他人和万物留下印记，我们也必然要承受相应的结果。真假美丑、善恶虚实等内容，都不断呈现在生命过程中，也在影响着企业的方向与选择。于是，我们生命的觉醒，我们人生的感怀，我们对企业的经营管理，也不断体现着内心情感的融合与道德的升华。怀善而行，不忘初心，这是我们必须要去做好的事情，这也体现了我们对道德的坚守，也在印证着我们对中华文化和传统美德的传承与弘扬。

善心善缘，善言善行，才能真正在道德的世界里，成就着善业。而一个人财富的多少，企业规模的大小，都不是衡量善业是否成就的标准。唯有心中的道德，以及我们在生活中的一言一行，以及在企业中的一心一念，才能真正诠释善业的存在。善财善业，并不是空谈的话题，而是我们每一个企业经营者，所必须坚持的道德操守。有许多的企业家，已经在利益的追逐中，失去了"善"和"爱"，也忘记了道德与担当，于是迷失在了欲望的深渊，也掉进了名利的泥潭，他们追逐的财富，因为违背了道德，因为丧失了良知，又怎么能够获得社会的尊重呢？又怎么能被赞誉为"善财"和"善业"呢？

有各种警醒的事例，依旧在岁月里发生。真实的生活，就是如此的斑驳陆离，就是如此的变化无常。有许多企业倒下，也有许多企业挺立。有许多企业家放纵着性情，违背着道义，也有许多企业家秉承着道德良知，在见证着高尚的品行。在企业的生存与发展中，有形形色色的人、事、物，在悄然呈现着各自面目，也有不同的结局在隐约着悲欢离合。

透过人生的变化，端详着企业的兴衰成败，我们也会越发明白着道德的强大力量。心中的善念，不会背离自己的初心，我们怀藏的祈愿，也在珍惜着每一次的境遇。在企业的经营管理中，我们在践行着"生道养德"的过程，也在呈现着"崇道尊德"的文化观念。我们就是这样在现实的生活中，在不断变化着的市场竞争环境中，一次次印证着我们内心的感怀。让财富承载着福报，让事业融合着善心善行，让企业的发展见证着善业的成就，让我们生命的价值见证着道德的意义，这就是我们必须去做好的功课。同样，这也是我们传承中华文化和弘扬传统美德，让道德永远留存心间，并实现"人企合一"、"同生共荣"的根本选择。

每一个人，都有着自己的追寻，每一个企业，也有着自己的目标。在不断的磨砺中，我们也会获得相应的调整，也会见证我们的得失，但无论怎样，只要我们心中的道德依旧存在，我们的希望就会与我们相依相伴。无论在企业的万般境遇中，如何呈现我们内心的情感，都要告诉自己，善心不离，爱在心间，道德是照亮企业未来的明灯。如此，我们便不会再迷茫于欲望中，如此，我们便不会沉睡在自我的名利里。

数千年的中华文化，告诉了我们为人处事的根本原则，也让我们明白了企业经营的价值观基础。那就是无论做任何事情，也不管是在何时何地，都必须奉行"道德"这一根源。我们追求人生幸福，我们渴望的"善财善业"，唯有遵从"道德"，才可以真正成就它们。

第九篇：爱出爱返

在现实的生活中，我们每一个人的心中，都在流淌着爱。我们在各种境遇中，也在感受着爱，同样也在传递着爱。在瞬息万变的世事中，我们看见的人和物，我们经历的各种事情，都在让我们的内心，不断体验着爱恨悲欢、聚散离合、寒暖亲疏……但无论怎样，我们都无法让我们的生命，失去对爱的感知。犹如我们心中，永远怀藏着的"善"，一直在给予他人以希望，也在给予自己以期待。我们的生命，就时时处处都沐浴在爱的氛围中，无论经历过一些什么，也不管有着怎样的境遇，我们都会被爱紧紧滋养着。

可以说，"爱"就是我们心中最本质的"善"。当我们置身在爱的世界里，我们心中的善自然会春暖花开。心中的善念，一直在让我们的生命越发有着意义，而爱的感知与传递，也在让我们的人生时时处处都有着人文情怀。

面对着的每一个人，都值得真心惜缘善待，这就是我们内心爱的体验。经历的每一件事，我们都在虔诚地认知与感受，这就是我们生命中彼此成就的爱。端详着祖先遗存给我们的每一件艺术品、每一老物件，我们也会萌生着感动，也会浮现着古往今来的岁月沧桑，这里也有着我们祖先留给我们的爱，也有我们对祖先真心的感恩。我们就生活在爱的世界里，我们的一言一行，我们的一心一念，都在呈现着爱的内涵。

即使在现实生活中，有许多人依旧满怀仇恨，依旧对经历的事情愤愤不平，依旧对生活有着万般的不如意，但当他们一旦明白了"祸福相依"、"否极泰来"、"爱恨交织"的道理，就会知道在他们恨着的时候，也在另外的一些方面，呈现着自己的爱。原来，每一个人，都有着自己爱的存在。这就是我们常说的，"大恶之人，亦有善念"、"放下屠刀，立地成佛"、"一念天堂，一念地狱"、"爱恨就在一念间"，生命就这样斑驳着各种情感，这才是真实的生命，这才是我们真实的生活面目。如此，爱爱恨恨、悲悲喜喜，必然会延续我们的一生。

清同治红地描金囍字碗

当我们置身在中华文化的世界，与圣贤君子进行时空的对话时，就会发现生命的觉悟，就在于我们能够更加真善美地呈现自己，而不是让我们的生命，沉迷在自我的性情之中。我们必须用道德修养、志趣品行、精神气节等，来让我们不再拘禁在自己的渺小世界，而应该放下"小我"去懂得担当责任并承载使命。于是，我们的一言一行，就具有了社会属性，我们的一心一念，也就具有着利他的功德。于是，我们就在自己的言行举止中，有了道德的规范，有了良好的祈愿和初心。于是，我们就不再只是为自己而活着，我们就已经置身在传统美德的传承中，让自己心中的"善"和"爱"，越发无私无我，越发纯净圣洁。

生命中的体验，让我们无论是在生活里，还是在企业的经营管理中，都一步步明白着生命的意义。这就是生命的觉醒，这就是我们对人生价值的理解。在市场竞争中，我们也逐渐明白了财富的本质，也明白了"商道"与"商德"中对道德的坚持。人生的万般境遇，会让我们更加清醒地觉知到自己的真实存在，也让我们不再生活在事物的表面，而能够透过外相深刻地认知到各种各样的规律。于是，我们的内心深处，就开始播撒着慈爱与仁德。于是，我们的生命，也就不断滋生着祥和与欢喜。于是，我们就在时空的流转中，从祖先的爱中知道了生命的神圣与庄严，也在圣贤君子的道德与精神的世界里，感受到了中华文化的魅力与责任。这样的过程，让我们更加深刻地理解了生命，也让我们在对生命不断认知中，懂得了善待和珍惜，懂得了惜缘惜福，懂得将"善"和"爱"无私无我地传播给所有的人、事、物。

这就是生命的升华过程，我们的内心也在真实地感受着这一切变化。当我们的爱，不再局限于名利欲望，不再是性情的奴隶，那就会让我们心中的爱，回归到人性最本质的源头。原来，"爱"就是我们生命中最根本的"善"啊！在尘世里，但凡有爱心的人，心地必然善良。也可以这样说，凡是心地善良的人，必然也心中有爱。爱与善，往往融合在一起，相互呈现着特色，又彼此呼应，一同见证着生命的美好。

在现实生活中，我们时常会说一句话："爱出者爱返，福往者福来"。是啊，世间万物，本就在变化不息，彼此也在和合相生。我们的内心在感受爱的同时，也在萌生着爱，并传递着爱。犹如一个人，他在感动于别人给予的帮助时，也会萌生着对帮助他的人虔诚地感恩。这就是彼此之间，用爱来传递爱的过程。由此可知，我们的生命，对爱的传递，是源于我们对爱的认同与奉行。如果没有真心的感受，那就无法体会到爱的真谛，也就无法真正感恩着爱的给予，也就不可能会把爱再传递出去。爱的感受与传递，本身就是内心被爱感动和升华的过程。在这一过程里，我们的内心情感，时时处处都

在见证着人性的真善美。

透过许多事例，就能知道，爱是需要用心灵去感知的，也是需要用情感去传递的。当然，内心的爱，也需要道德的滋养，也需要我们用责任和良知去呈现，也需要我们用修养和品质去见证。因为爱的感知与传递，都离不开我们内心对爱的接受与感恩回报。当我们明白了爱与被爱之间的关系，就会知道，爱的同时也在感受着被爱，被爱的过程其实也是萌生爱的过程。正因为如此，我们才会懂得"爱出"即是"爱返"，它们本就是爱的整体。

滚滚红尘里，天地万物间，有各种各样的爱，在揭示着生命的本质。没有爱的生命，便会没有希望。天地万物有着的"好生之德"，本身就是最为本源的自然之爱。祖先生命的繁衍与道德智慧的传承，也在体现着伟大的人伦之爱，并一代代传续着希望与使命。无论我们是在生活中，还是在事业的追求里，无论我们是在感受着情感的温暖，还是在市场竞争中体会着的"和合相生"……这所有的存在，穿越时空，回眸过往，省视当下，都无一不是在传递着爱的信息，都是在让我们更加清醒地知道爱的无处不在、无时不有。

生命每一天，都是崭新的起始，都在给我们在爱的召唤中，孕育无尽的希望。我们的内心，时时处处都在印证着生命的觉知，也在传递着对天地万物的感恩。其实，我们的生命，何尝不是"爱"的化身呢？无论我们是以何种身份，以怎样的地位，在承载着发生的一切，也不管我们在生命的感怀中，有着怎样的境遇，这都离不开爱的滋养，也无法远离爱的温暖。我们的一言一行，都是在感受着爱、传递着爱。我们在企业经营管理中，每一次的取舍与合作，都在呈现着爱、成就着爱。如此，我们也在用道德，见证着"爱出者爱返"这一真谛。

第八卷　乾坤圆缘

　　匆匆忙忙，眨眼便是千年。有无尽的得失荣辱，有万般的情仇爱恨，也有淡然如水的境遇，在岁月中逐一获得印证。坚持与放下，都会延续一生。无论是在人生与道德的修养中，还是在残酷的市场竞争环境里，我们都是内心世界的拥有者，我们都是人生寒暖的体验者，我们同时也是祖先祈愿与希望的见证者，我们也是中华文化和传统美德的传承者与弘扬者。

第一篇：乾天坤地

在天地之间，有着无尽的变幻。风云舒卷，万物生生不息。阴阳交替，寒来暑往，心念在岁月中沉浮。乾坤之间，彼此见证悲欢。目睹各种物象，觉知历史变迁，怀想内心情感，感恩祖先威德，端详艺术珍品，有无尽的思绪在飞翔。

有无数人，在爱恨恩怨中，交织着欲望，也觉醒着灵魂。一片片土地，在耕耘和播种，也在迎接汗水与收获。斑驳的记忆，呈现着得失圆缺，也见证着聚散离合。谁在沉默不语？谁在不停地呐喊？谁在怀爱着他人？谁在自我的心念中挣扎？

无论岁月已经铭记什么，生命的来去，都会揭示着归宿。不管生活有怎样的记忆，人生的梦想，也必然会延续着生机。匆匆忙忙的旅途，起伏着无尽的背影，也昭示着寻觅的结局。在不同的痕迹里，有人挺立着脊梁，也有人出卖着尊严。世事无常，变化不止。有人在怀藏着善心善念，也在坚持着道德与良知，也有人在不断扭曲着心性，背弃着生命的崇仰。

总有万千的物象，在世间诠释着内心所思所想。也必然有不同的祈愿，在欣慰和遗憾中，滋生未了的情愫。天地万物，本就一体，本就和合相生，本就阴阳相生相克，本就有着各种各样的可能。在现实生活中忙碌的人，他们是否知道放下自己？是否懂得了让自己，不再拘禁在物象里？是否已经觉悟了生命的本质？是否已经知道了人的一生，应该有意义地活着？是否在怀想着中华文化与传统美德的传承与弘扬？

蓦然回眸，数千年的风雨，见证着岁月的流逝，也映照着道德与精神的长存。内心深处，有着欲望的洗礼，也存在着道德与精神的升华。生命中的每一天，都是唯一的记忆，谁已明白生命的尊贵？谁在不断反思着自己？谁在残酷的市场竞争中，不断探究财富与道德的关系？谁在心怀着感恩，对世间万物予以爱的回报？谁在嫉恨于自己的不幸，为社会留下各种伤害？面对形形色色的诱惑，谁依旧清醒地追寻着梦想？谁已经沉迷于外在的享乐？

　　生命的追寻，天地万物都在印证。端详着的痕迹，内心的情感，会不停地予以融入。每一个人，都是情感的主宰者与感受者，同时也是爱的接受者与传递者。匆匆忙忙的跋涉，从未停止希望的绽放，也始终在不断延续着内心的憧憬。源自于道德和精神的强大力量，让无数人在苦难中坚信着目标必然实现。爱爱恨恨，眨眼便是一生。去去来来，瞬间便已千年。蓦然回眸往昔，透过寒暖枯荣，谁已经洞悉了生命的根源？谁已经知道财富的秘密？谁已经明白了企业兴亡的缘由？谁已经懂得了人与人、物与物、人与物之间的必然联系？

　　乾坤之间，男男女女，有着无尽的红尘故事，也有着生命的繁衍与枯落。天地之间，万事万物，有着无尽的变化与启示。透过不断的觉知与感念，谁在生命的怀爱中，不再迷茫和苦涩？谁在爱恨悲欢的情感里，不再痴迷于不同的追逐？谁在得失圆缺中，不再困扰于名利的影响？每一次的寻觅，都会让生命看见天地万物，与自己息息相关。任何的选择，都注定有着结局，也必然呈现各种印记。追寻的梦想，未必实现，却也会留下记载，让生命绽放光明。心中的情感，未必圆满，却也会彼此感念，让人生孕育希望。

清乾隆东青釉描金天鸡花浇

　　天地万物，变化不息。匆匆过往的生命，有着万千面目，也有着不同的见证。无论在何时何地，也不管在何种状态与境遇中，生命的来去与追寻，必然会承载道德与精神，也必然会感念圣贤君子的情怀，也必然会展读古人的

志趣与品行。源远流长的中华文化，延续数千年的传统美德，无时不在诠释着"善"与"爱"，诠释着"道"与"德"。天地万物，本就"天人合一"，变化亦是永恒，留下的怀想，会因道德的坚持，而播种无限生机。

不必执着于具体的事物，是如何存在与变化，也不必将自己拘禁在一些财富的数据，更不必贪恋着事业的虚浮名誉。这存在着的一切，都会被岁月磨砺，真正留下来的，唯有道德与精神，唯有人文的情怀。在天地之间，感受着"道"与"德"，在万事万物之间，感知着"和合相生"、"和谐共荣"，这是生命必然要经历的体验。人生无论对错如何，也不管得失与否，都会呈现着内心的感知。在不经意间，升腾着的领悟，往往更加真实与本质。有无数人，活在虚幻的梦境中不可自拔，也有无数人，怀藏着誓愿一步步在苦难中迎接着曙光。

岁月流逝无声，斑驳的物象世界，早已让内心有无尽怀想。天地之间，谁在寻找自己的位置？万千的物象中，哪些痕迹属于自己？往事一点一滴地浮现眼前，情感也在徐徐展开，留下的与离开的，都是值得珍惜的人。遗忘的与怀记的，都是应该善待的事物。人生不会重来，任何的企业经营管理，任何的个人恩怨情仇，都是岁月的过往。

真实地活着，质朴地流露自己的情感，在万般物象中，自在又欢喜，这不是一件容易的事情。生命的修行，人生的意义，就在一言一行、一心一念里呈现。越是简单的表达，往往越具有力量。透过浮华，让生命回归朴素。穿越欲望，让内心坚守道德。于是，在生活中，坚持使命的志者，就不会放弃内心的崇仰，也不会冷落内心的道德。在事业中，有着担当和良知的企业家，就不会为了财富的外相，而泯灭良知，也不会将道德抛之脑后。每一个人，心中都有一个道德的世界，都有着是非曲直的评判，都有着真假、美丑、善恶的标准。在这样的不断对照中，生命会逐渐觉醒，财富的本质也会逐渐裸露，人生梦想也会逐一实现。

乾坤就在一念间，中华文化中的"乾道"与"坤德"，以及阴阳和男女，以及寒暑与昼夜，天地与清浊……古往今来，早已留下各种观念。无论怎样去表述它们，都离不开内心的情感与道德。对"乾坤天地"的感知，其实也是对生命的觉悟。岁月匆匆过往，留下的痕迹，见证的怀想，都无一不在揭示内心的道德与精神，无处不在展读生命的本质与祈愿。每一个人，每一个企业，本就是在见证"乾坤天地"的内涵。是啊，一个人，一件事，一件艺术品，一件老器物……都在印证着内心的世界，都在印证着不同境遇的天地万物，都在流露着情感与乾坤阴阳之间的呼应。生命在天地之间变化，在呈现着乾坤阴阳的交替，也在变化中见证"道"与"德"，诠释着"无常"与"有常"，也在无尽的感怀中，孕育着生命归宿。

有许多人，一直活在自己的世界里，无法获悉生命的真谛。有许多企业，一直在沉迷于金钱财富的追逐，在名利的游戏中，忘却了责任与担当。也有许多人，在苦难中慎言慎行、矢志不渝，坚持着崇高的道德，始终坚持着"善"与"爱"，传递着内心的美好。也有许多企业，在激烈的市场竞争中，不被诱惑所吸引，怀藏着社会良知与"商道"与"商德"，广结善缘，在善心善念中，最终成就"善业"。

在万事万物中，在乾坤天地间，每一个人，每一件事，每一器物，都有着万千故事。透过中华文化与传统美德，翻读着历史沧桑，蓦然回眸的一瞬间，是否已经在人文情怀里，感念着祖先留给后人的宝贵财富？是否知道了内心的道德，是让生命与企业共同成就的基础？心中的道德，便是乾坤天地的缩影，也是人文情怀穿越历史的见证。无论是在企业中，还是在生活里，乾坤天地便是内心道德的诠释。"生道养德"方能"福财倍至"，如此，安好。

第二篇：圆缺一念

生命里的每一次过往，都会隐约着记忆。跋涉着的志者，心中怀藏着梦想，也有着担当与使命。无论从事哪一行业，无论现在是何种境况，都必然昭示内心追寻。匆匆忙忙，变化的万象，在给内心的情感以见证。蓦然回眸，有无尽的往事，早已沉浮人生。

无论是经营企业，还是觉悟着生命，都必然与内心的体验，有着直接或间接的关系。告诉自己，每一天的坚持，都在诠释道德的正能量，也在怀爱着生命的追寻。表白着，沉默着，人生的经历，在万般洗礼中，逐渐绽放着欢喜，也沉淀无尽的感念。每一天，都是全新的开始，告诉自己以真实的生活，在不断的人生感知中，怀善前行，跋涉不止。

人生难免得失爱恨，也无法拒绝各种挑战，来来去去，都是生命的修行。

不断印证着悲欢离合，也不断隐约着爱恨恩怨，生命的过程，其实就是在见证内心与外界的融合与差异，就是在不断延续着道德与人文情怀。我们在当下的觉醒，也在给往昔以解读，也在给未来以怀想，生命的万千变化，早已留下无尽的痕迹，让我们不断地回望。

圆圆缺缺，得得失失，本就客观地存在于人生。无论我们以怎样的身份，去面对生活，也不管我们现在是何种状态，都必然要在中华文化的内涵中，去一次次觉醒自己。面对着中华文化中的"和"、"善"、"爱"，面对着"五常"中的"仁、义、礼、智、信"，面对着我们伟大的祖先，为我们留下的各种器物以及道德和精神，我们能不在感受到深处的慈爱的同时，去肩负着文化传承的使命吗？我们能不在生活中，去见证人生的真谛吗？我们能不在企业的经营管理中，去怀藏人文的情怀吗？

清乾隆松石绿釉镂空花篮

数千年时光，只是弹指一挥间。世间万物，已留下各种面目，匆匆忙忙的跋涉，有脚印在印证着沧桑。世事云烟，也在展读人情冷暖。风雨起伏，会不断诠释生命万象。各种各样的感怀，就存在于生命的体验中，就在我们的内心深处，一次次地有着反思，有着感动和感恩，也有着无尽的憧憬。行走在人生旅途的人，生活与事业，都是一个短暂的过程，唯有内心的情怀，唯有道德与使命，唯有生命的德性与智慧，才会穿越时空，给世人也给子孙后代，留下宝贵的精神财富。祖先为我们留存的每一幅书画作品，每一件瓷器珍品，每一件老器物，每一类别的文化信息，都无一不在见证着中华文化的久远与厚重，也在隐约着中华民族的美德与向往。在岁月的流逝中，我们就是中华文化的见证者与传承者，也是祖先丰富遗产的继承者与创新者。透过各种物象，我们就会知道，在我们的生命里，早已有着穿越时空去认知本质的能力，也早已具有着蕴藏在内心深处的人文情怀，早就有着祖先流传至今的道德与智慧。于是，我们便知道了"天人合一"，知道了"和合相生"，知道了"崇道尊德"，知道了"和谐共荣"，知道了"福财善报"，知道了在生命中，坚持道德并崇尚正义。

而这所有的一切，都在揭示着我们与世间万物的关系，也在见证我们内心深处，怀藏着的无限生机。每一天都有着感念，每一次回眸都会留下记忆，每一段情感都在沉浮悲欢。告诉自己，在企业的经营实践中，我们会不断地印证内心道德的存在，也会让我们的人生不背离道德这一根基。当然，在现实的社会生活中，依旧有许多人，追逐着名利欲望；依旧有许多人，在放纵着性情；依旧有许多人，忘记了给予我们生命的祖先；依旧有许多人，在人生过往中，满足着内心的私欲；依旧有许多人，迷失在世事的爱恨恩怨里……而这一切，都是客观的存在，我们无法去拒绝各种各样的感悟。人生就是这样真实地活着，就是在岁月中不断印证着选择，也呈现着结果。爱爱恨恨，恩恩怨怨，聚聚散散，圆圆缺缺，得得失失，这所有的感怀，都会萦绕在我们的生命中，会在不断的生命观照中，诠释彼此的存在。

人生万象，本就在见证着生命的承载，也在隐约着我们的追寻。在各种具体的物象中，我们已经具备了生命的觉知，也在不断印证着岁月的痕迹。告诉自己，透过红尘中的斑驳印记，我们的生命会在岁月的观照中，一次次地见证着彼此人生的意义。每一个人，都有着自己的内心怀想，也必然留下各种感知。每一件事，都会有着自己的规律，也会不断隐约着各种结局。每一件器物，都会呈现祖先与我们的血脉相连，也会将生命中的斑驳往事一次次悄然重现。每一次的生命感知，也是我们与天地万物之间，存在着的人文情怀见证。

匆匆忙忙，眨眼便是千年。有无尽的得失荣辱，有万般的情仇爱恨，也有淡然如水的境遇，在岁月中逐一获得印证。坚持与放下，都会延续一生。无论是在人生与道德的修养中，还是在残酷的市场竞争环境里，我们都是内心

世界的拥有者，我们都是人生寒暖的体验者，我们同时也是祖先祈愿与希望的见证者，我们也是中华文化和传统美德的传承者与弘扬者。当我们心中有着"道"与"德"，当我们的生命，有着"爱"与"善"，天地万物与人生诸相，就必然会萌生着温情和暖意。无论我们在人生旅途中，看到怎样的风景，也不管我们在企业经营中，有着怎样的收获，都会因为心中的善念不离，因为我们生命承载着道德与正义，因为我们始终没有背离祖先的教诲，而蕴藏着强大的力量，也让我们生生不息。

觉知着，见证着，呈现着，变化着，隐约着，一切的经历，都在坚持与放下中，获得不一样的体会。我们就在各种各样的生活境遇中，展示着内心的祈愿与向往，也在以人文情怀诠释着与世事万物的缘由。内心的情感，一直在见证着生命中的慈爱与仁善，也在岁月中让我们真实地收获着"和合圆缘"、"彼此共生"、"和谐共荣"的结果。而这一切的体验，都是我们内心道德与精神的呈现，也是我们内心情感的显化。

每一件器物，都有着自己的故事，每一段回想，都会流淌着情感。告诉自己，在生命的跋涉中，会有无尽的觉知，与我们内心的向往相互呼应。我们的生命，就存在于真实的生活中，就变化在各种具体的企业经营管理环节里，一切都是那么自然地呈现着痕迹。也许，我们经营企业，本身就是内心道德与精神的修行，本身就是生命在企业中的价值实现。也许，我们对生命的感知，本身就在揭示企业生存与发展的规律，本身就在让我们的情感，一直与企业相依相随。生命的见证，早已诠释无尽的人生感怀，也在以各种方式变化着面目。

于是，生命的圆缺，便成为了心灵的觉知。现实的生活，残酷的市场竞争，无一不在印证彼此之间的选择取舍，也无处不在呈现我们内心的道德与良知。圆缺着的各种感知，也是生命逐渐圆满着的必然体验。在各种得失荣辱中，我们无法拒绝各种变化与调整，我们也无法拒绝不完美的存在，也许正是这样的内容，才让我们的生命越发丰富多彩。欢喜地接受着各种各样的改变，惜缘惜福地善待着所有的人、事、物，这本身就是坚守道德的过程，这本身就是传承中华文化和弘扬传统美德的践行。

心中向往的圆满，需要在现实生活中，不断接受着残缺，并完成将残缺升华为完美的过程。我们就是这样真实地生活着，在万事万物中，目睹着各种变化，也承受着各种不幸与痛苦，依旧怀藏着梦想与祈愿。在生命的觉知过程里，我们时时处处都在诠释着圆满的憧憬，也在追求着快乐与福报。而这一切生命感怀，却也在告诉我们，生命的圆满与否，犹如财富的善德福报与否，都必须以我们心中的道德和良知去见证。当我们无论面对任何的境遇，都能心生欢喜，都能虔诚地感恩和善待，都能知道透过物象去洞悉真实，都能知道在我们的生命中，不断地印证着我们的崇仰，那我们的内心深处，那些尘世中的不完美，生活中的各种不如意，就必然会被我们的人文情怀，在道德的环节中悄然融化，也会生发着祥和美好。

原来，我们在生活中追求幸福欢喜，在企业经营管理中追求善财福报，都是在见证内心的真善美，都是在让我们的生命，不背离祖先的教诲，也不让我们自己失去最本真的初心。原来，圆缺只是一念间，生命的得失与来去，都是必然的过程。我们呈现着的各种念想，无一不在诠释着彼此的和合相生，也无一不在揭示着善财的德性，也无一不是在岁月中，呈现着各种利他的善念。圆缺就在一念间，企业的生存与发展，每个人的喜怒哀乐，都被我们的道德所见证，都在我们的人文情怀中，悄然地呈现着万千面目，也见证着"道德一心"。

第三篇：缘来缘往

世间的每一个人，都有着来去，也有着各种念想。匆匆的步履，叩问着天地万物，也在萌生着内心的情怀。每一段往事，都在沉浮着感知，也在见证着人生的变幻。爱爱恨恨的人生，悲悲喜喜的心绪，聚聚散散的结果，都在不断告诉我们以生命的真实。

人与人之间，物与物之间，人与物之间，都有着这样那样的联系，也在呈现着彼此之间的缘分。无论是善还是恶，无论是亲近还是疏远，无论是圆满还是缺损，都必然有着各种各样的痕迹，在时光中获得印证。告诉自己，每一天都是崭新的开始，每一天也在迎来送往，每一天都在继承着祖先的文化与道德。我们与天地万物的感知，源自于祖先代代相传的德性与智慧，我们从祖先身上，看到了生命的神圣与庄严，也明白了担当与使命。当我们以德性和智慧，去感受与天地万物的"天人合一"、"和合相生"时，就会知道我

们自己的位置，就会知道以怎样的方式去为人处事，就会懂得我们的生命，必须为成就更多的生命而存在。

在这样的觉悟中，我们在尘世中的生命修行，我们所做的每一件事情，我们经营管理着的每一个企业，我们在生活中的一言一行，就不再是那么浮于表面的认知，就不再是停留在事物的简单物象里，而是具有着内心的情感，也具有着我们对生命的珍惜。透过生命的见证，我们也在呈现着与万事万物之间，彼此相互融合又有着差异的各种缘分。

在企业的经营管理中，在残酷的市场竞争中，在彼此的项目合作中，都在见证着我们与所有合作者之间的缘分，也在见证着我们与员工之间生死与共的关系。无论是对企业内部的员工而言，还是对外部合作的志同道合者来说，我们心中的道德是始终不被磨灭的，我们怀藏的善念初心，是永远也不会被丢弃的。在各种各样的缘分中，我们坚持的原则，我们遵循的法度，其实都源自于中华文化的道德与智慧，都源自于传统美德的约束与规范。

我们常说，"做事先做人"，如果一个人没有良好的道德修养，如果在合作中缺乏诚信，如果在各种诱惑面前缺乏定力与智慧，如果在挑战和机遇面前没有清醒的认知，那他又怎么能够让企业真正呈现着勃勃生机呢？又怎么能够规避掉存在的风险呢？又怎么能够获得别人的尊重呢？又怎么能够在竞争中得到业界的支持呢？又怎么能够在员工中具有崇高的威信呢？由此可知，我们倡导的道德，是企业之所以能够欣欣向荣的根本，也是我们之所以能够体现着内心道德与情感的缘由，也是我们之所以能够实现生命价值与人生意义的保障。

透过万千的变化，我们知道在现实的生活中，有着形形色色的人，在不断延续着各种抗争与融合，也在诠释着不同的合作与背弃。真实的生活，必然会呈现不同的状态，也必然会在岁月中，见证着我们的一心一念。告诉自己，无论面对着怎样的物象，我们都必须怀藏着道德前行。也警醒着自己，无论生命中存在怎样的诱惑，我们也必须不断地观照内心，并时时处处都让自己活得更有道德与精神。企业的经营管理，人生的各种考验，都是我们必然要面对的客观存在。无论我们与天地万物之间，如何去见证各种渊源与联系，也不管我们与世间物象之间，有着怎样的情感沉浮，都必须让自己始终心怀道德，始终不背离祖先的教诲。而这一切，都在中华文化的内涵中隐约可见，也在我们的生命中不断呈现着内心情感。

清乾隆宜兴窑紫砂黑漆描金菊花壶

　　变化着的世间万物，与我们的内心一样，有着各种各样的见证。缘分的存在，也在不断诠释着我们与各种存在的关系。当我们明白了自己的位置，也懂得了我们必须坚持的原则，也坚持着自己必须去做好的事情，就会逐渐呈现着彼此"和合圆缘"的境界。

　　其实，在企业经营管理中修行，也如同在家庭生活中磨砺一样，每一天都要面对着各种人、事、物，每一天都要迎接着各种喜怒哀乐，每一天都有着那么多的得失荣辱，每一天都必须用道德和智慧去圆满各种缘分。生命的过程中，我们是否真正懂得了彼此的存在呢？我们是否真正觉知了各种的特点呢？我们是否在变化中，明白了其中的规律和"道"与"德"呢？我们是否已经放下了自我的性情与执着，更加虔诚地将人文情怀，呈现着"爱"和"善"呢？在中华文化与传统美德的传承中，我们也在与天地万物之间，也在与万般世事之间，也在与生命中遇到的所有人、事、物之间，有着怎样的彼此觉知与呼应呢？我们是否已经肩负起了自己的责任与使命呢？我们是否已经在各种变化中，淡然心怀并绽放了道德的光芒呢？

　　告诉自己，任何的境遇，都是人生的缘分。在生命中，所有遇见的人、事、物，都是我们应当善待与珍惜的。中华文化中折射着的"和"与"善"，无不是在告诉我们"厚德载物"、"生道养德"、"福财倍至"的道理。透过红尘中的各种物象，我们的生命也会不断地见证着缘分的深浅与善恶。告诉自己，无论生命经历什么体验，也不管在企业中面临怎样的境况，我们都必须用生命的德性与智慧，去面对这一切的存在，去感知并圆满这所有的缘分。无论得失荣辱，无论圆缺聚散，无论爱恨恩怨，我们都要尽心尽意地做好自己的担当与义务，都必须去肩负责任与使命，都必须去呈现内心的道德与精

神，必须去见证人文情怀。

　　真实生活中，缘分无处不在，犹如我们的心念，时时处处都在与天地万物沟通。我们在企业的经营管理中，也必然会感受到机遇和挑战无处不在，也必然会知道"一念转乾坤"的道理。由此，我们在现实的万般物象中，怀藏着我们内心的道德良知，也坚持着善心善行，并与各种缘分相互交融。如此，我们便能实现"化干戈为玉帛"、"化敌为友"、"杯酒泯恩仇"，我们也就能将不好的境遇，转化为有利于彼此"和合相生"的境况。当我们心怀善念，不断以利他的"爱"和"善"，去珍惜缘分时，就必然赢得社会的尊重，也必然会在逆境中"否极泰来"。同样的道理，我们人生中遇到的各种人、事、物，何尝不是在诠释着"缘缘相生，缘缘不断"的道理呢？何尝不是在见证着内心的道德，在岁月中呈现着的虔诚与真善美呢？何尝不是在诠释着我们的向往与追寻，一直存在于彼此的缘分之中呢？

　　告诉自己以人生真谛，生活的磨砺，会让自己越发成熟。每一天，虽然不会重来，但却会留下无尽的感念，让我们浮现当时的情境。我们的缘分，也在时空中，延续着各种情怀。告诉自己，我们不是孤立在万事万物中的人，我们也不是脱离时空而存在的个体，我们本身就一直与各种物象有着缘分，也与时空有着往昔、当下、未来的见证。所以说，我们当下的一言一行，都是我们生命的必然存在，也会在岁月中逐一见证内心的怀想。

　　彼此的缘分，也与我们的情感，有着各种渊源。是啊，我们以不同的状态，去面对身边的人、事、物时，也必然会呈现不一样的结果。生命中的各种物象，也在不断诠释着这变化万千的缘分，让我们时时处处都能有着觉知与回想。我们的生命，就在感知着的缘分中，不断承载着自己的担当与使命，也在见证着道德与智慧的传承。透过无尽的物象，谁在感恩于天地万物的"好生之德"？谁在觉悟着自己生命的本真与初心？谁在万般的红尘世事里，一次次地明白着自己的取舍？谁在彼此的缘分中，领悟到了万事万物之间的共生共荣？

　　每一个人，都有着各种经历，也会与不同的人、事、物，有着各种各样的缘分。无论经历什么，都要清醒地告诉自己，当下的一切物象，就是我们必须善待的存在。如此，我们的为人处事，就会没有个人的分别之心，就不会沉迷于世俗欲望之中，就不会被外界的幻象所影响。我们的内心，才会越发神圣与纯净。而我们在现实生活中，在各种各样的事情里，面对着各种各样的物象，所明白着的缘分，也会在我们不断的"知缘、惜缘、圆缘"的过程中，呈现着彼此和合共生的境况。其实，天地万物与我们的缘分，也是如此的道理。我们在学习生活中、在企业经营管理中、在工作与家庭中……，都是在呈现着不同的缘分，也在见证着我们是否以内心的道德和精神，去让缘分呈现祥和与美好，去见证着彼此"圆缘"不止。

在真实的生活中，我们可以看见各种缘分，也在我们生命的变化中，不断呈现着自己的面目。原来，我们与万事万物的缘分，也是一个彼此迎来送往的过程。缘来缘往，本就是缘分的真相。任何的缘分，都不是固定不变的，也是随着我们的心念的改变，而呈现着不同的状况。由此可知，在彼此的缘分中，我们坚持的道德必然会让缘分怀藏善念，也必然让缘分的过往不被遗憾和痛苦所纠缠。在岁月的流逝中，我们与万事万物的缘分，也在印证着我们内心的祈愿与渴盼。告诉自己，缘来缘往的过程，也是我们善始善终的修行。虔诚地善待着所有的一切，珍惜地怀爱着所有缘分，我们生命的过往，便会与缘分的变化，相依相随。如此，我们的人文情怀，就会在万事万物中，悄然绽放着温暖，也会呈现着美好与圆满。

第四篇：沧桑山水

回眸历史，我们可以看到无尽的沧桑，弥漫在岁月深处。斑驳的痕迹，印证着古今的变幻。一步步跋涉向前，一次次怀善追寻，我们的祖先就是在古今的时空中，呈现着内心的怀想与美好的祈愿。千万年时光，沧海桑田的变化，印证着我们内心的觉知，也在各种物象中，让我们不断反思着自己的存在。我们的祖先，就在岁月里，不断去浮现着往事，也让我们透过万般物象，懂得了自己与祖先的关系，也明白了生命在传承着道德与使命。

透过人生寒暖，穿行在岁月的感知中，我们本就在隐约着内心的憧憬。端详着的一幅幅书画作品，欣赏着的一件件瓷器珍品，抚摸着一件件祖先留给我们的老器物，我们的内心，会升腾着温暖的感怀，也会在回忆中沉浮着无尽往事。每一段人生旅途，都在起伏着万般境遇，也必然会让我们明白着成熟，懂得在坚持道德的过程中，传承着中华文化，弘扬着传统美德。而我们

的生命，就是在这样的变化中，不断延续着生命的向往，见证着人生的万千物象。

许多事情，往往经历了以后，才会更清醒地认知到真相。许多人，真正在交往以后，才会懂得真假美丑、虚实善恶。许多的境遇，往往只有真实地发生以后，才会给予生命以各种考验。生命的爱爱恨恨，命运的沉沉浮浮，万物的枯枯荣荣，都无时无处不在警醒着自己。是啊，在岁月的流逝中，它们与我们相依相伴，我们与它们有着千丝万缕的联系。可以说，我们就是与它们交融在一起，才得以完成人生的祈愿，才得以展现真实的生活。

匆匆忙忙，穿行在红尘世事中，斑驳的物象，在呈现着时光的流转。每一个人，每一件事，每一次感怀，都在诠释着内心的情感，也在见证着灵魂的归宿。生命经历喧嚣以后，回归着淡然与安宁。变化万千的尘世，也在洗礼着我们的身心，让我们懂得舍得与坚守，也让我们不断在爱恨悲欢中，印证着自己的选择与结果。岁月流逝无声，匆匆的跋涉，献给天地万物以生命追寻。沧桑中的一山一水，犹如世间万千的变化，留下了各种感知。

在内心里，每一次的体验，因为环境的不同，因为心念的不一样，而必然呈现着各种印记。告诉自己，生命的每一段尘缘，都会给自己留下往事，也会让祈愿呈现圆缺。历史中，有无数的背影存在于记忆，也有无尽的叹息与赞美，留给了后世的解读。不同的境遇，不同的心念，不同的祈愿，不同的感怀，不同的物象……都会让我们对生命的认知，有着各种各样的收获。是啊，每一天都在涅槃重生，每一段旅途都在见证着风景，每一次沧桑回眸，也必然会印证着生命的来去。也许，这就是我们内心里，变化万千的世界，这就是我们心念中，沧桑沉淀着的真善美世界。去去来来，眨眼便是千万次的过往。每一段缘分，都会在尘世里，沉浮无尽的心念，也会见证着道德的传承与弘扬。

清雍正珐琅彩瓷青山水碗

　　每一片土地，都流淌着祖先的血泪故事，都浸染着天地万物的枯荣感怀。每一次来去，都在见证山水间生命的变化。告诉自己，每时每刻，自己都在感知这一切，我们的生命，始终没有离开祖先的恩泽，也始终没有背离中华文化与传统美德。我们在感知着变化时，在反思着内心时，在不断印证着收获时，也必然会将生命中的人文情怀，一次次融入到每一件往事里，融入到每一幅书画作品中，融入到每一件瓷器艺术品里，我们的内心与各种各样的存在，相互呼应着，也在彼此升华着内心的境界。犹如在不同的生命觉知中，山水也有着不一样的情怀承载。这也让我们不由得怀想着山水之间的禅意，"见山是山，见水是水；见山不是山，见水不是水；山原本是山，水原本是水"。在这三种不同的境界感念中，山水之间的人文情怀，已经体现了生命的不同层次。

　　如果我们只是停留在事物的外相，就会把自己的觉知拘禁在表面层次，无法洞悉隐藏着的真相与本质。于是，我们便有了"见山是山，见水是水"的觉悟，因为我们的所见所闻、所思所感，会给予直接的判断，却未必有着智慧与道德，却未必能体现我们性情之外的"善"与"爱"。当我们在外相中沉淀着心性，当我们在尘世的乱象中，明白着许多隐藏的真相，当我们在各种境遇中，进行着不同的取舍，也在寻找各种缘由，来见证自己的生命意义时，我们便有了似是而非的境界。"见山不是山，见水不是水"，便能体现着我们的内心世界。此时，我们还是没有真正定下心来，看透各种物象，并做到依道而行、依德而为。当我们在红尘万象中，获悉了生命的真相，觉知了人生的真谛，并沉淀着内心的性情，知道了崇道尊德，并有了客观的标准与规则，也有了圣贤君子的参照与鞭策，我们便会在具体的人生修养中怀藏着道德，并"道法自然"地呈现着与万事万物"和合相生"的状态。如此，我们就不会困扰于物象，也不迷失于欲望，也不沉溺于感知，也不放纵于性情。因为，我们已经知道，在生命的过程中，对道德的坚持，对中华文化和传统美德的传承，是我们生命价值的体现。于是，我们便能返朴归真，呈现着"山原本是山，水原本是水"的生命本性与初心。

　　生命的感悟，就是这样一个不断变化的过程，在这样的过程中，我们也在与各种各样的事物，相互有着不同的联系。无论是在学习生活中，还是在家庭环境里，或是在企业的经营管理的环节中，我们都会不断地印证着内心对所有事情的感念。而我们的人文情怀，就这样悄然地呈现在了岁月的流逝中。于是，我们在历史的回眸中，在沧桑的世事变化中，一次次地诠释着内心的

道德与向往。当我们端详着往事，去感知其中的内心情感的流动，就会让往事重现我们的悲欢离合。当我们与中华文化相互感知，岁月的沧桑也会在我们的内心深处，不断浮现着圣贤君子的音容笑貌，也会回响着各种名言警句，让我们能够真实地感知到各种各样的体验。当我们与一幅幅书画作品结缘，与祖先留给我们的瓷器等艺术品，进行着人文情感的融入，我们就会在不断变化的过程中，体现着内心的觉知。

在历史的回眸中，无数人时睡时醒，无数颗心灵在铭记或遗忘着过去。有无尽的悲欢离合，早已发生、正在发生、即将发生。而当下的所有感念，所有的人、事、物，也都在揭示着我们内心的情感，是如何与它们有着彼此的圆融。历史的沧桑，一直存在于岁月里，也一直在被我们的心灵解读着。无论我们是否认同彼此的存在，也不管我们的生命，是否有着遗憾或欣喜，都会斑驳地呈现着岁月的印记。而这一切，都与我们的生命感念有关。

端详着沧桑，我们内心浮生着怀想。从古至今的生命感知，也会不断印证着岁月的变迁，也可以在不同的人、事、物中，寻找到最为本真的存在。告诉自己，一切的物象，都在与内心情感相互融合，无论是悲是喜，也不管或得或失，都会让自己在变化中，不断探知真相。我们的生命，就是岁月在万事万物中的呈现啊！也许，正是这样的磨砺，才让我们的生命，显现着强大的力量，才让我们的人文情怀，在不断的印证中，与万事万物融为一体。

在变化万千的尘世生活中，在残酷的市场竞争环境里，我们与形形色色的人、事、物，有着各种各样的缘分，也留下了不同的痕迹。告诉自己，生命的认知，必然会呈现不同的层面，也会因此有着各种感怀。一次次解读着历史，不断地与世间万物相互融合，在岁月的回眸中，沧桑也在诉说着世事的变迁，也在揭示着生命的迎来送往。

每一天，都在省视着自己，觉悟着生命。每一天，都与沧桑相伴，也心念如云水一般，处于淡然安和的境界。每一天，都在与不同的人和事有着缘分，也在不断地承载着道德与良知，并相互在真善美的心念中成就着彼此。每一天，都在与祖先对话，与每一件器物交流，从而知道着内心的情感，与中华文化的传承和传统美德的弘扬，有着密切的联系。每一天，我们都在觉知着变化，也在沧桑中明白着自己的担当与使命。每一天，都是全新的开始，却又在延续着彼此的向往与追寻。每一天，我们都在见证着生命的渴盼与归宿。

解读内心，觉悟世事。怀善前行，跋涉不止。我们的生命，就呈现在历史的沧桑里，时时处处都在浮现着万千感怀。回眸往昔，明白当下，惜缘惜福，虔诚地善待着生命的过往，与所有的人、事、物"和合相生"。如此，人生沧桑就如同山水情怀一样，在不断的风景变化中，有着各种各样的生命感怀。原来，每一片山水，都是人生的解读。历史的沧桑，犹如山水变幻的景致一样，不断呈现着我们的心念，也在见证着"沧桑山水"的人文情怀。

第五篇：仁善祥和

心中有爱的人，必然坦荡光明。生命中有着道德的人，必然会祥和而仁善。这就如春秋时期伟大的思想家、教育家孔子，在他的《论语》中说的那样，"君子坦荡荡，小人长戚戚"。每一个人，心怀和格局不一样，自然会呈现不同的气度与境界。每一个人，如果道德修养不同，也必然会呈现不同的人生命运。

我们在不断的世事观照中，觉知着人性的美丑善恶，也在不断崇尚着"善"。因为"人之初，性本善"，无论是怎样的境况，也不管有着怎样的经历，我们内心的善念，也必然存在着。正因为"仁善"是我们人性的本真，我们便可以透过历史，去觉知各种各样的生命存在，都在让社会更加和谐。在中华文化中，有着传统美德的传承，也有着真善美的崇尚。告诉自己，我们的生命，本就有着祖先留给我们的道德与精神，本就有着仁爱与善良，本就有着"和合圆缘"的境界。

在现实的生活中，美丑善恶必然交织在一起，犹如阴阳的相生相克。世界上有着美好，便会呈现不美好，有着善良与慈爱，便会存在着丑恶与伤害。因此，当我们崇仰着圣贤君子的道德修养、志趣精神、气节品格等，一次次对祖先予以感恩时，我们也可以看见有许多人，他们就沉迷在欲望的享乐中，就在自我的性情放纵中，一次次违背着祖先的教诲，也违背着道德。当我们时时处处都心怀善念，努力以善心善行去让社会更加美好时，我们也可以看见有许多人，他们正在自私自利地算计着得失荣辱，正在不

择手段地追逐着名利。当我们坚持着"众善奉行",不断倡导着"商道"与"商德",并造福于万千生命时,也可以看见有许多人,他们依旧活在自己的世界里,不去承担着自己的责任与义务。当我们虔诚地承载着中华文化传承,以及传统美德的弘扬时,我们也可以看见有许多人,他们在扭曲着灵魂,在诋毁着我们的中华文化,也在泯灭着道德良知,并给社会留下巨大的后患。

生命的存在,就在这样的善恶交替中,感受着生存与死亡、慈爱与仇恨、美好与丑陋、祥和与动荡、自然与刻意……我们在时空的穿越里,可以清晰地看到历史中存在的是是非非、恩恩怨怨、真真假假,我们也可以明白各种各样的人,他们自己所坚持的各种各样的想法。当然,一切都会留下痕迹,必然会让我们逐一地反省。美丑善恶中的人,不断延续着自己的梦想,也时刻在绽放着自己的祈愿。在蓦然回眸中,我们不禁要问,岁月中存在着的一切物象,是否真的能够被我们客观地认知?那些形形色色的人、事、物,已经给我们怎样的启示?生命中的觉醒,早已给我们留下怎样的感怀?在一次次的历史对话中,我们已经知道多少真相?透过不同的心念,我们对历史的解读,又有着怎样的收获?

当我们静心去思考这些问题时,当我们的情感与各种往事,相互交融并随之起伏时,我们对于真假美丑、虚实善恶等内容,也会有着各种各样的答案。但无论我们怎样去解读它们,都必须清醒地告诫自己,生命因为有爱而美好,人生因为善心善行而成就。于是,我们便会在红尘乱象中,安定着自己的心性,让自己不被外界的诱惑所影响,这也是生命修行的过程。当我们这样尊崇着道德,坚持着"善"和"爱"时,也有许多人,沉迷于外在物质条件的诱惑,扭曲着自己的灵魂,抛弃着自己为人处事的原则,背离着传续了数千年的道德。当我们目睹着一幕幕悲剧悄然发生,我们的内心里,也会萌生着遗憾,并在时时警醒着自己。

对道德的尊崇,对仁善与良知的怀爱,都是我们必须去一生做好的功课。这就是我们之所以被人尊敬,之所以能够取得人生成功,之所以能够绽放人性光辉的原因。任何一个人,都无法拒绝道德的影响,也不可能不祈愿被"善"和"爱"包容。即使社会中有许多的丑恶现实发生,即使有许多人依旧在泯灭着道德良知,可对于每一个有着良好道德崇仰的人来说,他会更加努力地承载着使命,也会不断要求自己,继续坚持着"爱"的修行,也必然会让自己的生命体现着仁德与大爱、慈悲与和善。如此,这些怀善前行的志者,就犹如红尘乱象中的一面面旗帜，为社会树立着道德的标杆，并为中华文化的传承和传统美德的弘扬，绽放着生命的光芒。我们也在现实生活中，"见贤思齐，见不贤而内自省"，去践行着生命的追寻。

清乾隆仿哥釉三羊尊

大爱无言，大德无相。"仁者爱人"，当我们的内心，有着仁善的道德，在一言一行中，呈现着生命的担当与责任，也见证着彼此之间的和谐共荣，我们便会获得他人的尊重。是啊，这也是"爱出者爱返，福往者福来"的体现，同样也在诠释着我们生命的价值和意义。当我们真正怀善前行，真正善心善念，真正做到仁善地惜缘惜福，那我们的生命，也会时时处处都处在祥和的状态中。如此，我们的生命，也必然在万事万物中，有着美好的结局。

无论我们是在现实生活的一言一行中，还是在企业经营管理的物质财富追求里，我们都会不断觉醒内心的道德与智慧，也会让自己去把"仁善"这一美德，不断呈现在所有的缘分中。我们用仁善的心念，去善待着每一个人，去做好每一件事，去珍惜每一件祖先留下的器物，我们便会在生命的过程里，不断地觉知着最本真的自己，也会善始善终地保持着初心。透过生活中的各种物象，我们也在一次次反思着自己，并让自己的生命，呈现着道德

与精神。如此，我们的生命，便不只是简单的肉体存在，而是有着担当与使命的承载。

在变化万千的世事里，我们都在渴望着内心的宁静与祥和。在各种各样的美丑善恶物象中，我们也在祈愿着天地万物之间的"和合圆缘"。也许，我们对美好生活的向往，我们对道德与精神的崇仰，我们对中华文化的传承和对传统美德的弘扬，都在见证着内心的利他善念。都在不断的改变中，印证着我们的怀想与追寻。我们知道，任何的事物，都有着多方面的内涵，也在呈现着各种各样的结果，当我们与它们彼此呼应时，也能够寻找到共同的道德属性与特征。我们也能够知道"上天有好生之德"的道理，这与"人之初，性本善"有着异曲同工之妙。原来，我们的生命觉悟，就是在这样的相同与差异中，感受着各种存在。我们内心的情感，也是在这样的变化中，知道了如何取舍与选择，也懂得了怎样去认知。

我们的生命，也有着仁善的本性，并在实现着祥和的境遇。我们不断警醒着自己，在为人处事中心怀善念，在企业经营管理中厚德慈爱，同时也在仁德中做好道德的修养。如此，我们就会时时处处都坦荡安然，我们的生命，也会不断祥和起来。心中有仁善，人生必祥和。这不是空洞的言谈，而是实实在在的道德与福报的见证。

在现实的生活里，虽然有许许多多的人，在贪恋着物质财富的享乐，也有许多的灵魂，已经迷失在物欲和外相中，但没有道德的财富不可能持久，失去了仁善美德的生命，不可能获得幸福。我们也在不断的觉知中，明白了生命的本质和内心的追寻。每一天，都在经历着万千的变化，也在不断诠释着内心的向往。每一天，我们都在坚持着内心的仁善，也在让生活越发祥和。在这样的过程中，我们也在修炼着自己的内心，让道德与精神，始终绽放着温暖与希望。如此，我们所思所感，与生活中的一言一行，都必然呈现无尽的人文情怀。

不管我们以怎样的身份，去面对真实的生活，也无论我们以怎样的境遇，去迎接着生命的变化，我们都是心怀仁德的人，都是见证天地万物祥和的人。我们内心深处的情感，一直在悄然流淌，一直在与所有的人、事、物相互呼应。置身在中华文化的氛围中，与传统美德相依相伴，我们的生命始终在印证着内心的祈愿，也在祥和中呈现着生命的向往。

当我们面对着历史变迁，感念着沧海桑田时；当我们端详着祖先留下的器物，感恩着生命的延续时；当我们与中华文化和传统美德心心相印，感受到德性与智慧的强大力量时；当我们以善心善念、善言善行，去怀爱着存在的一切事物时；当我们在生命里，不断提升着自己的道德与精神境界时……我们就会深深地知道，原来我们的内心，从未离开仁善，从未离开过祖先，也从未阻挡过希望，我们的生命一直就处于祥和之中。只是世间的各种诱惑与万般物象，迷蒙了许多人的心灵，让他们感受不到美好，也无法体会生命的尊贵与祥和。

在道德的世界里，我们怀藏着仁善的心灵，去珍爱着生命。我们内心的情感，也在慈爱仁善中，越发温暖与虔诚。岁月中的一切物象，都是我们生命缘分的呈现。告诉自己，"仁善不离，祥和永在"。万千感念，让我们见证着生命变化，也让我们收获着美好与圆满。

第六篇：梦圆当下

心中的梦想，不会停止前行的脚步。生活在现实的世界里，每天都在感念着不同的变化，也在收获着各种感念，我们的内心，必然会不停地见证着各种祈愿。

每一个人，都有着自己的梦想，不同的人生的阶段，也有着不同的追寻。孩子逐渐长大，心中的梦想，也在不断的社会磨砺中，越发清晰地存在于心里。红尘中的万象，在隐约着风尘，谁在矢志不渝地怀爱着最初的心念？谁在不断的生命洗礼中，始终没有放弃自己的追寻？匆匆忙忙的跋涉，献给远方，也绽放希望。在万千的物象里，有无尽的祈愿，在岁月中圆缺不止。每一个人，都会有自己的梦想，也会在生活中，见证着自己的成长。

在变幻的世事里，有无数人已经放弃了追求，麻木地存在于生活中，失去了生活的激情，也没有了生机与活力。许多人，在生活的苦难中，没有了方向与志趣，消极地活着。有许多人，他们沉迷于世态炎凉里，追逐着欲望的实现，也迷失在了物质财富的享乐。于是，一幕幕悲剧，在悄然上演，有无尽的结局，在呈现人世间的悲欢离合。透过变化着的一切物象，我们是否在警醒自己呢？在滚滚红尘里，有人圣洁着心怀，也有人污秽着欲望。不同的

人和事，隐约着生命的追寻，也在见证着命运的考验。

追寻梦想的人，未必就能随心如愿，真实的生活，有许多的不如意，客观地存在着。我们心中的梦想，也会接受着现实生活的考验。匆匆忙忙的行足，一生都在延续着，在不同的物象里，在各种各样的感怀中，我们的生命已经绽放希望，我们的心灵早已感知梦想，我们的追寻始终没有停止，我们怀藏的道德一直在蕴藏着温暖与期待。每一个人，都是生命的见证者和参与者。我们心中的梦想，与我们的生命有关，与我们所有的人、事、物有关。

当我们虔诚地感念着生命，当我们在圣贤君子的情怀中，不断追随着他们的足迹，让我们的生命越发光明时，内心深处就会不停地滋生呐喊。因为在中华文化中，在各种各样的器物中，我们都能感受到中华文化的内涵，也能聆听着历史的回声，也可以穿越时空去觉知生命的体验。梦想是多么令人激动着内心的追求啊，无论我们在何时何地，也不管我们是怎样的境遇，我们都必然在不断的坚持中，让梦想逐渐呈现着我们心中的面貌。

唯一的生命，不会停止追寻。心中的梦想，也不会熄灭希望之火。当我们真实地看清楚了自己，当我们真实地洞悉了社会，当我们在不断的取舍中，怀藏着善念与慈爱，就会知道，心中的梦想，何尝不是我们生命担当与使命的见证呢？于是，在我们的人生过往里，心中的梦想，也在与我们付出的努力相依相随。我们也因此知道，梦想的实现，从来就不是虚幻的谈论，而是实实在在的践行。一个人，即使有再好的想法，即使有着非常严密的计划，即使有着对人生的详细安排，如果缺乏真正落地的实践，那也是无法真正将梦想实现啊！

"中国梦"的践行，也让我们所有的炎黄子孙，感受到了民族复兴与中华崛起的力量。当"一道一路"的倡导，让中国在世界的关注中，再一次扬帆远航。是啊，从国家的层面而言，国家有着战略的规划，要为中华的崛起和民族的复兴，也要为所有的华夏儿女和世界人民，都献上中华文化的福祉。让中华文化的光芒，照亮世界各地，让中华传统美德的人性真善美，温暖天下所有的心灵，让中国这一顶天立地的国家，为世界的和平与发展、繁荣与稳定，成为核心的脊梁。这是国家的梦想，也是每一个炎黄子孙的梦想。

清康熙黄地绿彩龙纹碗

　　一次次的梦想实现，构成了圆满的人生。国家一次次的发展愿景，也在指引着国家未来的方向。每一个国家，每一个民族，都有着自己的梦想，也会在梦想的实现中，呈现着本国家和本民族的独特情怀。中华民族自古以来就是崇尚道德的民族，数千年以来就被誉为"礼仪之邦"，有着良好的道德与超凡的智慧，有着博大的胸襟与仁善的心怀。于是，在中华文化倡导的"和"、"善"、"礼"、"道"、"德"、"爱"等核心观念中，我们也看见了"和合相生"、"求同存异"、"和谐共荣"等内涵。我们也在历史的长河中，可以看见中华传统美德，早已造福着世界人民。"有朋自远方来，不亦乐乎"，"老吾老以及人之老，幼吾幼以及人之幼"，"海内存知己，天涯若比邻"、"四海之内皆兄弟"等等名句，也让我们一次次感受到了中华文化的道德与大爱。是啊，中华民族是倡导"和合圆缘"的民族，也是呈现着"合作共赢"、"和光同尘"理念的民族。每一个中国人，都在以最真实的心境，感恩着天地万物，也在以生命的德性与智慧，让自己的生命越发神圣高贵。从古至今，中华民族都在给世界各国以圣贤君子的气度与修养，也在展现着"道"与"德"的风范。

　　透过国家的战略梦想，我们也可以知道，对中华文化的传承，对民族美德的弘扬，本身就是在让中华民族复兴，本身就在见证生命的意义。是啊，没有国哪有家，当我们以"家国一体"的情怀，去融入到"中国梦"的实现时，就会知道，这正是一代代炎黄子孙，所期待的梦想。在二十一世纪的今天，我们热爱着自己的祖国，我们也在为中华民族的伟大复兴，敬献着自己的力量。当然，我们也要清醒地知道，"中国梦"的实现，是离不开中华文化的传承与传统美德的弘扬的。因为，中华文化是我们的精神命脉，而传统美德是

我们言行举止的规范，我们一旦离开了这样的内涵，"中国梦"也就失去了灵魂，我们就会陷入到具体的物象世界里，去追求经济方面的成就。如果我们背离了祖先的告诫，也失去了生命对道德的尊崇，那"中国梦"就会变成虚无的空架子，并不能具有强大的生命力。

当我国把"一道一路"的倡导，与世界各国人民一同分享时，也获得了一致的赞誉。是啊，遥想历史中的"丝绸之路"，无论是在陆地上穿越着的商业之旅，还是在海运中呈现着的世界文化与经贸的交流，都早已让中国的大国形象，为世界文化与经济乃至科技的发展，都注入了强大的动力。在二十一世纪的今天，我国倡导的"一带一路"，不仅仅可以造福世界各国人民，同时也可以让世界了解中国，也让中国更好地影响世界。这就是一个大国的梦想，这就是中国一代代祖先追求的夙愿。追思历史，回眸往昔，在历史的沧桑中，我们解读着岁月的流逝，也在诠释着国家的兴亡。在二十一世纪的今天，一个崭新的起点，开始了崭新的扬帆远航。"中国梦"的伟大追求，与"一带一路"的宏伟蓝图，展现了中华民族的豪迈气概，也见证着中国的战略发展观念，并呈现着中华民族造福世界的发愿与初心。

每一个梦想的实现，都离不开实实在在的践行。空洞的言辞，无法圆满内心的祈愿。当我们置身在中华文化的世界，当我们以圣贤君子的德性与智慧，去让我们不断奋发进取时，我们就会在历史的长河里，为"中国梦"和"一带一路"的实现，献上我们的生命追寻。我们的梦想，也在围绕着中华民族伟大复兴的梦想，也在围绕着造福世界各国人民的伟大梦想，而身心融合在一起。我们的生命，因此而感动，也因此而时时处处都充满希望。

告诉自己，伟大的"中国梦"和"一带一路"，也离不开我们实实在在的建设。我们立足当下，做好每一件事情，服务好每一个人，经营好企业中的每一个项目，也让自己永远心怀善念，承载着道德与精神，不断实现着生命的价值与意义。这就是我们在生活中，在企业经营管理中，在每一天遇到的所有人、事、物中，具体地落实相应功课的实际修行。国家和民族的伟大梦想，离不开每一个人的奉献与参与，也离不开上下一心的合力拼搏。"天上不会掉馅饼，撸起袖子加油干"，这才是实现我们心中梦想的必然选择。

透过万千物象，我们看见了自己心中的念想，是如何一次次见证着奇迹的发生。在现实的社会中，我们也可以看到有许多人，生活在空虚的想法里，却不去付出实实在在的行动，以至于让生命失去了许多的机会，也变得没有了活力。当然，我们要知道，任何的结果出现，都必然有着它的缘由。我们要实现自己的梦想，也必须去围绕着具体的事情，进行实实在在的努力。梦想无论伟大还是渺小，无论是长远还是短期，都离不开我们真心实意的践行。告诉自己，在梦想的追求之路上，没有捷径可以让自己选择，唯有坚持不懈地努力，唯有坚持道德与精神以不断"和合相生"，才能在生命中与所有的志同道合者同心同行。

每一天，都不可重来，都应该为梦想的实现而践行。我们置身在中华文化的世界里，有着"家国一体"的情怀，也有着浓郁的中华民族情结，当我们以"中国梦"和"一带一路"，来指引着我们的梦想追求时，就会知道，我们梦想的实现，本身就与国家和民族的梦想融为一体。每一个人，都有着赤子的情怀。炎黄子孙在二十一世纪的今天，迎接着崭新的起始，在日新月异的世界发展格局中，在各种各样的经济业态中，必然要呈现着时代赋予的全新使命。梦圆当下，就告诉我们，当下即是全新的开始，我们的梦想在当下，一步步实现着。

第七篇：平台同德

我们知道，任何的追求，都有着过程。梦想的实现，都必须真心去追寻。而我们的现实生活，也时时处处都在呈现着各种环境。我们的企业，也离不开市场竞争与合作的背景。我们要追求自己的理想，我们要实现企业的发展，也必然会呈现着相应的圈子与平台。

这就如同生活中的人一样，每一个人都会在岁月中，形成自己的交际圈，也会在各个方面的交往中，形成自己的人际资源。一个企业，在它的生存与发展中，也必然要置身于社会市场竞争的大潮中，通过不断的磨砺和洗礼，最终完成"大浪淘沙"的选择与被选择的过程。企业也在这样的各种变化中，逐渐适应了社会经济的竞争与合作，并会选择适合自己的发展平台，去实现资源的对接与融合。

可以说，每一个人，都不是孤立存在的，任何企业，也不可能单独存在于经济环境中。按照"物以类聚，人以群分"的特点，每一个人，都会去寻找

适合自己的圈子，而每一个企业，也会根据企业之间合作发展的需要，去寻找自己渴望的平台。如此，企业与企业之间，便有了各种各样的合作，人与人之间，也就有了不同的交际。我们在不断的省视中，可以看见企业在发展中，有着不同的利益选择，也会有不同阶段的发展规划，这样也往往会呈现着平台的多样性。每一个人，在成长和成就的道路上，也会有着不同的层次与阶段，自然也会体现着各种各样的生命状态，也必然会在内心里呈现不同的人文情怀。

这就让我们在生活中，很真实地可以看到，许许多多的平台，都在与企业进行着交融，许许多多的人际关系，也在与我们进行着各方面的互动。形形色色的人，各种各样的资源，不同类别的平台，都在我们和企业的身边萦绕。当我们静心思考，就会不由得问自己："我们对自己是否了解清楚了呢？我们对企业的规划，是否符合规律呢？我们选择的资源，是否安全可靠呢？企业对接的平台，是否能够实现企业的发展呢？我们的人生阶段，是否已经有了理智的设定呢？企业的发展步骤，是否具有战略性和可行性呢？各种各样的问题，都在悄然浮现在脑海，也真实地存在于我们的生命里。

其实，企业家与企业之间，在经营管理的具体环节中，往往已经形成了命运共同体。企业家将情怀融入到企业中，而企业也在见证着企业家的内心梦想实现。特别是那些企业的创始人，他们往往会具有浓郁的情感，甚至可以说，企业就如同他们的孩子一样，时时处处都在见证他们对企业的关注与心意。当然，我们也要知道，企业的发展是具有许多客观因素的，比如在企业的合作与发展中，就必须遵循着"商道"与"商德"，必须注重经济发展的客观规律，必须注重行业的发展趋势。因此，这也告诫我们，在企业的经营管理中，我们不能只考虑企业家的个人情感，而应该结合许多客观的存在，并形成有益于企业长期稳定发展的规划方案。只有对企业有着翔实而又精准的了解，我们才能真正在不同的市场竞争阶段，为企业寻找到符合发展需要的平台。这是一个伴随着企业发展，而不断进行着融合的过程。

我们每一个人，其实也是这样的道理。当我们处于不同的阶段时，当我们不断觉知着自己的方方面面时，唯有对自己有了很清醒的认知，唯有对我们的所思所想有了准确的把握，我们才能真正给自己制定合适的人生规划。任何盲目的言行举止，都不可能让自己真正成就未来。由此，我们也要一次次警醒自己，生命中人与人之间的交往，也必须要懂得自我自知，才能真正明白如何与他人相处，才能真正形成符合自己需要的圈子，并逐步去成就自己。

清乾隆红釉高足碗

　　当然，在现实的生活中，我们可以看见，有许多人往往忽略了对自己的认知，而是感性地参与到各种活动之中，他们并不知道自己的位置在哪里，也不知道自己的层次如何，也不知道自己需要什么。在这种情况下，他们就很难把握住自己，也无法分析清楚存在的机会，更不可能很好地与别人进行交流，当然也不可能实现与他人的"和合相生"。由此可知，对自己的了解，是我们实现自己追求的基础。其实对于一个企业而言，也是一样的情况。如果一个企业对自己的实际状况都不了解，如果企业的决策者都不知道企业需要怎样的资源，也不知道怎样才能让企业摆脱困境或是抓住发展的机遇，也不懂得合作之间的规则与尺度，那企业又怎么能够把握得住存在的机会呢？又怎么知道哪些才是企业需要的机会呢？

　　在不同的平台中，我们可以看见不同的需求，也可以看见不同类别的商业合作。这是变化多样的合作与交流，也是企业各种各样的生存与发展的机遇。每一个人，每一天都有各种机遇，让我们得以不断进行选择，并时时处处都与自己的未来有关。每一个企业，也同样在不同的环境里，一次次呈现着各种需求，并在形形色色的资源体系中，进行着各种类别的洽谈与合作。可以说，圈子给了我们生命以实现价值的空间，而平台也给了企业以生存与发展的渠道。当我们明白了平台所蕴藏的强大能量，就会在资源合作中，珍惜平台并懂得为平台的持续作用，献上自己的服务与回报。因为对于企业来说，一个好的平台，可以让企业很快便迅速摆脱困境，实现涅槃重生。而平台是需要每一个参与的企业，需要每一个融入其中的企业家，都真心实意地予以

呵护和共同打造的。

这就告诉我们，企业与平台之间，是相互共生共荣的关系。平台可以成就企业，而企业的回报又可以让平台充满活力。这就是生命中的利益共同体，这就是彼此之间的"和合相生"。对于每一个人来说，对自身圈子和人际关系的维护，何尝不是一样的道理呢？因为，我们每一个人，都生活在现实的世界里，都要和形形色色的人打交道，都要与各种人际资源进行互动，如果我们与这些给我们发展机会的圈子和资源关系，相互没有很好的共生共荣，那又怎么能够实现彼此的长期合作呢？在现实情况中，有许多人在获得圈子与平台的帮助时，往往违背道德地做出有害于他人的事情，也注定着不会获得好的结果。也有许多企业，在合作平台上，不遵守相关规则，从而与平台最终无法实现彼此互利共赢。

平台的打造，是见证着志同道合者，相互为了共同的目标，彼此同心同德的过程。在这样的过程中，我们知道，任何的人、事、物，都必须围绕着原则进行配置。各种资源的参与，各类企业家的融入，不同企业的需要，都会在平台中，呈现着道德的属性。如果一个平台，没有了道德的支撑，没有了中华文化的内涵，没有了传统美德的弘扬，只是经济利益的共同汇聚，那是无法具有共同的使命与担当的，也就不可能会有长期的发展，更不会获得彼此的尊重与呵护。"名来利往"的平台，是没有道德与精神的平台，即使有着冠冕堂皇的名分，即使有着所谓的名人来捧场，它也好比是一个人身体臃肿，却没有精气神。如此，这样的平台，即使有着这样那样的噱头，也不管它以怎样的方式去炒作，都是不可能长久存在的。

当我们一次次觉悟着生命，明白着企业的发展，也在不断思考着平台的作用时，就会知道一个这样的道理：平台唯有坚持道德，才可以长存。这就如同一个人，要获得别人的尊重，就必须具有良好的道德。平台亦是如此，企业亦是如此。于是，我们就会在不断的感知中，对平台的存在，有着更为清晰的认知，同样也会对企业的生存与发展，具有着客观的分析。

平台同德，这就是我们需要揭示的真谛。企业在平台中，同心同德，才能彼此互利共赢。平台与企业之间，唯有以道德来共同遵循和维护，才能彼此实现和合一心。可以说，平台就是凝聚道德与志向的地方。对于企业而言，一个好的平台，可以让企业找到归属感。而对于平台而言，每一个崇尚道德的企业融入，都会给自己注入新鲜的血液，绽放勃勃生机。

第八篇：惜福显道

　　每一个人，都在生活中，不断呈现着自己的心念，也在迎接着必然出现的结果。在企业的生存与发展中，不同的企业经营理念，不同的发展规划，不同的合作模式，都必然会呈现相应的结果。在这样的不同状况里，我们的内心，也在时时刻刻感受着变化，也同时在不断印证着自身的觉悟。

　　岁月中的每一次见证，都是我们生命客观的存在。告诉自己，企业的每一次生死存亡，都是企业难得的成长历程。许多的企业经营者，他们往往只专注于企业的盈利，而忽视着道德的培育，只注重于在市场竞争中，如何获得机会而忽视了原则的坚持，从而企业在发展中留下了无尽的后患。一个志存高远的人，是必然要做到道德修养的不断提升。三国时期著名的军事家、政治家诸葛亮，在他的《诫子书》中写到"夫君子之行，静以修身，俭以养德。非淡泊无以明志，非宁静无以致远。"这也告诉我们，一个人要想获得非凡的成就，那就必须具有良好的德行修养，就必须有着淡泊宁静的心态，也必须有着志趣与气节。

　　对于一个企业而言，要想在市场竞争中，立于不败之地，那就必须将自身的企业文化打造好，就必须上上下下都树立道德规范。企业家作为企业的管理者，也必须身先士卒地起到模范带头作用，自己做好了，下面的员工才有榜样的力量。如果企业家都不对道德予以重视，自己都只是口头上说一说，做一些形式上的表面文章，即使践行道德修养，也是"雷声大，雨点小"，不来点实际的功夫，那又怎么能够做到"以德服人"呢？一个企业没有道德的榜样，没有树立"以德为尊"的良好风气，那又怎么能够形成上下同心的企业凝聚力呢？

　　目睹着社会市场经济的残酷竞争，有许多的企业往往会急功近利地贪图利益，而放纵着自己的欲望，从而无法在道德上予以树立自己的形象。这种"饮鸩止渴"、"杀鸡取卵"的做法，即使在短期内能够获得极大的经济收益，可并不能持久地让企业获得发展。因为，任何违背"商道"与"商德"的企

业行为，都会给企业带来无穷后患。我们一定要记住，短暂的辉煌并一定能够具有长久的生命力，韬光养晦的厚积薄发，往往会让企业在道德的支撑下，走得更加稳健和持久，并最终赢得胜利，获得业界的尊重与赞赏。原来，企业的发展，比拼的是企业内的道德与精神的内功，真正让企业赢得未来的，不是一种外在的模式，也不是巨大的利益回报，而是道德与精神的价值认同感，而是生命觉醒中的归属感。

清雍正暗刻团寿云龙纹粉彩过枝福寿八桃盘

任何的模式，都很容易被复制，财富的竞争，往往会让心灵被欲望迷失。唯有道德，才可以如明灯一样，照亮着内心的世界，并让我们真正感知到强大的精神感召。在道德面前，任何的财富，都是附属的内涵，因为"德者本也，财者末也"，如果本末倒置，那是非常危险的事情。对于一个企业而言，如果过于追逐利益，过于在意财富的累积，而忽视了道德的树立，那就必然会导致不良的后果。"天下交征利则国危"，对于国家而言，如果上上下下都在忙着利益的追逐，那国家就很危险了。如果缺乏道德的支撑，对于国家而言也是不利的！国家尚且如此，对于企业而言，那就更是必须不断强化道德建设，才能真正让企业长期发展下去。对于一个企业经营者而言，这也是必须去思考的问题。

于是，如何在市场竞争中，既要保持自身的良好德行，又要把握住市场的

260

机遇，让企业获得长期发展，这是一个如果让财富与道德圆融一体的主题了。而在这样的过程中，我们必须坚持着"商道"与"商德"，也必须在企业经营管理中，呈现着"爱"和"善"。如此，我们才能在有着道德作为支撑的前提下，让企业依道而行、依德而为。如此，每一次的市场竞争，都是在彰显着我们内在的道德修养，每一次的企业管理，都是在企业内部培育道德的过程。于是，我们在企业中的一言一行，都具有着道德的模范作用，我们都必须在不同的境遇中，始终坚持着良好的道德情操与志趣气节。

其实，经营企业，也就是在成就人生。而生命道德的树立，也在无形中为企业的生存，注入了内在的人文情怀，也必然会促进企业的健康有序稳步发展。每一个企业家，是企业中的核心人员，他的一举一动，都会被企业员工关注，他的一心一念，也会直接影响着企业的凝聚力与向心力。他的德性与智慧层次如何，也会决定着企业的规划设定与执行处于怎样的水平。由此可知，企业和企业家之间，有着紧密的关系，他们相互直接影响着，也在不同的内涵中，呈现着共同的道德，并且形成着同呼吸、共命运的状态。

一个人在生活中，懂得感恩，学会惜福，做一个有道德的人，是最根本的要求。正因为我们的内心深处，有着对祖先的感恩，我们才真正知道了生命的尊贵，才会珍惜着祖先留给我们的每一件器物，并以人文情怀去解读着斑驳往事。正因为我们对天地万物的感恩，我们才会知道我们的生命，不是孤立地存在世间，而是有着各种各样的缘分，也有着自己的担当与使命，也由此让自己更加懂得善待所有的人、事、物。我们心中的善念，我们怀藏的慈爱，都在让我们在感恩中，滋生着福报。内心坦荡无私，生活便会时时美好。如果一个人，没有道德，没有善念，没有慈爱，那他又怎么会珍惜缘分呢？又怎么能够做到利他呢？如此，他又怎么能够明白自己生命的尊贵，并懂得珍惜生活中的一切呢？他又怎么能够收获福报呢？

每一天的存在，都是生命唯一的观照。对于企业而言，每一天的市场竞争与合作，都在决定着企业的生死存亡，也在展现着各种机会与危机。对于珍惜生命的人而言，他会每天都喜悦地迎接着生命的重生，因为每一天都是崭新的开始，每一天都不可重来，对于生命而言每一天都是极其宝贵的。当我们在现实的生活中，真正懂得了生命的珍贵，懂得了缘分的难得，懂得了要虔诚地善待彼此，那我们的生命也就翻开了崭新的篇章。因为，在我们的生命里，有了惜缘惜福的德性光辉，有了内心的尊重与善待的人性温暖。

当我们在企业中，以惜缘惜福的德性，去面对每一次的挑战与机遇时，就

会珍惜每一次的考验，也会珍视每一次的选择。如此，无论我们以怎样的状态面对企业的现状，都会以积极乐观的态度，去解决存在的问题，并迎来企业的发展。当我们在企业的经营管理中，在市场竞争与合作中，懂得以尊重和善待的人性温暖，去面对着每一个人、去做好每一件事时，就会在各种各样的人、事、物中，始终不背离道德的约束，也能善始善终地以德服人，并获得企业员工的尊敬与拥护，获得合作者的信任与钦佩。这就是在企业中，坚持道德与践行人文情怀的体现。企业也会因为我们的内心道德修养，而绽放勃勃生机。而我们也可以在企业这一平台上，积极乐观地迎接着各种改变，从而让自己的生命不断觉悟与升华。

就在我们的惜福中，我们的内心也会感受到道德的正能量，也会体会着生命彼此的成就。企业就是成就我们未来的平台，而我们也是成就企业未来的动力。在我们与企业之间，有着道德的力量，让我们与企业"和合相生"，也能够实现彼此的"融合共荣"。由此可知，我们的生命价值，与企业的发展息息相关，也在共同呈现着无尽的感怀。

企业的生存与发展，也时时处处都在呈现着"商道"与"商德"，我们的人生成长与成就，也在见证着道德修养的坚持。这一切，都让我们彰显着"道"与"德"的内涵。当我们置身于中华文化的世界里，当我们弘扬着传统美德，当我们在具体的践行中，不断印证着生命的价值，并实现着企业的愿景，就会更加真切地感受到源自道德的强大力量。而其中的"道"就蕴藏其中，并时时处处都在规范我们的言行举止，也在影响着企业的生存与发展。

我们在现实的生活中，惜缘惜福着，感恩怀德着，善待着所有与我们有关的人、事、物。在企业的生存与发展中，我们也在依道而行、依德而为，并不断成就着我们的梦想。每一天，都是"惜福显道"的一天，每一次与企业的"圆融共生"，都在见证着道德的存在，也在呈现善心善念的福报。我们的生命与企业"和合圆缘"，在延续着"惜福显道"的过程。因为各种各样的变化，都在印证着"福报"与"道"的存在，也在呈现着彼此的内涵。

第九篇：彼此圆缘

　　尘世中的每一个人，市场竞争环境中的每一个企业，都不是孤立存在着的，而是与所有的人、事、物，都有着密切的联系。一件看似简单的事情，往往背后隐藏着无尽的秘密。每一个人，都有着各种怀想，每一个企业，也有着各种发展的可能。

　　当我们置身于动态的变化系统中，依照整体的方式，去考察企业的存在与发展时，就会知道，在岁月的见证中，任何企业都会留下各种经验，让后来者懂得反思与借鉴。我们也会以变化的观念，去思考我们留下的往事，就会在当下知道我们的存在，依旧有着无限多的变化。是啊，无论是企业还是我们自身，都处在变化之中，而各种变化又存在于完整的系统之中。就是在这样彼此的影响里，我们逐渐认知了万事万物的存在，也明白了与生命有关的诸多事情。透过生命解读，我们明白了人生的真谛。通过企业"商道"与"商德"的认知，我们也懂得了蕴藏在企业生存与发展中的强大道德力量。

　　人与人之间，物与物之间，人与物之间，都有着这样那样的关系，也在呈现着不同的记载。岁月流逝无声，却会留下不同的回忆。我们就在岁月里，与不同的人打着交道，也与各种物象有着感知，也与不同的事情进行着融合。而这一切，都在见证着我们内心的道德，也在呈现着我们内心的情感。于是，我们的人文情怀，就在天地万物之间，悄然地流淌着，也在感应着自己的变化。这是一种在变化中彼此感知，又相互融为一体的体验，我们就在这样的体验里，感恩着祖先的生命赐予，也感恩着中华文化的熏陶与传统美德的浸染。当我们以这样的心怀，去与万事万物相互呼应时，就会被隐藏在每一件器物背后的故事，深深感动着。也会对蕴藏在艺术品中的文化内涵，以及各种斑驳的沧桑，深深打动着内心。

　　企业与企业之间，也有着各种各样的联系。在市场竞争中，任何企业都不可能拒绝彼此的影响，也无法拒绝本就应该去做的改变。彼此相互依存，却又时时处处都在竞争之中，这种对立统一的矛盾，会在道德的坚持中，化为

"和合相生"、"求同存异"、"和光同尘"的力量。企业之间的差异，也可以成为彼此互补的基础。相互之间的相似，也可以成为共同成就的缘由。企业与企业之间，也在不断以各种方式，相互实现着彼此之间的发展。在"商道"、"商德"的秉承中，在中华文化的传承中，在传统美德的弘扬中，企业与企业之间，就不再是纯粹的利益关系，彼此也不只是经济项目的合作，而是会体现出道德价值观的认同。同时，也会在不断的竞争与合作中，对彼此的财富观有着真实的考验，并立足于企业的战略与规划，来实现彼此的融合。因此，企业之间的竞争，就会突破利益的表面层次，而体现着人文情怀的归宿，也会彰显道德的力量，这也是"商道"与"商德"在企业之间的真实体现。

人生的每一段缘分，都是我们生命的记载，都值得用虔诚的心念去珍惜。我们遇到的每一个人，我们经历的每一件事，我们面对的每一件艺术品，我们收藏的每一件老物件，都在见证着我们生命中的缘分。当我们以善心善念，去与它们融为一体时，去感受到隐藏在它们中的各种文化内涵与人文故事时，我们就会置身于中华文化的世界里，并穿越着时空与祖先实现对话，也与圣贤君子进行内心的交流。于是，我们便会没有距离地呈现着内心的情感，也会与存在的一切人、事、物，都能很好地进行感知。

清乾隆青釉月牙罐

透过生命本身，我们也可以不断去体会到天地万物之间，存在着的各种变化。我们也可以在岁月中，一次次地见证着自己的位置，并与它们进行融合。

是啊，我们与它们，本就可以进行相互感知，本就在不断呈现着各种各样的联系。当我们逐一揭示着其中的规律时，就会深刻地感知到其中的丰富内涵。原来，中华文化的源头，就在这样的感知中，就在"天人合一"的体验里，就在阴阳五行的相生相克中，就在天地万物"好生慈德"的道德中。

通过我们的存在，再去思考企业的存在，就会知道，无论是我们本身，还是企业平台，都是存在于世间的载体，都是在中华文化世界中，具体的呈现方式。我们以人的方式，在诠释着中华文化，而企业以经营主体的方式呈现着商业道德。但在思考中，就会明白我们与企业之间，在道德与文化中，都有着共同的文化渊源。因为无论是天地万物，还是生活在现实变化中的我们，或是在市场竞争中不断生生灭灭的企业，都离不开"人"这一主体。"三才者，天地人"，正是因为有了"人"的感知，正是有了"人"在天地万物之间，充作了桥梁纽带，正是因为有了"人"在企业的方方面面，都起到了核心衔接，才让我们得以不仅仅能感受到天地变化的规律，也能将这样的规律运用在生产与生活中。于是，在中华文化的流传中，我们就有了在天地之间感受一切规律，又能依照规律创造未来的能力。

这就是存于我们心中的"道"与"德"，这就是我们生命与生俱来的德性与智慧。我们也越发真切地与天地万物融为一体，又在不断呈现着自身的独立性与能动性。我们揭示着天地万物的规律，又将规律造福着天地万物，也不断利益众生。于是，我们心中怀藏的"善"和"爱"便会融入到所有的人、事、物中，并呈现着生命的担当与使命。中华文化由此在我们的传承中，与时俱进并赋予越来越多的内涵，而我们也会在美德的弘扬中，坚持着中华文化的核心主旨，并圆融无碍地将它们共同的源头予以揭示。于是，"大道至简"、"返朴归真"。于是，我们与天地万物，就有了穿越时空的呼应。在岁月的见证中，我们与天地万物之间，早就有着无尽的感念，早就已经呈现着"万变不离其宗"的人文情怀。

在企业中，我们也一样在相互感受着，彼此成就着。企业中所有的人、事、物，都在不断印证着我们内心的情感，也在一次次呈现着彼此的觉知。人与人之间，有着道德作为准则，让他们彼此和合相生、实现人尽其才。物与物之间，我们也在以道德的珍惜，让它们各尽其用。人与物之间，我们也在以人文情怀，注入我们的感念，并与它们彼此有着文化的圆融。在企业的竞争与经营管理中，我们也在呈现着"商道"与"商德"，也在呈现着"生道养德"和"福财倍至"。我们就在具体的商业运作中，传承着中华文化、弘扬

着传统美德。当我们一次次践行着"企业经营，便是在修养道德"的理念时，我们的企业也必然会因为道德的坚持，而时时处处都蕴藏着道德的力量，也会获得社会的尊敬与业界的广泛合作。

　　缘分无处不在，犹如在中华文化中，道德也时时在天地万物之间。无论我们以怎样的身份去认知万事万物，也不管我们以当下何种状态去迎来送往着各种变化，我们都会透过红尘中的各种物象，去认知真实的自己。缘分与我们和天地万物有关，而我们也在生活中和企业里，不断解读着各种各样的缘分。是啊，彼此"和合圆缘"，这是多么美好的结局。当我们内心的善心善念，不断绽放着祈愿时，我们的生命就会与所有的人、事、物，都有着这样呼应。我们与它们之间，也在圆满着缘分。道德长存，彼此圆缘，和合共生，生命因此无比美好！

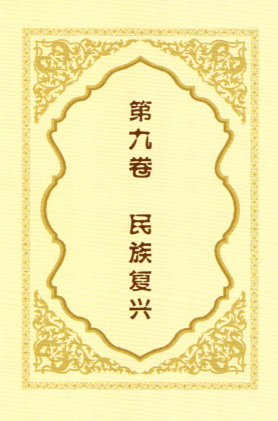

第九卷　民族复兴

　　告诉自己，无论生活以怎样的面貌见证感受，无论内心以怎样的情感诠释觉知，都不能动摇中华文化的根本，也不能背弃传统美德的核心。因为，我们是将中华文化视为生命之魂的炎黄子孙，因为我们是用生命去传承历史与文明、去肩负道德与精神、去弘扬民族传统美德的华夏儿女。我们的生命里，流淌着中华文化的血液，我们在古老文明中生息，也必然要与其共存共荣。

第一篇：瓷母轩辕

　　翻读史典，数千年的风云变幻，只是眨眼之间。有无数人，被历史铭记，也有无数珍宝，被岁月怀藏。我们置身于源远流长的中华文化，我们与传统美德相互呼应，内心深处萌生的情感，会对祖先予以崇敬，对生命予以珍惜，对历史予以虔诚，对每一件老器物都献上感怀。变化万千的物象，也在时时警醒着我们，历史无法忘记也不能忘记。

　　当我们一次次解读着中华文化，端详着一件件精美的艺术品，就能升腾着内心的自豪与欢喜。是啊，中华民族在历史长河中，留下了辉煌灿烂的文明，并成为了世界四大文明古国之一，中华文化也是至今唯一没有文化断层的古老文化。在强大的文化生命力里，我们可以透过历史，去看见一辈辈的列祖列宗，将自己的生命与天地万物融为一体，去用自己的生命感怀，揭示着"道"与"德"，也呈现着宇宙万物的真谛。在岁月的流逝中，我们的祖先将自己觉悟的德性与智慧，践行于具体的生活，并美化着生产与生活。

　　于是，无数的艺术品，便随着祖先的心神与天地万物的合一，而悄然流传于历史之中。可以说，中华文化的发展史，其实就是我们伟大的祖先，用他们的德性与智慧，将天地万物与他们的关系，一次次以器物的形式展现着生活的场景，一次次以道德与精神的文化形式，诠释着自己内心的祈愿与观念。当我们翻读着中华文化经典，当我们欣赏着一件件艺术珍品，当我们书写着一个个流传了数千年的汉字，当我们在书画的艺术境界中徜徉，当我们在瓷器中感受着五行相生的美妙……这一切，都在让我们的身心感动，也让我们不由自主地赞美着中华文化的源远流长与璀璨夺目，也会虔诚地感恩着我们伟大祖先生命的繁衍，也会感念着祖先将德性与智慧传续至今，也会叹服于中华文化和传统美德的生命意义。

　　在这样的人文情怀中，我们感受着我们伟大的祖先，也在怀念着他们的丰功伟绩。每一个炎黄子孙，都会深深铭记着自己是龙的传人，都会知道每年的三月初三这一天，对我们的"人文始祖"轩辕黄帝进行祭拜。中华民族是有生命根脉的民族，中华文化是讲究流传有序的文化，我们置身在这样的文化世界里，我们的生命也在感受着伟大祖先的各种信息。

每年的三月初三，相传是轩辕黄帝的生日，来自五湖四海的炎黄子孙，便会虔诚地祭拜缅怀这位给予我们生命和文明智慧的祖先。翻读着各种史料，便可以知道，黄帝是古华夏部落联盟首领，也是中国远古时代华夏民族的共主，被赞誉为"五帝之首"，也被尊崇为中华民族的"人文始祖"。黄帝本姓公孙，后改姬姓，因此也称为"姬轩辕"。因他居于轩辕之丘，号"轩辕氏"，建都于有熊，所以也被称为"有熊氏"，另有史书称他为"帝鸿氏"。在中华文化的发展史上，黄帝因其丰功伟绩而被载入史册，被后人世世代代敬仰。

史料记载黄帝因有土德之瑞，因此被称为黄帝，他统一了华夏部落并征服了东夷、九黎族而统一了中华。黄帝在位期间，播种百谷草木，大力发展生产，始制衣冠、建造舟船、制定音律、创立医学等，为中华文化的创立与传播，做出了伟大的功绩。相传黄帝在位时，在数学方面，隶首作数，制定了度量衡制度；在军队方面，风后衍握奇图，始制阵法；在音乐方面，伶伦取谷中之竹制作箫管，定好五音十二律，合于今日；在衣服方面，元妃嫘祖始养蚕以丝制衣服；在医药方面，与岐伯讨论病理，作有《黄帝内经》；在文字方面，仓颉创制文字，具六书之法；在铸鼎方面，在荆山（今陕西中部）铸鼎，分华夏为九州；水井的发明据称也归功于黄帝；舟车、弓矢、房屋等，都是他的发明。

当我们聆听着这位"人文始祖"的故事，就会在心中萌生对他的崇敬，我们当下受益着的中华文化，与这位伟大的祖先有关。我们也在每年的三月初三，为他献上祭奠，以表达对他的缅怀与敬仰。中华民族是寻根问祖、认祖归宗的民族，有着岁月无法割裂的血脉延续与文化传承。源远流长的中华文化能够在当下，依旧绽放着夺目光彩，我们的祖先能被后世子孙一代代铭记至今，便是中华民族有根有魂的见证，就是炎黄子孙不忘根本的美德呈现。

当我们端详着一件件艺术珍品时，我们也会被它们的文化内涵与艺术魅力，深深地折服并由衷地喜爱。瓷器是我们常见的艺术品之一，可以说它也是中华民族的文化符号。当我们了解着中国瓷器发展史，对瓷器制作中所蕴藏着的各种变化，予以人文情怀的展现时，就会感叹着世间万物的神奇。泥土与水的融合，水与火的交融，釉彩的变化，各种图案与造型，都在诠释着瓷器的独特魅力，也在让我们在中华文化中感受着千百年的岁月沧桑。

清朝乾隆年间，中国的瓷器烧造技艺，达到了艺术的顶峰，也烧造了许多精美绝伦的瓷器艺术珍品。当时，唐英作为清朝内务府员外郎的身份，到江西景德镇督办官窑三十年，直至他一七五六年去世，并开创了中国陶瓷史上最辉煌的篇章。其中，乾隆年间烧造的一件八十六厘米高的大瓷瓶，因瓷器施釉技法汇总聚合，技法圆融一体，被赞誉为瓷器技法之母，亦称为"瓷母"。在这件瓷器上，整个器物从上到下依次运用了色地珐琅彩、松石地粉彩、仿哥釉、金釉（耳饰）、青花、松石釉、窑变釉、斗彩、冬青釉暗刻、霁蓝描金、开光绘粉彩、仿官釉、绿釉、珊瑚红釉、仿汝釉、紫金釉等十五种施釉方法，具有十六层纹饰，颈部对称夔耳，腹部绘有十二扇开光图案，其中包括"三阳开泰"、"太平有象"等吉祥寓意的画面。这件被誉称为"瓷母"的瓷瓶，集高温低温色釉和釉下彩釉上彩于一体，其烧造工艺繁复至极，至今无法复制，成为了瓷器制作中空前绝后的艺术珍宝。

清乾隆各种釉彩大瓶（瓷母）

当我们置身于中华文化的世界，感受着璀璨夺目的光辉时，就不能不对每一件艺术品予以赞叹。当我们端详着"瓷母"这一汇聚了中国瓷器艺术、展现着中国瓷器烧造技法、体现着窑工超凡工艺水准的瓷器艺术品时，就会有着叹为观止的感受。是啊，一件瓷器，便呈现着瓷器文化的辉煌与灿烂，也能折射着中华民族的德性与智慧。穿越历史的长河，去回眸着生命的繁衍，去感知着中华文化的传承与民族美德的弘扬，我们就会有着强烈的民族自豪感和文化自信心。我们也一次次告诉自己，每一位炎黄子孙，都应该为中华文化献上敬意。

倡导着"瓷母轩辕"，是告诉我们不能忘记生命的根本，也必须见证着中华文化的传承。倡导着"瓷母轩辕"，就是要让我们透过一件件瓷器等艺术珍品，去了解中华文化的源远流长，去认知蕴藏在艺术品中的人文情怀，去感叹中华民族的文化传统，去绽放生命的德性与智慧。倡导着"瓷母轩辕"，也是在让我们深刻地认知到，人类文明的发展史，与天地万物之间生活器物的交融，从古至今都没有阻断。倡导着"瓷母轩辕"，也是在见证着中华文化有根有源，民族艺术有着深厚的底蕴，让我们不断透过艺术品所蕴含的文化内涵，感知着生命的人文情怀，去传承悠久灿烂的中华文化，去弘扬数千年连绵不息的传统美德。

我们知道，"瓷母"为瓷器技法之母，"轩辕黄帝"为中华民族"人文始祖"。在二十一世纪的今天，我们倡导"瓷母轩辕"，就是要让我们的中华文化，得以追根溯源，得以百川归海，得以万法归一。我们倡导"瓷母轩辕"，就是要让生命的德性与智慧真正得以诠释，让每一件艺术珍品都能重现人文的情怀。

第二篇：慈孝尚本

生命有着缘起，世间每一个人，都有自己生命的根脉。中华文化的传统与传统美德的弘扬，让我们在当下不断省视着自己，也在内心中升腾着情感。透过历史的沧桑，我们感受着岁月变迁，也感知着生命的繁衍，告诉自己，这一切的记忆，都是我们生命难得的收获。

变化的物象，一直在揭示着天地万物之间，隐藏着的"道"与"德"，也在给我们无尽的启示。穿行在尘世里，有无尽的信息，在给我们的回眸以感应。告诉自己，任何的经历，都会让生命成长。任何的境遇，都会见证内心

的祈愿。万千的变化，也在诠释着内心的情感。告诉自己，每一次的觉知与选择，每一次的所思所想，都会体现生命的德性与智慧。

斑驳的历史沧桑。弥漫在人生的怀想里。匆匆忙忙的跋涉，给岁月留下无尽的往事。无论我们以怎样的面貌存在世间，也无论我们以怎样的情感去面对世事，我们的生命都会见证道德与精神。中华民族的传统美德，已经见证了生命的根本，也诠释了道德与精神的延续。透过物象的表面层次，我们可以真正觉悟到蕴藏的内涵。每一段回想，都会绽放人生的追寻。告诉自己，任何的变化，都有着规律，我们的生命，也在与天地万物，彼此共存共生。

而存在的一切，变化着的一切，都在呈现着德性与智慧。我们铭记着"上天有好生之德"的名言，也在警醒着自己的内心，必须懂得生命的缘起，必须懂得在生命中坚持道德。当我们真正将生命予以敬畏，并从内心里虔诚地予以感恩，那就会明白祖先的伟大，也会对中华文化中根本渊源的内涵予以崇敬，也会对传统美德里的中华孝道予以深刻认知。是啊，中华民族是追根溯源的民族，炎黄子孙是认祖归宗的华夏儿女。在数千年的中华文化传统中，对祖先的感恩戴德，对生命的虔诚敬畏，对后世子孙的无私慈爱，对根本渊源的坚持固守，对道德精神的传承与弘扬，都是一直延续的主题，数千年来未曾停止，也从来没有消失。

春秋时期伟大的教育家、思想家孔子，在其《孝经》中，有着许多关于中华孝道的名言警句，至今影响着后人。诵读着"夫孝，德之本也，教之所由生也。""孝悌之至，通于神明，光于四海，无所不通。""天地之性，人为贵；人之行，莫大于孝"，就会明白，孝道是一切道德的根本，所有品行的教化，都是由孝行派生出来的。我们也知道，孝道蕴藏着强大的正能量，也可以感动天地，并让道德与精神不朽。孟子也说"老吾老，以及人之老；幼吾幼，以及人之幼"、"人人亲其亲，长其长，而天下平"，由此也可以看出中华孝道的博爱与厚德，这也揭示了弘扬孝道与天下和谐、社会美好的关系。宋代文学家苏辙，留下了名言"慈孝之心，人皆有之"，也印证着"人人皆有善念"的真谛。

有无数的名言警句，都在告诉我们为人处事的道理。透过各种各样的事例，我们也能看到因为践行孝道，所带来的福报。在现实的社会生活中，有许多人，因为坚持孝道这一美德，善言善行又慎言慎行，以大爱的利他之心，善待着与自己有缘的所有人，从而在合作中，获得了他人的尊重。在生活中践行孝道，也能让家庭安和，能够让自己身心得到道德的滋养。我们知道，弘扬孝道不仅仅可以成就自己的未来，不仅仅可以修养德性与智慧，也可以让亲人得到赡养，并承担起自己的责任与使命。同样，孝道的践行，可以在企业中树立道德的规范，并让企业获得持久的动力。我们知道，"小孝治家，中孝治企，大孝治国"，对中华孝道的尊崇与弘扬，是数千年以来举国上下的必行之事。因为，孝道是中华民族道德和精神的灵魂，也是中华文化中最为本质的内涵。由此可知，对于一个企业而言，力行孝道也有着十分重要的意义。当然，对于一个国家而言，弘扬中华孝道，也是强国之基、复兴之本。

清雍正粉青釉贴花双龙盘口尊

透过各种各样的社会现状，我们也可以看见，在物欲横流的尘世里，也有许多人，背离了祖先流传至今的道德，也背离了为人处事的根本，往往让自己断根忘本、数祖忘典。这是多么可悲的事情啊！可这样的情况，却时常在发生。我们也能看见生活中，有许多老人得不到子女的赡养，有许多人不仅仅不尊敬亲友，甚至还对生养自己的父母予以虐待。在尘世里，悲欢离合一直存在，爱恨恩怨也相依相随，真假美丑始终在交织。当我们在现实的生活中，不断反思着存在的问题时，就会对中华文化的传承以及传统美德的弘扬，予以更加深刻地认知。是啊，孝道是我们生命之所以能够成就未来的根本。可在现实生活中，有形形色色的人，存在于欲望中，他们放纵着自己的性情，违背着道德伦理，也在给社会留下极其不好的恶劣影响。每当这样的事情发生时，我们的内心能不感到警醒吗？我们能不更好地行孝吗？

以慈爱之心，去善待着生命中的所有人、事、物，以孝道之心，去尊重和

敬养所有的亲人长辈，这都是我们在现实生活里，必须去做好的修行。慈爱往往是长者对晚辈的无私善念，而行孝是晚辈对长者必须去做到的知恩图报。我们知道，"羔羊有跪乳之恩"、"滴水之恩，当涌泉相报"。在中华民族传承至今的美德里，就有着感恩和博爱，也有着知恩图报的内涵。当我们面对着生养着我们的父母，无论为他们做任何的回报，都是我们应该去做的事情。当我们感动于父母对我们无私的慈爱时，就会回想着我们伟大的祖先，也是这样以他们的博大心怀与慈爱德性，将生命一代代地传承到了现在。慈爱，是生命与生俱来的善念。行孝，是生命本就应该去肩负的责任与担当。

当我们一次次追随着祖先的足迹，回眸着历史的沧桑时，我们的内心深处，就会起伏着无尽情感。是啊，每一次的生命觉醒，都在让我们明白着自己，也会对生命的根本予以认知。告诉自己，任何对生命的诠释，都无法代替内心的孝德。实实在在地践行孝道，会比任何的虚浮言语，更能感动心灵。而我们对中华孝道的弘扬，也必须在生活中，以实际的言行举止去完成。当我们一次次回眸历史，就会在岁月的痕迹中，感恩着伟大的祖先，也会对生命予以珍惜，并懂得真心善待所有与我们有缘的人、事、物，并绽放着德性与智慧的光芒。

生命的根本，就是我们坚持着的道德。而道德的根本，就是我们践行的孝道。源远流长的中华文化，在揭示着天地万物的变化规律，也在展现蕴藏其中的道德与精神。我们生命中的人文情怀，时时处处都在感受着祖先无私的慈爱，那生活在当下的我们，怎么能不去将孝道的弘扬，作为自己最应该去做好的首要大事呢？

我们在企业的经营管理中，依旧可以将中华孝道融入其中的环节，并可以体现着我们生命的道德与智慧。当我们具有了这样的情怀，就会把每一位员工、每一位合作者，都当成自己的亲人来善待，与他们有着良好的交往并实现着共荣互生。当我们坚持着道德这一根本，就会在为人处事中，明白自己是谁，也会知道自己的位置在哪里，更好懂得把握分寸。如此，我们就能够在万千变化中，不被欲望迷失，也不会被各种外界的干扰所影响。

真实的社会生活，给了我们各种各样的记忆，也让我们学会了认知自己与周围的一切。我们时时都在觉醒生命，我们也处处都在感念人生。无论生活怎样变化，我们都有着各种各样的情感在流淌，我们都有着不同的祈愿在延续。告诉自己，生命对道德的坚持，对根本的固守，对孝道的弘扬，对慈爱的感恩，本身就在让我们越发心存善念，越发祥和着内心。

一次次倡导着"慈孝尚本"的理念，就是在不断地警醒着我们自己，"慈孝"乃人伦的根本，而道德的传承，也是我们生命的根本。我们珍惜着生命，也怀爱着所有人、事、物，我们在当下敬仰着祖先，也在追根溯源的过程中，让人文情怀与祖先留下的道德与精神，以及各种艺术珍品和老器物，都有着心灵的沟通融合。我们在二十一世纪的今天，时时处处都在感受着"慈孝"的内涵，也在探究着"根本"的源头。当我们将"慈孝尚本"这一理念，与企业的经营管理融合一体时，就会给企业文化注入道德与精神的正能量，就会呈现着厚重的中华文化底蕴，就会让有缘者都感受到企业中的人文情怀，感知到生命最本真德性与智慧。

第三篇：传承文化

回眸历史，风云舒卷。有无尽的故事，早已流传千年。有万般痕迹，让我们觉知当下。置身于中华文化的世界，我们的内心里，浮现着各种各样的场景，那是历史的回忆，也是我们生命的感念。匆匆忙忙，眨眼便是一生。对生命的感知，我们一直在延续着力量，也在萌生无尽的祈愿。跋涉的志者，不会放弃内心的向往，因为在生命中，有着祖先的召唤，有着中华文化的传承，有着道德的坚守。

当我们欣赏着一幅幅书画作品，被里面的墨色与构图所吸引，不断解读着其中的寓意，我们的内心里，就会滋生着浓浓的情意。是啊，任何的物象，都在呈现着生命的感怀，都在让我们不断省视着人生过往，也在见证着书画艺术的变化与延续。正是无数艺术家的创作，才让我们得以在现在，看到了许许多多的历史风貌，也体会着各个时代的人物景致。当我们欣赏着北宋著名画家张择端的《清明上河图》时，就会被当时北宋都城汴京（今河南开封）的风土人情有着各种了解，也能透过画面，去感受着不同的时代生活。当我们透过明末清初画家八大山人朱耷的画作，去看到画面的各种动物，都是白眼相对，呈现着冷寂肃然的画风，就会感受到他作为明朝皇室后人，对山河变迁、王朝更迭的无奈与冷落、悲壮与凄凉。

当我们欣赏着晋代书法家王羲之的《兰亭序》时，就会被这件"天下第一行书"作品所震撼，感受着兰亭雅士的饮宴场景，也看到了王羲之行云流水、道法自然的率性与洒脱。当我们欣赏着唐代楷书大家颜真卿和柳公权的作品时，就会被他们的"颜筋柳骨"书风折服，透过他们各自的书法风格，反映着他们内心的品格与气节。当我们端详着唐代书法名家怀素写的草书《千字文》时，就会被其中的狂放与圆融感化，仿佛就置身于他的艺术创作中，与他的心绪一同起伏并见证着创作情感的变化。

一件件的瓷器艺术珍品，也在诉说着无尽的故事。当我们在博物馆里，将它们仔细端详并感受着时代的印记时，就会在不知不觉中，体会到中国陶瓷的发展史，就会感受到一代代的窑工，在天地之间劳作的画面。也可以感受到窑火的温度，也能穿越历史，去看到山水、花鸟、人物等的描绘。我们在时空中，也可以看到隐藏在岁月中的爱恨悲欢，也能在故事的聆听中，感受到窑工的心酸与不易。由此，一件件陶瓷艺术品，就不再只是简单的器物，而是有着我们的万千感受，也有着我们内心情感的融入，有着我们真实的呼应与体验。

我们现实的生活，也离不开祖先遗留给我们的各种器物，无论是家具还是文房器皿，无论是书籍还是生活用具，我们都能透过它们，感受到祖先遗留给的信息。透过具体的物象，我们能够浮现当年祖先生活的场景，也可以由各种各样的内心情怀，滋生着生命的感受。是啊，祖先留下的每一件器物，都承载着祖先的诸多信息，也见证着祖先的生活痕迹。每一次端详着这些器物，我们的生命也会穿越时空，去与祖先进行心灵的对话。

清康熙五彩加金花鸟纹八方花盆

告诉自己，生活在二十一世纪的我们，就是在这样的岁月变迁中，一次次见证着中华文化的传承，也在不断印证着道德的坚守。在不断的反思中，我们也会越发坚定信念，对祖先予以虔诚的礼敬。没有祖先就没有我们，也不可能会有流传至今的中华文化。没有中华文化，也就没有我们当今的文化生活，我们就会失去文化的根脉。因此，我们必须清醒地认知到，中华文化延续了数千年，一直没有断绝，在当下也依旧呈现着勃勃生机。那些认为中华文化已经过时、传统美德不再适合当今社会的错误观点，也会给我们以深刻的警醒。

是啊，在现实的社会生活中，有形形色色的人，会为了自己的私利，而放弃生命的原则，丢弃祖先遗留下来的文化宝藏。这样背信弃义的人，这些没有了文化根脉的人，这些只为了自己欲望而活着的人，这些已经丧失了"礼、义、廉、耻"的人，又怎么能够体现道德与精神呢？又怎么能够见证生命的担当与使命呢？又怎么能够有资格去面对列祖列宗呢？

对中华文化的抛弃，对自己祖先的遗忘，对传统美德的冷落，这是最为悲哀的事情。作为一个中国人，如果没有真正的文化自信，如果没有真正的文化担当，如果不去传承中华文化，如果不去感知祖先赋予我们的生命意义，如果不去践行自己应该肩负的使命，那就真的是愧为中国人。我们在现实的生活中，不仅不能数典忘祖、背离道德，同样也应该坚信中华文化具有丰富的内涵，也具有强大的生命力。那些崇洋媚外的人，那些诋毁祖先并抛弃道德的人，那些将中华文化践踏的人，怎么对得起自己的列祖列宗？他们，就是历史的罪人。

由此，我们的心中，就点燃着爱国的火焰，也在中华文化的光芒里，照亮着我们的灵魂。祖先从未离开我们，往往是有许多不孝子孙，将祖先悄然遗忘，甚至还认为遗忘祖先是理所当然的事情。中华文化也一直在与我们同在，往往是有许多自以为是的人，藐视着流传了数千年的民族文化与传统美德，他们追逐着物质生活的享乐，而冷落着道德情操的修养。每当我们面对这些人时，心中萌生着愤慨，也发出生命的呐喊：背弃道德，就意味着堕落。泯灭良知，就必然丑恶。抛弃文化，就注定浮浅。忘记祖先，就断绝根本。

当每一个炎黄子孙，都有着强烈的文化意识，都有着责任心和使命感，就会在不断的中华文化传承中，坚持着圣洁初心，也会始终怀藏"善"与"爱"。当我们置身于中华文化的道德与精神的世界，就会感受到强大的正能

量，也会感受到天地万物"和合相生"的德性与智慧。透过历史的云烟，我们警醒着内心，也在鞭策着自己。

可以说，每一个人，都是中华文化的传承者，都是传统美德的践行者。于是，我们倡导着"一人一文明，复兴中国梦"和"传承文化，弘扬慈爱"的理念，也是以生命来践行中华文化的传承和传统美德的弘扬。因为每一个炎黄子孙，都蒙受着中华文化的恩泽，也必须去虔诚地怀爱着给予我们德性与智慧的中华文化。我们书写的每一个文字，我们表达的每一名言警句，我们为人处事的每一传统美德，我们生活中呈现的每一种风土人情，无一不在诠释着中华文化。透过风云变幻的历史，我们回眸着过去，也在当下感知着自己应该承担的责任与使命。

中华文化历经数千年风雨，一直传续到了今天，生活在二十一世纪的我们，面对着各种各样的文化意识形态，面对着各种各样的诱惑与挑战，也面对着不同的生活方式，我们必须清醒地认知自己，并在岁月中不断磨砺自己的身心，也见证自己的志趣。通过生命的洗礼，也透过一件件历史的器物，我们可以真实地感受到生命的宝贵，也可以感受到道德的价值。千百年的沧桑，在印证着生命的变化，也在揭示着天地万物的生生不息。

在崭新的时代里，我们传承着中华文化，也有了各种各样的方式。但无论怎样与时俱进，都要铭记着中华文化中的道德与精神，永远不会过时也是我们应该始终坚持的内涵。我们可以进行各种各样的时代信息的融入，但必须坚持着中华文化圣贤君子的情操与气节，必须坚持着天地万物"和合一心"的境界，也必须真实地践行着生命的感念与人文情怀。

每一天，都是崭新的起始。面对着数千年的中华文化，我们在进行着亘古弥新的传承与创新。是啊，每一个人，都是中华文化的代言人，我们也是祖先在当下的生命重现。告诉自己，无论生活以怎样的面貌见证感受，无论内心以怎样的情感诠释觉知，都不能动摇中华文化的根本，也不能背弃传统美德的核心。因为，我们是将中华文化视为生命之魂的炎黄子孙，因为我们是用生命去传承历史与文明、去肩负道德与精神、去弘扬民族传统美德的华夏儿女。我们的生命里，流淌着中华文化的血液，我们在古老文明中生息，也必然要与其共存共荣。

第四篇：弘扬慈爱

我们的生命，无时不浸润在爱里。花开果熟，季节在轮回着寒暖，也在见证着生命的延续。万事万物，都有着自己的存在，也在呈现着各种各样的情怀。爱是永恒的主题，从古至今都在见证着其丰富内涵。无论我们生活在哪里，也不管我们是在经营企业，还是在践行着道德弘扬，都可以看见我们的生命，与爱密不可分。因为，我们本身就是父母爱的结晶，我们从生命的诞生直至离开世界，都在处处流淌着生命的温暖，也在绽放着爱的绚丽。

天地万物，有着德性之爱。彼此之间，有着情感之爱。我们与万事万物，有着心念之爱。无论是怎样的情境，都在传递着善念与慈悲，都在延续着内心的祥和与美好。无论我们以怎样的方式去解读人生，岁月中留下的各种痕迹，都会呈现着爱的内涵。即使生活中有着痛苦，即使人生道路上有着不如意，但我们的内心依旧不会绝望，也不会丧失对生活的信心，因为我们知道，希望依旧存在，慈爱就在心间，只要我们心念一转，依旧是春暖花开。

每一个人，每一件事，每一件器物，都在呈现着各种各样的情怀。翻读着历史，云烟升腾着感知，留下的无尽怀想，会见证着生命的来去，也会洗礼着我们的灵魂。一切的存在，都在诠释着爱的内涵。与我们有缘的每一个人，我们都在善待中，给予对方以爱和尊重，也相互感受着生命的美好。我们珍惜着祖先留给我们的每一件器物，因为我们知道，在这些器物中，蕴藏着祖先的情感，也体现着祖先对我们的关爱，而我们也可以通过内心的感恩，去珍惜着它们，这也是真实的爱啊！当我们用心去面对发生的每一件事情，并觉知着各种缘由，并善心善念地将事情处理好，并见证着人性的真善美时，这何尝不是我们心中有爱、处处祥和的体现呢？在我们的生活中，时时处处都在传递着爱，我们也在被爱滋养和成就着。

无私的爱，给予每一个人以幸福。平等和欢喜，也给每一次境遇，以美好的结局。生命中的慈爱，也在让生命繁衍生息，见证着祖先的厚德与智慧，也呈现着子孙后代对祖先的敬仰。中华文化中，传承至今的大爱，也在告诉

　　我们，什么是"仁者爱人"，什么是"爱出者爱返，福往者福来"，什么是"兼爱非攻"，什么是"爱人者，人恒爱之"……让我们知道，天地万物因爱而"厚德载物"、"天人合一"，人与人之间因爱而"和合相生"、"共生共荣"。透过悠久灿烂的中华文化，我们也在感受着生命中的爱，是如此的博大精深，是如此的纯净和善。当我们的心念，沉浸在爱的世界里，能不被各种各样的爱所深深感动吗？

　　生命的延续，一直在承载着希望与祈愿。我们的祖先，在历史的长河中，一次次地将爱传续给我们。生命中怀藏的道德与智慧，何尝不是爱的体现呢？我们对生命的认知与解读，何尝不是在坚持着"善"与"爱"呢？透过天地万物的变化，我们也能在变化中，明白着爱的哲意。是啊，无论阴晴圆缺，四季的轮回都会孕育生机，也会呈现无尽的生命感悟。当我们的生命，与各种各样的物象融为一体，就会感受到蕴藏在沉寂中的热情，就会知道寒冬深处的春绿，就会明白苦难中的欢喜，就会觉悟怨恨背后滋生着的慈悲。

明成化斗彩鸡缸杯

　　我们生活在爱的世界里，我们的生命也在承载着爱的传递。每一天，都在迎来送往，我们都在善待着这变化的一切，我们也在用爱珍惜着这一切。匆匆忙忙的行足，都在揭示着生命的来去，也在流淌着希望和暖意。而存在着的痕迹，无一不是爱的呈现。因为我们心怀远方，于是向着梦想跋涉前行，这也在印证着心中的爱。我们不断觉知着生命，在岁月的变化中，以爱的内涵诠释着无尽的祈愿，也在表达着生命中的情感。在我们的浓浓深情中，时时处处都在见证着我们内心的爱，也在呈现着各种各样的感怀。

　　当然，世间万象，变化不止。我们能够在祥和中生活，就必然会看到许多的悲苦与不幸。因为在阴阳交替的世界里，善恶美丑、爱恨恩怨也时时在交织着。这是丰富多样的世界，也是我们心灵真实的感知。当我们看见许多人，依旧将仇恨怀藏，进行着各种破坏时，我们的内心必然会萌生着遗憾与担忧。是啊，原本美好的世界，总有着一些不和谐的音符，总存在着一些破坏正道的人，总会发生一些让人感到不安的事情，这也是必然的客观存在。我们就在现实的生活中，一次次地端详着发生的一切，心灵也在感知着它们的变化，并浮现着相应的情感。当我们"哀其不幸，怒其不争"时，当我们感叹"天作孽，犹可恕；自作孽，不可活"时，也必然会在"见贤思齐，见不贤而内自省也"的情境中，不断要求自己更加懂得珍惜面对的一切，告诫自己应该用爱去化解存在的不幸。因为我们的祖先，早就告诉了我们"冤家宜解不宜结"、"化干戈为玉帛"、"知错能改，善莫大焉"、"朝闻道，夕死可矣"……

　　在现实的生活中，我们无论面对着什么，也不管经历着什么，都必须真正坚持道德，并心怀善念。因为爱的存在，会让我们的生命，在逆境中"逢凶化吉"、"否极泰来"、"时来运转"、"柳暗花明又一村"、"船到桥头自然直"。因为心中有爱，我们也会在生命的见证中，感受到"成人达己"、"和合相生"、"共生共荣"等美好的结果。是啊，任何时候，我们都要铭记，我们的生命就是爱的化身，就是爱的载体。任何的挫折与不幸，都不能动摇我们心中的爱。当我们懂得了生命的宝贵，践行着相互的尊重与和合，爱便会让我们成就未来。

　　中华民族自古以来，就是以仁爱厚德为品质，也在历史发展中，数千年来都传承着"上善若水"、"好生慈德"的德性与智慧。当我们置身于中华文化的传承与传统美德的弘扬，就会不断地觉知到内心的善念与慈爱。原来，我们的生命，无时不在感受着爱，也无处不在传递着爱。内心的道德，也是慈爱的展现。万物的和谐相处、和合共生，本身也是彼此以爱来实现"求同存异"。一次次的生命感悟，在揭示着内心的慈爱，是如此的真实与丰富。透过万千物象，领悟着变化的规律，也在"道"与"德"的世界里，印证着生命无私的慈爱。

　　于是，回归到生命的本身，我们对慈爱的弘扬，也是人生善心善念的践行。当我们将慈爱的弘扬，融入到企业的经营管理之中，当我们与每一位合作者和企业员工，都以慈爱的德性去彼此交往，就会体会到生命是如此的美好，彼此之间有着美妙祥和的内心情感。当我们一次次诠释着慈爱的内涵，也与企业经营管理中的各个环节，都不断呈现着彼此的交融时，就会感念着

慈爱让生命更具道德，同样也可以让企业在人文情怀中越发充满温暖。

弘扬慈爱，就如同传承中华文化一样，具有着非常重要的意义。当我们认知到了这一道理，就会不断地让自己付出践行。其实，慈爱便是善德的体现，弘扬慈爱，何尝不是在弘扬传统美德呢？慈爱无处不在，无时不有，我们对它的弘扬，其实也是在让我们的生命，更加有着意义和具有更高的道德境界。当然，弘扬慈爱，是必须通过实实在在的践行，才会真正获得尊重与回应。而且，在万千的社会乱象中，有许多人在假借着慈爱的名目，做着违背道德的事情，并留下了许多负面的影响。这些为了自己的私利，而不惜抹黑慈爱的人，他们背弃了道德，也早已泯灭了良知，必然会被社会所唾弃，也必然会遭受相应的惩罚。

生命在感知着善心善念，也在呈现着善言善行。每一天，都是生命美好的一天，也是弘扬慈爱的一天。纯净的心灵，时时处处都在绽放着美好的祝福，也在给予每一个人以温暖和希望。当我们将慈爱，播撒在尘世万事万物中，就会在岁月里收获着福报与财富。每一次的生命觉知，都在告诉我们一个道理，没有慈爱的世界，是冷漠凄凉的世界，也是没有希望的世界。我们的生命应该承载着传承中华文化的使命，也应该在岁月里见证着传统美德的光辉。同样，我们的生命，也因慈爱而生，也应为慈爱的弘扬而绽放。

弘扬慈爱，是每一个人都必须具有的人文情怀。无论何时何地，我们的生命都因为慈爱不离，而有着希望与归宿。当我们的生命，与慈爱融为一体，我们便是慈爱的化身。当我们虔诚地奉献着自己，不断为他人着想时，世界就会在慈爱的滋润中，呈现着祥和与安宁。我们的生命，也会因为感念慈爱而温暖，会因为传递慈爱而幸福。弘扬慈爱，是我们一生必须坚持的修行。弘扬慈爱，在中华文化的传承中。我们告诉自己：生命不息，慈爱不止。

第五篇：笃学明志

每一天，都在迎来送往，都在交替着阴晴圆缺。每一天，都在聚散离合，都在悲欢爱恨中生活。每一天，都在见证着希望与追寻，也在诠释内心的向往与祈愿。每一天，都在积极地面对着存在的一切，都在告诉自己：生命无比美好。

当我们一次次觉醒生命，当我们在不断的洗礼中，明白着内心的感念，就会在岁月里沉浮着怀想。我们知道，无论生命怎样去绽放，都有着不圆满不完美的时候，无论我们怎样欢喜地善待生活，也都会存在苦难与哀伤。我们知道，无论我们多么有着经验，也无法洞悉存在的一切秘密。无论我们在现实生活中，以怎样的方式去诠释自己的存在，我们都必然有许许多多的不足，留给自己以遗憾和万千的回想。

时时刻刻，都在迎接全新的自己，告诉自己以未来的憧憬。当我们睁开眼睛，就会发现自己的追寻，依旧在延续着力量。告别昨日的旧梦，在当下的现实生活中，给自己以生命的展望。每一天的选择，都在给内心以感受，无论得失圆缺，不管悲欢聚散，都是真实的存在。我们要不断地告诉自己，任何的经历都是唯一，往昔与当下，只是生活在世间的缩影。透过具体的物象，我们看见了隐藏着的"道"与"德"，我们也知道了自己的位置与归宿。

置身于浩如烟海的古典文献中，我们与源远流长的中华文化结缘，我们也与流传了数千年的传统美德融为一体。当我们感受到中华文化的魅力时，也会感知到自身的不足与浮浅。是啊，面对着存在着的一切痕迹，我们又知道了多少秘密与答案呢？面对着圣贤君子留下的文化宝藏与道德修养，我们又已经做到了多少呢？透过各种各样的变化，我们又是否明白了自己的无知和渺小呢？每一个人，当他对历史有着敬畏时，就会知道生命的短暂。当我们对自己的生命有着触动时，就会明白人生的无常与变幻。当我们置身于数千年的中华文化中时，就会知道自身知识的浅薄，并懂得虚怀若谷、谦逊低调。

在现实的生活中，我们一次次认知着自己，也在不断反思着生命的存在与变化。一个人，最直接认知的是自己，最难以认清的还是自己。生命的距离，就这样忽近忽远地存在着，我们也在自我的感知中，明白了自己存在的方方面面。这是生命苏醒的过程，这是德性与智慧开启的过程，这也是我们人生成长与成熟的过程。在岁月的记载中，我们不断警醒着自己，也在逐渐地认知着自己。当一个人觉知到自己的不完美，并懂得接受自己的不完美，并努力让自己完美的时候，生命便会翻开崭新的一页。当一个人懂得了敬畏生命，懂得了自己的不足，并能够在不断的践行中，依旧用道德和精神去坚持崇仰的时候，他的生命便会绽放夺目的光彩。而这一切的存在，都在告诉我们一个道理："人贵有自知之明"。

　　春秋时期伟大的思想家老子，在他的《道德经》中说，"知人者智，自知者明。胜人者有力，自胜者强。知足者富，强行者有志，不失其所者久，死而不亡者寿"。而战国时期道家学派代表人物庄子，则有名句"吾生也有涯，而知也无涯"。透过这些名言，我们能够看见隐藏于其中的生命感怀。春秋时期的伟大教育家、思想家孔子，在《论语》中留下了许多的名言警句："学而时习之，不亦说乎？有朋自远方来，不亦乐乎？人不知而不愠，不亦君子乎？""学而不思则罔，思而不学则殆"、"三人行，必有吾师焉。择其善者而从之，其不善者而改之"、"见贤思齐焉，见不贤而内自省也"、"知之为知之，不知为不知，是知也"、"温故而知新，可以为师矣"、"己所不欲，勿施于人"……也体现了孔子对治学、品行等方面的思想。透过这些内容，我们可以感受到两千多年以前，古人对学习的崇尚以及对生命志趣的觉知。

　　我们也可以在中华文化中，感受着曾子著名的"一日三省"的名言："吾日三省吾身：为人谋而不忠乎？与朋友交而不信乎？传不习乎？"也体会着他的"士不可以不弘毅，任重而道远。仁以为己任，不亦重乎？死而后已，不亦远乎？"当我们在岁月的回眸中，感受着蕴藏在这些名言中的哲意时，内心就会由此而深深感动，因为它们有着强大的正能量，在激励着我们的生命，不仅仅要自我觉知，还必须要有崇高的志向，并要不断追求自己的梦想。于是，我们也知道了，生命必须有着担当，也必须去承载使命，而不是只停留在简单的物质生活表面。我们也一次次告诫自己，生命的存在，有着巨大的价值和意义。

　　透过历史的云烟，我们回眸着沧桑，也立足在当下，憧憬着未来。斑驳的岁月，早已留下了无尽的圣贤君子故事，也给我们的生命展开了无尽的感念与期待。是啊，在中华民族延续数千年的美德中，有着好学、崇德、尚志的内涵，也一直延续至今，依旧在激励着我们不断奋发进取、矢志不渝。无论我们在当下是怎样境遇，也无论过去有着怎样的感怀，生命都会有各种各样的期望献给未来。因为，在中华文化的传承中，在传统美德的弘扬中，我们一辈辈的列祖列宗，就是这样在逆境中"岁寒，然后知松柏之后凋也"，也知道"穷且益坚，不坠青云之志"，当我们抒发着内心的豪情时，也可以铭记着"老骥伏枥，志在千里；烈士暮年，壮心不已"。我们就在这样的志向崇仰中，一次次激励自己，不断坚持内心的梦想，并一步步朝着人生目标前行。

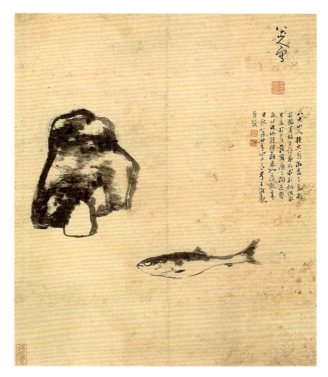

明末清初画家八大山人朱耷作品《鱼石图》

在我们对生命觉知的过程中，我们也在萌生着德性与智慧，也在现实生活中，懂得了惜缘惜福，懂得了如何去依道而为、依德而行。正是我们对生命的认知，才让我们明白了必须勤奋好学，必须志存高远，必须脚踏实地，才能真正实现心中的祈愿。在生命认知的过程中，我们也一步步走向成熟，也在不断呈现着内心的情感。

告诉自己，每一天的崭新起始，也在延续着内心的追求。我们对生命的认知，也在不断见证着内心的道德与精神。我们有着自知之明，却也不断地奋发进取，我们心怀谦卑，却也豪情满怀。当我们知道了生命的尊贵，当我们真诚地善待着与自己有缘的人、事、物，就会每一天都让自己过得更有意义。匆匆忙忙的脚步，在岁月中展读着生命的过往，也在不断的反思中，见证彼此之间的"善"和"爱"。有无尽的痕迹，在我们的生命中，被一次次端详。有无尽的器物，被我们的祖先流传至今，让我们的生命依旧体验着人情的冷暖。

追寻着心中的梦想，生命会绽放强大的力量。怀善前行，坚持着道德与精神的崇仰，也在见证着远大的志向，并以生命的情怀，与天地万物相互感知，传递着希望与祝祈。这是多么美好的过程啊！无论我们有着多少不足，也不

管我们有着怎样的缺陷，也不管我们曾经是多么无知与渺小，都不能阻挡我们追求美好愿望的脚步。因为，我们的生命，始终是积极向上的，我们的心里有着祖先的召唤，有着中华文化的感知。在时空中穿越，古今的岁月沧桑，会眨眼重现于眼前，我们的内心在感受着一切，也在留下无尽的记忆。

当我们在生活中，崇尚着"笃学明志"的信念，便会感知着生命的强大正能量。我们的生命也会见证着求知与探索的意愿，并不断让我们的生命，呈现着意义和价值。当我们在企业的经营管理中，将"笃学明志"融入到企业的各个环节时，企业的员工便能不断地觉醒生命，并迅速地认知自己，也给自己找准位置，从而能够实现人才的更优化管理与运用。而这一切，都在告诉我们，一个人如果没有远大的志向，那就难以成就自己的未来。如果一个人不具有"笃学"的精神，那他又怎么能够真正去揭示真相？又怎么能够提升自己的道德与精神的境界呢？如此，企业又怎么能够具有与时俱进、不断创新的团队呢？又怎么能够给每一位合作者以精神的感召呢？又怎么能够让企业时时都处于积极向上的生机勃发状态呢？

将"笃学明志"这一理念，贯穿在我们的一言一行之中，并以道德和精神来见证着我们的生命价值，这是十分有意义的事情啊！置身于中华文化的氛围里，我们知道，"笃学明志"作为传统美德，我们一辈辈的祖先，已经流传了数千年，至今依旧在给我们以鞭策与警醒。生活在当下的我们，在二十一世纪的崭新时代里，也必然要弘扬传统美德，并将中华文化的内涵予以传承，从而去在生活中、在企业里的方方面面，都呈现着生命承载的道德与精神。

第六篇：产业报国

每一个人，都有家国的情怀。每一个企业，都在以实际的经营，融入到社会经济中。当我们在变化万千的环境里，不断觉知着各种各样的经济业态时，当我们不断感受着人生无常时，就会知道存在于社会各个行业中的市场规律。人与企业，都是社会的组成部分，任何人都无法拒绝商业的参与，而任何的企业，也必然要在相应的市场竞争中生存与发展。

当我们的家国情怀，融入到了实际的企业经营管理中，并以具体的经济业态呈现出来时，我们也就能知道人生的价值，可以在企业这一平台得以实现。其实，每一个人，都有各种各样的生存方式，犹如一个企业，有着它变化着的发展模式。时代的变迁，也在见证着经济业态的调整，也在隐约各行各业的兴衰成败。

世间的物象，依旧在呈现着怀想。心中的追寻，也在不断见证着结果。每一个人，都是生活的见证者，也是内心祈愿的经历者。在一个企业中，每一个企业家，都带着自己的强烈愿望，与企业的命运息息相关。特别是企业的创始人，他们往往将自己的生命情感，也一并融入到了企业经营管理的方方面面。无论是否有着经验，也不管智慧如何，他们都会为企业的生存与发展，倾注自己的心血。他们内心的情感，也自然会呈现于其中。

因此，我们谈论一个企业的状况，也往往会一同考虑企业创始人的内在情怀。如果企业经营者，他对企业没有责任心与使命感，那就无法带领企业员工，共同去完成企业的愿景。如果企业的创始人，只是为了自我利益的追逐，而将企业当成了实现个人私欲的平台，那企业也就无法承载道义与品质，也不可能成为一个具有社会担当与良知的企业。正因为如此，企业创始人的道德思想层次的高低，也在直接影响着企业的发展方向与速度。而反过来思考，也会发现一个这样的现象，就是企业的不断发展与调整，也会让企业创始人，获得相应的感知并在影响中，能够得以调整与改变自身。这就是在企业的竞争与挑战中，在各种各样的合作中，企业创始人往往会在不同的情况下，获得不同的内心感受，从而影响到自己的认知。

在这企业与企业家之间，相互影响和彼此成就的过程中，我们也可以清晰地知道，一切的存在，都有着它们的缘由，一切的变化，也有着相应的条件。当我们看到企业在不同的境况中，实现了调整与发展，就应该分析蕴藏于其中的各种因素。当我们看见企业家在企业的经营管理中，不断提高着自身道德精神的层次时，也要明白影响他改变的各种条件。由此，我们才能真实而又全面地深刻认知各种内在的原因，从而能够把握住企业的未来发展，也才能够很客观地分析企业家与企业之间相互的关系。

透过每一次企业的改变，我们也可以领悟到社会经济环境的变化。因为每一个企业，都是在社会经济中存在着，社会大环境的变化，必然会影响到小环境的调整。也可以这样说，每一个企业的自我调整，不仅仅呈现着社会经济的变化规律，也在见证着企业不同时期对社会经济发展的适应性。当我们

在各种变化中，明白了企业与社会经济之间的关系，就会懂得两者之间必然存在着的相互依存、共生共荣特点。

由此可知，每一个人，在企业中的位置，都有着特定的作用。而企业在社会经济中的地位，也会呈现着各种各样的存在方式。在这样的个人、企业、社会等环境的认知中，我们就会知道，我们置身在一个完整的经济业态之中，企业也处在整体的市场经济环境里。我们一直伴随着企业的生死存亡，也在延续着不断调整的过程。

清光绪外粉彩内青花花卉碗

蓦然回望，就会发现，企业的发展有着不同阶段，社会经济的调整，也具有一定的条件性。任何的变化，也是在一定条件下才会发生，企业的自我改变，也必然有着社会因素的影响。而每一个人价值的实现，在企业中则可以体现为企业的发展状况如何。对于企业的存在意义来说，则是体现为企业能为社会经济的发展，带来怎样的影响。有许多企业，在市场经济大潮中，引领着时代潮流，抓住了发展的机遇，很快便由小到大、由弱到强，实现了企业的社会价值与经济价值的同步成就。而也有许多的企业，曾经创造了不凡的业绩，也为社会经济的发展带来了积极的影响，可随着社会市场经济的调整，企业却无法再适应竞争的需要，从而随着时间的推移变得越来越难实现产业转型，经济效益也逐渐下滑，最终难以逃脱破产的噩运。这也可以看出，企业在市场竞争的结局如何，往往取决于企业自身与社会经济发展的适应性怎样。在万千的变化中，我们可以真实地感受到市场竞争的残酷，也可以看到无限的商机。也许，机遇与挑战本就相互依存，关键在于谁把握了机遇，谁又在挑战中失去了未来。

一个人，心中有着梦想，便会激发着强大的力量。当一个企业有了社会的担当与使命，便会有着切合实际的奋斗目标。而这一切的存在，都在揭示着一个道理，那就是无论是个人还是企业，都必须清醒地认知到自己的状况，才能真实地制定相应的计划。当然，目标的实现，是必须依靠实实在在的努力，才能真正得以达到的。这也要求我们，无论在企业发展的任何阶段，我们都必须深刻地认识到实际的努力，胜过任何的空谈与好高骛远的愿景。毕竟企业的经营管理，每一天都有着各种成本，每一天都在面对着生存的危机与成就的商机，因此也就显得时时处处都必须严格地把好关，认清企业在不同阶段的问题与优势。如此，我们才能将企业经营好，才能让企业适应市场竞争，并实现快速发展。

当我们以家国的情怀，与企业的经营管理融合在一起时，我们的企业文化，便具有了浓郁的爱国爱家内涵。其实，从广义上去看我们就会知道，企业原本就是社会经济的组成部分，企业的发展本身就在与国民经济的发展相互印证，当我们不断推动企业快速发展的同时，也在为社会经济的发展做着贡献。也许，这就是"产业报国"的诠释。我们的情感，也会通过企业的命运沉浮，去见证各种各样的怀想。心中的家国情怀，必然会随着企业的变化，而悄然流淌在岁月中，让我们在回眸时留下无尽的感念。

在二十一世纪的今天，随着互联网科技的飞速发展，随着普惠金融的大力推行，随着各种经济业态的逐步形成，我们可以看到越来越多的产业正在迅速成长，也在影响着社会经济的整体趋势。当我们静心去看待存在的一切时，就会知道任何新生事物，都有着它们存在的缘由，也必然有着相应的市场主体和客户对象，也必然会形成相应的经营模式与发展规划。但无论怎样，崭新的商业业态、产业模式、创新服务等等，都离不开社会的良性需求，也离不开国民经济秩序的管理。它们也都不能没有具体的企业经营管理过程，更不能没有实际的产品与服务。即使是虚拟经济中，也必须具有实际落地的环节，才能真正具有实际的价值。

倡导着的"产业报国"的理念，我们也在企业中实现着人生的价值，同时也让企业呈现着家国的人文情怀，也在道德和精神的传承中见证着企业文化。当企业的产业发展，积极地服务于社会的不同的需要时，当金融模式创新与中华文化内涵以及国粹艺术品融为一体时，当"大众创业，万众创新"与普

惠金融和崭新产业模式完整地呈现在一起时，就必然会开创出非常巨大的产业效应。在二十一世纪的今天，一切皆有可能，处处都在绽放无限生机。

我们坚持着道德与精神，不断绽放着人性真善美的光芒。我们将中华文化的传承与传统美德的弘扬，融入到企业的各个产业项目之中，并以利国利民的祈愿，将企业发展成为天下志同道合者共同成就未来的平台。如此，倡导的"产业报国"，也必然会在实践中花开果熟。

第七篇：创新实干

每一个人，都有着自己的记忆，有万千的感念。每一个企业，都在残酷的市场竞争中，必然有着各种各样的适应过程。世间的物象，就在不断的变化中，留下着痕迹，也让我们照看着内心的情感。

在不同的记忆里，谁已经明白了自己的存在？谁已经在岁月中无悔地生活？谁在利益争夺中依旧怀藏善念？谁在企业的生存与发展中坚持着"商道"与"商德"？透过无尽的物象，我们可以看见隐藏着的真相，也可以揭示变化的规律。告诉自己，我们所有看见的一切，都是短暂的过程，都有着变化万千的内涵，也有着我们内心的情怀和道德。

其实，企业的经营管理过程，也是我们每一个人，将自己的生命置身于企业中，与所有的人、事、物结缘，并绽放着生命温暖与祈愿的过程。在岁月的见证中，我们的价值观，我们的使命与担当，我们的爱恨悲欢，我们的各种情感，都会悄然流露并被内心怀记。透过各种各样的竞争与合作，企业中的每一个人，所经历的每一件事，都会让我们倍感真实。告诉自己，任何的一次境遇，都是生命留下的纪念，无论是铭记还是遗忘，无论是苦难还是欢喜，无论是得到还是失去，无论是过去还是当下与未来，都必然会让我们身心感到中华文化的浸润，也会感念着传统美德的弘扬。

也就是说，企业的生存与发展过程，就在见证着企业家的一心一念，就在揭示着生命的爱恨悲欢，也在见证着世事的寒暖亲疏，也在呈现着千变万化的结局。告诉自己，存在的一切，都会在企业的每一个环节里，隐约着我们的情怀，也必然见证我们的生命意义。

当我们面对着一幅幅书画作品，当我们端详着一件件瓷器，当我们抚摸着祖先流传给我们的每一件老器物，我们也会在内心中升腾着情感。因为，这存在的一切，都与我们有缘，都与我们的内心有关，都在见证着我们生命的过往，也在见证我们与天地万物之间的关系，也在诠释着我们与祖先的血脉和文化的渊源。一切的事物，都不会孤立地存在，一切的变化，也有着它们自身的缘由，我们在岁月里虔诚地感知着这一切，也在用内心的祈愿，在坚持着"道"与"德"，坚守着内心的崇仰与圣洁的向往。

在企业的经营管理中，在企业文化的打造与传播中，我们每一个人，何尝不是在继承着祖先留给我们的物质财富与中华文化和传统美德呢？我们何尝不是在各种各样的环节中，体现着我们与员工以及合作者的人文情怀呢？我们的生命，也就在这各种各样的过程里，呈现着真实的意义，也在不断印证着道德与情操，见证着志趣与气节，诠释着修养与智慧。告诉自己，企业的经营管理，其实就是我们对所有人、事、物之间实现的"和合相生"，就是我们在不同的境遇中，呈现着内心的情感，并以利他之心为他人和社会践行着生命的价值。告诉自己，企业是有着人文情怀的企业，每一个人，也都有着情感的归宿。那些只是将企业当成赚钱平台的企业，那些只是追逐名利的企业家，是无法真正赢得自己的未来的，也是不可能获得社会各界尊重的，当然也是不可能获得员工与合作者的敬仰和爱戴。

现实的生活，让我们看见形形色色的人，在名利欲望中沉浮，企业也因此生死存亡着。当某种结果出现的时候，我们可以透过外在的物象，看见隐藏在它们深处的各种原因。当我们真正明白了企业兴衰成败的真正问题时，当我们真正知道一切都是"事在人为"时，就会知道"人"是企业生存与发展中，最重要的因素。告诉自己，一个没有人文情怀的企业，一个没有道德和精神崇仰的企业，一个不去尊崇中华文化与传统美德的企业，一个不去见证"天人合一"、"和合圆缘"、"共生共荣"理念的企业，是无法获得持久生命力的。于是，我们也在一次次警醒着自己，也在用虔诚的内心予以人文情怀的融入，与企业的经营管理和市场竞争等，进行"商道"和"商德"的践行。如此，我们的生命也会绽放人性真善美的光芒。

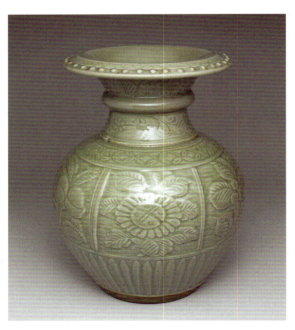

明代龙泉窑青釉刻花石榴式尊

当我们立足当下，对企业的生存与发展进行思考，就会明白着各种规律，也会在祥和与宁静中，为企业的未来进行有针对性的规划。当然，任何一个企业，首先要懂得如何生存下去，并要明白凭借什么才能生存下去，当企业的生存问题解决以后，我们便能以更高的层次去谈论企业的快速发展，并实现社会价值与企业的实际意义。而这一切，无论是企业在生存阶段，还是在快速发展阶段，都离不开对道德的认可与践行，也离不开对所有与企业有关人、事、物的善待与珍惜，也离不开企业家的慎言慎行、善心善念、正信正觉，也离不开对市场机遇的把握与"和合相生"。因此，透过无尽的考验，我们会明白企业的经营管理，以及存在着的各种各样的市场竞争与合作，无一不在见证着我们的道德与精神，呈现着我们的内心素养与情操，也无一不在诠释着我们生命的本质与价值。

于是，我们也会在企业的经营管理中，谋求着如何让企业更加有序地获得经济收益，也会找到让企业能够实现"善财福报"的途径与方式。当然，这样的企业发展过程，是离不开"生道养德"的践行，也必须追寻着"福财倍至"的祈愿。当我们怀着美好的祈愿，不断与企业员工并肩战斗，与所有的志同道合者一起同心同行，便会感受到强大的向心力与凝聚力，企业也会具有无比巨大的潜能。而呈现的美好结果，也在见证着我们内心道德的力量，也在诠释着中华文化和传统美德的无处不在、无时不有。透过企业的方方面面，我们都会让自己获得各种各样的觉知，也会不断地印证着内心的怀想。

其实，当我们真正明白了自己与企业的关系，就会很清醒地知道，我们的生命与企业的生死存亡息息相关，我们的生命价值的实现与企业的成长壮大，也有着密不可分的关系。因此，我们要一次次告诫自己，企业与我们是命运共同体，而不是孤立存在着的两个部分。那些将企业与自己割裂开来的企业家，那些对企业失去了人文情怀的企业家，那些只在乎自己得失与名利的企业家，是不可能将自己的命运与企业进行融为一体的，也是不可能透过各种各样的考验，让自己的道德与精神呈现出人性的光辉的。因为任何不真心呵护企业的企业家，都是缺乏职业道德的企业家，对于企业来说，这样的经营管理者，往往是企业的灾难而不是福星。有太多这样的事例，在警醒着当下的我们。因为企业家的不专注，因为企业家自身道德的缺失，因为企业家怀藏的心念不正，而导致企业错失发展良机，从而使得企业举步维艰甚至破产倒闭。如此，这样的企业家，应该是企业的罪人，内心也应该深刻地忏悔。

当我们对企业有了虔诚的情感，当我们将自己的生命与企业融为一体，当我们不再停留在物质生活的贪欲和享乐，当我们以道德和精神的标杆来要求着自己，那就会是另外一番景象。企业的生存与发展，都会浸润在道德的美好世界里，也会呈现着中华文化与传统美德的内涵。如此，企业也就会时时处处都呈现着我们的人文情怀。而这一切，都在让企业具有着丰富而又深刻的企业文化，也必然让企业得以不断获得美好的结局。

如此，对于企业的开拓与创新，我们才有了扎扎实实的基础，才有了德性与智慧作为保障，也才能将收获的财富转化为持久的福报。当企业处于有序的状态时，它的发展也会道法自然地呈现着各种变化。我们也就会随缘惜缘地把握住每一次市场的发展机会，也会善待着所有的人、事、物，并与合作者实现"和合共生"。而这一切，都离不开我们的创新与实干。因为创新，企业便能在传承中有着无尽的生机与活力。因为实干，企业便会在市场机遇中，不断踏踏实实地践行着"商道"与"商德"，并实现制定的发展目标。

当我们将"创新实干"这一理念，融入到具体的企业经营管理和市场合作中时，就会让我们的设想不只是纸上谈兵，就不会让我们只停留在过去而不懂得适时变化、与时俱进。我们就这样不断地创新着、实干着，我们生命价值的实现，也在见证着企业的未来发展。

第八篇：丝路新篇

　　匆匆忙忙的生命，留下无尽的怀想。斑驳的历史，眨眼便是数千年。回眸着过往，我们在不断的生命回想中，一次次觉醒着自己，也在感受着岁月的记载。变化万千的物象，隐约着历史沧桑，也在诠释着人情寒暖。当我们解读着岁月留下的痕迹，当我们翻看着文字与图画，当我们聆听着古老的歌谣，当我们的内心与天地万物相互呼应，这一切的存在，在历史的长河中，又是那么的真实，又是那么的让我们心潮澎湃、感念不已。

　　置身于中华文化的世界，我们可以透过无数的历史遗迹，去认知存在着的各种故事。我们端详着博物馆里的各种文物，看着关于它们的介绍资料，我们仿佛已穿越到了当时的年代，我们也会与祖先一同生活在天地万物之间。是啊，我们的生命，具有着时空对话的能力，也有着心灵感知的体验。而这一切的记忆，都是历史留给我们的回想，也是祖先留给我们的宝贵遗产。当我们深情地感知着这存在的一切时，当我们深情地感念着生命变化时，当我们在不断延续的祈愿中，追寻着生命的价值与意义时，我们便会在中华文化的世界里觉醒自己。而这一切，都在我们的内心里，不断浮现着生命的感怀，也印证着我们的追寻。

　　端详着祖先留下的每一件老器物，我们可以不去考虑它的外在物象，是如何的残缺与破旧，也不必用物质财富去衡量它能值多少钱，也不必用自己的喜好去对它进行肯定或是否定，因为它就客观地存在于历史中，让我们一次次对它进行回眸与觉知。在这样的彼此感知中，我们会感受到这个世界，是如此的美妙。这是多么宁静的世界，这是多么让我们穿越历史，真实地感受时空沧桑的世界，这是让我们生命得以升华的世界。而这一切的存在，都已经留存在历史里，当下的我们用内心的人文情怀，去唤醒着尘封千百年的历史，让一件件老器物，伴随着祖先的乡音乡情，伴随着岁月的流逝，见证着内心的感动与道德的传承。

　　于是，我们也可以在历史的回眸中，不断呈现生命的感怀。翻读历史的痕迹，我们的生命何尝不是在穿越着时空，寻找着我们生命的源头呢？端详着的每一幅书画作品，我们何尝不是在当下，与千百年前的风土人情进行着对话呢？我们抚摸着的每一件瓷器，何尝不是在让我们，透过当下的触动而体会到世间万象的变化呢？当我们与历史中的各种存在，相互有着印证时，我们的内心便会升腾着无尽的感念，也会给生命留下万千回想。这犹如我们伟大的祖先一样，他们在历史的长河中，为我们留下了生命的延续，也为我们见证了道德与精神的传承，也给我们留下了无尽的中华文化宝藏，留下了圣贤君子的情怀，留下了万千的智慧觉知，让我们在当下依旧受益。我们也在延续着祖先的过程，也在给后世子孙留下念想，给历史留下记忆，给生命留下值得回味的内涵。

　　当我们的情怀，随着历史的变迁，在天地万物之间升腾变化，就会知道历史的背后，有着各个民族的融合，有着国家与国家之间的交流，有着经济与文化等的碰撞以及"和光同尘"。我们也可以知道，自古以来存在着的生活变化，以及世界各地的风土人情。当我们在海外的博物馆，欣赏着出土在当地的精美瓷器、丝绸、茶叶等文物时，我们的内心必然会有着另外一种感受。是啊，这些来自中华热土的器物，凝结着我们伟大祖先的汗水与智慧，也承载着对生活的美好期盼与祝福，一路尘沙飞扬、一路驼铃声声，到达了异国他乡的土地，并与当地的人民相依相伴，这是多么富有人文情怀的回想，这是多么具有历史沧桑的记忆。当我们怀想着茫茫大海上，一艘艘木船，载着一箱箱瓷器去往遥远的地方，想必我们的祖先，会在船头眺望故土，也会在心中萌生怎样的思乡之情？当我们在大洋彼岸的博物馆，看见这些已经存在了千百年的瓷器艺术品时，我们能不与祖先心心相印吗？我们能不去体会祖先当时的情境吗？我们能不去在岁月的悄然流逝中，感怀着超越物象的人文情怀吗？

　　在二十一世纪的当下，我们迎来着全新的开始，也在面临着许多的机遇。当互联网已成为我们生命中难以拒绝的事物，当飞机、轮船、高铁，已经成为了我们出行的工具，当我们的企业在以各种各样的方式进行着国际之间的竞争与合作，这都在告诉我们：历史中存在的一切，都早已在当下焕然一新。我们在崭新的世界风貌中，感怀着历史的记忆，也在我们当下的生命里，感恩着伟大的祖先，也在时尚便捷的网络世界里，感知着古老的传统贸易。世界潮流，浩浩汤汤。时代的发展，给我们的生活带来了无尽的变化。我们在当下，也会有着各种各样的生活方式。企业也会在不同的时代机遇中，呈现

着时代所赋予的经济模式与产业合作。于是，我们便一次次看到了互联网金融的快速发展，一次次印证着全新产业模式的诞生，也在不断接受着社会快速发展带来的各种变化。

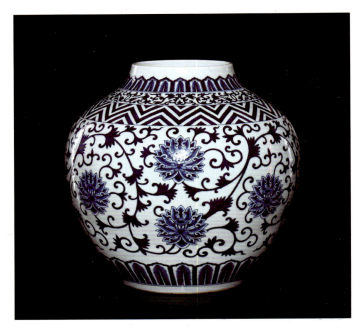

清光绪青花花卉罐

每一次的选择，都有着鲜明的时代印记，也会呈现着我们内心的情感。中华民族在二十一世纪的今天，也在给自己的未来，谋篇布局并实践着远大的梦想。迎合着世界各国的经济发展需要，也为了将中华文化惠及世界各国人民，崭新的"丝绸之路"，已经重新起航，已经翻开崭新的篇章。

当我们置身于时代的潮流中，感受着"一带一路"的宏伟构想，我们也在感念着孔子学院在世界各地的中华文化传播，也能体会到世界各国人民对中国艺术的喜爱。当中医在世界各地被一次次印证着价值，当中华古老的文化焕发着勃勃生机，我们能不深深感动于祖先的恩泽吗？我们能不在当下，去赞美中华文化的源远流长与亘古弥新吗？我们有什么理由不去怀爱着自己的祖国？我们有什么借口，去拒绝中华文化的传承与传统美德的弘扬呢？

当"一带一路"呈现在世界各国人民的面前时，当世界各国人民因此而萌生赞叹与感恩时，我们就必然会为这一国家级顶层战略而喝彩！是啊，这被誉为"丝绸之路经济带"和"二十一世纪海上丝绸之路"的"一带一路"，必将充分依靠中国与有关国家的"合作共赢"、"和合相生"，将和平发展的理念传递到世界各地。"一带一路"也必然如同古代的"丝绸之路"一样，为世界各国谋求福祉，并共同打造政治互信、经济融合、文化包容的利益共同体、命运共同体和责任共同体。"一带一路"经济区开放后，承包工程项目突破三千个，也为世界各国的经济文化交流，注入了强大活力，谱写着崭新的时代颂歌。

诵读着春秋时期伟大教育家、思想家孔子的名言："四海之内皆兄弟"、"有朋自远方来，不亦乐乎"，体会着"一带一路"的宏伟构想，回眸着历史的斑驳沧桑，我们就会在古今变化的场景中，感受着中华民族"和"与"善"的美德，就会体会到"成人达己"的心怀，也能感受到"天下大同"、"和谐共生"的理念。是啊，历史的风云，在悄然印证着内心的祈愿，我们的生命，也必然会在崭新的二十一世纪里，呈现着全新的时代风貌。

源远流长的中华文化，也在"一带一路"的战略里，为世界展现着自己独特的魅力。翻读历史的记忆，我们感知着岁月的万千面目，也在印证着各种各样的内心怀想。古代的"丝绸之路"，在今天有了全新的演绎，我们也必然会融入到这一历史潮流中。生命价值的实现，企业的时代机遇把握，都让我们铭记着历史，传承着道德与精神，也见证着担当与使命。我们知道，崭新的历史篇章，依旧需要我们用生命的德性与智慧，去绽放人文的情怀。

第九篇：中华圆梦

炎黄子孙，同祖同根。天地万物，同宗同源。当我们追思着过去，与祖先进行时空对话，当我们端详着每一件老器物，去与岁月的沧桑交心，就会在我们的生命中，浮现着无尽的场景。是啊，在岁月的流逝中，我们依旧无法磨灭生命的敬畏与回忆，我们依旧在铭记着伟大的祖先，我们依旧在感恩着天地万物，我们依旧在惜缘善待着所有的人、事、物。

无论是我们的生命存在，还是企业中的具体经营管理，无论是在道德与精神的坚持，还是在市场竞争的"和合相生"，我们都在洗礼着灵魂，见证着生命的价值与意义。告诉自己，任何一次的境遇，都会给自己留下回忆，都

会让我们在不断的选择中，见证着内心情感的变化，并印证着我们与世间万事万物的关系。匆匆忙忙的脚步，也在呈现着岁月流逝，也会承载着我们的万千感念。对未来的追寻，永远也不会停止，也必然绽放着人文情怀。

我们的一生，都在沐浴着中华文化的温暖，也在传统道德世界里，撒播着慈爱与善意。可以说，我们的每一天，都在与中华文化相依相随，都在见证着祖先留给我们的宝贵精神财富。当我们在红尘乱象中，一次次觉醒着生命，一次次警醒着内心，一次次唤醒着灵魂，便会感恩地缅怀祖先，便会对中华文化予以崇敬，就会在言行举止中崇道尊德，便会在礼法中约束并规范自己。无论何时何地，生活在当下的我们，都在感知着时代的变迁，也在感应着天地万物的变化，也在诠释着我们生命的祈愿。告诉自己，这存在的一切，都会在不知不觉中，给我们的内心以觉知，给我们的生命以回想，给我们的命运以沉沉浮浮。

穿越历史，去感受沧桑中的厚重与空灵。感念当下，去明白岁月的流逝与人生的向往。当我们的生命，一次次绽放着家国的情怀时，当我们与祖先进行着生命根脉的对话时，当我们的内心深处，隐约着中华文化的呐喊与传承时，就会不断明白自己的担当与使命。我们的生命，就不再只属于自己，也不再停留于外在的物象层面，而是具有了道德与精神，具有了情感的寄托与向往。我们的生命，也就会萌生着"善"和"爱"，也会在责任与良知中，不断践行着自己本应该去做的生命修行。

每一位炎黄子孙，都会有着浓郁的家国情怀。翻读历史，有许多的仁人志士，都在感念自己的祖国和故土。每一段生命情感，也离不开生养自己的土地，也无法忘怀给予我们生命的祖先。每一位华夏儿女，也在二十一世纪的今天，必然会萌生着民族复兴的强烈渴盼。在我们的心中，民族的情感是我们共同的生命情结。也可以说，无论是我们个人的追求，还是企业在市场中的各种合作，当我们内心具有家国情怀以后，就会知道这样的道理：国家和民族的利益高于一切。是啊，无论我们以怎样的状态，去面对着各种各样的环境，也不管我们的企业处于怎样的状态之中，但一定要铭记着生命的源头，一定要聆听着国家和民族的召唤，一定要懂得坚持道德与精神，一定要永远记住自己是有着传统美德的中国人。

清雍正霁红釉长颈瓶

　　当我们心中的爱国情怀，与我们的生命价值实现彼此交融，与企业的经营与合作融为一体，我们就知道，将我们的生命好好珍惜，将我们应该担当的责任努力去承担，将中华文化予以传承，将传统美德虔诚地尊崇与弘扬，这便是我们生命必然要去做好的爱国之举。我们知道，将企业经营管理好，将每一个员工都善待好，将企业依照"商道"和"商德"与所有合作者都"和合相生"，将企业的发展更好地造福于社会民众，也更好地维护国家民族的经济秩序，这就是我们作为一个企业家，必须去做好的爱国行为。

　　由此，在现实的生活中，我们的家国情怀，不是空洞的说教，也不是虚无的做作，而是生命虔诚的感恩与回报。当我们面对着一件件祖先留给我们的老器物，当我们省视着自己生命的存在，当我们一次次感念着担当与使命时，我们能不去感恩祖先的德性与智慧吗？我们能不去珍惜和善待所有的生命吗？我们能不去肩负责任并心怀良知吗？明末清初杰出的思想家顾炎武，曾经说过"天下兴亡，匹夫有责"的名言，我们在当下依旧能够聆听到振聋发聩的呐喊！是啊，在二十一世纪的今天，中华民族复兴的序幕已拉开，我们每一位炎黄子孙，每一位华夏儿女，也必须铭记自己的历史使命与祖先的期待，去融入到这一历史潮流中，去见证自己的生命价值，去在生活中、企业里传承中华文化、弘扬传统美德。

　　中华民族的伟大复兴，需要每一位炎黄子孙的共同参与。伟大的"中国梦"，也是每一位华夏儿女共同的梦想。民族的复兴，离不开中华文化的传承，也离不开传统美德的弘扬，因为中华文化与传统美德，正是中华民族的灵魂与根脉。我们伟大的祖先，将生命传续给了我们，将异彩纷呈的中华文

化与国粹艺术品留给了我们，也把道德与智慧传续到了今天。我们在对祖先的感恩中，也不由得警醒着自己，无论何时何地，我们要铭记自己是中华文化的传承者，我们就是传统美德的弘扬者。"大道不废，万古长青"，我们生命中的道德与精神，我们尊崇的中华文化与传统美德，会在我们生活的方方面面予以呈现，也会在我们社会的各行各业中予以规范言行举止。历史弥漫着沧桑，岁月见证着情怀，我们在当下的感念，也会具有鲜明的时代印记，也必然会印证着我们生命的祈愿与向往。

变化万千的世界，日新月异的世界，已经给我们留下了无尽的怀想。一辈辈的列祖列宗，在历史的回眸中，给我们呈现着无尽的感念。崭新的二十一世纪，是中华文化造福于世界各国人民的世纪，也是我们承载着中华民族伟大复兴使命的世纪。世界风雷激荡，天地气象万千，我们的生命在感知着一切。无论身在哪里，也不管境遇如何，我们都会以自己是炎黄子孙而深感骄傲，也会为我们具有着数千年的中华文化而自豪。我们不断在告诉自己，一切历史的遗存，都是让我们在当下回眸往昔，并警醒着自己，更好地继往开来、绽放生命的精彩。

每一天，都是崭新的开始。古老的中华文化，与崭新的时代潮流，早已融为一体，相得益彰。我们在生命中，坚持道德与精神的修养，也在践行着"中国梦"的实现。中华民族的伟大复兴，其实就是中华文化的传承与传统美德的弘扬。

同心同行，崇道尊德，和合相生。中华圆梦，当惊世界殊！

后 记

　　在人生感念中，岁月流转，眨眼又是春暖花开。穿行在中华文化的世界，觉知着生命的变化，也体验着彼此的过往，这原本就是非常独特的感受。

　　每一个人，都会有着自己对生命的感悟，也会对中华文化留下不同的觉知。当一个人有着圣贤君子的情怀，有着以"天下苍生为念"的胸襟与气度，便会在生命的过程里，油然而生德性与智慧。

　　生命中的每一天，我们都在与祖先同在，因为我们就是祖先在当下的呈现。在这样的生命感念中，我们面对着的历史沧桑、各种器物、一幅幅书画作品、一件件珍贵瓷器……无一不是在见证着祖先的生命信息与文化内涵。

　　每一件艺术品，都蕴藏着丰富的历史文化。无论我们是否关注它的存在，无论我们在以怎样的态度面对它，它都自然而然地存在于历史长河中，展现着自身的人文情怀。

　　世间万物，都有着各自的缘由。一切存在，都必然有着印证。我们的生命，在天地万物之间，相互交融着，彼此感知着。有无尽的秘密，在迎接着答案，也有万千的痕迹，被内心悄然解读。

　　内心的世界，无比丰富多彩。中华文化源远流长，却也亘古弥新。传统美德，历经数千年风雨变幻，至今依旧在照亮我们的心灵。在万般的世事感念里，我们的生命，也必然会萌生着崇仰和虔诚，也必然要对生命中的人、事、物，予以惜缘惜福。

　　当我们穿越时空，去感受生命的无穷无尽，当我们的心灵，与历史记忆进行对话，生命就会崭新开始。我们的所思所感、所见所闻，不再被具体的物象禁锢，而是透过它们，明白了生命的意义，也体会到了流传数千年的道德与精神。

　　于是，我们与每一件艺术品，都有着心灵的沟通，有着"拈花一笑"的禅境，也滋生着祥和与感动。每一件艺术品，都是历史时代的见证，都是生命

第一篇　瓷画慈文化

一、徽标诠释

企业的徽标为环形图案：古钱币、桥梁。同时也是"瓷画慈"首字母"C、H、C"。由圆和椭圆的图"C、H、C"体现行业特性、传统文化背景和现代感，有继承，有发展，有传统，有创新。

设计意念：高贵气质，反映企业品质，体现行业特征。具有圆满、成功的意思，象征着丰富、囤积和雄厚的实力；如心的桥梁，优质的服务，和谐的沟通，贴心关怀。

二、瓷画慈诠释

（一）"瓷"的诠释

中国梦：一带一路、丝绸之路、东方文明、连结世界

幸福梦：价值、收藏、文化、传承

（二）"画"的诠释

生活的富足；精神的满足；坚定的方向；爱人的陪伴；幸福的一生

（三）"慈"的诠释

善的力量；爱的胸怀；慈的境界；天人合一；宇宙和谐

第二篇　瓷画慈理念

一、文化宣言
一人一文明，复兴中国梦。

二、经营理念
云思维、智能化、道规则、大文明

三、企业使命
立德、立功、立言

四、企业精神
1. 学习精神：学而时习之，不亦悦乎。
2. 感召精神：有朋自远方来，不亦乐乎。
3. 合作精神：四海之内皆兄弟。
4. 付出精神：德不孤，必有邻。

五、企业价值
传承文化、弘扬慈爱

六、目标
修身、齐家、治国、平天下

七、核心
以人为本，恪守五常（仁、义、礼、智、信）

第三篇　瓷画慈主要藏品

《仿乾隆珐琅彩杏林春燕碗》藏品说明
（藏品编号 100001）

一、藏品简介

《仿乾隆珐琅彩杏林春燕碗》是一款由享誉业内的中国珐琅彩瓷第一人、景德镇中国陶瓷博物馆副研究员、原博物馆副馆长、景德镇非物质文化遗产珐琅彩瓷技艺传承人——肖振松亲自负责美术及工艺设计和制作全程监制，同时由弘烨宫廷瓷研究所负责研制、生产。

【藏品名称】：仿乾隆珐琅彩杏林春燕碗

【产品规格】：高：057mm，口径：113mm，足径：043mm

【产品泥料】：御用高岭土

【产　　　地】：中国·景德镇

1、《仿乾隆珐琅彩杏林春燕碗》样本图

二、藏品作者

肖振松从事陶瓷艺术创作近四十余年，娴熟掌握多种工艺技法，其陶瓷艺术作品屡获大奖，深得国内外众多收藏家喜爱，其代表作品更是被中国国家博物馆、江西工艺美术馆、景德镇陶瓷博物馆等知名博物馆永久收藏。

经过 40 年陶瓷业实践浸润，于近十年来将理论与实践相结合，潜心研究清代宫廷珐琅彩瓷。先后发表论文《瓷用珐琅料及其彩绘工艺初探》、《珐琅彩瓷的工艺成就及美学价值》；研究成果《珐琅彩瓷的颜料及其彩绘工艺研究》，荣获 2011 年度江西省文化艺术科学非物质文化遗产学科二等奖；2013 年出版学术专著《中国珐琅彩瓷概述》。在挖掘和传承极宝贵的非物质文化遗产——珐琅彩瓷制作技艺上，做出了积极的贡献。

肖振松所复制的清代珐琅彩瓷得到了故宫专家的认可和赞誉，并由故宫博物院、国家博物馆等多家重量级机构收藏。其所创作的现代珐琅彩瓷作品，工艺技法上既与古代融会贯通，又兼具独自创新，采用珐琅基础釉料与呈色颜料分层施彩的工艺技术进行创作。在表现题材上则注入了现代审美理念的美学元素和绘画技法，使古老的珐琅彩瓷工艺呈现出崭新的时代风貌。其作品的市场价格连年不断攀升，呈现出稳定的增长态势。

三、藏品历史渊源

原品《乾隆珐琅彩杏林春燕碗》距今已有 270 多年历史，非景德镇官窑所制，而是于故宫西侧的，一小块专用于当年乾隆烧制少量自用瓷器的地方——宫廷造办处的"御窑"里烧制而成。虽非出身景德镇官窑，但毕竟有些不可分割的联系。据记载，珐琅彩瓷创烧于康熙晚期，雍正、乾隆时期盛行，清代后期仍有少量烧制，但烧造场所已由清宫移至景德镇，故成品已远非"御窑"时期的价值。

珐琅彩瓷是清代专为宫廷御用而特制的一种精细彩绘瓷器，由于产量少，传世极少，故价值连城。珐琅彩瓷大部分是艺术精品，制作工艺非常讲究，不计工本。原品《乾隆珐琅彩杏林春燕碗》，目前流传于世的仅有一对，现市面所见为唯一在市场上流通的一件，另一件则藏于伦敦大维德中国美术馆。两件珍品没有什么大的不同，只是这件看上去更具一种"神光"。清宫庭珐琅彩瓷的制作难度决定了其传承的艰难，目前为止全世界也只有景德镇能够进行还原复制。

四、藏品综合价值

1、工艺价值

原品制作工艺极高，先由景德镇官窑选用原料级别中最高的"御用"高岭土，经纯手工精心制成宫廷瓷专用素胎，烧好后送至清宫造办处，经由技艺高超的宫廷画师精工绘画，然后再经过难度极高的二次彩烧而成，故成品乃

是"精品中的精品"。此次藏品《仿乾隆珐琅彩杏林春燕碗》的生产工艺同样繁缛复杂，每件成品都需由 30 位经验丰富的工匠师傅共同完成。

2、艺术价值

原品是皇室成员的赏玩器，故精心而制，非普通日常用器可比。器面图案由技艺高超的宫廷画师精心绘制，设色清雅，画面呈现一幅"春风吹拂银柳，杏花盛开，双燕飞翔其间"的悠然景象；一侧行楷御题诗："玉剪穿花过，霓裳带月归"；底为：蓝料楷书款《乾隆年制》。此碗造型秀美，胎釉细腻温润，工艺精湛，画面清丽精致，乃为乾隆时期的珐琅彩瓷杰作。因原品具有极高的艺术价值，故被选为此次藏品《仿乾隆珐琅彩杏林春燕碗》的复制原型。

3、市场价值

原品为中国近年来十大拍品之一，早在 21 年前的 1985 年的拍卖会上就曾亮过相，当年惊鸿一瞥，被知名古董商张宗宪以惊人的 110 万港币价格收归己有。锁在张宗宪柜中 20 多年的这只碗，在 2006 年 11 月香港佳士德拍卖公司的拍卖会上再创奇迹，最后竟以高达 1.51 亿港币的天价成交，成为当时屈指可数的超高价中国艺术品。此次藏品《仿乾隆珐琅彩杏林春燕碗》选择原作进行复制，正是看中了其强势的市场价值。

4、传承价值

昔日皇室王朝的辉煌虽已不在，但坚守的匠人精神犹存，此次藏品《仿乾隆珐琅彩杏林春燕碗》为原物 1：1 复制品，并进行限量编号发行。此次藏品虽为复制品，但无论从胎骨釉质、形制尺寸，或图纹料彩和题字款识，都严格遵从原品标准精心制作，力求保持原物神韵风貌，只为将清代宫廷珐琅彩瓷的无尽魅力再现于世，承继后人。

5、收藏价值

此次藏品《仿乾隆珐琅彩杏林春燕碗》由享誉业内的中国珐琅彩瓷第一人、景德镇中国陶瓷博物馆副研究员、原博物馆副馆长、景德镇非物质文化遗产珐琅彩瓷技艺传承人——肖振松亲自负责美术及工艺设计和制作全程监制，同时由弘烨宫廷瓷研究所负责研制、生产，每件藏品均配有肖振松老师亲笔签名证书，具有极高的收藏价值。

《鸿运吉福泼彩盘》藏品说明

（藏品编号 100002）

一、藏品简介

《鸿运吉福泼彩盘》是由著名的当代艺术陶瓷领航者、当代艺术陶瓷界最具影响力人物、中国工艺美术大师、江西省高级工艺美术师、江西陶瓷工艺美术职业技术学院客座教授、景德镇市陶瓷研究所所长——赖德全大师亲自设计及制作全程监制，同时由国内最高规格的国礼瓷生产企业——景德镇红叶陶瓷股份有限公司负责生产。

【藏品名称】：鸿运吉福泼彩盘

【产品规格】：直径 10 英寸（25.5cm）

【产品泥料】：御用高岭土

【产　　地】：中国·景德镇

《鸿运吉福泼彩盘》成品图

二、藏品作者

赖德全先生，著名的当代艺术陶瓷领航者，在现代陶瓷艺术之路上潜行耕耘数十载，集工艺创新和艺术创新于一身，是我国当代艺术陶瓷业最具影响力的人物。现为中国工艺美术大师、江西省高级工艺美术师、江西陶瓷工艺

美术职业技术学院客座教授，目前任职景德镇市陶瓷研究所所长。

赖德全先生擅长色釉、粉彩、指画、民间青花装饰等，"指画"为其独创，自创的"一笔双线"技法更是绝妙。在工艺上首创"釉上珍珠彩艺术装饰工艺技术"的研究开发，填补了景德镇陶瓷釉上装饰艺术领域的一项空白。其不拘古法，大胆创新，作品融笔意、诗情、画理于一体，形成了独特、鲜明的个人艺术风格，在当代艺术陶瓷领域独领风骚。赖先生所创作的瓷板画《井冈山笔架峰圣境》，创造出现代陶瓷艺术品拍卖成交额 1880 万元的超高记录，成为中国当代艺术陶瓷领域的一面鲜明旗帜。

1996 年，赖德全先生在中国美术馆举办了《赖德全陶瓷艺术展》，受到中央电视台等各大主流媒体的跟踪报道，在国内外产生了不凡影响。其作品多次送到日本、美国、加拿大、新加坡、韩国、澳大利亚、印度尼西亚、香港、澳门、台湾等多个国家和地区举办展览，引起广泛关注。因其在陶瓷艺术领域的成就和影响力，作品受到各界要人喜爱，并受邀参与多项大型活动。在参加里约 +20 峰会时，更是被联合国副秘书长施泰纳和沙祖康等亲切接见。

三、藏品价值

此次藏品《鸿运吉福泼彩盘》以象征圆满的正圆形盘子作为器型，画面以泼彩手法在右侧画出了一只寓意吉祥、色彩艳丽的大公鸡，公鸡单脚独立，气宇昂然做打鸣状，远处清新自然的背景与公鸡形成和谐统一的美感。整幅作品色彩丰富，技法娴熟，瓷质精细，釉质莹润，寓意美好，是我国当代瓷器艺术作品中不可多得的杰出之作，体现出极高的艺术水准。同时，在制作工艺上摒弃了常规贴花手法，采用最新德国喷绘工艺，成品具有影像效果，与原作几乎无差别，具有极高的工艺水平。

此次藏品兼具著名当代艺术陶瓷领航者——赖德全大师的艺术水准，及国内最高规格的国礼瓷生产企业——景德镇红叶陶瓷股份有限公司（红叶国礼瓷）的工艺水准两大最高价值，是目前陶瓷艺术品中极为难得的佳品，拥有无法预估的市场价值，且每件藏品均有赖德全大师的亲笔签名证书，并带有编号，限量发行，具有极高的收藏价值。

《丝绸之路》藏品说明
（藏品编号 100003）

一、藏品简介

　　《丝绸之路》是由著名的中国工艺美术大师、江西陶瓷工艺美术职业技术学院副院长、国家"十五"规划重点出版图书著作人、国家精品课程"陶瓷粉彩装饰"负责人，教育部高校艺术设计教学指导委员会委员、景德镇陶瓷学院硕士生导师、景德镇市美术家协会副主席，景德镇粉彩艺术研究院院长、全国高等院校教学名师、国家非物质文化遗产景德镇手工制瓷技艺粉彩代表性传承人——李文跃大师亲自设计及制作全程监制。

　　【藏品名称】：丝绸之路

　　【产品规格】：直径：45cm

　　【产品泥料】：御用高岭土

　　【产　　地】：中国·景德镇

　　《丝绸之路》成品图

二、藏品作者

　　李文跃，1959 年 8 月生于景德镇，祖籍甘肃陇西迎祥。1984 年毕业于景

德镇陶瓷职工大学艺术设计专业，获学士学位。2006 年获中国工艺美术大师称号。现为江西陶瓷工艺美术职业技术学院副院长、二级教授，研究员、享受国务院颁发的"政府特殊津贴"，国家"十五"规划重点出版图书著作人，国家精品课程"陶瓷粉彩装饰"负责人，教育部高校艺术设计教学指导委员会委员，景德镇陶瓷学院硕士生导师，美院八学士、景德镇市美术家协会副主席，景德镇粉彩艺术研究院院长。2011 年，被教育部授予"全国高等院校教学名师"殊荣。2012 年，被授予国家非物质文化遗产景德镇手工制瓷技艺粉彩代表性传承人。

李文跃出身陶瓷世家，拜著名墨彩——景德镇精绝技艺之一的代表性人物雷火莲为师，创作了许多为人称道的《十八罗汉》、《春风得意丽人行》等大受赞誉的墨彩与粉彩名作。难能可贵的是在二十世纪八九十年代，他就拿起他另一支理论的笔，探讨陶瓷文化、陶瓷艺术规律。受邀作为主笔参与编撰、系统地总结和介绍艺术瓷厂的《瓷国名珠》画册，陆续参与许多重大图书出版项目的编撰工作，并不断有著作问世：在台湾出版《景德镇粉彩瓷绘艺术》，在香港出版《李文跃作品集》等。独撰国家"十一五"规划重点图书出版项目《中国景德镇陶瓷文化研究系列丛书》之一的《粉彩》专著，获江西省社会科学优秀成果一等奖。目前，又在参与编撰国家"十二五"重点规划项目《景德镇陶瓷史》，是一位集粉彩艺术家和粉彩专家于一身的陶瓷艺术家。

他所创作的作品堪称稀世国宝，骄傲于当代流传于后世的三件扛鼎之作为：粉墨彩千件大龙缸《清代颐和园》、双千件大龙缸《孔府孔庙孔林》和超万件大笔海《清代景德镇御窑盛景图》。其所创作的《飞天》瓷盘画稿，曾于 2011 年 11 月 1 日 5 时 58 分发射的神舟八号一起搭载上天，与天宫一号对接，成为具有历史意义的一刻。其本人及作品多次受邀参与台湾、新加坡、日本、美国、韩国、法国、非洲等地的大型展览和交流活动，得到了来自各界的极高评价。

三、藏品意义

"丝绸之路"肇始于西汉，是古代中国连接亚、非、欧古代陆上商业贸易的路线。以西安为始、罗马为终，全厂 6440 公里。"陆上丝绸之路"是历史上连接中国腹地，横贯欧亚大陆的贸易通道，促进了欧亚非各国和中国的友好往来。形成于公元前 2 世纪与公元前一世纪间，直到 16 世纪仍保留使用，是一条东方与西方之间经济、政治、文化进行交流的主要干道。西域文明是中西文化交汇的典范，有着极其深厚的文化底蕴，一直都以开放的精神和姿态兼容吸收中西方的优秀文明，中华汉唐帝国历史的回望，是对丝绸之路历史文化与古代文明辉煌的探寻，是多重古代文明交织沉淀的再现。

在2013年，国家提出了建设"新丝绸之路经济带"和"21世纪海上丝绸之路"的伟大战略构想，"一带一路"由此诞生，赋予了"丝绸之路"重新腾飞的契机。此次战略构想的提出，将为中国打开新的世界之门，缔造新的发展生机。此次藏品以丝绸之路为主题，在历史、政策、文化、经济等诸多方面均体现了极深的意义。

四、藏品综合价值

1、艺术价值

此次藏品的原品是李文跃大师的得意之作，为圆形瓷板，经高温色釉和粉墨彩绘画综合装饰而成。色彩丰富，清丽典雅，形象生动，顾盼多姿。画面中，盛唐的玉门关外，一支商旅乐队，缓缓前行。天籁阵阵，仙乐缈缈，笑语盈盈，似乎穿越千的年历史烟云，向人们讲述着一条连接欧亚大陆文明之路曾经的灿烂与辉煌，遥遥呼应中央"一带一路"的伟大策略。

画面远处大漠长天，苍山隐隐，雁阵惊寒；中景意境浩渺，难辨是水色天光，还是洲渚沙陂，几棵胡杨历尽沧桑而不倒，倔强的挺立其间；近景绿洲丰茂，水草鲜美，浅沙隐隐，生机盎然。经过休整后的商队精力充沛、容光焕发，在骆驼、马背上顾盼生姿，且行且歌。几只猎犬奔突跳跃，引路随行。骆驼的憨厚、骡马的耐劳、猎犬的灵动、飞鸟的隐约等等物象生动具体，呼之欲出。画面中人像开脸随描绘对象千变万化，姿态样貌，无一雷同。画面中共计26个人物形象，男女长幼，形象、性格特色鲜明、音容跳脱、神形俱肖，不一而举。整件作品无论构图、设色、笔触均体现出极高的艺术水准。

2、工艺价值

此次藏品的原品，画面背景由高温色釉烧成，极其难得，整个画面由高温颜色釉打底，苍茫大漠、近洲远沙，皆为色釉天然凝结。所用釉色烧制前后色相千差万别，在1300多度的窑炉里，色釉发色的可控性极低，所绘物象能否达到预想的形态和意境，全靠高温窑炉里火焰的烧制氛围。同一个艺术家，在同一时间的同一个窑炉里，纵然妙手偶得，也绝难烧出两块一样的艺术珍品。色釉入炉一色，出窑万彩，画面苍茫浑浩，层次分明，物我合一，浑然

天成，意境深远，玄妙通灵，实乃妙手偶得之难逢佳作。此次藏品虽为复制品，却于各方面追寻原品品质，力求与原作无差别，因而同样具有极较高的工艺水平。

3、收藏价值

此次藏品由是由著名的中国工艺美术大师、江西陶瓷工艺美术职业技术学院副院长、景德镇陶瓷学院硕士生导师、景德镇市美术家协会副主席，景德镇粉彩艺术研究院院长、国家非物质文化遗产景德镇手工制瓷技艺粉彩代表性传承人——李文跃大师亲自设计及制作全程监制，且每件藏品均有大师的亲笔签名证书，并带有编号，限量发行，具有极高的收藏价值，拥有无法预估的市场价值。

《仿雍正珐琅彩岁寒三友橄榄瓶》藏品说明
（藏品编号 100004）

一、藏品简介

　　《仿雍正珐琅彩岁寒三友橄榄瓶》是一款由享誉业内的中国珐琅彩瓷第一人、景德镇中国陶瓷博物馆副研究员、原博物馆副馆长、景德镇非物质文化遗产珐琅彩瓷技艺传承人——肖振松亲自负责美术及工艺设计和制作全程监制，同时由弘烨宫廷瓷研究所负责研制、生产。

　　【藏品名称】：仿雍正珐琅彩岁寒三友橄榄瓶

　　【产品规格】：高：169mm，口径：039mm，足径：049mm

　　【产品泥料】：御用高岭土

　　【产　　　地】：中国·景德镇

　　1、《仿雍正珐琅彩岁寒三友橄榄瓶》样本图

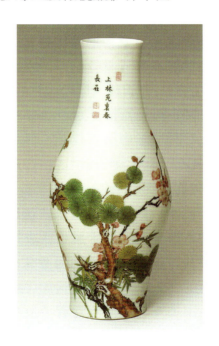

二、藏品作者

　　肖振松，又名萧振松：男，江西奉新人，1957 年 4 月出生于景德镇。1984 年毕业于景德镇陶瓷职工大学美术系。1998 年获高级工艺美术师职称。景德镇陶瓷馆副研究员；中国硅酸盐学会全国古陶瓷专业委员会副主任委员；

正皇帝亲批后，由珐琅彩画师用珐琅料精心绘制，再入低温炉中烘烧而成，故成品乃是"精品中的精品"。此次藏品《仿雍正珐琅彩岁寒三友橄榄瓶》为半手工制品，胚体经多位技术娴熟的老师傅们手工制成，再经多道工序反复烧制而成，体现了极高的工艺价值。

2、艺术价值

原品《雍正珐琅彩岁寒三友橄榄瓶》是雍正皇帝心爱的把玩之物，因其造型呈橄榄状，故称"橄榄瓶"。瓶直口，垂肩，圆腹，腹下渐敛，圈足。内外皆施白釉。瓶身上以珐琅彩料绘松竹梅"岁寒三友"图案，苍松虬劲，翠竹挺拔，红梅怒放，寓意岁寒三友不畏严寒的高风亮节。画面上方墨书"上林苑里春常在"，笔法自然流畅。在诗句的上、下方分别用胭脂彩画成印章式款，分为"翔采"、"多古"、"香清"三组。底足青花双圈内楷书"大清雍正年制"六字款。造型秀美，工艺精细，胎体轻薄，似半脱胎。釉质莹润无瑕疵，彩绘纹饰精湛，是雍正时期珐琅彩瓷器的杰出之作，具有极高的艺术价值。

3、最高价值

原品《雍正珐琅彩岁寒三友橄榄瓶》属清宫旧藏，现收藏于故宫博物院，乃为存世孤品，仅此一件。是珐琅彩瓷在当今存世器中的典型代表，超高的工艺价值与超凡的艺术水平均代表了最高成就，是雍正时期珐琅彩瓷中极具代表性的极珍贵作品，因而是故宫博物院的镇馆之宝，其价值不可估量。此次藏品《仿雍正珐琅彩岁寒三友橄榄瓶》选择原作进行复制，正是看中了其在各方面的最高价值及无法预估的市场价值。

4、传承价值

昔日皇室王朝的辉煌虽已不在，但坚守的匠人精神犹存，此次藏品《仿雍正珐琅彩岁寒三友橄榄瓶》为原物1：1复制品，并进行限量编号发行。此次藏品虽为复制品，但无论从胎骨釉质、形制尺寸或图纹料彩和题字款识，都严格遵从原品标准精心制作，力求保持原物神韵风貌，只为将清代宫廷珐琅彩瓷的无尽魅力再现于世，承继后人。

5、收藏价值

此次藏品《仿雍正珐琅彩岁寒三友橄榄瓶》由享誉业内的中国珐琅彩瓷第一人、景德镇中国陶瓷博物馆副研究员、原博物馆副馆长、景德镇非物质文化遗产珐琅彩瓷技艺传承人——肖振松亲自负责美术及工艺设计和制作全程监制，同时由弘烨宫廷瓷研究所负责研制、生产，每件藏品均配有肖振松老师亲笔签名证书，具有极高的收藏价值。

祈　愿

中华文明闪光芒，照亮寰宇遍八方。
世代传承数千载，蕴藏大千好气象。
书画丹青生妙笔，谱写华丽美篇章。
汇聚技法在瓷母，流光溢彩悄绽放。
道德天地与万物，家国壮志亦柔肠。
文字在承载历史，祖先正世代流芳。
一心一念皆是善，一生一世敬炎黄。
和合相生显法理，五行变化说阴阳。
铭记仁义礼智信，践行温良恭俭让。
器物无言情自在，历史有痕正气扬。
泥土生发滋德性，智慧通达容海江。
风雨润物春日暖，苦乐悲欢生吉祥。
崭新时代传国粹，中华圆梦怀遐想。
经济模式树样板，善念福报德成商。
圆缘善业在当下，利国利民爱无疆。

作　者